변하지 않아야 하는 것

변하는 것과

한국현대문학 총서 · 13

장경렬 시조 비평집

변하는 것과 변하지 않아야 하는 것

문학수첩

차례

변하는 것과 변하지 않아야 하는 것

지난 1991년 8월 「시간성의 시학—문학 장르로서 시조의 가능성」(『현대시조 28인선』, 청하)이라는 글로 시조 시단에 이름을 내놓은 지 이제 25년이 넘었다. 그동안 시조와 관련하여 적지 않은 평문을 썼고, 수많은 시조 시인과 친분을 나누고 대화의 시간을 가졌다. 그리고 그동안 헤아릴 수 없이 많은 옛 시조 작품과 현대 시조 작품을 읽고 즐기기도 했다. 이 과정에 '시조란 무엇인가' 또는 '시조가 시조인 이유는 무엇인가' 또는 '시조의 시조다움은 어디서 찾아야 할까' 등의 문제를 놓고 생각에 생각을 거듭하지 않을 수 없었다. 아울러, '시조가 과거와 현재의 우리 문학으로뿐만 아니라 미래의 우리 문학으로 입지를 다지기 위해 시조 시인들과 시조에 관심이 있는 이들이 해야 할 일은 무엇인가'라는 문제에 대한 답을 모색하는 데도 적지 않은 시간을 보냈다.

그럼에도 불구하고, 어느 물음 하나에 대해서도 확신에 찬 답을 할 수 없음에 안타깝다. 하기야, 고려 초 최충(崔冲, 984-1068)의 작품을 출발점으로 보는 경우 대략 1000년의 역사와 전통에 빛나는 시조 문학의 실체에 대한 파악이 어찌 25년의 세월로 가능할 수 있겠는가. 그렇다고 해서, 시조에 대한 내 나름의 시각이 없는 것은 아니다. 아울러, 이를 바탕으로 이러저러한 자리에서 시조에 대한 논의를 이어 온 것도 사실이다. 이제 그동안 내가 시조에 관해 내놓았던 견해 가운데 일부를 정리해 드러내고자 한다.

시조에 대한 논의를 처음 시작할 때부터 지금까지 여일하게 나를 괴롭히는 질문이 있다면 '시조란 무엇인가' 또는 '시조가 시조인 이유는 무엇인가'다. 물론 아주 어린 시절부터 외할아버지의 시조창에 귀 기울여 왔고, 초등학생 시절부터 시조를 읽고 즐길 기회가 여일하게 주어졌던 것도 사실이다. 하지만 '시조란 무엇인가'라는 질문 앞에서는 항상 망설이지 않을 수 없었는데, 단순히 '3장 6구 12음보 45자 내외의 음절로 이루어진 짤막한 정형시'라는 식의 정의에 만족할 수는 없었기 때문이다. 이 같은 시조의 형식적 요건은 필요조건일지언정 충분조건일 수 없다. 만일 외형상의 특징을 거론하는 것만으로는 시조에 대한 정의가 만족스러운 것일 수 없다면, 이를 벗어나 '시조를 시조로 존재케 하는 요인은 무엇인가'에 대한 검토가 필수적이다. 따지고 보면, 그동안 이어 온 시조에 대한 공부 과정에서 내가 목표한 것은 바로 이 물음에 대한 답이다. 무엇보다 앞서 언급한 첫 글에서 나는 시조의 본질을 '우의(寓意, allegory)'에서 찾았다. 다시 말해, 시조는 현실 속 인간의 삶에 대한 우의적 관찰과 이해의 시가임을 여러 관점에서 증명하려 했다. 이 같은 나의 입장은 오늘날에도 변함없지만, 그렇다고 해서 지나친 단순화일 수 있다는 비판의 목소리를 외면했던 것은 아니다. 즉, 원론적인 개념 정립을 유지하되, 그 안에 아우르기 어려운 예들과 파격들을 보듬어 안아 이해의 폭을 넓히려고 노력해 왔다.

아울러, 시조는 지극히 짤막한 정형시지만, 구조적으로 볼 때 결코 단순치 않은 시 형식임을 주목해 왔다. 일반적으로 시조에서는 시적 이미지가 '제시→발전→반전→종결'의 순서로 제시되고 있거니와, 이처럼 극적(劇的)으로 전개되는 시상을 담고 있는 것이 시조 형식이다. 이른바 기승전결(起承轉結)로 요약되는 이 같은 의미 전개 구조가 시조의 구조적인 형식 요건이 된 이유는 무엇일까. 거듭 말하지만, 전통적으로 시조가 목표하는 것은 인간의 삶에 대한 현실적 이해이지, 자연이나 신에 대한 초월적 이해가 아니다. 내가 자주 인용하는 김윤식 교수의 지적에 따르면, 전통적으로 시조에는 "순연히 자연을 그린 게 거의 없다." 자연이나 신이 시간을 초월하여 존재하는 영원한 것—또는 그렇게 존재하는 것으로 인간에게 이해되는 그 무엇—이라면, 인간이란 시간의 굴레에서 벗어날 수 없는 존재다. 다시 말해, 인간사란 시간의 흐름 속에서 이루어지는 것이고, 이로 인해 인간사에는 원인과 진행 과정과 결과가 문제 되게 마련이다. 비록 결과가 뜻밖의 것이 되거나 역설적인 것이 될 수도 있지만, 그 자체가 인간사란 시간적이고 인과적(因果的)인 것이라는 기본 논리를 위반하는 것은 아니다. 어찌 보면, 뜻밖의 결과나 역설과 반어가 오묘한 인간사에서 오히려 자연스러운 것일 수 있음을 예리한 눈으로 포착하는 데에 시조의 시조다움이 놓인다고 할 수 있다. 시조가 초시간적(超時間的)인 영원과 초월의 세계에 대한 이해를 지향하는 '상징(象徵, symbol)의 시'가 아니라 '우의의 시'임은 이 때문이다.

나의 판단에 따르면, 시조가 시조이기 위해서는 '시간성의 시가'라는 점을 간과해서는 안 된다. 다시 말해, 시조의 시조다움은 시간성과 우의성에서 찾아야 한다고 믿는다. 그리고 내가 믿기에 이 같은 특성이야말로 시조의 전통을 논의할 때 결코 외면할 수 없는 그 무엇이다. 물론 현실과 정서가 바뀜에 따라 시적 소재와 대상뿐만 아니라 주제도 바뀔 수 있다. 아울러, 형식 요건에도 변화가 있을 수 있거니와, 행과 연 나눔의 자유 및 새로운 형태의 연시조 쓰기가 광범위하게 인정되고 있음에서 이를 확인할 수 있다. 심지어 단시조 형태의 시편(詩片)과 사설시조 형태의 시편을 한 편의 작품 안에 아우르는 형식상의 실험이 시도되기도 한다. 또한 음수율 면에서의 파격이 일반화되어 있기도 하다. 이처럼 오늘날 창작되는 시조를 살펴보면 형식적인 면에서 놀라운 변화가 현실화되어 있는 것도 사실이다. 하기야 인간이 시간적 존재인 이상 어찌 시간의 변화에 따라 변하지 않는 것이 있을 수 있으랴. 하지만 모든 것이 변하더라도 변하지 않아야 할 것이 있다면, 거듭 말하지만, 시조의 시간성과 우의성이 아닐까. 또한 시간성과 우의성이 이끄는 인간사에 대한 현실적 이해와 비판의 시각일 것이다.

이 같은 나의 이해와 입장은 물론 시조 창작에 헌신해 온 시조 시인들이나 시조 연구에 전념해 온 국문학자들의 것과 비교할 때 사소하고 지엽적인 것일 수 있다. 하지만 외국문학도로서 내가 기여할 수 있는 바도 있으리라고 믿는다. 이와 관련하여, 어떤 제도나 체제 안에 속해 있다 보면 그 제도나 체제 자체의 구조를 전망하거나 그 모습과 특성을 객관적으로 조망하기 어렵다는 점을 지적하고자 한다. 외국문학도인 나에게는 시조라는 문화적 제도 또는 체제 바깥에서 이를 조망하고 관찰할 수 있는 자리가 주어진 셈이다. 바로 이 점이 나에게 나름의 개념 정의 및 입장 표명에 용기를 낼 수 있게 한 하나의 요인이 되었음을 밝히고자 한다.

그럼에도 불구하고, 나의 개념 정의나 입장을 향한 반론이나 이론(異論)은 얼마든지 있을 수 있다. 하기야 1000여 년의 세월을 거쳐 한국인이 줄곧 향유해 온 시 형식의 특성을 어찌 이상과 같은 한두 마디의 말로 일반화할 수 있겠는가. 그처럼 일반화가 쉽지 않기에, 나의 개념 정의 및 입장을 포함하여 그 어떤 일반화도 만족스러운 것이 되기란 어려울 것이다. 아울러, 그 어떤 종류의 반론이나 이론도 나름대로 명분을 가질 것이다. 내가 이렇게 말함은 나의 잠정적인 개념 정의나 이해가 하나의 단초가 되어 시조에 대한 보다 더 폭넓은 논의—즉, '시조는 시조'라는 단순 논리를 뛰어넘어 '시조가 시조임은 무엇 때문인가'에 대한 논의—가 활성화되기를 바라기 때문이다.

오랜 세월 다양한 지면을 통해 발표했던 시조 관련 글 가운데 일반론 4편과 시인별 작품론 11편을 다듬어 묶고, 여기에 한국문학번역원에서 출간되는 *List: Books from Korea*의 2016년 봄호(통권 31권)에 영어로 발표한 글을 덧붙여 비평집을 내게 되었다. 총체적인 원고 정리 작업은 지난 2017년 여름에서 가을까지 원주의 토지문화관이 집필실을 마련해 주어 수월하게 마무리할 수 있었다. 집필실 사용의 혜택을 누리게 해 주신 한국문화예술위원회와 토지문화재단에 감사의 인사를 올린다. 하지만 이번의 비평집을 내는 데에는 무엇보다 강봉자 사장님의 격려에 힘입은 바 컸다. 출판사 운영에 보탬이 되지 못할 책이지만, 문학에 온몸을 바쳤던 고(故) 김종철 시인의 뜻을 소중히 여겨 흔쾌히 출판을 맡아 주신 강 사장님께 진심으로 마음 깊이 감사 드린다.

2017년 12월 초순
관악산 기슭 연구실에서
장경렬

제1부

오늘날의 시조, 이에 관한 몇 가지 단상

시조의 변모 과정, 어떻게 이해할 것인가[1]

—통시적인 이해를 향한 하나의 시도

기(起), 시조의 현대화 과정

고려 시대에 출현하여 1000년가량의 전통을 이어 온 시조의 역사에서 가장 또렷한 변화는 무엇보다 '노래'에서 '시'로 바뀌었다는 점일 것이다. 이른바 '시조의 현대화'에 결정적인 요인으로 일컬어지기도 하는 이 같은 변화가 일어난 것은 20세기 초의 일로, 만일 이에 버금가는 또 하나의 변화가 시조의 현대화 과정에 있었다면 이는 다름 아닌 시조의 '연시조화(聯時調化)'일 것이다. '연시조화'라니? 말할 것도 없이, 시조의 현대화가 이루어지기 전에도 연시조는 있었다. 하지만 전통적인 의미에서의 연시조는 윤선도의 「오우가(五友歌)」나 이황의 「도산십이곡(陶山十二曲)」 등의 예에서 볼 수 있듯 독립성을 지닌 일련

---

1) 이 글은 서울대학교 일본연구소의 2014-15년 일본학 연구지원사업의 연구 계약에 의거하여 집필된 논문 「'확대 지향'의 시 형식과 '축소 지향'의 시 형식—시조와 하이쿠의 형식상 특성에 관한 하나의 비교 분석」(『일본비평』 통권 14호, 2016년 2월)에서 시조 관련 논의 가운데 일부를 발췌하고 이를 글의 주제에 맞춰 다시 쓴 것이다.

의 단시조—즉, 3장 6구로 이루어진 단형 시조—를 동일한 제목이나 주제 아래 하나로 묶어 놓은 것이었다. 따라서 옛날의 연시조는 제각기 작품으로서의 완결성을 지닌 단시조 작품들을 한자리에 모아 놓은 것이라 할 수 있었다. 한편, 현대의 연시조는 대부분의 경우 옛날의 연시조와 달리 각각의 부분이 결합하여 하나의 유기적 통일체를 이루는 단일 작품으로 읽힌다. 다시 말해, 한 편의 작품을 구성하는 단시조 단위의 시편(詩片)들이 자체의 독립성을 상실한 채 전체의 일부를 이루는 경우가 허다하다.

　시조의 연시조화는 시조 창작의 일반적인 관행에 비춰 볼 때 매우 중요한 의미를 갖는데, 옛날과 달리 오늘날에는 앞서 말한 새로운 형태의 연시조가 시조 창작 관행의 주류를 형성하게 되었다는 점에서 그러하다. 물론 오늘날에도 여전히 단시조가 창작되고 있는 것도 사실이다. 그리고 전통적인 의미에서의 연시조가 드물긴 하나 창작되고 있는 것 또한 사실이다. 하지만, 단시조든, 전통적인 형태의 연시조나 사설시조(辭說時調)든, 새로운 형태의 연시조 창작과 양적으로 비교할 때 초라하다는 판단을 내리지 않을 수 없는 것이 사실이다. 일례로, 우리나라에서 가장 오랜 전통과 권위를 지닌 중앙시조대상의 경우 30년이 넘는 세월이 흐르는 동안 수상작의 대부분이 새로운 형태의 연시조 작품이었다. 만일 제1회 수상작인 김상옥의 「삼련시 2수」와 제5회 수상작인 박재삼의 「단수 3편」을 단시조 묶음으로 본다 해도, 단시조가 수상작으로 선정된 것은 제24회 수상작인 홍성란의 「바람 불어 그리운 날」을 포함하여 세 번이 전부다. 우리가 여기서 '만일'이라는 단서를 다는 것은 어쩌면 제1회 수상작과 제5회 수상작을 전통적 형태의 연시조로 볼 수도 있기 때문이다. 한편, 어느 모로 보나 전통적 형태의 연시조가 수상작으로 선정된 적도 있는데, 이는 제21회 수장작인 이정환의 「원에 관하여 · 5」단 한 번뿐이다. 아울러, 사설시조 형태의 작품이 수상작으로 선정된 예도 있지만, 이 역시 극히 예외적이다.

이 같은 변화—즉, 시조에서 확인되는 형식 및 창작 관행의 변화—를 어떻게 이해해야 할까. 만일 시조가 고려 말의 수많은 예에서 확인할 수 있듯 단시조 형태에서 출발했다는 점을 감안하면, 이는 명백히 비교적 간명했던 시 양식이 '복잡화'의 방향으로 변화의 과정을 거쳐 온 것이라고 진단할 수 있다. 이 같은 복잡화의 경향은 시대가 복잡해져 가는 과정에 대응하여 '현세적 시간'의 시 양식인 시조가 필연적으로 양식상의 변화를 겪을 수밖에 없었기 때문일까. 즉, 시조가 현세적 시간에 민감한 시 양식—다시 말해, 시대 변화에 민감한 시 양식—이기 때문일까. 또는 단시조 형태가 복잡한 시대를 살아가는 시인의 복잡하고 미묘한 마음을 담고 전하기에는 협소하다 판단되었기 때문일까. 아니면, 시조 양식이 본원적으로 지니고 있는 내적인 변화 의지가 그와 같은 방향으로 표출된 것일까. 이 같은 물음에 대한 답을 모색하는 길 가운데 하나는 시조의 형식상 변모와 관련하여 통시적(通時的)인 검토를 시도하는 것이리라. 이어지는 논의에서 우리는 시대를 가로질러 시조가 어떻게 변모 과정을 거쳤는지를 투박하게나마 검토하고자 한다.

승(承), 시조의 기원과 발전 과정

시조의 기원을 신라 향가(鄕歌) 또는 고려가요(高麗歌謠)에서 찾을 수 있다는 설이 있긴 하지만, 아직까지는 구체적으로 이를 뒷받침할 충분한 자료가 축적되어 있지 않다. 아울러, 「만전춘(滿殿春)」과 같은 고려가요의 제2연과 제5연에서 시조 형식의 시상 전개가 확인되기도 하지만, 단순히 이것만으로 시조의 기원을 확정하기란 쉽지 않다. 최근 윤덕진과 같은 학자는 고려 시대의 「정과정(鄭瓜亭)」에서 시조의 연원을 찾기도 한다.[2] 그에 의하면, 계면조 악곡(界面調 樂曲)의 시원(始原)으로 일컬어지는 「정과정」과 마찬가지로 시조의 악조가 전반적으로 어단성장(語短聲長)의 특징을 갖는 계면조라는 점, 시조의 기본 운율 단위인 4음보 시행(詩行)의 출현이 「정과정」에서 비롯되었다는 점 등을 들고 있다. 단순히 가사(歌詞)의 언어적·의미론적 요소와 관련해서가 아니라 가곡(歌曲)의 음악적 요인의 측면에서 시조의 연원을 찾는 이 같은 시도는 현재 고려와 조선의 가곡 및 가사 문학 연구자들 사이에서 활발하게 진행되고 있는 것이 사실이다. 하지만 아직까지는 논의가 마무리 단계에 왔다고 보기 어렵거니와, 시조의 기원에 관한 정설로 확립되려면 좀 더 많은 논의가 요구된다.

　시조의 기원과 관련하여 또 하나 논의되는 전거는 한시(漢詩)다. 시상 전개 또는 의미 구조의 측면에서 시조에 끼친 한시의 영향은 부정할 수 없는 사실이고, 이를 무시할 수도 없다. 여기서 우리가 말하고자 하는 것은 일반적으로 시조는 한시와 마찬가지로 '기승전결(起承轉結)'의 시상 전개 방식 또는 의미 구조를 지니고 있다는 점이다. 그 때문인지는 몰라도, 시조를 한시체로 번역하되, 기승전결의 의미 구조를 지닌 칠언절구(七言絕句)나 오언절구(五言絕句)의 한시체로 번역해 놓은 경우가 적지 않은 것 또한 사실이다. 하나의 예를 들어 보기로 하자.

　　梨花에 月白ᄒ고 銀漢이 三更인제
　　一枝春心을 子規ㅣ야 아라마는

2) 윤덕진, 「「정과정」의 성립 과정」, 『한국고시가문화연구』 34권(2014), 251-275면 참조.

多情도 病이냥ᄒ여 ᄌᆞᆷ못드러 ᄒᄂᆞ라

梨花月白三更天	이화에 달빛 환한 자정 무렵 밤하늘
啼血聲聲怨杜鵑	피를 토하듯 우는 두견이 원망스러워
儘覺多情原是病	다정도 병 되는 줄 이제야 깨닫나니
不關人事不成眠	인간사에 무심해도 잠 못 들어 하노라[3]

　위의 예는 고려 원종과 충혜왕 시대의 문신 이조년(李兆年, 1269-
1343)의 시조를 조선 후기의 문신 신위(申緯, 1769-1845)가 칠언절구
체(七言絶句體)로 한역(漢譯)한 것이다. 이조년의 작품과 신위의 번역
을 비교하는 경우, 시조의 종장이 둘로 나뉘어 번역본의 제3구와 제4
구로 처리되어 있음을 알 수 있다. 이는 시조와 한시가 공유하는 기승
전결의 의미 구조를 그대로 살린 번역이라 할 수 있다. 신위는 자신의
저서 『경수당전고(警修堂全藁)』의 「소악부(小樂府)」에 모두 40수의 한
역 시조를 수록해 놓았는데, 이처럼 종장을 둘로 나눠 번역본의 제3
구와 제4구로 처리한 작품이 수적으로 가장 많다.[4] 모르긴 해도, 이는
번역자가 시조와 절구 형식의 한시 사이에 존재하는 의미 구조상의 상
관성을 무시할 수 없었기 때문이리라.
　사실 조선 시대의 시조 한역은 시조 창작에 버금갈 정도로 활발하게

---

3) 이조년의 시조 및 신위의 번역은 『시조 문학 사전』, 396면 참조. 이 책에 수록된 신위 번역본의 제4구
　첫 글자는 '覺'으로 잘못되어 있어, 심재완 편저, 『교본 역대 시조 전서』(세종문화사, 1972), 1267면에
　수록된 텍스트를 참조하여 바로 잡았음. 우리말 번역은 논자의 것임.
4) 황위주에 의하면, 신위의 번역을 검토하는 경우, 복잡한 삽입과 생략의 과정을 거친 2수의 작품을 제외
　하면 (1) 종장을 둘로 나눠 제3구와 제4구로 처리한 예가 17수, (2) 중장을 생략하고 초장과 종장을 각
　각 둘로 나눠 각각 제1구와 제2구 및 제3구와 제4구로 처리한 예가 2수, (3) 초장을 둘로 나눠 제1구와
　제2구로 처리한 예가 14수, 그 외의 다양한 예가 5수다. 즉, 여러 가지 가능성 가운데 종장의 의미 구조
　를 살린 경우가 38수 가운데 모두 19수다. 이상의 논의는 황위주, 「조선후기 소악부 연구」, 한국정신문
　화연구원 대학원 석사학위논문(1983), 52면 참조.

이루어졌거니와, 중복 번역된 경우를 포함하여 우리에게 전해지고 있는 것이 1200여 수이며, 그 밖에 원작을 확인할 수 없는 한역 시조 작품만 해도 100여 수에 달하는 것으로 알려져 있다.[5] 그 가운데 시조의 3장 6구 형식을 살려 4언 6구체나 5언 6구체로 번역된 작품도 있지만, 특히 칠언절구 또는 7언 4구 형식으로 번역된 예가 500여 수에 달하는 등 가장 많다고 한다.[6] 이처럼 한시의 정형 형식에 맞춘 번역이 많다는 점은 시조와 한시 양자 사이의 친연성(親緣性)을 가늠케 하는 단서가 될 수도 있으리라. 그럼에도 불구하고, 여전히 문제 삼지 않을 수 없는 것은 한시의 정형성과 시조의 정형성이 형태적인 측면에서 상응하지 않는다는 점이다. 즉, 네 개의 구(句)로 이루어진 절구체 또는 4구체의 한시는 3장 6구로 이루어진 시조와 양립하지 않는다. 시조의 경우, 의미 구조상의 기승전결 가운데 전과 결이 하나로 묶여 종장을 이루고 있기 때문이다. 시조라는 정형시 형식이 정립될 때 한국인이 이처럼 3장 6구의 구조를 취하게 된 이유는 무엇일까. 이 물음에 대한 답을 찾는 일은 시조의 연원을 찾는 일만큼이나 지난한 작업이 될 것이다. 여기에는 어떠한 논리나 합리적 설명으로도 쉽게 가늠하기 어려운 문화적 에토스 또는 혼(魂)이 작용하고 있기 때문인지도 모른다.

아무튼, 시조는 14세기 고려 말에 3장 6구의 정형시로 확립되었음을 당시의 여러 시조 작품들—예컨대, 앞서 인용한 이조년과 정몽주(鄭夢周, 1337-1392)의 작품—이 증명한다. 흥미로운 사실은, 일단 확립된 시조 양식이 아주 오랜 세월 별다른 형식상의 변모 과정을 거치지 않은 채 유지되어 왔다는 점일 것이다. 이와 관련하여, 우리는 조

---

5) 김문기 · 김명순, 『조선조 시가 한역의 양상과 기법』(태학사, 2005), 29면.
6) 김문기 · 김명순, 31면.

선 전·중기의 문학에 대한 영국인 리처드 러트(Richard Rutt)의 다음과 같은 지적을 주목하지 않을 수 없다. 성공회 사제로서 1964년 한국으로 와서 20여 년의 세월을 보내면서 한국의 시조 문학에 대해 깊은 관심을 보였던 러트는 한국 문화권 바깥쪽의 타자이기에 오히려 용이하게 감지했을 법한 옛 시대의 한국문학이 지닌 특성을 다음과 같이 지적한 바 있다.

> 18세기 이전에는 시 창작이 전문적인 시인들의 전유물이 아니었다. 다른 동아시아 국가들과 마찬가지로 한국에서는 교육 받은 모든 이들이 문학과 창작 면에서 훈련 과정을 거쳤다. 한글로든 한자로든 공직에 몸담고 있는 사람들이, 심지어 무신까지도 시를 창작했다. 그 결과로 산출된 시적 자산은 서양의 것과 아주 다른 것이 되었다. 시 창작자들이 전문적인 시인이 아니었기 때문에, 그들의 작품은 서양 시인들의 작품에 비해 덜 모험적인 것이 되는 동시에 더 형식적인 것이 되는 경향이 있었다. 형식에 대한 실험이 거의 없었기 때문에, 그 결과 역사적으로 서양의 시가 거쳐 온 시기에 상응하는 시기 동안 기대해 볼 만큼의 발전을 보이지 않았다. 몇몇 전통적인 한시 창작법이 사용되고 있긴 했지만, 15세기 이후 줄곧 한글로 창작된 시에는 단지 두 종류밖에 없었다. 하나는 [중략] 가사(歌辭)였고, 다른 하나는 시조였다.[7]

사실 시 형식의 다양화가 이루어지지 않았을 뿐만 아니라 시조 형식 자체에도 변화가 없었거니와, 이는 러트의 지적대로 시조를 창작하는

7) Richard Rutt, *The Bamboo Grove: An Introduction to Sijo*(1971: Ann Arbor: U of Michigan P, 1998), 3-4면.

이들이 시 창작에 모든 것을 거는 전문적 시인이라기보다는 이를 여기 (餘技)로 향유하는 귀족 또는 양반 계급이었기 때문일 것이다.

고려 말에 확립되어 형식의 변화 없이 양반 계급에 의해 향유되어 오던 시조에 변화가 찾아온 것은 18세기 이후다. 즉, 왜란(倭亂)과 호 란(胡亂)을 거치는 가운데 황폐화하고 혼란스러워진 한국 사회가 재편 과정을 거치고 다시 안정을 찾은 때다. 무엇보다 주목해야 할 변화는 시조를 향유하는 계층이 다양해졌다는 사실이다. 즉, 김대행이 지적 하듯, "조선 후기로 일컬어지는 18, 19세기로 오면서 신분의 이동과 계층의 변화가 심하게 일어"났고, 이와 함께 "다양한 계층이 시조를 공유하는 변화"가 일었다.[8] 이 같은 변화에 결정적인 역할은 한 이들 은 김천택(金天澤, 1680년대 말 추정-?), 김수장(金壽長, 1690-?), 이 세춘(李世春, ?-?), 박효관(朴孝寬, ?-?)과 같은 중인층(中人層)의 전 문 가객들로, 그들은 시조 창작뿐만 아니라 창법 전수와 지도에 힘쓰 기도 하고, 나아가 시조집을 편찬하기도 했다. 어찌 보면, 이들은 러 트가 말한 바 있는 이른바 "전문적인 시인" 또는 고대 및 중세 유럽의 '음유 시인'이나 중세 일본의 '렌가시(連歌師, れんがし)'에 상응하는 역 할을 했다 할 수도 있으리라.

이처럼 전문 가객들의 등장과 함께 시조 형식 자체에도 주목할 만한 변화가 있었는데, 사설시조라는 새로운 형태의 시조가 활짝 꽃피게 되었던 것이다. 정확하게 말하자면, 사설시조가 처음 모습을 드러낸 것은 16세기 후반과 17세기 전반으로, 조선 중기의 선비 고응척(高應 陟, 1531-1605)과 백수회(白受繪, 1574-1642)의 문집에서, 또한 왜 란 때 왜군 장수로 조선에 왔다가 귀화한 김충선(金忠善, 1571-1642)

---

8) 김대행, 「고전시가」, 서대석 외, 「한국문학 강의」(도서출판 길벗, 1994), 207면.

의 문집에서 이 유형의 작품이 확인된다. 하지만 이 같은 새로운 형태의 시조가 성행하게 된 것은 거듭 말하지만 18세기에 들어서다. 이 점은 시조가 양반 계급의 전유물에서 중인층과 평민층에 이르기까지 넓게 향유하는 시가 형식이 된 것과 무관치 않을 것이다. 시조가 중인층과 평민층까지 향유하는 시가 형식이 되면서 자연스럽게 이 계층의 구성원들이 지닌 현실 인식과 세계관 및 삶에 대한 태도를 반영할 것이 요구되었으며, 이 같은 요구에 부응한 것이 사설시조였다.

사설시조는 3장이라는 형식 요건을 유지하되, 종장 첫 구를 3음보의 단어로 시작하는 것 이외에는 모든 규칙에서 자유로운 시가 형식이다. 이처럼 굳어진 규칙에서 자유로워지고자 하는 경향을 반영하는 시가 형식일 뿐만 아니라, 사설시조에서는 익살과 해학이 지배적인 특성이 되고 있다. 어떤 의미에서 보면, 이 같은 형식상의 자유로움과 내용상의 익살과 해학은 상이한 사회 계층 사이에 존재하는 태도와 의식의 차이를 반영하는 것으로 볼 수도 있다. 즉, 격식과 절차를 중시하는 계층과는 달리 자유롭고 솔직하게 자신을 표현하고자 하는 계층이 시조를 기존의 형식 요건에서 벗어나게 했고, 고상함과 경건함 대신에 익살과 해학을 택하게 했던 것이리라. 그리하여 형식 요건에서 자유로워진 사설시조는 세속적 삶을 살아가는 사람들의 정서와 체험을 때로 해학적으로, 때로 익살스럽게 표현하는 장치가 되었던 것이리라.

하지만 사설시조와 관련하여 우리가 무엇보다 유의해야 할 점은 익살과 해학이 단순히 언어적 차원에 머무는 것이 아니라는 사실이다. 언어적 차원에 머무는 것이 아니라니? 이 말을 통해 우리가 말하고자하는 바는 사설시조가 단순히 재치와 기지에 넘치는 언어 유희의 산물만은 아니라는 것이다. 어찌 보면, 현실에 대한 우의적(寓意的)인 이해나 비판으로서의 시조가 지니는 특성을 수사(修辭)의 힘에 기대어 더욱 강화한 것이 사설시조일 수 있다. 즉, 현실에 민감한 시가 형식으로서의 시조가 지니는 현실과 인간의 현실적인 삶에 대한 예리한 이해와 비판 정신을 더욱 강화하여, 고도의 정치(精緻)한 풍자의 차원으로 이끈 것이 사설시조라는 것이 논자의 판단이다. 대표적인 예를 하나 들기로 하자.

두터비가 ᄑ리를 물고 두험우희 치ᄃ라 안자

것넌山 ᄇ라보니 白松鶻이 쩌잇거놀 가슴이 금즉ᄒ여 풀럭 쒸여

내ᄃ다가 두험 아래 쟛바지거고

모쳐라 놀낸 낼식망졍 에혈질번 ᄒ괘라

파리와 두꺼비와 백송골(흰 송골매)은 먹이사슬의 관계를 이루는 자연의 생명체들로, 작자 미상의 이 작품은 당시 관리와 백성 사이의 관계를 우의적으로 암시한다. 파리로 비유되는 백성을 잡아 배를 채울 대상으로만 여기는 하급 관리는 두꺼비로 비유되고 있으며, 그가 두려워하는 상급 관리는 송골매로 비유되고 있다. 송골매의 공격에 놀라 피하다가 두엄 아래로 자빠지면서도 자신이 날래게 피할 만큼 민첩하다는 점에 자긍심을 갖는 두꺼비의 모습에서 우리는 해학과 익살을, 심지어 유쾌한 반어(反語)의 어조를 일별할 수 있다. 아울러, 단순한 익살이나 해학을 넘어선 날카로운 현실 비판을 읽을 수 있다.

시조 형식은 20세기에 들어서서 이른바 시조 현대화 운동과 함께 또 한 번의 변모 과정을 거친다. 앞서 말했듯, 노래가 시로 바뀌었다는 점은 무엇보다도 주목할 만한 변화다. 아무튼, 이렇게 변모한 시조 형식 자체에도 변모가 예견되고 있거니와, 이와 관련하여 우리는

시조의 현대화에 결정적 역할을 했던 시조 시인 가람 이병기(李秉岐, 1891-1968)의 제안에 유의해야 할 것이다. 즉, 그는 「時調는 革新하자」(동아일보 1932년 2월 2일 자)라는 글에서 다음과 같은 혁신 방안을 제시한 바 있다.

> 古來의 時調에는 한 首가 한 篇이 되게 하여 完全히 한 獨立한 생각을 表現하였다. 물론 이렇게 할 경우도 있다. 그러나 오늘날 우리의 生活相은 예전보다도 퍽 複雜하여지고 새 刺戟을 많이 받게 됨에 따라, 또한 作者의 成功도 가지가지로 많을 것이다. 그것을 겨우 한 首로만 表現한다면, 아무리 그 線을 굵게 하여 하더라도 될 수 없으며, 된대야 不自然하게 되고 말 것이니, 자연 그 表現方法을 전개시킬 수밖에 없다. 워낙 時調形 그것부터가 얼마라도 展開시킬 수 있게 된 것이다. 필연 당연한 일이다.
> 그런데 그 表現方法을 展開시키자는 것은 곧 連作을 쓰자 함이다.[9]

요컨대, "連作을 쓰자"는 것이 그의 제안이다. 그가 말하는 "연작"은 "한 題目만 가지고 여러 首를 지어 羅列한 것"이 아니라 "感情의 統一"을 담보한 것으로, "[작품을 이루는 여러] 수가 各各 獨立性을 잃더라도 全篇으로서 統一만 되"는 시조를 뜻하지 않는다.[10] 아무튼, 이병기는 연작을 써야 할 이유로 "오늘날 우리의 生活相은 예전보다도 퍽 複雜하여지고 새 刺戟을 많이 받게" 되었음을 들고 있거니와, 시조가 현실에 민감한 시 양식임은 여기서도 확인된다.

이어서, 시조는 가람이 제안한 것보다 더 급격한 혁신의 과정을 거

---

9) 이병기, 『가람문선』(신구문화사, 1971), 327면.
10) 이병기, 327-28면.

치게 되는데, 특히 오늘날의 시조 시단을 지배하는 것이 연시조이
되, 오늘날의 연시조는 "감정의 통일"을 넘어서, 앞서 지적한 바와 같
이 각각의 수가 독립성을 상실한 채 작품 전제의 일부로 편입되어 있
는 경우가 대부분이다. 심지어는 단시조 형태나 연시조 형태의 시편
이 사설시조 형태의 시편과 한자리에 뒤섞여 있는 독특한 형태의 시조
가 창안되기도 하였다. 이처럼 시조 형식에 또 한 번의 변화가 찾아온
것은, 가람이 시조 현대화 운동을 하던 때에 비해 오늘날 시조 시인들
이 마주해야 하는 삶의 현실과 세계가 앞서 논의한 바 있듯 한층 더 복
잡다기한 것이 되었기 때문일까. 또는 "감정의 통일"만으로는 도저히
소화할 수 없는 엄청난 주제를 시조 양식 안에 담아야 할 시대적 사명
이 시조 시인들에게 주어졌기 때문일까. 즉, 과거의 단시조 형태나 사
설시조 형태가 허용하는 시적 공간이 역시 앞서 논의한 바 있듯 오늘
날의 시조 시인들에게는 지나치게 협소하기 때문일까. 이유가 어디에
있든, 오늘날의 연시조는 과거의 단시조야 말할 것도 없고 사설시조
와 비교하더라도 형식상으로 한층 더 복잡해졌을 뿐만 아니라 내용상
으로도 단순화가 쉽지 않은 경우가 허다하다.

전(轉), 시조의 시간성

   단시조에서 사설시조로, 다시 새로운 형태의 연시조로 시조 형식이
변모했음을, 그리하여 새로운 형태의 시조가 오늘날 한국의 정형시
시단의 대세를 이루게 되었음을 감안한다면, 정녕코 시조 형식의 본
원적 특성을 시간성에서 찾는 일이 결코 무의미하지 않아 보인다. 하
지만 이것만으로는 충분치 않다. 시조가 현실에 민감한 시 형식—또
는 '현세적 시간'의 시 형식—임은 역사적 변모와 관련해서뿐만 아니

라 발생학적 차원 및 시조의 근원적 지향점의 측면에서도 검토되어야 하기 때문이다. 이에 대한 확인 작업이 이루어졌을 때 우리는 비로소 시조가 시간성의 시 형식임을 공언할 수 있으리라. 이와 관련하여, 단시조든 사설시조든 오늘날의 연시조든 시조가 시간성의 시가로 정립되고 발전하는 데 근원적 요인이 된 것이 있다면, 우리는 그것이 무엇인지를 살펴보아야 할 것이다.

무엇보다도 우리에게는 '시조'라는 명칭 자체에 대해 다시 한 번 생각해 볼 것이 요구된다. 널리 알려져 있듯, '시조'라는 명칭은 '시절가조(時節歌調)'라는 표현에서 비롯된 것이다. 그리고 이때의 '시절'은 "일정한 시기나 때"[11]를 뜻하는 표현이다. 따라서 '시조'는 '당대(當代)의 노래' 또는 '당대의 정서나 시류(時流)를 반영한 노래'로 정리할 수 있다. 요컨대, 명칭 자체가 시조는 곧 시간성의 시가임을 암시한다. 마치 이 같은 명칭이 시조에 부여된 것은 결코 우연으로 볼 수 없음을 증명하듯, 시조 형식이 정립되었던 것으로 판단되는 시기인 고려 말에 주옥같은 시조 작품을 창작한 시인들—예컨대, 우탁(禹倬, 1263-1342), 이조년, 성여완(成汝完, 1309-1397), 이색(李穡, 1328-1396), 원천석(元天錫, 1330-?), 정몽주, 이존오(李存吾, 1341-1371), 길재(吉再, 1353-1419), 변계량(卞季良, 1369-1430)—은 예외 없이 탁월한 성리학자들이었다. 성리학은 중국 송대(宋代)에 확립된 유학 사상 체계로, 유학 사상 체계를 종교적 관점에서 수용한 것이 바로 지극히 현실주의적인 종교인 유교다. 고려 말 성리학자들이 창작한 시조의 두드러진 특성이 현실 세계 및 현실의 정치와 윤리 문제에 대한 관심이라는 사실은 이 같은 맥락에서 이해할 수 있을 것이다. 아울러, 시조

11) 국립국어원 인터넷 표준국어대사전 참조.

가 가사(歌辭)와 더불어 주된 시가 창작의 수단이던 조선 시대의 지배
이념이 유학 사상이었다는 점과 그 시대의 종교가 유교였다는 점도 시
조의 발전 및 전개 과정과 관련하여 각별히 주목해야 할 문화적 여건
이 아닐 수 없다. 시조가 시간성의 시가로 정립하는 데 유교가 일정한
역할을 했다는 추론을 할 수 있다면, 바로 이런 맥락에서다.

　이와 함께 우리가 유념해야 할 것은 미국의 비교문학자 얼 마이너
(Earl Miner)가 지적한 바 있는, "일본"과 달리 "중국과 한국"의 시가
지니는 본질적 특성이다.

　　중국인들은 시가 사실에 근거한 것이라 생각한다. 물론 동아시아의
　　독자들도 어떤 시는 허구의 산물임을 인식한다. 하지만 시란 본질적
　　으로 사실에 입각한 것이라는 믿음이 매우 강하다. 특히 중국과 한국
　　에서 그러하다."12)

　'사실(fact)에 입각한 것'이라는 말은 허구가 아닌 실제로 있었던 특
정한 인간과 사건에 대한 이해와 비판과 표현이 시인의 주된 관심사였
음을 암시하는 것으로, 마이너는 두보(杜甫, 712–770)의 「가인(佳人)」
이라는 시에 대한 분석과 함께 다음과 같이 논의를 잇는다.

　　불운의 나락에 떨어진 여인에 관한 시 또는 그런 여인의 목소리를 빌
　　려 사연을 전하는 시가 중국에는 많다. 그런 시 가운데 많은 것이 남성
　　의 창작품으로, 이는 관직을 잃었거나 왕이나 고관대작의 총애를 잃
　　은 문신(文臣)이 원망의 마음을 시를 통해 표현하고자 하는 상황에서

---

12) Earl Miner, *Comparative Poetics: An Intercultural Essay on Theories of Literature*(Princeton: Princeton UP, 1990), 108면.

창작된 것이다. 「가인」도 그러한 시일까. 만일 그렇다 추정하면, 이 시
는 우의(寓意)일까.[13)]

이어서 마이너는 두보의 「가인」이 특정한 종류의 우의―즉, 서양 문
학의 우의와 달리 특정한 역사적 인물과 사건을 지시하는 중국이나
한국의 시 문학 특유의 우의―의 시임을 확인한다. 아마도 여기서 우
리는 조선 시대의 가사문학(歌辭文學)을 대표하는 정철(鄭澈, 1536-
1593)의 「사미인곡(思美人曲)」이나 「속미인곡(續美人曲)」을 떠올릴 수
도 있을 것이다. 하지만 실재하는 특정한 인간사와 인간 현실에 대한
우의적 표현은 시조에서도 지배적으로 확인되거니와, 바로 이런 측면
에서도 시조는 시간성의 시가임을 증명할 수도 있을 것이다.

결(結), 남은 과제

이제까지의 논의를 종합하자면, 시조가 단시조에서 사설시조로, 다
시 사설시조에서 연시조로 지배적인 창작 경향이 바뀐 것은 시대의 요
구와 현실의 변화에 따른 필연적인 것일 수 있다. 즉, 시대와 현실이
복잡해짐에 따라, 또한 시조를 향유하는 계층의 폭이 넓어짐에 따라,
이에 대응하여 시조 형식이 변모의 과정을 거쳐 왔다는 점을 부정할
수 없다. 또한 시조가 현실과 시대에 민감한 시간성의 시 형식임은 통
시적인 검토뿐만 아니라 내재적 특성에 대한 분석을 통해서도 확인된
다는 것이 우리의 결론이기도 하다. 남은 문제는 이처럼 시조를 시간
성의 시 형식으로 정립게 하고, 나아가 기승전결의 시적 의미를 3장 6

13) Miner, 110면.

구 12음보의 언어 구조 안에 담도록 유도한 한국 문화권의 문화적 에토스가 무엇인가다. 이 물음에 대한 답을 찾는 일은 문화 전반에 대한 총체적 검토가 요구되는 지난한 작업으로, 우리의 능력 바깥의 일임을 인정하지 않을 수 없다.

문화적 에토스를 추적하는 일이 쉽지 않기 때문에 시조의 변모 과정과 관련하여 그 어떤 가치 판단도 쉽게 내릴 것이 허락되지 않지만, 그럼에도 불구하고 논자는 다음과 같은 의문을 제기하지 않을 수 없다. 비록 시조가 시간과 현실에 민감하게 반응하는 시 형식임을 부정할 수 없다 해도, 새로운 형태의 연시조가 주류를 이루게 된 오늘날 우리 시조 시단의 경향은 과연 바람직한 것일까. 무엇보다 시조란 본래 절제의 미덕을 요구하는 간명한 시 형식이 아닌가. 설사 복잡다기한 현실에 대응하고자 하는 시인의 미묘한 감정을 담기에 협소하다는 판단 아래 시조 시인들이 새로운 형태의 시조를 요구하지 않을 수 없게 되었다 해도, 오늘날의 시조가 연시조라는 이름 아래 누리는 이른바 형식상의 자유에는 아무런 문제가 없는 것일까. 다시 말해, 새로운 형태의 연시조는 필연적 귀결일 수밖에 없는 것일까.

우리가 이처럼 현실을 부정하는 다소 엉뚱한 질문을 던지는 이유는 다음과 같은 가람의 우려를 가볍게 넘길 수 없기 때문이다. 앞서 검토한 글 「時調는 革新하자」에서 가람은 "[작품을 이루는 여러] 수가 各各 獨立性을 잃더라도 全篇으로서 統一만 되"는 시조를 받아들인다면 "잘못하다가는 時調가 아니고 다른 것이 되고" 말 수도 있음을 지적한 바 있다.[14] 즉, 그는 시조의 정체성과 관련하여 나름의 우려를 표명하고 있다. 하지만 작품을 구성하는 여러 수가 각각의 독립성을 잃고

14) 이병기, 327면.

"全篇으로서 統一만 되"어 있는 시조—즉, 새로운 형태의 연시조—가 거듭 말하지만 오늘날 대세를 이루고 있음은 누구도 부정할 수 없는 현실이 아닌가. 물론 가람의 시적 여정을 살펴보면 그 자신 또한 어떤 의미에서 보면 새로운 형태의 연시조에 대한 실험을 했던 것이 사실이다. 그렇지만, 가람뿐만 아니라 현대 시조의 발전에 주도적 역할을 했던 조운(曹雲, 1900-1948)이나 노산 이은상(鷺山 李殷相, 1903-1982)과 초정 김상옥(艸丁 金相沃, 1920-2004)과 같은 시조 시인의 작품 세계를 검토하는 경우, 연시조라 해도 각각의 수가 강하게 독립성을 지니고 있는 것 또한 사실이다. 문제는 오늘날 발표되는 연시조들이다. 이들을 살펴보면 대부분의 경우 이 글의 앞에서 지적했듯 작품을 구성하는 각각의 수에서 좀처럼 독립성이 짙어지지 않는다. 혹시 이 같은 형태의 연시조화야말로 시조의 정체성뿐만 아니라 미래를 위태롭게 하는 요인 가운데 하나가 아닐까. 오늘날 시조 시단 안팎에서 시조와 자유시를 구별하기 어렵다는 불평의 목소리가 들리고 있는 것 역시 이 때문은 아닐지?[15]

이 물음을 놓고 한국의 시조 시인은 적극적으로 고민을 거듭해야 하리라는 것이 논자의 판단이다. 이렇게 말한다 해서, 논자는 연시조 형태의 시조 창작 관행이 주류를 이루고 있는 오늘날의 현실 자체를 부정하자는 것도 아니고, 형식의 정통성을 주장하는 완고한 복고주의를 옹호하자는 것도 아니다. 논자가 말하고자 하는 것은 다만 이것이다. 즉, 형식 요건으로부터의 지나친 자유는 형식 자체의 무화(無化)를 유

---

15) 말할 것도 없이, 시조의 정체성과 독자성에 대한 의문의 목소리는 정형시의 음수율이 철저하게 지켜지고 있지 않다는 판단에서 나오기도 한다. 하지만 음수율의 측면에서의 이탈은 오늘날의 것만이 아니다. 사설시조에서뿐만 아니라 사설시조가 나오기 이전의 시조에서도 파격은 얼마든지 있었다는 점을 감안한다면, 단순히 음수율을 정확하게 지켜야 한다는 것이 시조의 정체성을 살리는 데 도움이 될 것으로 판단되지는 않는다. 비록 외형적 음수율을 엄밀하게 지키고 있지 않더라도 내재적 음수율이 확보되어 있다면, 이는 크게 문제 삼을 것이 아니리라.

도할 수도 있거니와, 그것이 오랜 역사와 전통을 지닌 시조 형식에게
마땅한 대접인지에 대해 깊이 생각해 보자는 것, 바로 그것이다. 자유
란 구속이 전제될 때 비로소 자유의 진정한 의미를 담지(擔持)한다는
사실을 누구도 잊어서는 안 될 것이다.

시조의 세계화와 국제화를 위하여
―그 가능성과 우리에게 주어진 과제

1. 시조의 세계화와 국제화

유사하나 서로 다른 의미로 사용되는 용어들이 있는데, '세계화'(globalization)와 '국제화'(internationalization)가 그 예 가운데 하나일 것이다. 양자 사이에는 어떤 차이가 있을까. 일반적으로 세계화란 세계가 좁아져 국적과 관계없이 누구에게나 활동의 무대가 되는 것 또는 한 나라의 경제나 문화가 나머지 세계의 경제나 문화와 융합하여 하나가 되는 것을 말한다. 한편, 국제화란 한 나라의 경제나 문화가 다른 나라에서 뿌리를 내리는 것 또는 뿌리를 내리되 새로운 여건에 맞춰 변용되는 것을 말한다. 결국, 미국 메릴랜드 대학의 허먼 E. 데일리(Herman E. Daly)와 같은 학자가 말하듯, 국가 간의 경계를 뛰어넘는 것이 세계화라면 국가라는 기본 단위가 유지되는 것이 국제화다.[16]

---

16) Herman E. Daly, "Globalization Versus Internationalization: Some Implications," *Ecological Economics* 31(1999), 31-32면.

이상의 정의에 준하는 경우, 시조의 세계화와 국제화가 뜻하는 바는 무엇일까. 지나친 단순화일 수 있겠지만, 시조의 세계화란 시조가 한국 문화라는 울타리를 벗어나서 세계 어디서나 통용되고 즐기는 시가 됨을 뜻한다. 한편, 시조의 국제화란 시조가 다른 나라나 문화권에 뿌리를 내리되 그곳 여건에 맞춰 새롭게 변용된 실체로 존재함을 뜻할 것이다. 양자 사이의 차이는 무엇일까. 아니, 차이가 있다 해도 이를 문제 삼을 만큼 중요한 것일까. 어찌 보면, 적어도 문학의 경우, 세계화와 국제화란 엄격하게 구분할 성질의 것이 아니라고 말할 수 있지 않을까. 세계화는 국제화가 바탕이 되어야 하고 국제화는 궁극적으로 세계화를 이끌 것이기 때문이다.

　어찌 보면, 형태상 시조와 유사하다 할 수 있는 일본의 하이쿠(俳句)가 오늘날 세계적으로 누리고 있는 지위는 양자를 융합한 것이라고 할 수 있다. 사실 언어의 경계를 뛰어넘어 하이쿠 형식의 시를 창작한 시인들이 세계 도처에 존재할 뿐만 아니라, 일본이 아닌 나라에서도 작문 시간에 하이쿠 형식의 시 창작 지도를 하는 곳이 적지 않다. 심지어, 2014년에 개봉한 캐나다와 아일랜드 합작의 범죄 영화인 『기차를 타고 온 남자』(Man on the Train)에서 보듯, 마치 여느 영화의 대사에서 셰익스피어의 소네트가 인용되듯 이 영화의 대사에서 바쇼(芭蕉, 1644-1694)의 하이쿠가 인용되기도 한다. 과연 그와 같은 세계화나 국제화가 시조의 경우에도 가능할까. 물론 가능할 것이다. 하지만 이는 저절로 이루어지는 것이 아니리라. 그렇다면, 한국의 시조 시단이 앞으로 해야 할 일은 무엇일까. 하지만 해야 할 일이 무엇인가를 논의하기에 앞서 짚고 넘어가야 할 것이 있으니, 무엇보다 시조란 무엇인가. 아니, '시조란 무엇인가'를 외국인들에게 알리고자 할 때 어떤 소개가 가능할까. 시조의 세계화든 국제화든 이를 실현하고자 할 때 무엇보다 우리가 앞세워야 할 것은 시조를 어떻게 소개하는가의 문제일 것이다. 따라서 이 문제에 대한 검토로 우리의 논의를 시작하기로 하자.

2. 시조에 대한 개념 정의의 필요성

시조를 세계에 소개할 때, 시조란 3행으로 이루어진 짤막한 정형시이며 한국의 전통적인 시가 형식이라 말하는 것으로 충분하지 않음을 모르는 사람은 없을 것이다. 하지만 시조 고유의 특성을 간략하게 정리해서 설명할 것을 요구한다면 시조 시인들조차 망설이는 경우가 적지 않을 것이다. 사실 정몽주나 황진이(黃眞伊, 1506?-1567?) 등의 빼어난 시조 작품뿐만 아니라 시조의 기본 정조에 익숙해 있는 우리에게 시조란 따로 설명이 필요치 않은 시 형식일 수 있다. 이는 이미 우리의 정서와 의식에 체화(體化)되어 있기 때문이다. 그렇다고 해서, 우리가 외국인에게도 시조 작품을 읽고 느끼는 가운데 시조가 무엇인지를 알 수 있을 것이라는 식의 조언을 할 수야 없지 않은가. 설사 그런 조언을 하고 외국인이 이를 따른다고 해도 문화적 에토스가 다른 외국인이 즉석에서 우리가 체화하고 있는 것만큼 시조에 대해 느끼고 이해하기를 기대할 수는 없다. 따라서 간략하면서도 쉬운 언어로 시조에 대해 개념 정의를 하는 일이 우리에게 급선무가 아닐 수 없다. 이를 위해 우리는 앞서 언급한 하이쿠의 사례를 검토하고자 하는데, 하이쿠의 예는 우리에게 일종의 길잡이가 될 수 있기 때문이다.

일본의 정형시인 하이쿠에 관심을 보인 첫 외국인으로 꼽히는 사람은 19세기 초 나가사키에 머물던 네덜란드인 헨드릭 되프(Hendrik Doeff, 1764-1837)다. 그는 직접 하이쿠를 창작하기도 했으며, 그가 창작한 하이쿠가 몇몇 편 남아 있기도 하다. 하지만 하이쿠의 세계화 또는 국제화에 결정적 계기를 마련한 이들은 폴-루이 쿠슈(Paul-Louis Couchoud, 1879-1959), 프랭크 스튜어트 플린트(Frank Stuart Flint, 1885-1960), 에즈라 파운드(Ezra Pound, 1885-1972)와 같은 프랑스, 영국, 미국의 시인들로, 이들이 하이쿠에 적극적으로 관심을 갖게 되었던 것은 20세기 초의 일이다. 그들이 하이쿠에 적극적인 관심을 보였던 이유는 무엇일까. 다양한 논의가 가능하겠지만, 파운드가 남긴 기록을 정리해 보면 하이쿠의 두 가지 특징이 거론될 수 있을 것이다. 우선 파운드는 하이쿠가 지극히 간명한 언어로 이루어진 시라는 점을 주목한다. 아울러, 하이쿠는 두 이미지의 중첩(重疊)―또는 병치(竝置)―의 구조로 이루어진 시라는 점을 주목하기도 한다. 이처럼 하이쿠의 핵심이 누구나 이해할 수 있는 몇 마디의 말로 요약되는 가운데, 하이쿠의 세계화나 국제화의 발판이 마련될 수 있었던 것이다.

만일 이 같은 방식으로 시조의 핵심이 무엇인가를 정리한다면, 어떤 정리가 가능할까. 우선 시조 역시 하이쿠와 마찬가지로 3행으로 시상(詩想)을 전개하는 간명한 정형시로 정리할 수 있을 것이다. 그렇긴 하나, 12개의 음절로 이루어진 하이쿠와 달리 45개 안팎의 음절로 이루어진 시조는 하이쿠만큼 극도로 간명한 시 양식은 아니다. 하지만 이 같은 단순 비교를 허락하지 않는 것이 시조로, 시조는 단순히 이미지의 병치나 중첩을 노린 하이쿠와 달리 이미지의 '제시→발전→반전→종결'이라는 복잡한 시상 전개를 아우르기 위한 시 양식이다. 말하자면, 시조는 이미지의 병치나 중첩이라는 정적(靜的)인 시상 전개의 차원을 뛰어넘어 시적 사유의 역동적 변화를 읽게 하는 한 편의 극(劇)과도 같은 시 형식이다. 한 편의 역동적인 극을 담고 있다는 관점에서 보면, 시조는 여전히 세계 어느 문화권의 시 형식보다도 간명한 시 양식이라고 하지 않을 수 없다.

　요컨대, 기승전결(起承轉結)로 요약되는 극적인 의미 구조를 45개 안팎의 음절 안에 구체화하고 있다는 점에서 우리는 시조 고유의 특성을 찾을 수 있을 것이다. 문제는 병치나 중첩과 같은 단순한 의미 구조가 아닌 기승전결이라는 복잡한 의미 구조가 시조에 필요한 이유가 무엇인지를 밝혀야 한다는 데 있다. 이와 관련하여, 우리는 하이쿠가 기본적으로 삶이나 자연에 대한 한순간의 찰나적 깨달음을 담기 위한 시 양식이라는 점을 주목할 수 있다. 이와는 달리 시조는 인간의 삶에 대한 시간적 이해를 담기 위한 시 양식으로, 여기서 문제 되는 것은 과거ㆍ현재ㆍ미래 또는 원인ㆍ진행ㆍ결과의 관점에서 인간의 삶에 대한 관찰과 이해다. 달리 말해, 궁극적으로 현실이든 자연이든 이를 대상으로 하여 얻은 순간적 또는 '초시간적'(a-temporal)인 깨달음을 드러내는 데 하이쿠의 본질이 있다면, 시간 속에서 시간의 흐름과 함께 삶을 살아가는 인간을 대상으로 하여 얻은 인과적 또는 '시간적'(temporal)인 깨달음을 드러내는 데 시조의 본질이 있다. 물론 두 시 양식에서 모두 비유법은 중요한 시적 표현의 수단이 되고 있거니와, 양자 모두 다양한 시적 이미지에 기대어 대상에 대한 시적 형상화를 꾀하고 있는 것도 사실이다. 이 점을 감안하여 이제까지 논의한 바를 종합하는 경우, 하이쿠가 '상징의 시'라면, 시조는 '우의의 시'로 규정될 수 있을 것이다.

　이상과 같은 개념 정의에 대해 반론이나 이론(異論)이 있을 수 있다. 하기야 700여 년 동안 우리가 줄곧 향유해 온 시 형식의 특성을 어찌 이상과 같은 한두 마디의 말로 일반화할 수 있겠는가. 그처럼 일반화가 쉽지 않기에, 우리의 개념 정의를 포함하여 그 어떤 일반화도 만족스러운 것이 되기란 쉽지 않다. 아울러, 우리가 예상하는 그 어떤 반론이나 이론도 나름대로 명분을 가질 것이다. 우리가 이렇게 말함은 우리의 잠정적인 개념 정의가 하나의 단초가 되어 일반화를 위한 논의가 활성화되기를 바라는 마음에서다. 막연하게 '시조는 시조'로 이해하는 선을 뛰어넘어 '시조가 시조인 것은 무엇 때문인가'에 대한 논의가 활발하게 진행될 때, 이에 따라 누구나 인정할 수 있는 간명한 개념 정의에 이를 때, 시조의 세계화와 국제화는 약속될 수 있으리라.

3. 시조 번역의 현주소

시조의 세계화 또는 국제화를 위해 시조에 대한 개념 정립만큼 소중한 것이 바로 시조 작품의 외국어 번역일 것이다. 번역과 관련하여 두 가지 사항이 논의될 수 있거니와, 번역의 기준과 번역의 성과다. 우선 번역의 기준에 대해 말하자면, 시조의 번역은 시조 고유의 3장(章)에 맞춰 3행으로 번역될 수 있다. 또한 시조란 3장 6구로 이루어진 정형시라는 점에 맞춰 6행으로 번역하는 것도 자연스러운 대안이 될 수 있다. 어떤 경우라도 시조란 간명한 정형시라는 관점에 비춰 간명한 번역이 시도되어야 한다. 물론 다른 언어로 시조를 번역할 때 시조의 기본 음수율을 지키기란 쉽지 않을 것이다. 그렇다고 해서, 의미만을 살린 '자유시 형태'의 번역은 시조의 정체성 자체를 흐리게 할 수 있기 때문에 피해야 한다는 것이 논자의 입장이다.

이 같은 사정을 감안했기 때문인지 몰라도, 기존의 번역 작업을 보면 대체로 번역자들이 시조의 정형성을 의식하면서 번역한 것으로 판단된다. 아무튼, 시조에 대한 번역 작업이 시작된 것은 대체로 1950-60년대로, 이제 겨우 50년을 넘긴 상태다. 이제까지 이루어진 번역 작업을 검토해 보면, 1960년대부터 시조를 비롯한 한국의 문학을 영어로 번역하고 소개하는 데 각고의 노력을 기울여 온 하와이 대학의 교수 피터 리(Peter H. Lee, 한국명: 이학수)의 작업을 앞세울 수 있다. 그는 『한국 시 사화집—초창기에서 현재까지』(Anthology of Korean Poetry: From the Earliest Era to the Present, 1964), 『한국 문학의 논제와 주제』(Korean Literature: Topics and Themes, 1965), 『한국의 시—역사적으로 정리한 시 사화집』(Poems from Korea: A Historical Anthology, 1974), 『한국 문학 사화집—초창기부터 19세기까지』(Anthology of Korean Literature: From Early Times to the Nineteenth Century, 1981), 『송강과 고산—조선 시대 3인 시인 사화집』(Pine River and Lone Peak: An Anthology of Three Choson Dynasty Poets, 1991), 『한국 문학사』(A History of Korean Literature, 2003)와 같은 저서를 통해 시조를 영어 문화권에 소개하는 데 엄청나게 중요한 역할을 해 왔다. 한편, 1950년대 중반부터 20여 년 동안 한국에 거주하면서 시조 영역 작업을 꾸준히 이어 온 성공회 신부 리처드 러트(Richard Rutt)는 『죽림(竹林)—시조 입문서』(The Bamboo Grove: An Introduction to Sijo, 1971, 1998)와 같은 번역서를 통해 시조를 널리 소개한 바 있다. 또한 『고전 한국 문학 입문』(An Introduction to Classical Korean Literature, 1996)을 통해 시조를 소개할 뿐만 아니라 자신이 재직하고 있는 대학의 학생들을 시조 창작으로 이끌기도 했던 캘리포니아 산호세 주립 대학의 영문과 교수 김기청(Kim Kichung)의 작업도 값진 것이다. 아울러, 『초창기 한국 문학』(Early Korean Literature, 2000)과 같은 저서를 통해 시조를 소개하고 또한 영어로 시조를 창작하는 작업까지 병행하고 있는 하버드 대학 한국학 연구소의 교수 데이비드 매캔(David R. McCann), 그리고 1970

년대부터 수많은 현대 시조 영역 작업을 이끌어 온 아주대학교의 명예교수 김재현의『한국 현대 시조』(Modern Korean Verse in Sijo Form, 1997)와 같은 작업도 시조를 세계에 알리는 데 중요한 역할을 해 왔다. 최근의 번역 작업 가운데 특히 우리의 눈길을 끄는 소중한 것이 있다면, 이는 연세대학교의 명예교수 이성일의『고려 및 조선조 시조 영역 선집』(The Crane in the Clouds: Shijo: Korean Classical Poems in the Vernacular, 2013, 한국어 번역명은 한국문학번역원의 자료에 따른 것임)일 것이다.

유감스럽게도 이제까지 논자가 열거한 번역 작업은 영어권에 한정된 것이다. 그것도 논자의 눈길이 미친 작업들 가운데 극히 일부에 해당하는 것일 뿐이다. 말할 것도 없이, 번역 작업은 영어가 아닌 여타의 다양한 언어로 진행되어 왔다. 아울러, 이 같은 작업 가운데 진정으로 소중한 것 역시 헤아릴 수 없이 많다. 이 자리에서 특히 언급하고자 하는 것은 이탈리아 베네치아의 카포스카리 대학의 교수인 빈첸차 두르소(Vincenza D'Urso)가 조선 시대 기생의 시조로 모아 번역하고 해설을 붙인『청루(靑樓)의 노래—한국 기생들의 시조』(Canti Dal Padiglione Azzurro: Poesie di Cortigiane Coreane, 2005)와 같은 작업으로, 이에 준하는 작업들이 세계에 어찌 하나둘이랴.

탁월한 작업이 수없이 많음에도 불구하고, 시조에 대한 번역 작업은 아직 만족할 만한 단계라고 할 수 없다. 고전은 물론이고 현대 시조에 대한 번역 작업이 앞으로도 활발하게 이루어져야 할 것이다. 하지만 이에 병행하여 우리가 착수해야 할 급선무가 있으니, 이는 기존의 번역 작업들에 대한 총체적인 정리다. 그동안 단행본으로 나온 번역서의 목록은 물론이고 잡지나 문예지에 수록된 번역 작품의 목록을 가급적 빠짐없이 작성한 다음 누구나 접근이 가능하도록 이를 데이터베

이스화하는 일이 필요할 것으로 판단된다. 어찌 보면, 이 같은 작업이야말로 시조의 세계화와 국제화에 더할 수 없이 소중한 발판이 될 수 있을 것이다. 비록 겉으로 화려하게 드러나거나 확실하게 짚이는 것은 별로 없더라도 이 같은 작업이 착실하게 수행될 때 비로소 의미 있는 시조의 세계화 또는 국제화가 가능하지 않을까.

4. 해외 시조 창작 장려 운동의 어제와 오늘

시조를 단순히 한국인의 시 양식일 뿐만 아니라 세계가 공유할 수 있는 시 양식으로 탈바꿈하도록 하는 데는 시조가 세계 어떤 나라의 언어로 창작이 가능할 뿐만 아니라 즐길 수 있는 것으로 만드는 데 있을 것이다. 그런 의미에서 논자가 특히 소중하다고 판단하는 것은 한국어가 아닌 언어로 시조 창작의 가능성을 시도해 온 일련의 사례들이다. 이 자리에서는 몇 가지 사례만을 언급하기로 한다.

먼저 재미 한국인 김운송 시조 시인의 활약을 주목할 수 있다. 그는 서울대학교 공대를 졸업하고 1954년 미국으로 건너가 바이러스학으로 위스콘신 대학에서 박사학위를 취득한 다음 여러 대학에서 교수로 재직했던 분이자 은퇴 후 영어 시조 창작 및 번역에 헌신했던 분으로, 그의 작업은 레리 그로스(Larry Gross)와 같은 미국의 시인을 시조의 세계로 인도하기도 했다. 그로스는『시 창작 및 출판 방법』(*How to Write and Publish Poetry*, 1987)과 같은 책을 통해 시조 창작 방법을 영어권의 사람들에게 소개하기도 했고, 북미 지역 최초의 시조 분야 문예지『시조 웨스트』(*Sijo West*)를 출간하기도 했다. 한편, 김운송의 영향을 받아 시조에 입문한 시인 가운데 특히 돋보이는 사람이 캐나다의 엘리자베스 세인트 자크(Elizabeth St. Jacques)다. 세인트 자크는 메이플버드 프레스(Maplebud Press)라는 출판사를 통해『빛의 나무 주변에서』(Around the Tree of Light, 1995)라는 시조 시집을 발간한 바 있는데, 이 시집을 보면 그가 어떻게 시조에 입문했는지를 확인할 수 있다.

1970년대 후반 고대 일본의 하이쿠와 우연히 만났을 때 나는 곧 이 형식이 나의 창작 생활을 만족스러운 것으로 만들리라는 점을 깨닫게 되었다. 또 다른 시 형식이 하이쿠와 마찬가지로 나의 흥미를 끌고 또 나의 기대를 충족시키는 일은 일어나지 않으리라고 생각했었다.

그런데 1992년 미국에서 있었던 두 군데의 연례 시 창작 콘테스트 에서 한국의 전통 시조가 응모 분야로 올라와 있었다. 나는 이 형식 에 관해 들어 본 일이 없었다. 호기심에 끌려 북미 지역에서 시조에 관 한 한 권위자인 캘리포니아의 김운송이 쓴 글을 훑어보게 되었다. 그 가 쓴 글의 첫 줄이 특히 나의 흥미를 끌었는데, 그의 글은 "글자 그대 로 해석하자면, 시조는 사계절의 노래다"로 시작되었다. 나 자신이 음 악적 배경을 갖고 있는 관계로 나는 이 말에 더할 수 없는 매력을 느꼈 다. 시조 형식에 대한 간단한 역사와 설명 및 한국의 옛 시조에 대한 김운송의 영역 또한 마찬가지로 내 마음을 끌었다.

작업을 하는 동안 시인 친구들이 나에게 더 많은 정보를 제공해 주 기를 희망하며, 즉시 나는 이 형식을 갖고 작업에 임했다. 하지만 내 가 알고 있는 사람 가운데 시조 형식에 관해 들어 본 이는 아무도 없었 다. 결과적으로 나는 뻔뻔함을 무릅쓰고 나의 첫 시도들을 위에 언급 한 콘테스트에 제출하게 되었다. 그런데 놀랍게도 두 편의 작품이 각 각 2등과 3등의 자리를 차지하게 되었다. 그 이듬해 나의 시조는 두 군데 콘테스트에서 모두 1위를 차지하였다. 얼마나 기뻤던지![17]

논자가 검토한 바에 의하면, 세인트 자크의 시조는 비록 형식 면에서 '영어화'한 측면이 있지만 나름대로 시조의 원칙에 충실한 탁월한 작품들이다. 어찌 보면, 본격적인 차원에서 시조의 세계화 또는 국제화는 세인트 자크의 작업을 통해 이미 시작되었다고 해도 과언이 아닐 것이다. 한국이 아닌 문화권의 시인들을 시조 세계로 인도했다는 점에서 김운송의 활동은 시조의 세계화 또는 국제화에 기여한 실로 소중한 사례가 아닐 수 없다. 실제로 그는 그로스나 세인트 자크의 시조 창작에 직접적으로 도움을 주었던 것으로 알려져 있다.

우리가 또 하나 주목하고자 하는 사례는 이른바 '시조 창작 콘테스트'와 같은 종류의 시조 창작 장려 운동이다. 사실 세인트 자크도 시조에 입문한 것은 "한국의 전통 시조가 응모 분야로 올라와" 있는 "시 창작 콘테스트"를 통해서다. 이는 캘리포니아 및 애리조나 지역에서 시행되었던 것으로, 그런 의미에서 세인트 자크는 일종의 지상 시조 백일장 출신의 시조 시인인 셈이다. 성인을 상대로 한 그와 같은 창작 콘테스트에서 한 걸음 더 나아가 최근 미국에서는 전국의 초등생에서 고등학생에 이르기까지 학생들을 대상으로 하여 매년 시조 창작 콘테스트가 개최되기도 한다. 논자가 말하고자 하는 것은 시카고에 근거지를 둔 '세종문화회'(The Sejong Cultural Society)의 활동으로, "미국에 사는 사람들 사이에 한국의 문화유산에 대한 인식과 이해를 증진시킬 목적"으로 설립된 이 단체의 사업 가운데 하나가 학생들을 대상으로 한 시조 창작 콘테스트다. 이 단체는 지난 2008년부터 매년 이 콘테스트를 시행하고 있는데, 논자가 심사위원 가운데 한 사람으로 참여한 바 있는 2015년에는 미국 전역에서 928명의 학생이 응모했다.

17) Elizabeth St. Jacques, *Around the Tree of Light: A Collection of Korean Sijo*(Maplebud Press, 1995), 11면.

비록 미국의 전체 인구를 감안할 때 대단한 숫자로 볼 수 없다고 생각할 사람도 있겠지만, 시조의 본고장인 우리나라에서 중앙일보가 지난 2014년부터 시작한 "중앙학생시조백일장"에 참여하는 학생이 대략 그 정도임을 감안할 경우 이는 결코 적은 수라 할 수 없다.

물론 시조 창작 콘테스트를 위해서는 시조에 대한 이해가 선결되는 만큼 결코 일회성 행사일 수 없다. 세종문화회는 경연 대회에 앞서 학생뿐만 아니라 교사를 대상으로 하여 시조를 소개하고 이해를 돕는 각종 교육 프로그램을 시행하고 있거니와, 이런 이유 때문에 결코 만만하게 보아 넘길 수 없는 사업이기도 하다. 만일 이런 사업이 앞서 말한 미국뿐만 아니라 세계 주요한 국가에서 시행된다면, 시조의 세계화 또는 국제화의 날은 그만큼 더 앞당겨지리라는 것이 논자의 믿음이다.

5. 시조 시단의 시인들에게 주어진 과제

말할 것도 없이, 시조의 세계화와 국제화는 인위적인 노력에만 힘입어 이루어질 수 있는 성질의 일이 아니다. 또한 그런 노력의 결과로 하루아침에 세계화와 국제화가 현실화할 수 있는 것도 아니다. 그렇다고 해서, 어느 날 저절로 현실화하기를 기대하면서 여유를 부릴 수만은 없다. 그렇기에, 시조 시단의 시인 또는 시조를 연구하거나 시조에 애정을 지닌 사람이라면 누구나 참여하여, 쉽게 이해할 수 있는 단순하고 명료한 언어로 시조의 특성을 정리하는 일에 힘써야 할 것이다. 또한 가능하다면 시조 번역 작업을 장려하는 일에, 나아가 해외에서 시조 창작 운동이 활발하게 이루어지도록 장려하는 일에 힘을 보태야 할 것이다. 하지만 누구라도 개인의 자격으로 할 수 있는 일에는 한계가 있게 마련이다. 한국문학번역원과 같은 국가 기관, 대산문화재단과 같은 공익 문화사업 법인체, 한국시조시인협회나 국제시조협회와 같은 시조 시인 단체들의 역할이 막중한 이유는 여기에 있다. 이런 기관이나 단체의 노력 여하에 따라 시조의 세계화와 국제화는 예상외로 빨라질 수 있으리라.

거듭 말하거니와, 우리가 개인의 자격으로 할 수 있는 일에는 한계가 있다. 그렇기에, 어찌 보면, 우리에게는 뜻있는 단체들의 사업에 정신적으로나 물질적으로 지원을 하거나 성원을 보내는 것밖에 달리 도리가 없어 보이기도 한다. 하지만 적어도 우리나라 시조 시단의 시인들에게는 이제까지 언급한 일들에 관심과 성원을 보내는 일 이외에 또 하나의 막중한 과제가 주어져 있다. 그것이 무엇인가 하면, 시조 시인 개개인이 시조다운 시조를 창작하는 일에 진력하는 것이다. '시조다운 시조'라니? 오늘날 시조 시단의 대세는 이른바 연시조로, 이는 한 수 한 수가 독립된 작품으로 읽힐 수 있는 과거의 연시조와는 달리 하나의 시상을 몇 수에 나눠 담은 경우가 대부분이다. 이 같은 창작의 경향에서 문제되는 것이 있다면, 한 작품을 구성하는 연의 수를 임의로 결정함으로써 정형시에 걸맞지 않은 창작의 자유를 누릴 수 있다는 점이다. 자칫하면 이는 시조의 정형성을 위태롭게 할 수 있거니와, 이 같은 방법으로 자유를 편하게 누리다 보면, 지극히 간명한 정형시로서의 시조의 정체성 자체가 무화(無化)할 수도 있다. 이에 따라, 시조의 세계화와 국제화의 명분 역시 사라질 수도 있다. 시조 시인들이 단시조 창작에 각별히 신경을 써야 할 이유 가운데 하나를 여기서 찾을 수도 있으리라. 이와 관련하여 한 마디 덧붙이자면, 논자가 기회가 주어질 때마다 단시조 창작의 중요성을 힘주어 말함은 무엇보다 '시조다운 시조'의 본령은 단시조에 있다고 믿기 때문이다. 그리고 시조의 세

계화와 국제화라는 측면에서 보더라도 단시조의 중요성은 과소평가
될 수 없다.

논자가 단시조 창작의 중요성을 강조한다고 해서 모든 면에서 시조
의 정형성을 엄격하게 지켜야 한다는 식의 입장을 내세우고자 하는 것
은 아니다. 즉, 시조의 파격 자체를 반대하는 것은 아니다. 이른바 음
수율의 파격은 언제나 있어 왔고, 시조의 세계화와 국제화는 그 자체
가 시조에 대한 파격의 과정일 수 있기 때문이다. 파격을 수용하되 시
조의 기본형이라 할 수 있는 단시조 형식의 시조 창작에 한층 더 힘써
야 한다는 것이 논자의 입장이다.

마지막으로 한 가지 짚고 넘어가야 할 것이 있다. 무엇 때문에 시조
의 세계화와 국제화가 필요한가. 시조를 세계화 또는 국제화하고자
하는 동기는 어디에 있는 것일까. 단순히 모든 것이 세계화와 국제화
를 지향하는 때라는 시대의 조류를 따른 것이 아니라면, 시조를 그냥
우리네 고유의 정형시로 남아 있도록 하는 것은 어떨까. 이처럼 껄끄
러운 질문에 대해 어떤 답이 우리에게 가능할까. 앞서 언급한 캐나다
의 시인 세인트 자크의 다음과 같은 발언이 우리에게 소중한 이유는
바로 이 물음에 대한 답 가운데 하나로 우리를 인도하기 때문이다.

우리의 시각이 영어를 통해 시조를 어떻게 변모시키건, 우리 북미 사
람들이 항상 시조의 발생지와 기본 개념을 존중하고, 나아가 시조를
국제적 의사소통과 친선의 도구로 여기게 되기를 바란다.

시 세계에 중요한 역사적 공헌자인 시조는 북미 문학에 깊이 뿌리
내릴 수 있는 힘을 간직하고 있다. 북미의 보다 많은 시인들과 편집자
들이 시조를 알게 되고 또한 일상생활 속에서 따뜻하게 맞이하기를
희망한다. 다행스럽게도 이런 발전을 알리는 고무적 징후가 이미 확

인되고 있다.[18]

그렇다, 세인트 자크의 말대로, 시조는 "시 세계에 중요한 역사적 공헌자"이고, 따라서 인간의 복잡한 정서와 감정을 전달하는 데 더할 수 없이 소중한 도구가 될 수 있다. 즉, "국제적 의사소통과 친선의 도구"가 될 수 있다. 바로 이 때문에 시조의 세계화와 국제화는 단순히 우리 문화의 자존심을 살리기 위한 것이 아니라 인간과 인간 사이의 보다 나은 이해와 사랑을 위한 것이다. 우리는 시조의 세계화와 국제화의 필요성을 여기서 찾아야 할 것이다.

18) St. Jacques, 15-16면.

시조의 또 다른 미래를 생각하며

— 문화와 언어의 경계 뛰어넘기

기(起), 친구의 시조창에 귀 기울이며

고등학교 시절 가깝게 지냈으나 오랫동안 연락이 끊긴 친구와 만나 담소를 즐길 기회를 가졌다. 지방의 한 대학 국문과 교수로 재직하고 있는 그가 출간한 시조 시집을 우연히 읽고는 반가운 마음에 연락을 취하여, 우리의 만남이 이루어졌던 것이다. 시조를 창작하다니! 고등학교 시절부터 그의 문재(文才)를 익히 알고 있던 터라, 그가 자신의 학문 세계에서 잠깐 관심의 눈길을 돌려 문학 작품을 창작했다는 사실은 놀랄 일이 아니었다. 하지만 시조라니? 그가 밝힌 바에 따르면, 그는 고려 시대와 조선 시대의 가사 문학 전공자이고, 그러한 그의 학문적 관심 영역에는 물론 시조도 포함된다. 가사 문학이 전공 분야임에서 알 수 있듯, 그가 말하는 시조에 대한 관심의 폭은 '시로서의 시조'뿐만 아니라 '노래로서의 시조'에 이르기까지 넓다. 그는 게다가 시조창을 공부하기도 했다 한다. 나의 채근에 못 이겨, 그는 오랜만에 이루어진 만남의 자리에서 멋지게 시조창을 선보이기도 했다.

사실 시조에 대한 나의 관심은 '시'로서가 아니라 '노래'로서의 시조에서 비롯된 것이었다. 아주 어린 시절 서산의 외가댁에서 자랄 때였다. 그 무렵 나는 가끔 뉘엿뉘엿 저물어 가는 해의 움직임과 속도를 맞추려는 듯 느리게 이어지던 외할아버지의 시조창에 귀 기울이곤 했다. 느리게 이어지던 할아버지의 시조창이 아직도 내 기억 속에 남아, 나의 의식에 시조란 '시'에 앞서 '노래'다. 하지만 세월의 흐름에 따라 '노래하기 위한 시조'에서 '읽기 위한 시조'로 대세가 바뀐 것을 어찌하랴. 어쩔 수 없기에, 나는 때로 '시'로 변모한 현대의 시조에 깊은 관심을 기울이기도 했고, 시조와 관련하여 변한 것과 변하지 말아야 할 것이 무엇인지에 대해 나름의 생각을 이어 가기도 했다.

나의 소박한 견해를 밝히자면, 세상을 바라보는 시인의 안목과 이때 시인이 동원하는 언어는 시대에 따라 변할 수밖에 없고 또한 변한 것이 사실이기도 하다. 옛사람들의 마음으로 세계를 바라보고 이를 그들의 언어로 표현할 수는 없기 때문이다. 하지만 변하지 않아야 할 것도 있다. 그것은 바로 인간 세계를 바라보는 올곧은 옛 시조 시인들의 마음 자세와 이를 드러내는 시적 양식이다. 일찍이 100여 년 전 가람이 「時調는 革新하자」에서 지적했듯 무언가 변하지 말아야 할 핵심적인 것이 변하는 경우 "잘못하다가는 時調가 아니고 다른 것이 되고" 말 수도 있기 때문이다.

친구의 시조창에 귀 기울이다가 문득 시조의 변화 가운데 노래에서 시로 바뀐 것만큼 혁명적인 것은 없었으리라는 데 생각이 미치기도 했다. 하기야 고려에서 조선을 거쳐 현재에 이르기까지 700여 년의 세월 동안 창작 관행을 이어 온 것이 시조일진대, 어찌 그런 종류의 혁명적인 변화가 있을 수 없었겠는가. 물론 친구가 보여 주듯 요즘에도 시조창을 즐기는 사람들뿐만 아니라 관련 동호인 모임이나 협회도 있다. 하지만 앞서 말했듯 '노래로서의 시조'는 이미 대세가 아니다. 따지고 보면, 시조의 대세가 '노래'가 아닌 '시'로 바뀐 지는 이미 오래다. 그리고 사람들은 이 같은 변화를 지극히 자연스러운 것으로 여기고 있는 것도 사실이다. 하지만 그 옛날에 시조창을 즐기던 사람들이 이런 변화가 있으리라고 어찌 예상이나 했겠는가. 바로 이처럼 누구도 예상치 못했던 일이 현실화하고 그렇게 바뀐 현실을 자연스럽고 당연하게 여기는 것이야말로 혁명적인 변화가 아니고 무엇이겠는가.

시조가 걸어온 혁명적인 변화의 여정을 놓고 생각에 잠기는 동안, 불현듯 영어로 창작된 시조를 읽은 기억이 떠올랐다. 혹시 시조가 앞으로 걸어가야 할 혁명적인 변화의 여정 가운데 아주 작은 길 하나가 여기에 있는 것은 아닐지? 즉, 기존의 문화권과 언어의 경계를 벗어나 새로운 세계를 향해 나아가는 것—요컨대, 세계화를 지향하는 것—이 시조가 취해야 할 또 하나 변화의 길, 작지만 의미 있는 변화의 길은 아닐지? 비록 '혁명적인 변화'라는 말을 동원할 정도의 것은 되지 못한다 하더라도, 그것은 여전히 누구도 예상치 못한 '놀라운 변화'의 길 가운데 하나는 아닐지?

승(承), 한 편의 영어 시조를 기억에 떠올리며

시조의 세계화를 이야기할 때 우리가 마음속에 담고 있는 것은 세계 각국의 사람들이 우리와 마찬가지로 시조를 읽고 즐기기 바라는 염원일 것이다. 그런 염원을 뛰어넘어, 우리 가운데 누구도 그들이 자국의 언어로 시조를 창작하기 바랄 정도의 기대까지 마음속에 담고 있지는 않을 것이다. 어떻게 한국어가 아닌 언어로 시조 창작이 가능하겠는

가. 무엇보다 음수율을 어찌할 것인가. 시조는 기본적으로 음절 수가 정형 요건이 되는 시 형식이 아닌가. 아마도 세계의 주요 언어 가운데 음의 강약이나 고저(高低)가 아닌 음절 수를 시의 정형 요건으로 요구하는 예를 찾기란 쉽지 않을 것이다. 굳이 찾자면, 한국어 외에 하이쿠나 단카(短歌)와 같은 정형시 형식을 소유하고 있는 일본어가 또 하나의 중요한 예가 될 것이다. 아무튼, 한국어로 예컨대 유럽의 정형시 양식인 소네트를 창작하는 것이 가당치 않다고 여겨지듯, 영어로 시조를 창작하는 일 자체가 가당치 않은 일이 아닐까.

평소에 이런 생각에 젖어 있던 나에게 아주 오래전에 놀라운 일이 일어났다. 당시 한국의 시조 작품이 영어로 번역된 사례를 조사하기 위해 도서관을 찾았다가 우연히 캐나다의 엘리자베스 세인트 자크라는 시인의 시집『빛의 나무 주변에서』와 만나게 되었다. 시집의 부제(副題)가 "한국 시조 모음집"("A Collection of Korean Sijo")인 것으로 보아 영역 시조 시집으로 알았는데, 놀랍게도 영어로 창작된 시조 작품 63편이 수록되어 있는 것이 아닌가. 작품을 읽는 사이에 놀라움은 경이로움으로 바뀌었는데, 세인트 자크의 작품이 운율, 정조, 이미지 등 모든 면에서 시조의 품격과 격조를 수준 높게 갖추고 있었기 때문이다. 세인트 자크의 작품과 만난 것이 계기가 되어, 나는 영어로 시조를 창작하는 시인들에게 새삼 관심을 갖게 되었다. 그렇게 해서 알게 된 시인이 레리 그로스로, 그의 다음과 같은 작품은 예사로워 보이지 않는다.

Rising early each morning,
  I let her into the warm barn;
I pour oats, clean her stall,

then fork more hay into the trough;

When she kicks my hand away,

why do I think of my wife?

무제(無題)인 위의 시조에서 그로스는 무엇보다 시조의 음수율에 충실한데, 각 행을 이루는 음절의 수는 7·8·6·8·7·7이다. 물론 강세가 따로 문제 되지 않는 한국어의 경우 음절의 수(數)가 정형시의 형식 요건이 되는 것은 당연해 보인다. 하지만, 음절의 수보다는 강세가 정형 요건이 되는 영어와 같은 언어로 시조를 창작할 때, 시조의 음수율을 지키는 것이 과연 무슨 의미가 있는가라는 의문이 제기될 수도 있다. 그럼에도 불구하고, 언어가 다르지만 최소한 음수율을 지킴으로써 시조 고유의 정형성을 살리려는 그로스의 노력을 결코 가볍게 여길 수 없다. 여기서 한 걸음 더 나아가, 시조의 정형성을 살리려는 그로스의 노력은 의미 전개의 면에서도 확인되는데, 다섯째 행이 담고 있는 반전과 여섯째 행이 전하는 의외의 종결은 더할 수 없이 효과적으로 시조의 묘미를 살리고 있다.

아무튼, 언어만 다를 뿐 더할 수 없이 '시조다운' 그로스의 시조를 우리말로 번역하더라도 여전히 작품의 '시조다움'이 살아날까. 사실 우리말로 번역하고자 할 때 문제가 되는 것이 없을 수 없다. 무엇보다 작품의 'her'나 'she'를 어떻게 번역할 것인가가 문제 된다. 시의 내용에 비춰 볼 때 이는 '암말'을 지시하는 것으로 보인다. 그렇다고 해서 이를 '암말'로 번역하기는 어렵다. 그렇게 하는 경우, 이 작품 고유의 긴장감과 암시성이 훼손되기 때문이다. 그렇다고 해서, 이를 '그녀'로 번역할 수는 없거니와, 그렇게 하는 경우에는 우리말 표현이 어색해지기 때문이다. (우리말에서는 동물의 암컷을 '그녀'로 표현하지 않는다.) 문제는 이로써 끝나는 것이 아니다. 앞의 시조를 축자적(逐字的)으로 번역하는 경우, 시조 고유의 함축성을 확보하기 어렵다는 점도 지적하지 않을 수 없다. 이 시조를 직역하면, 이 같은 판단이 의미하는 바가 무엇인지 명료해진다. '아침마다 일찍 일어나/나는 그녀를 따뜻한 헛간으로 안내한다./나는 귀리도 자루에서 쏟아 먹이고, 그녀가 머무는 마구간을 청소한 다음,/쇠스랑으로 건초를 한 더미 더 떠서 여물통에 담아 준다./그녀가 내 손을 걷어찰 때/왜 나에게 아내 생각이 나는 것일까.' 이처럼 직역을 하면 의미가 확실해질지 모르나, 그런 번역이 시조의 함축미를 살린 것으로 보기는 어렵다. 따라서 세세한 의미 전달을 포기하고, 다음과 같은 번역을 시도해 보았다.

아침마다 일찍 일어나,
　　따뜻한 헛간으로 이끈다.
귀리 먹이고 마구간 청소 후,
　　여물통에 건초 좀 더 담는다.
그 말이 내 손 걷어차자,
　　왜 아내 생각 나는 걸까. (장경렬 역)

이는 물론 시조의 음수율을 제대로 살린 번역이 아니다. 하기야, 제 아무리 언어를 다듬고 함축미를 살리더라도 원문의 '시조다움'을 제대로 간직한 번역에 이르기란 불가능하다. 어쩌면, 우리말로 창작된 시조를 영어나 여타의 외국어로 번역할 때도 사정은 마찬가지일 것이다. 바로 이 때문에, 3장(章)에 대응되는 3행의 시 형식―그로스의 영어 시조에서 보듯, 6구(句)에 대응되는 6행의 시 형식―을 고수하되, 가급적 간결한 언어를 통해 기승전결의 의미 구조를 살리고자 하는 내 나름의 번역 전략과 타협하지 않을 수 없다.

이 같은 번역의 문제를 떠나서 위의 영문 시조를 영어로 '있는 그대로' 읽는 경우, 무엇보다 시인이 기승전결의 의미 구조를 깔끔하게 살리고 있음을 주목하지 않을 수 없다. 시의 의미 구조에 접근하기 위해서는 우선 시적 대상이 무엇인지를 파악해야 하는데, 비록 명시적으로 드러나 있지는 않지만 시적 진술이 전하는 정보를 통해 유추해 볼 때 이는 앞서 언급했듯 '암말'로 판단된다. 시인은 아침마다 일찍 일어나 말을 따뜻한 헛간으로 데려가기도 하고, 이런저런 먹이를 주는 일에도 정성을 다한다. 뿐만 아니라, 말이 머무는 마구간을 청소하는 일도 거르지 않는다. 시인은 이런 정황을 첫째 행에서 넷째 행에 이르기까지 기(起)와 승(承)의 구조로 제시한 다음, 다섯째 행에서 반전을 준비한다. 즉, 그처럼 온갖 정성을 다해 보살피지만, 말은 시인의 손을 걷어찰 뿐이다. 다시 말해, 시인이 키우는 말은 그의 정성을 아랑곳하지 않는다. 하지만 지극한 정성의 마음을 몰라주는 것이 어찌 동물뿐이랴. 이를 확인하기라도 하듯, 시인은 여섯째 행에서 자신의 아내를 떠올린다. 어찌 보면, 여섯째 행은 결말이자 또 하나의 반전으로 볼 수도 있는데, 이를 통해 우리는 시조의 묘미에 대한 시인의 이해가 얼마나 깊은가를 가늠할 수 있다.

아무튼, 시인이 자문하듯 그에게 왜 아내 생각이 나는 것일까. 여기서 우리는 시인이 정성과 사랑을 다하지만 이를 이해하려 하지 않거나 이해하지 못하는 자신의 아내를 향한 안타까움의 마음을 읽을 수도 있겠다. 하기야 오랫동안 함께 생활을 하다 보면 상대의 마음 씀씀이에 무덤덤해지기도 하는 것이 부부 사이가 아닌가. 하지만 상상컨대 시인이 전하는 안타까움의 마음은 단순히 이뿐이 아닐지도 모른다. 예컨대, 우리는 여기서 오랜 세월 몸이 편치 않아 병석을 지키는 아내를 돌보는 남편의 모습을 떠올려 볼 수도 있지 않을까. 병석에 오래 있다 보면 보살피는 사람에게 한없는 고마움을 느낄 수 있지만 때로 무력한 자신의 처지에 짜증을 내거나 절망하는 경우도 있으리라. 그리고 속 마음과는 달리, 또는 자기도 모르게, 짜증과 절망을 상대에게 표출할 수도 있다. 혹시 그런 아내의 모습을 떠올리고 있는 시인의 마음이 여기서 감지되지 않는지? 그런 아내를 너그럽게 이해하는 동시에 안쓰러워하는 시인의 마음이 이 시조에서 읽히지 않는지? 나에게는 그로스의 시조가 단순한 아내에 대한 아쉬움의 시로 읽히기보다는 깊고도 깊은 이해와 관용과 사랑의 시로 읽히거니와, 현실 속 인간의 삶에 대한 따뜻한 이해를 보듬어 안고 있는 그로스의 시조가 값지게 느껴진다.

전(轉), 시조의 확장 가능성을 가늠해 보며

만일 한국어가 아닌 타 문화권의 언어로 시조를 창작하는 일이 세인트 자크나 레리 그로스라는 몇몇 사람의 일회적인 시도로 끝났다면, 이를 언급하면서 '놀라운 일'이라는 식의 표현을 동원하는 것은 적절치 않으리라. 물론 영어로 창작된 시조와 관련하여 내가 이 같은 표현을 동원한 데는 나름의 이유가 있다. 학교 도서관에서 우연히 마주한 한 권의 시집이 계기가 되어 관심의 폭을 넓히다 보니, 영어를 통한 시조 창작이 캐나다뿐만 아니라 미국 여기저기서 시도되고 있음을 확인할 수 있었기 때문이다. 그리고 적지 않은 시도가 세인트 자크나 그로스의 예에서 보듯 한국어나 한국 문화와 직접 관련이 없는 사람들의 것이라는 사실도 확인할 수 있었다. 그렇다고 해서, 그 모든 시도가 자생적인 것이라는 뜻은 아니다. 그 이면에는 적지 않은 경우 한국에서 이민을 간 교포들의 헌신적인 노력이 일종의 마중물 역할을 했거나 하고 있음을 부정할 수 없다. (사실 세인트 자크와 그로스가 시조에 관심을 갖게 된 것도 북미 지역에서 시조 보급 운동을 하던 재미 교포 김운송 씨 덕분이었다.)

현재에도 북미 지역에서 그와 같은 마중물 역할을 하고 있는 분들이 적지 않겠지만, 특히 우리의 눈길을 끄는 분들은 앞선 글에서 잠깐 언급한 바 있는 '세종문화회'의 관계자들이다. 역시 앞선 글에서 언급한 바 있듯, 세종문화회는 2008년부터 해마다 시조 창작 경연 대회를 주관하고 있다. 이에 대해 좀 더 자세히 살펴보자면, 이 단체는 미국 내 12학년 이하의 학생들—즉, 고등학교 3학년까지의 학생들—을 상대로 하여 매년 2월 말까지 1인당 한 편씩의 응모작을 받아, 1등, 2등, 3등상 및 장려상을 수상하고 있다. 아울러, 시조에 대한 학생들의 이해를 돕기 위해 웹 사이트를 통해 시조 창작 요령 및 대표적인 예의 시조 작품을 소개하고, 시조 창작에 도움이 될 만한 참고 서적과 웹 사이트에 관한 정보를 제공하고 있다.

게다가, 시조 창작 교육을 위한 다양한 프로그램까지 마련하여 이를 시행하고 있다. 세종문화회의 사무총장인 일리노이 대학 교수 루시 박 박사는 2015년 나에게 3명의 한국문학 전공 미국인 교수와 함께 시조 창작 경연 대회의 심사위원 역할을 맡아 줄 것을 요청하면서, 세종문화회가 제작한 시조 교육 현장 동영상과 함께 장문의 이메일을 보낸 바 있다. 세종문화회가 이른바 '마중물 역할'을 얼마나 효과적으로 수행하고 있는가를 보여 주기 위해, 그 이메일을 이 자리에서 가감 없이 공개하고자 한다.

시조 교육 현장 방문 동영상을 만들게 된 동기를 말씀드리지요. 시조를 학교에서 가르치며 학생들을 시조 경연 대회에 꾸준히 보내고 있는 교사 여러분들을 작년 초에 시카고에 초청하여, 시조 교육을 어떻게 하면 더 효과적으로 할 수 있을까 하는 포럼을 가졌습니다. 그때 나온 의견들 중에 하나가 시조를 가르치는 자료 대부분을 세종문화회 웹 사이트에서 다운로드받아 시조 교육을 하고 있는데 그 자료들을 조금 더 확대해 주었으면 하는 바람이었고, 특히 다른 학교 교사들이 실제로 어떻게 시조를 수업 시간에 가르치는지를 볼 수 있으면 시조 교육에 도움이 되겠다는 의견이 있었습니다.

그 방법을 모색하고 있는 중에 한국학중앙연구원(Academy of Korean Studies)에서 "한국 바로 알리기"(Understanding Korea) 프로젝트로 Grant 신청을 받고 있는 것을 알게 되어, 시조 교육 현장을 방문하여 동영상을 제작하는 프로젝트로 $10,000의 Grant를 작년 4월에 신청하여 $6,000의 Grant를 승인받았습니다. 프로젝트에 부족한 경비는 세종문화회 운영 자금에서 부담하기로 하고, 동영상 제작은 세종문화회가 하며, Neomusica, Inc.의 박원정 프로듀서가 동영상 촬영 및 편집을 맡기로 하였습니다. 각 학교 수업을 이틀에 걸쳐 취재하여, 첫째 날은 시조 가르치는 것을 촬영하고, 집에서 시조를 지어 오게 숙제를 내 주어 둘째 날에는 학생들이 집에서 지어 온 시조를 수업 시간에 발표하고 그 시조에 대해 상의하는 것을 취재하기로 계획하였습니다.

이 프로젝트를 위해 지난 몇 년 동안 계속하여 꾸준히 학생들을 세종 작문 경연 대회 시조 부문에 참가시키고 있는 학교 선생님들을 선택하여, 시조 교육 현장을 동영상에 담아 시조 교육 자료로 쓰겠다는 취지를 알리고 협조를 부탁했습니다. 그중에서 협조하겠다고 동의한 학교 세 곳을 선정하였습니다. 루시 박 사무총장과 박원정 프로듀서가 동영상 제작팀이 되어 세 학교를 방문하기로 결정하고 담당 교사들과 방문 날짜를 상의하여, 지난 10월에 버지니아의 Randolph-Macon Academy를 방문하고, 11월에 위스콘신의 Arrowhead Union High School을, 또 금년[2015] 1월에 테네시의 Notre Dame High School을 방문하기로 결정하였고, 그 계획에 따라 동영상을 제작하였습니다. 지난 4개월에 걸쳐 촬영, 편집, 제작된 동영상들을 담당 교사들에게 보낸 다음 그분들이 검토하여 동영상을 여러 번 수정하고 마지막 승인을 받아, 이제 완결된 동영상을 웹 사이트에 공식적으로 올렸습니다. 이 선생님들의 학생들 중에는 저희 세종 작문 경연 대회의 시조 부문 수상자들이 있습니다.

방문한 학교들의 담당 교사, 학생들, 또 교장 선생님들의 반응이 너무 좋아, 자금을 확보할 수 있으면 앞으로 이 프로젝트를 확대하여 더 많은 학교들을 방문하고, 또한 동영상을 계속 제작하여 웹 사이트에 올렸으면 합니다.

시조 교육 현장 방문 동영상 제작의 효과는 시조를 수업 시간에 가르치려는 교사들에게 좋은 시조 교육 자료가 되는 것 외에도, 참가한 학교의 교사, 학생, 교장 선생님 모든 분들이 시조뿐 아니라 한국에 관해 더욱 관심을 갖게 되고 한국 문화를 학교에서 가르치는 계기를 마련하는 것이라고 봅니다. 동영상 끝부분에 학교를 소개하는 짧은 동영상을 포함하여 세종문화회를 통하여 자기 학교의 홍보도 되므로, 많은 학교에서 이 프로젝트에 참가하기를 원하지 않을까 희망합니다.

여기서 감지되는 세종문화회의 성심과 열정과 정성 앞에서 경의와 감사의 마음을 갖지 않을 사람은 우리 주변에 아무도 없으리라. 낯선 곳에서 이민의 삶을 살아가는 것만으로도 마음의 여유를 갖기가 쉽지 않을 텐데, 모국의 문화를 이국땅에 소개하고 뿌리내리게 하는 데 이처럼 각고의 노력을 기울인다는 것은 놀라운 일이 아닐 수 없다. 아무튼, 중요한 것은 시조 경연 대회의 결과가 아닐까. 이런 물음을 던지는 이가 겸연쩍어해야 할 정도로 지난 8년 동안의 성과는 참으로 인상적이다. 인상적이라 함은 시조 형식에 요구되는 최소한 정형 요건들을 갖추고 있는 동시에 시적 완성도 역시 크게 나무랄 데가 없는 작품들이라는 점에서다. 아무튼, 많은 작품을 소개하기 어려운 자리이기에, 우선 세종문화회 웹 사이트의 시작 화면에 우리말 번역과 함께 소개된 두 편의 작품 가운데 한 편을 함께 읽기로 하자.

Rustling fabrics, I explore seas of tweed, paisley blouses, and plaid.
Tangible remembrances; your days of youth, have become mine.
Clothed in strength, now you chase no trends. Wrinkled, gray, lovely
threads.

사각사각 옷 스치는 소리, 각양각색 옷 사이 헤엄치면
손에 잡힐 것 같은 기억들, 엄마의 젊은 날 내 것 되네
유행을 따르지 않아 더 당당한, 주름진 회색빛 사랑스러운 옷.
(전승희 역)

이는 2014년에 1등상을 수상한 작품으로, 이 작품의 창작자는 캘리포니아주의 세리토스(Cerritos)라는 곳에 있는 휘트니 고등학교(Whitney High School)의 10학년 학생인 햅시바 퀀(Hapshiba Kwon)이다. 그리고 번역은 하버드 대학에서 비교 문학으로 박사학위를 취득한 바 있는 전승희 씨의 것이다. 영어로 읽든 우리말로 읽든, 작품

에서 감지되는 시적 분위기가 차분하고 깊은 동시에 섬세하고 아름답지 않은가. 아무튼, 세종문화회의 시조 경연 대회에서는 우리 방식으로 말하자면 중학교 1학년 학생이 1등상을 수상한 적도 있는데, 그가 2011년에 응모한 작품은 다음과 같다.

> Peeping, the single yellow head pops out of the fragile shell,
> Scoping out the world for the first time, the chick peeps in delight.
> Cocking her head towards me, she peeps, "Are you my mother?"

> 삐악삐악 노란 머리가 연약한 껍질을 깨고 나와요.
> 세상을 처음 보고는 즐거워 병아리가 삐악거려요.
> 머리를 쳐들고 병아리가 내게 물어요, "네가 내 엄마니?"
> (장경렬 역)

어린이 특유의 천진함과 해맑음이 감지되는 이 작품의 창작자는 일리노이주의 먼들라인(Mundelein)에 있는 칼 샌드버그 중학교(Carl Sandburg Middle School)의 7학년생인 니컬러스 던컨(Nicholas Duncan)으로, 그의 작품을 통해 우리는 시조 형식이 어린이의 창작 의욕을 북돋우는 도구로 사용될 가능성을 가늠해 볼 수도 있겠다.

그렇다면, 2015년도 수상작은 어떤가. 미국의 동부 해안에서 서부 해안에 이르기까지 수많은 학교의 928명 학생들이 참여하여 겨룬 결과, 나를 포함한 네 명의 심사위원은 뉴욕주의 리틀 넥(Little Neck)에 있는 타운선드 해리스 고등학교(Townsend Harris High School)의 11학년 학생인 자이언 킴(Zion Kim)에게 1등상을 수여하게 되었다. 자이언 킴의 작품을 함께 읽어 보자.

They laughed when he struggled in his wheelchair, begging to join them.

They laughed when they heard him speak an awkward string of gibberish.

They saw him stand from the chair with determined eyes. They did not laugh.

그가 함께 어울리고 싶어 휠체어에서 몸부림칠 때 그들은 웃었죠.
뜻 모를 어색한 말을 지껄이는 것을 들었을 때도 그들은 웃었죠.
단호한 눈빛으로 휠체어에서 일어서는 걸 보고, 누구도 웃지 않았죠.
(장경렬 역)

응모자의 이름이 제시되지 않은 채 오로지 작품만을 놓고 심사 과정을 거쳤는데, 수상작을 결정하고 한참 후에 우연히 수상자의 소감을 읽고 수상자가 한국계 이민의 후손임을 알 수 있었다. (앞서 언급한 햅시바 퀸도 한국계로 추정된다. 하지만 지난 8년간의 수상자 명단에서 한국계로 추정되는 성을 가진 학생은 극소수에 불과하다.) 장애인들에게 삶이란 얼마나 힘겨운 것인지, 그럼에도 불구하고 삶의 현장 한가운데로 들어가 남과 어울리고자 하는 그들의 열망이 얼마나 강렬한 것인지, 그리고 마침내 자신의 한계를 뛰어넘는 장애인의 모습이 주변 사람들에게 얼마만큼 숙연한 마음을 갖게 하는지를 수상자는 간명한 언어를 동원하여 시조 형식 안에 효과적으로 담고 있다. 미국의 11학년 학생이라면 우리의 고등학교 2학년인데, 그 연배의 학생이 세상을 바라보고 이해하는 마음이 어찌 이처럼 깊고 넓을 수 있는가. 수상자의 눈길에서 감지되는 탁월한 시적 균형 감각이 기꺼울 따름이다.

결(結), 다시 친구의 시조창에 귀 기울이며

나뿐만 아니라 주변 사람들의 박수와 재청에도 불구하고 친구는 한 수의 시조창을 끝내고는 술잔을 기울일 뿐이었다. 얼굴에 엷은 미소를 띤 채 술잔을 기울일 뿐인 친구 앞에서 나는 문득 부끄러움을 느꼈다. 시조창에 귀 기울이고 귀에 들리는 누군가의 시조창을 즐길 수 있을 뿐, 나는 시조창을 할 줄 모르기 때문이었다. 지금 이 나이에도 배움을 시도해야 하지 않을까. 만일 시조에 대한 나의 관심과 애정이 진정한 것이 되기 위해서라면, 나 역시 초보적으로라도 시조창을 익혀야 하지 않을까. 아아, 친구의 시조창에 답하여 나 역시 시조창을 한 수 펼칠 수 있다면! 그럴 수 있다면 얼마나 좋을까! 부끄러운 마음을 또 한 잔의 술로 달래는 순간, 변하지 않아야 할 것 가운데 또 하나는 오늘날이 비록 '시로서의 시조'의 시대로 바뀌었지만 그럼에도 여전히 '노래로서의 시조'에 대한 최소한의 관심과 애정이 아닐까 하는 생각이 들기도 했다. 모든 것이 변하는 것이 세상의 이치이지만, 그럼에도 여전히 변하지 않아야 할 것도 있는 법이다. 시조의 시조다움도 변하지 않아야 하지만, '시로서의 시조'에 대한 관심과 애정만큼이나 '노래로서의 시조'에 대한 관심과 애정도 변하지 않아야 할 소중한 그 무엇이리라.

제2부

오늘날의 시조 시인들, 그들의 작품 세계

시인이 스스로 찾은 '시조의 길'을 따라

—이우걸의『아직도 거기 있다』와 단시조의 멋

1. '아직도 거기 있는 시인'을 찾아서

　내가 시인 이우걸과 인연을 맺은 것은 1980년대 말이다. 그 당시 대입 학력고사 영어 과목 출제위원이었던 나는 세계사 과목 검토위원 자격으로 출제 팀에 합류한 그와 만나 인사를 나누게 되었다. 출제와 검토 작업이 끝난 다음 나는 그와 이런저런 주제를 놓고 담소의 시간을 갖기도 했는데, 당시의 만남과 관련하여 무엇보다 기억에 남는 것은 시조에 대한 그의 사랑과 열정이었다. 시조라는 우리 민족 고유의 문학 장르에 대해 나름의 관심을 갖고 있던 나는 그의 제안에 따라 얼마 후 시조에 관한 논문을 한 편 쓰게 되었는데, 그것이 바로『현대시조 28인선』(청하, 1991)에 실린「시간성의 시학—문학 장르로서 시조의 가능성」이다. 이처럼 이우걸과의 만남이 계기가 되어 나는 시조에 관한 글쓰기에 입문하게 되었던 것이다. 그 이후 그의 시조 작품을 광범위하게 읽고, 또한 작품론을 쓸 기회도 여러 번 갖게 되었다. 그렇게 해서 친숙해진 그의 시 세계를 한 마디로 평가하자면, 시조가 전통 시가의 차원을 넘어 현대성을 획득하는 일에 모범을 보여 준 사례라 말할 수 있을 것이다. 다시 말해, 시조가 한국 현대 문학의 장르 가운데 하나로 입지를 더욱 굳건히 하는 데 이우걸의 시 세계는 응분의 소중한 역할을 수행했다고 평가할 수 있다.

그는 『현대시조 28인선』이 출간되고 얼마 후 나를 그의 고향인 부곡으로 초청하여, 몇몇 시조 시인과 함께 온천욕과 담소를 즐길 기회를 마련해 주었다. 약 사반세기 전의 일이지만, 그때 자리를 함께했던 시인들의 모습이 아직도 기억에 선하다. 시조 시인들과 하룻밤을 보내며 시조의 앞날에 대해 진지하게 이야기를 주고받던 그날의 추억이 지금 이 순간 갑작스럽게 떠오른 이유는 무엇인가. 무엇보다 작품론 원고 작성을 위해 그가 나에게 보낸 시집 원고를 읽는 과정에 「아직도 거기 있다」의 부제에 해당하는 "부곡리"라는 말이 기억을 일깨웠기 때문이다. 시집 『아직도 거기 있다』(서정시학, 2015)에 표제를 제공하기도 한 이 작품을 함께 읽기로 하자.

쓰다 둔 수저가 아직도 거기 있다

내 꿈의 일기장이 아직도 거기 있다

어머니 반짇고리가 아직도 거기 있다
　　　　　　　　　　—「아직도 거기 있다—부곡리」 전문

제목이 암시하듯, 이 시에서 시인이 말하는 "거기"는 그의 고향인 경상남도 창녕군 부곡이다. 이 시에서 시인은 자신의 고향인 부곡에 아직 "쓰다 둔 수저"도, "내 꿈의 일기장"도, "어머니 반짇고리"도 있음을 노래한다. 시인의 전언에 따르면, 실제로 그가 성장기를 보낸 고향 집에는 형님이 살고 계시며, 그곳에는 어린 시절 시인의 삶을 떠올리게 하는 이러저러한 것들이 남아 있다고 한다. 하지만 진실로 중요한 것은 아직 고향에 남아 있을 법한 수저나 일기장 또는 어머니의 반짇고리 자체가 아닐 수도 있다. 오히려 시인의 기억 속에서 여전히 살아 숨 쉬고 있는 수저, 일기장, 어머니의 반짇고리—즉, 어린 시절의 삶, 그 시절의 염원, 어머니의 손길—가 한층 더 소중한 것일 수 있다. 물리적인 의미에서의 고향과 달리 마음속의 고향이 항상 시인과 함께하기 때문이다. 결국, "거기"는 물리적인 장소를 지시하는 것으로 읽을 수도 있지만, 이와 동시에 시인의 의식 저편에 자리하고 있는 기억 속의 장소를 지시하는 것으로 읽을 수도 있다.

그렇다면, 의식 저편에 존재하는 "거기"와 물리적 공간으로 존재하는 "거기" 사이의 궁극적인 차이는 무엇일까. 다소 엉뚱해 보일 수도 있지만, 그 차이를 로버트 피어시그(Robert Pirsig)가 『선과 모터사이클 관리술』(Zen and the Art of Motorcycle Maintenance)에서 거론한 바 있는 "로고스"와 "뮈토스" 개념에 기대어 이해할 수도 있으리라. 만일 이 같은 이해가 허락된다면, "세계에 대한 우리의 합리적 이해의 총합"을 지시하는 개념인 로고스는 물리적 공간으로서의 "거기"와 관계되는 것으로, 로고스에 선행하여 존재하는 "신화의 총합"을 지시하는 개념인 뮈토스는 의식 저편의 "거기"와 관계되는 것으로 정리할 수도 있으리라.[1] 요컨대, 물리적 공간으로서의 "거기"가 합리적이고 공적인 이해의 영역에 속하는 것이라면, 기억 속의 "거기"는 초(超)논리

---

1) 로버트 피어시그, 『선과 모터사이클 관리술』, 장경렬 역(문학과지성사, 2010), 621면 참조.

적이고 사적(私的)인 이해의 영역에 속하는 것이라고 할 수 있다. 이런 관점에서 보는 경우, 기억 속의 "쓰다 둔 수저"와 "내 꿈의 일기장" 및 "어머니 반짇고리"는 시인의 의식 저편에 내재되어 있는 초시간적 상징들—넓게 보아, 한 인간의 의식 세계 저편에 숨어 있는 개인적이고 사적인 신화소(神話素)들—이라고 할 수도 있을 것이다. 우선 "쓰다 둔 수저"가 먹는 일이 빠질 수 없는 현실적인 삶의 현장 또는 시인이 견뎌야 했던 척박한 과거의 삶에 대한 상징이라면, "내 꿈의 일기장"은 어린 시절 시인의 염원에 대한 상징일 수 있다. 추측건대, 초등학교 4학년 때부터 시를 썼다고 나에게 말한 적이 있는 시인에게 그러한 염원 가운데 하나는 '좋은 시를 쓰는 일'이었으리라. 그렇다면 "어머니 반짇고리"가 의미하는 바는 무엇일까. 물론 이때의 '반짇고리'는 바느질 도구를 담는 상자 또는 용기를 가리킨다. 언젠가 나는 이우걸에게 시조란 "'적요의 공간'에 언어로 놓는 '수(繡)'"와 같은 것이라고 논한 바 있거니와, "어머니 반짇고리"는 시인이 여일하게 추구해 온 현대 시조의 원형적 틀에 해당하는 전통적 시조 형식에 대한 상징일 수 있지 않을까.

요컨대, 「아직도 거기 있다」는 인간의 현실적 삶에 대한 시인의 의식과 관심이 그의 마음속에 언제나 자리하고 있음을, 시를 향한 오랜 염원이 아직도 시인의 마음속에 내재되어 있음을, 그리고 우리 시 고유의 정형적 틀이 시인의 마음을 여일하게 지배하고 있음을 암시하는 시로 읽을 수도 있다. 지난 1973년 『현대시학』을 통해 등단한 이래 40년이 훌쩍 넘는 세월 동안 발표한 작품들이 증명해 주듯, 시인의 의식 저편에 자리하고 있는 것은 이처럼 인간의 삶에 대한 지속적인 관심과 시조에 대한 시인으로서의 여일한 희망과 애정으로 요약될 수 있다. 『아직도 거기 있다』에서 시인은 이 같은 자신의 관심과 희망과 사랑을 단시조 형식 안에 담아 놓고 있거니와, 단시조 형식이기에 이를 통해 전하는 시인의 시적 메시지는 그만큼 단출하면서도 선명하다.

이우걸은 2014년 여름 우연히 함께한 자리에서 자신이 그즈음 단시조 창작에 전념하고 있음을 밝힌 바 있는데, 그 과정에 창작된 작품 가운데 하나가 바로 앞의 작품이다. 나는 오래전부터 시조란 정형시의 일종이고, 정형시란 정해진 시적 공간과 시인 사이의 긴장 관계를 전제로 하는 시 형식임을 힘주어 말해 왔다. 즉, 시인의 시심을 구속하려는 형식과 이러한 구속에서 벗어나려는 시인의 시심 사이의 힘겨루기를 통해 양자 사이에 아슬아슬한 긴장과 균형을 이루어야 하는 것이 정형시로서의 시조다. 이렇게 말할 수도 있겠다. 시조란 본래 형식의 제약을 받아들이면서도 이에 저항하는 시인이, 또한 형식의 제약에 저항하면서도 동시에 이를 받아들이는 시인이 마침내 이룩해 낸 갈등과 긴장의 산물이라 할 수 있다.

이 점을 감안한다면, 3장 6구 12음보라는 제약 안에서 승부를 걸 것을 요구하는 단시조 형식의 구속에서 벗어나 임의로 길이를 늘이는 연시조 형식—또한, 어떤 의미에서 보면, 언어의 절약에서 비교적 자유로운 사설시조 형식—은 시조의 새로움 또는 현대화를 도모하기 위한 탈출구일 수도 있지만, 갈등과 긴장의 강도를 낮추었다는 점에서 일종의 '일탈'에 해당하는 것으로 볼 수도 있다. 사실 요즈음 시조 시단에 발표되는 연시조 형식의 작품 가운데 시적 긴장감이 끝까지 유지되지 못하는 경우를 종종 볼 수 있는데, 이는 부분적으로 이 같은 '일탈'에 기인한 것인지도 모른다. 또한 자의적인 판단일 수 있으나 오늘날의 시조 작품 가운데 적지 않는 예들이 옛날의 시조에 비해 속도감을 잃은 채 어딘가 이완되어 있고 단정치 못하다는 느낌을 준다면, 이 또한 부분적으로 이 같은 '일탈'이 시조 시단의 주류를 이루고 있기 때문인지도 모른다. 이런 관점에서 볼 때, 시대가 바뀌었다 해도 시조의 시조다움은 단시조 형식에서 찾아야 한다는 논리는 결코 지나친 것일 수 없다. 어찌 보면, 단시조 형식은 시조의 '원형'(原形, ur-form)이라 할 수 있으며, 이로 인해 단시조 형식이 요구하는 3장 6구 12음보라는 형식상의 제약 안에서 시조의 궁극적인 정체성을 찾을 수도 있다.[2]

이처럼 시조의 정체성을 단시조에서 찾고자 하는 나이기에, 그가 단시조 창작에 주력하고 있다는 소식에 반가워하지 않을 수 없었던 것이다. 그러던 차에, 근년에 집중적으로 창작한 단시조 작품뿐만 아니라 등단 이후에 발표한 단시조 작품을 함께 모아 말 그대로 단시조만으로 이루어진 시집 『아직도 거기 있다』를 발간한다는 소식에 반가움은 배가되었다.

하지만 『아직도 거기 있다』에 대한 작품론 집필 의뢰를 받고 원고를 전체적으로 훑어본 나는 반가워하고 있을 수만은 없었으니, 다음 물음이 나를 괴롭혔기 때문이다. 즉, 젊은 시인의 아픔이 담겨 있는 시에서 시작하여 나이 지긋한 시인의 시적 깨달음과 관조적 시선이 감지되는 시에 이르기까지 다양한 작품이 담겨 있는 이 시집에 대한 작품론을 과연 어떤 방식으로 써야 하는가. 이 물음 앞에서 어찌 반가움이 걱정으로 바뀌지 않을 수 있었겠는가. 걱정 속에 원고를 거듭 읽는 동안 문득 『논어』의 위정편(爲政篇)에 있는 저 유명한 공자의 말이 떠올랐다.

吾十有五而志于學, 三十而立, 四十而不惑, 五十而知天命, 六十
而耳順, 七十而從心所欲, 不踰矩.

2) 단시조에 관한 이상의 논의는 장경렬, 「오늘의 시조를 진단한다—단시조 형식의 시조에 대한 관심을 촉
구하며」, 『시조21』 2013년 봄호, 107-108면 참조.

위의 인용에 대한 서울대학교 김학주 교수의 번역은 다음과 같다. "나는 열다섯 살에 배움에 뜻을 두었고, 서른 살에는 자립을 하였으며, 마흔 살에는 미혹되지 않게 되었고, 쉰 살에는 천명을 알게 되었고, 예순 살에는 귀로 듣는 대로 모든 것을 순조로이 이해하게 되었고, 일흔 살에는 마음 내키는 대로 좇아도 법도를 넘어서지 않게 되었다."[3] 그와 같은 공자의 말을 떠올리자, 길이 보이는 듯도 했다. 길이 보이다니? 공자의 말에 기대어 시인의 시 세계를 조명하는 경우 난감한 작품론 쓰기에 돌파구가 생길 수도 있으리라는 데 생각이 미쳤던 것이다. 『아직도 거기 있다』에 담긴 시인의 시 세계를 젊은 시절의 작품에서 최근의 작품에 이르기까지 연대순으로 정리하면 과연 어떤 모습이 될까. 이어지는 논의는 이 물음에 대한 내 나름의 답변에 해당하는 것이다.

2. 지학(志學)의 나이 이후, 또는 「편지」가 의미하는 것

'지학'은 '열다섯 살에 배움에 뜻을 두었다'는 공자의 말에서 나온 말로, 열다섯의 나이를 가리킨다. 그 나이의 시인 이우걸은 어떤 소년이었을까. 모르긴 해도, 시를 사랑하는 소년이었으리라. 초등학교 4학년 때부터 시 창작을 시작했다는 시인의 전언이 이 같은 추측을 뒷받침한다. 아무튼, 그는 나에게 자신이 시인이 되겠다는 생각을 굳힌 것은 스물다섯이 되던 때라고 말한 적이 있다. 이에 비춰 보면, 1946년생인 그가 시인의 길로 들어서기로 결심한 것은 지학의 나이가 되고 약 10년 후의 일이다. 그리고 그의 그런 결심은 곧 결실을 맺게 되는

---

3) 김학주 역주, 『論語』 제2전정판(서울대학교 출판부, 2007), 130면.

데, 그는 2년 후인 1973년에『현대시학』을 통해 시조 시인으로 등단한다. 당시에 등단의 과정을 거쳐 추천된 작품 가운데 하나가「편지」로, 이는『아직도 거기 있다』에 수록된 작품 가운데 가장 오래된 작품이다.[4] 이 작품에서 우리는 아파하는 한 젊은이의 마음을 엿볼 수 있거니와, 이를 함께 읽기로 하자.

스쳐만 가도 신열 나는

내 마음은 검정 실밥

젖은 옷자락 기워 눈 먼 수를 놓으면

등피에 쌓인 일력만

행 밖에서

떨다 간다

―「편지」전문

단시조의 초장에 해당하는 이 시의 제1행과 제2행에서 우리가 만나는 것은 마음의 병을 앓고 있는 젊은이다. 우리가 몸살을 앓을 때에는 피부를 덮고 있는 잔털에 옷깃이 살짝 스치기만 해도 통증을 느끼게 마련이다. 시인이 여기서 독자에게 드러내고자 하는 것은 이처럼 몸

---

4)「편지」는 1977년에 발간된 시집『지금은 누군가 와서』(학문사)에 수록되어 있지만, 널리 알려져 있듯 1973년『현대시학』에 수록된 등단작이기도 하다.

살을 앓는 사람의 몸처럼 예민해진 시인의 마음이다. 즉, 시인은 무언가가 자신의 마음을 "스쳐만 가도" 엄습하는 "신열"에 고통스러워한다. 한편, 제2행에서 확인할 수 있듯 시인은 자신의 "마음"을 "검정 실밥"과 동일시하고 있거니와, 이는 몸살로 인해 통증이 극심할 때면 피부의 잔털에 온 신경이 모이는 것 같은 느낌을 암시하기 위한 것이리라. 그렇다면, 제3행의 "젖은 옷자락"이 암시하는 바는 무엇일까. 몸살을 앓는 사람의 몸에 비유하자면, 이는 바로 피부를 지시하는 것일 수 있다. 결국, "검은 실밥"이 드러날 만큼 터져 벌어진 "옷자락"에 감싸인 몸과 같은 것이 시인의 마음이라는 암시를 읽을 수 있다. 시인은 이처럼 마음의 병을 몸살에 빗대어 묘사하고 있거니와, 이를 통해 자신이 앓고 있는 마음의 병이 얼마나 극심한가를 생생하게 극화(劇化)하고 있다.

그렇다면 무엇 때문에 시인이 이처럼 마음의 병을 앓고 있는 것일까. 이와 관련하여, 우리는 우선 시의 제목과 제3행에 담긴 시적 진술을 주목하지 않을 수 없다. 무엇보다 '깁다'나 '수를 놓다'는 글쓰기를 암시하는 것일 수 있고, 이 같은 글쓰기는 누군가에게 전할 "편지"를 쓰는 것으로 이해할 수 있다. 하지만 시인의 글쓰기는 "젖은 옷자락 기워" 놓는 "눈 먼 수"와 다름없다. 즉, 시인의 글쓰기는 젖은 천에 수를 놓듯 수월치 않은 것일 뿐만 아니라, 힘겹게 쓰는 글조차 눈 먼 사람이 놓은 수처럼 (물론 예외적인 경우도 있겠지만) 정연하지도 깔끔하지도 않다. 단시조의 종장에 해당하는 제4행에서 제6행은 그처럼 힘겹게 쓰는 편지조차도 끝내 완성하지 못한 채 버릴 수밖에 없음을 암시한다. 추측건대, 시인은 "등피"—즉, 등(燈)의 갓—를 씌운 등 곁에서 글을 쓰고 있는 것이리라. 하지만, "등피에 쌓인 일력만/행 밖에서/떨다 간다"는 시적 진술이 암시하듯, 시인은 며칠을 걸려 편지로 써 보낼 글을 구상하지만 그 글은 제대로 글 안에 편입되지 못한 채 신열에 들뜬 시인의 마음 안에서 "떨다" 사라질 뿐이다.

만일 이상과 같은 우리의 시 읽기가 타당한 것이라면, 「편지」는 사랑하는 이에게 편지를 보내려 글을 쓰지만 끝내 글다운 글을 쓰지 못하는 시인의 아픈 마음을 담고 있는 작품이라고 추론할 수 있다. 하기야 20대의 젊은이에게 사랑만큼 소중한 일이 어디 있겠는가. 그리고 사랑하는 이에게 자신의 마음을 전하는 편지를 쓰려 하지만 그것이 제대로 되지 않을 때 느끼는 좌절만큼 마음을 병들게 하는 것이 어디 있겠는가. (요즈음의 젊은이들과 달리, 1970년대의 젊은이들은 여전히 편지로 사랑을 고백하기도 했다!)

하지만 그것이 전부일까. 다시 말해, 이 시가 전하고자 하는 메시지가 단순히 이루어질 수 없는 사랑으로 인한 젊은이의 고통뿐일까. 우리가 이 같은 물음을 던지는 이유는 무엇인가. 이 시의 '나'는 그냥 젊은이가 아니라 시인의 길을 열망하는 젊은이이기 때문이다. 바로 이 점을 감안할 때, 이 시에서 시인이 말하는 마음의 병과 아픔은 시 창작의 어려움과 이에 따른 고통에서 비롯된 것일 수도 있으리라. 즉, 시를 사랑하는 이들에게 편지를 전하듯 멋진 시를 창작하여 보이고 싶지만 창작이 뜻대로 되지 않음에 좌절하고 아파하는 젊은 시인의 마음을 드러낼 듯 감추고 있는 작품이 다름 아닌 「편지」일 수도 있다. 이에 따라 우리는 「편지」가 의미하는 바를 젊은 시인의 '시'에 대한 갈망과 아픔에서 찾을 수도 있으리라.

3. 이립(而立)의 나이 이후, 또는 「팽이」가 의미하는 것

시로 인한 것이든 또는 사랑으로 인한 것이든 젊은 시인의 좌절과 아픔을 감지케 하는 「편지」와 같은 작품으로 출발한 이우걸의 시 세계가 변모의 과정을 거치는 것은 지극히 당연하고도 자연스럽다. 누구라도 아파하고 있을 수만은 없기 때문이다. 이를 증명하듯, 이우걸은 '이립'의 나이를 넘기고 30대의 삶을 살아가는 동안 자신의 시 세계가 나아갈 길을 진지하게 모색하고 마침내 확고하게 그 방향을 정립한다. 공자가 말하는 이립은 '뜻을 독자적으로 확고하게 세웠다'는 의미로 이해될 수도 있거니와, 그에게 이립 이후 30대 나이의 세월은 '시조의 정체성'과 관련하여 뜻을 독자적으로 확고히 세우는 시기였다고 말할 수 있으리라. 아마도 이를 선명하게 보여 주는 작품 가운데 하나가 「팽이」일 것이다.[5]

     쳐라, 가혹한 매여 무지개가 보일 때까지

     나는 꼿꼿이 서서 너를 증언하리라

     무수한 고통을 건너

     피어나는 접시꽃 하나
                                    ―「팽이」 전문

  이 시에 대한 독해는 두 차원으로 나눠 진행할 수 있을 것이다. 우선 "팽이"를 가지고 노는 아이에 대한 관찰을 있는 그대로 담고 있는 시

---

5) 「팽이」는 1988년에 출간한 시집 『저녁 이미지』(동학사)에 수록되어 있지만, 이우걸에 의하면 이는 1970년대 말 정치적으로 사회적으로 암울한 시기에 창작한 것이라 한다. 즉, 시인이 30대의 나이에 창작한 작품이다.

로 읽을 수 있거니와, 아마도 팽이를 가지고 놀아 본 적이 있는 이라면 이 시가 표면에 담고 있는 이 같은 메시지를 쉽게 이해할 수 있을 것이다. 팽이는 둥근 모양의 나무토막 한쪽 끝을 뾰족하게 깎아 만든 장난감으로, 어느 팽이든 거의 예외 없이 평평한 위쪽 표면에 다양한 색깔이 칠해져 있게 마련이다. 일단 팽이를 돌리기 시작하면 팽이는 축을 중심으로 하여 "꼿꼿이" 서게 마련이고, 위쪽 표면은 더할 수 없이 현란한 색채의 향연을 연출하게 마련이다. 시인의 말대로 마치 한 송이의 "꽃"이 피어나는 듯한 착각에 빠져들게 한다. 팽이채로 쳐서 돌리는 팽이의 경우, 채질을 계속하면 할수록 팽이의 회전 속도는 증가하고 이에 따라 색채의 향연은 "무지개가 보일 때까지" 계속 이어지게 마련이다. 어린 시절에 이 같은 색채의 향연에 매혹되었던 경험이 있는 사람이라면, 「팽이」가 담고 있는 이 같은 표면적 의미에 쉽게 다가갈 수 있으리라.

　하지만 「팽이」에 대한 시 읽기는 이 같은 차원의 시 읽기로 끝낼 수 없다. 무엇보다 이 시를 장식하는 몇몇 언사들이 예사롭지 않기 때문이다. 먼저 이 시를 시작하는 "쳐라"라는 반항적 언사에 유의하기 바란다. "어져"라는 탄사(歎辭)로 시작되는 황진이의 시조가 그러하듯, 이 시는 반항적 언사로 시작함으로써 몽롱하게 잠들어 있는 우리의 의식에 충격을 가한다. 몽롱한 상태에서 깨어난 우리의 의식을 향해 시인은 "가혹한 매"라든가 "무수한 고통"과 같은 예사롭지 않은 언사를 계속해서 던진다. 이를 통해 시인은 자신의 시가 단순히 우리의 어린 시절에 대한 기억을 일깨우기 위한 '팽이채'만은 아님을 암시한다. 시인이 「팽이」라는 '팽이채'를 동원하여 일깨우고자 하는 또 다른 차원의 대상은 무엇일까. 그것은 바로 당대의 현실에 대한 사람들의 의식이 아닐까. 다시 말해, "가혹한 매"는 시인이 몸담고 살던 시대에 대한 우의(寓意, allegory)를 담기 위한 것일 수 있다.

이런 관점에서의 시 읽기가 가능하다면, 이 시의 화자(話者)인 "팽이"는 시대적 현실을 견디며 살아가는 시인 자신일 수 있다. 시인은 "팽이"로 등장하여 "가혹한 매"를 가하는 '팽이채'와도 같은 현실과 마주하고 있는 것이다. 이처럼 또 하나 다른 차원에서의 의미가 '팽이채'에 부여될 수 있거니와, 이때의 현실은 물론 정치적 현실을 암시하는 것일 수 있으리라. 시인 이우걸이 청년기와 장년기를 보낼 당시 한국의 정치 현실을 지배하는 것은 실로 "무수한 고통"을 안기는 "가혹한 매"였다 해도 과언이 아닐 것이다. 문제는 이 시에서 화자인 팽이가 팽이채에게 "가혹한 매"로 자신에게 "무수한 고통"을 주도록 부추기고 있다는 데 있다.

일반적으로 사람들은 "가혹한 매" 앞에서 두려워하거나 고통에 신음하게 마련이다. 아니, "가혹한 매"를 가하는 쪽에서 원하는 것은 다름 아닌 그와 같은 반응이다. 하지만 "쳐라"라는 반항적 언사는 '팽이채'—다시 말해, 가해자—의 기대를 여지없이 깨뜨린다. 이 경우 가해자는 매질을 포기할 수도 있겠지만 실제로 그렇게 하는 경우는 많지 않을 것이다. 오히려 야멸찬 매질의 강도를 높여 상대를 더욱더 고통스럽게 하는 일에 열중할 확률이 높다. 하지만 팽이채의 매질에 더욱 꼿꼿하게 서는 팽이처럼 "가혹한 매"를 견디는 쪽은 당당하기만 하다. "꼿꼿이 서서 너를 증언하리라"라는 발언에서 우리는 매질에 맞서 이를 결연하게 견디고자 하는 시인의 마음을 읽을 수 있지 않은가. 고통에도 불구하고 이를 결연하게 이겨 내는 강인한 정신이 마침내 도달하는 의식의 '찬란한 경지'가 있다면, 이는 어떤 것일까. "무수한 고통을 건너/피어나는 접시꽃 하나"는 이 같은 물음에 대한 시인의 답변일 수 있다.[6]

사회에 대한 비판적 시선을 우의적으로 담고 있는 이 작품이 오늘날의 시조 시단에서 갖는 의미는 결코 만만치 않은 것이다. 나는 앞서 언급한 「시간성의 시학」이라는 글에서 시조의 현대화를 위한 시조 부흥 운동은 경향문학파에 대응하여 국민문학파에 의해 주도되었음을, 그러니까 '전통적인 민족정신 계승'이라는 명분론에서 출발했음을 지적한 바 있다. 아울러, '전통적인 민족정신의 계승'이라는 논리는 현재적인 역사의 흐름에서 벗어나 초월적이고 보편적인 추상의 세계로 되돌아감을 뜻할 수 있음을 지적하기도 했거니와, 역사를 초월하여 존재하는 보편적 정신의 구현을 위해 시조 양식이 선택되었다고 말할 수 있다. 이러한 경향에 대한 비판 과정에 나는 시조란 본래 '상징(象徵, symbol)의 시'가 아닌 '우의의 시(寓意, allegory)'였음을 논증하는 동시에, '시조다운 시조'를 위해서는 '우의의 시' 고유의 시간성과 현실성을 복원할 필요가 있음을, 이런 관점에서 볼 때 현실에 대한 관심과 비판이 시조의 필수 요건임을 주장한 바 있다.[7] 어떤 의미에서 보면, 강한 현실 비판 의식을 담고 있는 이우걸의 단시조 「팽이」는 내가 주장하는 바의 '시조가 갈 길'을 구체적으로 보여 준 예로 볼 수 있다. 시조의 정체성에 대한 당시 시조 시단에서의 논의가 새로울 것이 없었던 점에 비춰 보는 경우, 「팽이」는 진실로 예외적인 작품이라 하지 않을 수 없다. 이는 정녕코 현대 시조의 전개 과정에 하나의 이정표 역할을 한 작품이라 말할 수 있으리라.

우리가 이우걸에게 30대의 나이는 '시조의 정체성'과 관련하여 독자적으로 나름의 뜻을 확고히 세우는 시기였다고 판단하는 것은 이런

---

6) 이상의 논의와 관련해서는 장경렬, 『시간성의 시학—시조에 대한 새로운 이해를 위하여』(서울대학교 출판문화원, 2013)에 수록된 글 「관조와 성찰의 시학—시조 시인 이우걸을 "운반해 온 시간의 발자국"을 따라」, 152-155면 참조.
7) 장경렬, 「시간성의 시학」, 『현대시조 28인선』(청하, 1991), 230-231면.

맥락에서다. 「팽이」가 하나의 실례가 되고 있듯, 30대의 나이에 시인 이우걸은 "시절가조"로서의 시조가 앞으로 추구해야 할 목표는 "현실 반응에 민감한 시조"[8]임을 확고하게 깨달았던 것이리라. 「팽이」를 창작하던 30대의 나이가 그에게 특히 중요한 의미를 갖는다면 이 때문이다.

4. 불혹(不惑)의 나이 이후, 또는 「판자촌 입구」가 의미하는 것

마흔의 나이를 가리키는 '불혹'은 말 그대로 '미혹되지 아니함'을 뜻한다. 즉, 남의 말에 홀려 정신을 차리지 못하거나 외부의 유혹이나 간섭에 흔들리지 않음을 의미한다. 이우걸의 「판자촌 입구」에 담긴 시구절을 인용하여 말하자면, "칼바람 다시 와서/가지들을 흔들"지만 "가느다란 가지 끝에/앉아 있는 한 마리 새"가 자리를 지키듯 흔들림이 없는 경지를 공자는 불혹으로 표현한 것이리라. 하지만 우리와 같은 범인(凡人)이 어찌 공자와 같은 성인이 그러했듯 마흔의 나이에 이르렀다고 해서 쉽게 불혹의 경지에 이를 수 있겠는가. 오규원 시인이 「만물은 흔들리면서」에서 노래했듯, 우리가 "빈들에 가서 비로소 깨닫는" 것이 있다면 "우리도 늘 흔들리고 있음"이 아니겠는가. 나를 포함한 모든 범인이 그러했고 앞으로도 그러하겠지만, 시인 이우걸도 가눌 길이 없이 흔들리는 40대의 삶을 살았을 것이다. 하지만 그는 적어도 앞서 검토한 「팽이」와 같은 시가 우리를 일깨워 인도하는 '시조의 길'—그것도 시인이 스스로 찾은 '시조의 길'—을 향해 발걸음을 옮기는 데는 조금도 흔들림이 없었던 것으로 보인다. 이를 확인케 하는 작

---

8) 이우걸, 『우수의 지평』(동학사, 1989), 203면.

품이 다름 아닌 「판자촌 입구」다.[9]

　　가느다란 가지 끝에

　　앉아 있는 한 마리 새

　　칼바람 다시 와서

　　가지들을 흔들 때

　　저 새는

　　무엇을 향해

　　또 어디로 떠나야 할까

─「판자촌 입구」 전문

　「팽이」에서 "팽이"가 화자(話者)이자 시인 자신을 지시한다면, 「판자
촌 입구」에서 "새"는 화자인 시인이 눈길을 주는 관찰 대상으로 제시
되고 있다. 한편, 제목이 "판자촌 입구"임을 감안할 때 관찰이 이루어
지는 장소는 궁핍함과 누추함을 연상케 하는 판자촌의 입구다. 말하

---

9) 「판자촌 입구」는 시인의 나이 50세인 1996년에 출간된 시집 『사전을 뒤적이며』(동학사)에 수록되어 있
　다. 이전 시집인 『저녁 이미지』(동학사)가 시인의 나이 42세인 1988년에 출간되었다는 점을 감안한다
　면, 이 시는 시인이 40대의 나이에 창작한 것으로 추론된다. 시인 자신이 아주 오래전부터 간직하던 시
　상을 시화(詩化)하여 40대의 나이에 발표한 작품임을 나에게 밝힌 바 있기도 하다.

자면, 시인은 자신이 판자촌 입구에서 그 근처에 있는 나무의 가지에 앉아 있는 새 한 마리를 바라보는 것으로 이 시의 구도를 설정하고 있다. 한편, 나무의 굵은 가지뿐만 아니라 "가느다란 가지"까지 시인의 눈에 들어오고 이따금 "칼바람"이 불고 있다는 점에서 보면, 시간적 배경은 춥고 을씨년스러운 늦은 가을이나 겨울이리라. 아무튼, 잎이 무성하고 열매가 풍요로운 동시에 바람이 따뜻하거나 시원한 계절이 시간적 배경은 아니다. 이처럼 가난함과 스산함을 장소와 시간의 배경으로 설정함으로써 시인은 이 시를 어떤 방향으로 읽을 것인가의 길을 제시하고 있다.

우선 이 시는 「팽이」와 관련하여 우리가 그러했듯 있는 그대로 대상에 대한 관찰을 담은 시로 읽을 수도 있다. 앞서 말했듯, 장소뿐만 아니라 시간이 가난과 스산함을 연상케 하기에, "가느다란 가지 끝에/앉아 있는 한 마리 새"의 모습은 시인의 눈에 그만큼 더 쓸쓸해 보였을 것이다. 그리고 그렇기에 더더욱 시인의 눈길을 끌었던 것이리라. 아무튼, 홀로 가지에 앉아 있는 한 마리 새에게 시인이 눈길을 주는 동안, 칼바람이 다시 스쳐 지나간다. 그리고 칼바람에 가지는 흔들리지만 새는 움직이지 않는다. 물론 가지가 흔들림에 따라 새의 몸도 함께 흔들렸겠지만, 가지에 앉아 있는 새의 자세 자체에 변화가 있지는 않았을 것이다. 그런 새를 바라보며 시인은 상념을 잇는다. "저 새는/무엇을 향해/또 어디로 떠나야 할까." 어찌 보면, 칼바람에도 불구하고 몸을 움직이지 않는 새를 바라보며, 시인은 무언가 골똘히 자기만의 생각에 잠겨 있는 새를 상상하고 있는 것이리라. 아마도 새는 이제 곧 어디론가 떠나야 할 철새일 수도 있고, 보금자리로 삼았던 숲이 사라짐에 따라 살 곳을 찾아 떠나야 할 텃새일 수도 있으리라. 아니, 그냥 먹이를 찾아 어디론가 날아가고자 하는 새일 수도 있다.

그것이 어떤 종류의 새이든, 이 시는 한 그루의 나무와 그 나무의 가지에 앉아 있는 새가 전경(前景)을 이루고 있고 판자촌이 배경을 이루고 있는 한 폭의 그림을 연상케 한다. 마치 추사 김정희의 세한도(歲寒圖)를 보는 듯도 하다. 담백한 정경 묘사로 이루어진 작품인 동시에 조촐하고 선명한 시인의 시선을 감지케 하는 작품이라는 점에서 그러하다. 하지만 이 시가 단순히 정경 묘사로 그 의미를 소진하는 작품일까. 시의 제목이 암시하듯, 이는 단순한 정경 묘사의 시가 아니다. 「팽이」에서 그러했듯 우리는 이 시에서도 "현실 반응에 민감한" 시인의 눈길을 감지하지 않을 수 없거니와, 이 시의 "한 마리 새"는 단순히 축어적인 의미에서의 새가 아니라는 것이 나의 판단이다. 나의 판단에 의하면, 이 시의 "새"는 "칼바람"이 몰아치는 현실에서 "가느다란 가지 끝"과도 같은 위태하고 불안한 생계 수단에 의지하여 삶을 살아가는 판자촌의 한 주민을 암시하는 것으로 읽을 수도 있다. 이렇게 읽는 경우, 시조의 종장에 해당하는 마지막 3행이 지니는 의미는 진실로 의미심장한 것이 아닐 수 없다. 판자촌이란 급속한 도시화 과정에 도심 주변지역에 들어서는 빈민촌을 말하는데, 이는 판자, 양철, 골판지, 플라스틱 등을 재료로 삼아 지은 무허가 건물들로 이루어져 있다. 우리나라에서는 한국 전쟁 이후 그리고 급속한 산업화가 이루어지던 1970-80년대에 여기저기 판자촌이 형성되었으며, 이는 아직까지도 우리 사회의 일부를 이루고 있다. 시인은 이 같은 우리 사회의 한 단면에 진지한 눈길을 주고 있는 것이다. 말할 것도 없이, 판자촌 주민들의 삶은 안정된 것일 수 없다. 언제 어느 곳으로 옮겨 가 삶을 이어 갈 것인가는 항상 그들이 마주해야 하는 현실적인 과제가 아닐 수 없기 때문이다. 다시 말해, "무엇을 향해/또 어디로 떠나야 할까"는 판자촌 주민들의 당면 과제가 아닐 수 없다. 이 같은 현실에 눈길을 주고 이를 시조로 형상화하고 있는 작품이 다름 아닌「판자촌 입구」라는 것이 나의 판단이다.

이우걸이 "현실 반응에 민감한 시조"를 향해 신념의 길을 가고 있음을 감지케 하는 작품 가운데 하나가 바로 이「판자촌 입구」라는 나의 판단은 이에 따른 것이다. 불혹이라는 공자의 말을 어찌 우리들 범인에게도 똑같이 적용할 수 있겠느냐만, 그가 30대 나이에 찾은 시조의 길을 향해 여전히 흔들림이 없는 발걸음을 옮겼다는 점에서, 불혹이라는 말을 시인 이우걸의 시적 편력과 관련하여 거론하는 데 이의를 제기할 사람은 어디에도 없을 것이다.

5. 지천명(知天命)의 나이 이후, 또는 「찻잔」이 의미하는 것

공자가 말한 '불혹'만큼이나 쉽게 입에 올리기 어려운 말이 있다면, 이는 아마도 '지천명'일 것이다. '쉰의 나이에 천명을 알게 되었다'니! 이는 곧 하늘의 뜻을 헤아리게 되었다는 말이 아닌가. 어찌 이처럼 엄청난 경지가 공자와 같은 성인이 아닌 우리들 범인에게 가능할 수 있겠는가. 이 자리에서 사적인 고백이 허용된다면, 나는 불혹의 나이에 불혹의 경지에 이르지 못한 자신 때문에 괴로워했듯 지천명의 나이에 이르러서뿐만 아니라 그 나이를 훨씬 넘기고도 하늘의 뜻을 헤아릴 수 없음에 괴로워했었다. 그렇게 세월을 보내고 있을 무렵의 일이다. 시조와 관련된 어떤 모임에 참석하기 위해 차를 타고 해남으로 가던 도중, 갑작스럽게 월출산의 봉우리들이 눈길을 사로잡았다. 바로 그 순간, '내가 믿었던 것과 달리 나란 보잘것없는 존재임을 깨닫는 것, 우리 같은 범인이 하늘의 뜻을 헤아린다는 것은 바로 이 점을 깨닫는 것이 아닐까'라는 생각이 나를 사로잡았다. 그렇다, 지천명은 자신에 대한 희망과 평가와 신뢰가 과도한 욕심과 허영에서 나온 것임을 스스로 깨닫는 경지를 말하는 것이리라. 말하자면, 자신의 한계와 약점과 왜소함을 깨닫는 자기 성찰, 바로 거기에서 지천명의 의미를 찾아야 하리라. 마치 그와 같은 나의 생각에 동조하기라도 하듯, 시인 이우걸은 50대 중반에서 후반으로 넘어갈 무렵 「찻잔」을 발표한 바 있다.[10]

사소한 일에도

내 흥분은

수위가 높다

그때마다

찻잔이

나를 다독인다

감정과 이성의 볼륨을

[10] 「찻잔」은 2003년에 출간된 시집 『맹인』(고요아침)에 수록된 작품으로, 2003년 『열린시조』 제8권 제1호에 발표된 작품이다.

은근히

조절해준다

—「찻잔」 전문

 "사소한 일에도/내 흥분은/수위가 높다"는 식의 자기 성찰에 이르거나 이른 사람이 어찌 이우걸뿐이겠는가. 하지만 이 같은 고백을 스스럼없이 할 수 있는 사람이 과연 얼마나 되겠는가. 정녕코, 자신이 사소한 일에도 흥분의 수위를 높일 만큼 그릇이 작은 사람이라는 식의 자기 폄하의 말을 사람들 앞에서 대놓고 하기는 쉽지 않다. 그렇기에 시인의 고백은 그만큼 더 값진 것이 아닐 수 없다. 한편, 이 같은 고백에 이어 시인은 흥분의 수위가 높아질 때마다 "나를 다독"이는 것이 있다면 이는 "찻잔"이라 말한다. 즉, 시인은 "찻잔"에 담긴 차를 음미함으로써 흥분된 마음을 달래고 가라앉힌다. 또는 차를 음미함으로써 "감정과 이성의 볼륨"을 "조절"한다. 물론 사람마다 흥분된 마음을 달래고 가라앉히는 수단이나 방법은 다를 수 있다. 어떤 이는 술이나 담배에, 어떤 이는 책이나 음악에, 어떤 이는 명상이나 기도에 호소함으로써 마음을 달랠 것이다. 그 외에 수없이 다양한 수단과 방법이 있을 수 있겠지만, 시인에게는 무엇보다 "찻잔"과 마주하는 것이다. 찻잔과 마주함으로써 정신 수양을 도모함은 다도(茶道)의 본질이 아니겠는가. 한국의 전통적 다도와 관련하여, 저 옛날 신라나 고려까지 거슬러 올라갈 것 없이 조선 시대의 초의선사와 앞서 언급한 바 있는 추사를 떠올려보라. 그들은 차를 음미하는 일이 정신 수양의 한 방법임을 터득했던 이들로, 차를 음미함으로써 흥분된 마음을 다스리려는 시인의 시도는 가깝게 이들 초의선사와 추사의 다도에서 찾을 수도 있을 것이다.

이상으로써 이우걸의 「찻잔」에 대한 읽기를 끝낼 수는 없는데, 시조 시인 이우걸의 시 세계에서 "찻잔"은 다의적(多義的)인 의미를 갖는 것일 수 있기 때문이다. 이와 관련하여, 무엇보다 시조란 형식의 제약을 전제로 한 정형시라는 점을 주목하기 바란다. 특히 단시조는 이 같은 형식상의 제약을 실체화한 '꽃'과도 같은 것이라 하지 않을 수 없는데, 단시조의 3장 6구 12음보는 실로 단출하고 소박한 "찻잔"에 비유되지 않을 수 없다. 이런 맥락에서 보면, 시인이 흥분된 마음을 다독이고 "감정과 이성의 볼륨"을 조절하는 데 동원하는 것은 곧 시조일 수 있다는 설명도 가능하다. 단시조라는 형식과 찻잔 사이의 대비가 가능하듯, 찻잔에 담긴 우리나라 고유의 차—일본이나 중국의 차와는 차원이 다른 맑고 깊은 맛을 지닌 연한 다갈색의 차—와 단시조 형식 안에 담긴 담백하면서도 삶의 깊은 맛을 그대로 완미케 하는 시조 작품 사이의 대비만큼 완벽한 조화를 이루는 것은 쉽게 찾아보기 어려우리라. 요컨대, 시인은 「찻잔」을 통해 '시조'가 주는 마음의 위안과 정신의 수양까지도 함께 이야기하고 있다고 보아도 크게 틀리지 않을 것이다.

6. 이순(耳順)의 나이 이후, 또는 「안경」이 의미하는 것

'듣는 대로 모든 것을 순조로이 이해하다'는 의미를 담고 있는 '이순'이라는 말이 전해 주듯, 공자는 예순의 나이를 말할 때 신체의 모든 감각기관 가운데 '귀'를 문제 삼는다. '남의 말 또는 의견을 이해하는 데 걸림이 없다'의 의미로 해석될 수도 있는 이 말이 암시하듯, 공자가 주목하고자 한 것은 인간과 인간 사이의 언어적 관계이고, 이에 따라 '귀'를 문제 삼은 것이리라. 하지만 세상사와 사물에 대한 이해 및 판단과 관련하여 '눈'은 '귀'보다 사람들이 더 소중하게 여기는 감각 기관이 아닌가. 만일 그런 관점을 반영하고자 한다면, '보는 대로 모든 것을 순조로이 이해하는 경지'를 상정해 볼 법도 하다. 혹시 관조(觀照)가 이 같은 경지를 암시하는 말은 아닐지? 아무튼, 우리 같은 범인에게는 예순이 넘었다고 해도 '이순의 경지'뿐만 아니라 '관조의 경지'는 결코 쉬운 것이 아니리라. 범인이라면 오히려 귀와 눈의 어두워짐에 더 신경을 써야 할 것이다. 아니, 귀보다 눈이 더 문제되는데, 시력의 약화는 청력의 약화보다 한층 더 심각하게 일상의 삶에 장애가 되기 때문이다. 이른바 노안(老眼)이라는 말이 따로 존재함은 이 때문이리라. 아무튼, 눈이 문제되는 것은 단지 나이를 먹어 시력이 약화되기 때문만이 아니다. 세상이 빠르게 변화를 거듭하고 가늠하기 어려울 정도로 복잡해지고 있기 때문이기도 하다. 이 때문에 나이를 먹어 눈이 어두워진 사람에게 세상살이란 결코 쉬운 일이 아니다. 그런 상황에서 예순을 넘긴 시인이 느낄 법한 감회는 어떤 것이었을까. 이를 보여주는 작품이 「안경」이다.[11]

껴도 희미하고 안 껴도 희미하다

초점이 너무 많아

초점잡기 어려운 세상

차라리 눈감고 보면

---

11) 「안경」은 2009년에 발간된 시집 『나를 운반해온 시간의 발자국이여』(천년의시작)에 수록된 작품으로, 시인은 자신이 2007년 이후 경상남도 밀양에서 교육장으로 근무하던 시절에 창작한 것임을 밝힌 바 있다.

더 선명한

얼굴이 있다

—「안경」전문

　시력이 약한 사람이 안경을 끼지 않았다 하자. 어찌 세상이 희미해 보이지 않을 수 있겠는가. 하지만 안경을 꼈다 해서 항상 세상이 밝아 보이는 것은 아니다. 오랫동안 안경을 사용하다 보면 렌즈 표면에 잔금이 생기게 마련이고, 이 때문에 안경을 껴도 세상은 여전히 희미하게 보일 수도 있다. 안경을 새것으로 바꾸면 되지 않겠는가. 문제는 그렇게 하더라도 시력이 좀처럼 나아지지 않는 사람도 있다는 데 있다. 특히 나이 든 사람이 그러하다. 약화된 시력 때문에 안경을 바꾸더라도 초점을 맞춰 세상을 보기란 쉽지 않기 때문이다. 어디 그뿐이랴. 눈의 수정체가 탄력성을 잃어 안경은 세상을 선명하게 보는 데 오히려 방해물이 될 수도 있다. 따지고 보면, 새 안경 때문에 이제까지 희미해 보이던 세상이 갑자기 밝아지는 경험은 젊을 때나 가능한 것인지도 모른다. 하지만 어쩌겠는가. 물처럼 구름처럼 흘러가는 세월을, 세월의 흐름과 함께 이끼처럼 쌓이는 나이를 탓할밖에.

　그렇다고 해서, 시인이 안경을 "껴도 희미하고 안 껴도 희미하다"고 했을 때 그가 그렇게 말하는 이유는 단순히 나이를 먹어 시력이 약해졌거나 눈의 수정체가 탄력성을 잃었기 때문만이 아니다. 그에 의하면, "초점이 너무 많아," 또는 "초점"을 맞춰 보아야 할 것이 "너무 많아," "초점"을 "잡기"가 "어려운" 것이 우리가 살아가는 세상이기 때문이다. 이처럼 초점을 맞출 것이 너무 많다는 말을 뒤집어 보면, 초점을 맞춰 볼 만한 것이 따로 있지 않다는 말일 수도 있다. 또는 앞서 말했듯 초점을 어디에다 맞출지 모를 정도로 삶의 현실이 빠르게 변화를 거듭하고 있다는 말일 수도 있으리라. 아울러, 도덕적으로든 사회적으로든 또는 정치적으로든 우리 현실이 초점을 맞추기 어려울 만큼 복잡하고 혼란하다는 말일 수도 있다.

초점을 맞출 것이 너무 많든, 초점을 맞춰 볼 만한 것이 따로 존재하지 않든, 또는 세상이 초점을 맞추기에 너무 혼란스럽고 빠르게 변하든, 세상에 눈길을 주기가 어려움을 깨달은 시인이 택한 대안은 "차라리 눈감고 보"는 것이다. "차라리 눈감고 보면/더 선명한/얼굴이 있"기 때문이다. '차라리 눈감고 세상을 보고자 함'은 '육신의 눈'이 아닌 '마음의 눈'으로 세상을 보겠다는 것으로 이해될 수 있으며, 마음의 눈으로 세상을 보고자 함은 시인의 경우 '시적으로' 세상을 보겠다는 것으로 이해될 수 있다. '시적으로' 세상을 보다니? 이는 곧 상상력이 시인에게 허락한 마음의 눈으로 세상을 보겠다는 말일 수 있지 않을까. 상상력이 허락한 마음의 눈으로 보았을 때 보이는 "더 선명한 얼굴"을 탐구하는 일이야말로 이순의 나이를 넘긴 시인이 할 수 있는 일인지도 모른다. 이런 관점에서 볼 때, 시인이 「안경」을 통해 우리에게 전하는 메시지는 단순히 희미해져 가는 시력과 복잡해져 가는 세상사에 대한 푸념만은 아니다. 이 시는 시인이라면 또는 시인이기 위해서는 세상을 어떤 눈으로 보아야 할 것인가에 대한 조언으로 읽히기도 하고, 나아가 시를 읽을 때 어떤 눈이 필요한가에 대한 암시로 읽히기도 한다.[12]

---

12) 이상의 논의는 앞서 각주 6번에서 거론한 장경렬, 「관조와 성찰의 시학」, 161~163면 참조.

7. 종심(從心)의 나이를 바라보며, 또는 시적 관조와 깨달음의 경지를 향하여

앞서 나는 '이순의 경지'를 언급하면서 '관조의 경지'라는 표현을 동원한 바 있다. 사실 '관조'란 육신의 눈을 초월하여 마음의 눈으로 세상을 바라봄을 일컫는 말이다. 또는 마음을 고요하게 다스리고 일정한 거리에서 세상의 사물이나 현상을 향해 관찰의 눈길을 주는 일, 이로써 대상의 실상(實相)이나 본질(本質)에 다가가는 일을 지시하는 말일 수 있다. 어찌 보면, 시 창작이란 이 같은 관조의 작업을 시적으로 수행하는 작업이라 할 수 있으며, 시인이란 이 같은 작업을 일생에 걸쳐 수행하는 사람들일 수 있다. 심지어 육신의 눈이 어두워져도 진정한 시인이라면 이 같은 작업을 멈추지 않는다. 육신의 눈이 어두워질수록 그만큼 더 밝아지는 마음의 눈이 있기에. 또는 연륜(年輪)이 시인에게 허락하는 밝아진 마음의 눈이 있기에. 이우걸의 표현에 기대어 말하자면, "차라리 눈감고 보면/더 선명한/얼굴"이 그려지도록 시인을 이끄는 밝고 환한 마음의 눈이 있기에. 그리하여 깊은 연륜의 시인이 창작하는 작품은 그만큼 더 값진 것이 되지 않을 수 없다. 이 같은 논리를 뒷받침하기라도 하듯, 이제 '종심'의 나이를 바라보는 시인 이우걸은 「바퀴는 돌면서」와 같은 작품을 우리에게 선사한다.[13]

길은 달리면서 바퀴를 돌리지만

바퀴는 돌면서 길을 감고 있다

---

13) 이우걸이 밝힌 바에 따르면, 「바퀴는 돌면서」를 포함하여 다음의 작품들은 태반이 2013년에 『주민등록증』(고요아침)을 발간한 이후 두 해 동안 창작한 것이라 한다: 「토란잎」, 「나이테」, 「고모」, 「산이 고맙고」, 「첫사랑」, 「그늘」, 「부음」, 「이명 2」, 「폐원에서」, 「정거장」, 「모닝 커피」, 「겨울 해변」, 「대학시절」, 「계단」, 「모자」, 「눈」, 「남천강」. 한편, 「길」, 「동백」, 「아직도 거기 있다」, 「눈이 내리는데」, 「종」 등 5편은 과거의 작품을 개작한 것이라 한다.

모나고 흠진 이 세상

둥글게 감고 있다

—「바퀴는 돌면서」 전문

　무엇보다 '길이 달리면서 바퀴를 돌린다'니? '바퀴가 돌면서 길을 달린다'고 해야 하지 않을까. 아울러, '바퀴는 돌면서 길을 감고 있다'니? '바퀴는 돌면서 길을 가고 있다'고 해야 하지 않을까. 사실, 이처럼 세상을 '낯설게' 뒤집어보는 시인의 낯선 시선은 결코 낯선 것이 아니다. 예컨대, 어린 시절 차를 처음 탔을 때 '내가 가고 있는 것이 아니라 차창 밖의 세상이 가고 있다'고 느꼈던 사람이 얼마나 많은가. 어디 그뿐이랴. 아주 오랫동안 사람들은 태양이 멈춰 있는 지구 주위를 돌고 있다고 믿지 않았던가. 즉, 천동설이 오랜 세월 사람들의 의식을 지배하고 있었다. 이처럼 자신을 중심으로 하여 세계를 바라보는 시각에 결정적으로 충격을 가한 것은 다름 아닌 '과학'의 합리주의와 객관성이었다. 넓게 보아, '바퀴가 돌면서 길을 달려가고 있다'는 진술이 암시하는 관찰자의 시선은 지극히 상식적인 것이기도 하지만, 그 저변에 놓인 것은 합리주의적이고도 과학적인 세계 이해의 시각이라고 할 수 있다. 즉, 과학이라는 패러다임이 우리 모두의 의식을 지배하고 있기 때문에, 우리는 확신에 차서 '바퀴가 돌면서 길을 달려가고 있다'고 말할 수 있는 것이리라. 하지만 과학은 세계와 인간을 이해하는 데 우리가 기댈 수 있는 유일한 방법도 아니고 유일하게 올바른 방법도 아니다. 일찍이 오스트리아 출신의 과학철학자 파울 파이어아벤트(Paul Feyerabend)는 "과학은 현대의 종교로, 이 종교가 주장하는 궁극적

변하는 것과 변하지 않아야 하는 것　91

권위는 부두교나 마술이 내세우는 것과 크게 다를 바 없다"[14]고 말한 바 있거니와, 특히 인간이라는 수수께끼와도 같은 존재와 그의 본성과 삶을 이해하는 데 과학은 한계를 드러내곤 한다. 그 한계를 뛰어넘고자 할 때 우리에게 구원의 수단이 되는 것이 있다면, 이는 바로 문학과 예술과 철학과 종교다. 엄연하고도 지극히 당연한 이 사실을 망각하고 있는 우리의 의식에 깊은 충격을 가하는 시가 다름 아닌 이우걸의 「바퀴는 돌면서」이리라.

관점을 달리하면, '길이 달리면서 바퀴를 돌리고, 바퀴는 돌면서 길을 감고 있다'는 진술은 인간의 삶에 대한 지극히 자연스러운 이해의 시각—낯설어 보이나 결코 낯선 것이 아닌 이해의 시각—을 제시하기 위한 일종의 전략적인 '낯설게 하기'일 수 있다. 일반적으로 우리는 우리 자신의 의지가 명령하는 대로 삶의 길을 걸어왔다고 믿는 동시에, 우리가 걸어온 삶의 길은 과거가 되어 곧 현재의 삶 뒤편으로 멀어진다고 생각한다. 하지만 우리가 걸어온 삶의 길이 과연 우리의 의지에 따른 것일까. 우리는 우리도 알 수 없는 미지의 힘에 의해 삶의 길을 걸어온 것 아닐까. 우리가 '운명'이라 부르는 것은 바로 이 '미지의 힘'을 말하는 것 아닌지? 아울러, 우리가 걸어온 삶의 길은 과거가 되어 우리 뒤편으로 멀어지는 것이 아니라, 일종의 접착테이프처럼 우리를 휘감는 가운데 우리의 현재적 삶이 형성되는 것은 아닌지? 혹시 우리가 '업보'라 말하는 것은 삶의 이런 측면을 지시하기 위해 우리가 동원하는 여러 표현 가운데 하나가 아닐지? 요컨대, 인간은 스스로 삶의 길을 헤쳐 나가는 의지의 주체라 믿지만 이는 인간의 오만이 낳은 헛된 환상일 수 있다. 이러한 환상에서 벗어나도록 또한 우리가 잊고 있

---

14) 조 모란, 『학제적 학문 연구』, 장경렬 역(서울대학교 출판문화원, 2014), 236면.

는 삶의 실상 또는 진실에 이르도록 우리를 일깨우되, 낯선 시적 언어를 통해 우리를 일깨우는 인식의 동인(動因)과도 같은 시가 「바퀴는 돌면서」다.

이 시의 "바퀴"를 우리가 우리 자신의 것이라 믿지만 우리 자신의 것이 아닐 수도 있는 '우리의 삶'으로 이해하는 경우, 또한 "길"을 우리가 이제까지 걸어온 '삶의 길'로 이해하는 경우, "길은 달리면서 바퀴를 돌리지만/바퀴는 돌면서 길을 감고 있다"는 시적 진술은 전혀 낯선 것으로 읽히지 않는다. 아울러, 시조의 종장에 해당하는 제3-4행에 대한 이해와 읽기도 아주 자연스럽게 진행될 수 있다. 즉, "모나고 흠진 이 세상"은 우리가 걸어온 삶의 길을 말하는 것으로, 자신이 살아온 삶의 길이 "모나고 흠진" 것이라 말하지 않을 수 있는 사람이 과연 얼마나 되겠는가. 하지만 바퀴와 같은 삶을 사는 사람들은 이를 "둥글게 감"는다. 말하자면, 사람들은 "모나고 흠진 이 세상"을 살아가는 동안 그런 세상으로 감싸이되, 이와 동시에 이를 "둥글게" 감싸 안는다. 이른바 우리가 연륜이라 말하는 것의 역할은 이처럼 "모나고 흠진" 세상을 "둥글게" 감싸 안는 데 있는 것 아닐까. 그렇게 감싸 안음으로써 사람들은 갈수록 원만한 성품의 인간이 되는 것이리라. 공자가 '일흔 살에는 마음 내키는 대로 좇아도 법도를 넘어서지 않게 되었다'고 말했을 때, 그는 연륜으로 인해 한층 더 원만한 사람이 되었음을 말하고자 했는지도 모른다.

거듭 말하지만, 이제 이우걸은 종심의 나이를 눈앞에 두고 있다. 그런 그가 최근에 창작한 단시조 「바퀴는 돌면서」에서 우리는 삶에 대한 맑고 환한 관조의 눈길을, 맑고 환한 동시에 간명하고 단출하여 그만큼 더 호소력이 있는 관조의 눈길을 확인할 수 있거니와, 이를 확인하는 나의 마음은 즐겁기만 하다.

끝으로 한 마디 덧붙이지면, 『아직도 거기 있다』에는 40년이 넘는 시인의 시적 이력을 빛나게 했던 수많은 단시조 작품뿐만 아니라 종심의 나이를 바라보면서 창작한 빼어난 단시조 작품이 적지 않거니와, 나는 이 자리를 빌려 모든 이에게 부탁한다. 최소한, "귀농이라며 돌아온 아들"을 바라보며 "웃고 있지만 속으론 앓고" 있는 "애비"의 속마음을 헤아리게 하는 「정거장」, "세상 모든 그늘"이 "사물의 어머니"라는 깊은 깨달음과 관조의 눈길을 담고 있는 「그늘」, "뭉쳐서 벽에 던"진 "눈"에서 "흩어져" 있는 "나"를 보고 상념에 잠기는 시인의 자기 성찰로 환하게 빛나는 「눈」 등의 작품을 육신의 눈으로뿐만 아니라 마음의 눈으로 읽어, 맑고 환한 관조의 경지에 이른 시인과 마침내 함께하기를! 그리고 그 모든 것을 가능케 한 것은 무엇보다 단시조 형식임을 잊지 말기를!

'칼의 노래'에 담긴 '따뜻한 마음의 노래'를 찾아
— 민병도의 『칼의 노래』와 시조의 정격(正格)

1. 논의를 시작하며

　만해마을에서 시조 관련 세미나가 열렸던 어느 여름날 저녁, 나는 민병도를 비롯한 몇몇 시조 시인들과 함께 설악산 십이선녀탕 계곡 입구의 한 주막을 찾았다. 그곳에서 우리는 두부와 묵무침을 안주 삼아 동동주를 즐겼다. 어쩌다 보니, 이야기가 시조의 현(現) 상황에 대한 반성과 개탄으로 이어졌으며, 여러 사람이 각자 견해를 밝히는 가운데 민병도는 경상북도 사람 특유의 억양과 어투로 다음과 같은 내용의 말을 했다. "시조 시인들이 앞장서서 시조 시집과 시조 평론집을 삽시다. 스스로 돌보지 않는다면 어찌 시조 시단의 부흥을 꿈꿀 수 있겠습니까." 사실 이 같은 주장에는 특별할 것이 없다. 그리고 경상도 사람 특유의 억양과 어투에도 특별할 것이 없다. 하지만 나는 조용히 자신의 생각을 밝히는 그의 어조와 표정에서 무언가 특별한 것을 읽었으니, 그것은 바로 특유의 진솔함이었다.

그리고 2년이 지난 2014년 여름 나는 유사한 행사 때문에 다시 만해마을을 찾았고, 그날 나와 의기투합한 시인 몇 사람이 십이선녀탕 계곡 입구에 있는 예의 그 주막을 다시 찾았다. 주막의 안주인과 바깥 어른인 심마니 아저씨가 오랜만에 다시 찾은 나를 알아보고 반갑게 맞아 주었다. 그런데, 아니, 이럴 수가! 옛날의 동동주는 찾는 사람이 많지 않아 준비해 놓지 않았다 한다. 하지만 강원도에 가서야 맛볼 수 있는 옥수수 막걸리가 우리를 대신 반겼다. 언제나 변함없는 주막 앞의 산천경개에 눈길을 주며 두부와 함께 막걸리를 즐기다, 나는 내 맞은 편에 앉아서 특유의 어조와 표정으로 말을 이어 가던 민병도의 모습을 떠올렸다. 그리고 곧 내가 처음 읽었던 민병도의 시조 한 편을 기억에 떠올렸다.

울 오매 뼈가 다 녹은 청도 장날 난전에서
목이 타는 나무처럼 흙비 흠뻑 맞다가
설움을 붉게 우려낸 장국밥을 먹는다.

5원짜리 부추 몇 단 3원에도 팔지 못하고
윤 사월 뙤약볕에 부추보다 늘쳐져도
하교 길 기다렸다가 둘이서 함께 먹던…

내 미처 그때는 셈하지 못하였지만
한 그릇에 부추가 열 단, 당신은 차마 못 먹고
때늦은 점심을 핑계로 울며 먹던 그 장국밥.

—「장국밥」 전문

이 시에서 시인은 "장국밥"을 매개로 하여 자신의 어린 시절을 떠올린다. 장소는 "청도 장날 난전," 그것도 "울 오매 뼈가 다 녹은 청도 장날 난전"이다. 그곳을 시인이 다시 찾은 것이다. "목이 타는 나무처럼 흙비 흠뻑 맞다가"라는 구절이 암시하듯 그는 갈증과 피로에 젖어 "장국밥을 먹는다." 그런데 왜 "설움을 붉게 우려낸 장국밥"인가. "뼈가 다 녹"도록 고생하던 어머니의 모습이, "5원짜리 부추 몇 단 3원에도 팔지 못하고/윤 사월 뙤약볕에 부추보다 늘쳐져도" 식사를 하지 않은 채 아들을 기다리던 어머니의 모습이 떠올랐기 때문이리라. 그런데 그때 "[아들의] 하교 길 기다렸다가 둘이서 함께 먹"겠다는 핑계를 대곤 했지만 "당신은 차마 못 먹고" 아들만을 먹였다. 왜 그랬을까. "미처 그때는 셈하지 못하였지만/한 그릇에 부추가 열 단"인 "장국밥"을 "당신은 차마 못 먹"었던 것이다. 아아, 때늦은 깨달음이란! 시인의 "오매"가 꾸려 가야 했던 신산한 삶의 여정을 떠올리며 어찌 시인의 목이 메지 않을 수 있겠는가. 둘째 수의 종장에 나오는 말없음표는 목이 메어 말을 제대로 잇지 못하는 시인의 모습을 암시하는 것이리라. 마침내 시인은 "장국밥"을 "울며 먹"는다. 그런 시인의 모습을 상상하며 가슴이 저며 오는 것을 느끼지 않을 독자가 과연 어디 있겠는가. 이 시를 처음 읽었을 때 나는 코끝으로 몰려오는 찡한 느낌에 잠시 멍해지지 않을 수 없었다. 자식에 대한 어머니의 애틋한 사랑과 이를 뒤늦게 헤아리고 마음 아파하는 자식의 모습이 시에서 생생하게 짚였기 때문이다.

만해마을을 다녀와서 나는 곧 시조 시인 민병도가 보내온 시집 『칼의 노래』(목언예원, 2014)의 원고를 꼼꼼히 살펴 읽었다. 특히 시집의 제5부 "자서전을 읽다"에서 나는 아주 오래전에 느낄 수 있었던 시인 특유의 시적 정취를 감지하고, 즐거운 마음으로 어머니와 아버지에 대한 그의 회상과 그리움에 동참했다. 물론 그의 시집『칼의 노래』가 보여 주는 것은 이 같은 정조의 작품들만이 아니었다. 현실의 삶과 일상의 삶을 살아가는 동안 세계를 바라보고 이에 반응하는 시인의 마음이 감지되는 다양한 작품들이 시집의 제1부에서 제5부에 이르기까지 주제나 소재별로 나뉘어 담겨 있기도 했다. 이제 이 같은 그의 시집에서 특히 우리의 눈길을 끄는 몇몇 작품을 선정하여, 이들에 대한 독해를 시도하기로 하자.

2-1. "칼의 노래"와 시인의 "꿈"

시집『칼의 노래』의 "제1부 광장에서"에 수록된 작품 가운데 특히 우리의 눈길을 끄는 것은 이 시집에 표제를 제공한 시「검결(劍訣)」이다. 우선 이 작품을 함께 읽기로 하자.

녹두새가 울다 떠난 필사본 유사(遺詞) 끝에
피 묻은 발자국을 남겨두고 떠나온 밤
숨어서 차라리 환한 칼의 노래 부른다

서풍 불면 꽃이 핀다 감히 누가 말하는가
하늘이 기다리나 사람에 짓밟힌 꿈,
역천의 누명에 버텨 벼린 칼을 잡는다

사라져간 이름 불러 '시호시호' 울먹이다
허공에 휙, 치솟아 객귀(客鬼)의 목을 치면
달빛도 제 혀 깨물어 하얀 피가 낭자하다

세상은 일체 정적, 숨소리도 끊어진 뒤

벗어둔 옷을 입듯 산허리가 드러나고

발 부은 새벽물소리 그예 길을 떠난다

—「검결」전문

　"광장을 닫으려면 자유도 함께 닫아라"(「광장에서」)라는 구절이 대변하듯, 제1부의 시 세계에서는 대체로 사회적·정치적 메시지가 강하게 감지되는데, 민병도의 「검결」은 바로 그런 작품 가운데 하나다. 하지만 "검결"이라니? 시인 자신이 설명하듯, 이는 "동학의 창시자 수운 최제우가 지은 『용담유사(龍潭遺詞)』의 마지막에 나오는 가사"의 제목으로, 이를 우리말로 풀이하면 '칼 노래' 또는 '칼의 노래'다. 민병도의 시집 『칼의 노래』의 표제는 여기서 나온 것이다. 동학 연구의 대표적인 학자로 알려진 윤석산의 『용담유사 연구』(동학사, 1999)에 의하면, 수운이 득도한 직후인 1860년 창작한 「검결」은 "동학이 지향하는 '시천주(侍天主) 정신'과 그 고양 상태 또는 동학이 지향하는 후천개벽(後天開闢)의 새로운 세상을 맞이하고자 하는 정신적인 희열을 상징적으로 노래한 작품"(221면)이다. 아울러, "제천 등 종교적 의식의 장"에서 목검을 들고 추는 춤—즉, 검무(劍舞)—을 위한 노래가 다름 아닌 수운의 「검결」이다. 하지만 이는 수운의 처형에 직접적인 빌미가 되기도 했는데, "수운을 문초하고 처형한 경상감사 서헌순(徐憲淳, 1801-1868)이 올린 장계"에는 "다른 사안보다도 [중략] 「검결」과 '칼춤'이 언급되어" 있었다고 한다(221면). 무엇이 문제가 되었던 것일까. 서헌순은 「검결」과 '칼춤'을 문제 삼아 수운과 동학도들을 "태평한 시대에 반란을 도모하려 한 취당(聚黨)으로 결론"(222면)을 내리고, 이에 따라 수운을 처형했다는 것이다. 즉, 칼을 들어 세상 변혁을 도모하자는 내용이 문제 되었다.

민병도의 「검결」은 이 같은 역사적 배경을 지닌 수운의 「검결」에 대한 이해를 바탕으로 하여 창작된 작품이다. 우선 시의 전체적인 구조로 볼 때 기(起)에 해당하는 첫째 수에서 시인은 수운이 이를 노래하는 상황을 상상한다. 수운은 1860년 음력 4월 득도를 체험하고 「검결」을 짓는 등 동학의 기틀을 잡은 후에 포교 활동을 이어 가다가, 1861년 음력 11월 관아의 명에 따라 포교 활동을 중지하고 전라도 남원의 은적암으로 피신한다. "녹두새가 울다 떠난"이라든가 "피 묻은 발자국을 남겨두고 떠나온 밤"이라는 구절은 이 같은 정황을 지시하는데, 이때의 "녹두새"는 동학의 교리를 전파하는 동학교도를 암시하는 것이고 "피 묻은 발자국"은 환난 속의 동학을 암시하는 것이리라. 여기서 우리가 주목해야 할 것은, 시대의 어둠을 암시하는 "밤"과 이 어둠 속에 빛나는 "환한 칼"을 병치시켜 놓음으로써, 시인이 첫째 수 자체에 시각적 긴장감을 조성하고 있다는 점이다. 명암의 차이를 극명하게 드러내는 흑과 백이라는 두 색채 사이의 병치에서 한 걸음 더 나아가, "피"가 지시하는 또 하나의 색채를 제시함으로써, 시인은 적과 흑, 적과 백 사이의 긴장감까지 조성하고 있다. 어디 그뿐이랴. "녹두새"의 녹색을 첨가하여, 시인은 첫째 수 자체에 하나의 생생한 회화적 분위기를 연출하고 있다.

시의 전체적 구조로 볼 때 승(承)에 해당하는 둘째 수에서 시인은 「검결」에 담긴 수운의 의지를 드러낸다. "서풍 불면 꽃이 핀다 감히 누가 말하는가"라는 수사적 물음은 서학에 대한 사람들의 희망이 헛된 것임을 암시하기 위한 것이리라. 이어서 "하늘이 기다리나 사람에 짓밟힌 꿈"은 곧 동학이 꿈꾸는 이상 사회에 대한 염원을 암시하는 것일 수 있다. 하지만 꿈을 짓밟는 "사람"들은 동학에 "역천의 누명"을 씌운다. 그럼에도 불구하고 꿈을 버릴 수는 없는 일 아닌가. 수운의 굳은 의지를 암시하는 것이 바로 "역천의 누명에 버텨 벼린 칼을 잡는다"라는 구절일 것이다. 이 둘째 수에서도 여전히 이미지들 사이의 대비가 시를 지배하고 있거니와, 무엇보다 주목해야 할 것은 "하늘"과 "사람" 사이의 대비. 사실 '하늘이 곧 사람이고 사람이 곧 하늘'이라는 뜻의 '인내천(人乃天)'이 동학의 근본 사상이라는 점을 감안한다면, 하늘과 사람을 대비 관계로 이해함은 가당치 않은 것일 수도 있다. 하지만 동학의 교리를 적대시하고 하늘을 거스르는 이들이 있으니, 이들은 곧 여기서 말하는 "꿈"을 짓밟는 사람들이다. 그런 관점에서 볼 때, 이들은 여전히 하늘과 대비되는 존재다. 시인은 양자 사이의 대비 관계를 '기다리다'와 '짓밟다'라는 동사를 동원하여 형상화하고 있기도 하다. 한편, 시 안에 명시되어 있지는 않지만, 우리는 '서풍'에 대비되는 '동풍'을 상정할 수 있다. 이로 인해, 서학과 동학 사이의 대비가 둘째 수에서 또 하나의 긴장 요인으로 작용한다. 뿐만 아니라, 역천(逆天)은 순천(順天)과 대비되는 개념으로, 이 또한 둘째 수에 시적 긴장의 분위기를 조성하는 요인이기도 하다. "역천의 누명"에도 불구하고 이에 버텨 "벼린 칼"을 잡음은 곧 수운에게 순천에 대한 확신이 있었기 때문이리라.

전(轉)에 해당하는 셋째 수에 이르러 시인은 이제 검무의 현장에 눈길을 준다. 수운의 「검결」은 "시호(時乎), 시호, 이 내 시호, 부재래지시호(不再來之時乎)로다"로 시작되는데, 이는 "때가 왔네, 때가 왔네, 나에게 때가 왔네, 다시는 오지 못할 때가 왔도다"로 번역될 수 있다. 셋째 수가 "시호시호"로 시작됨은 시인의 상상 속 수운이 머무는 공간에서 이제 바야흐로 검무가 시작되었음을 암시한다. 이어서, 비록 의식(儀式)의 한 과정을 통해서이긴 하나, 수운은 "벼린 칼"을 "허공에 휙" 치솟아 휘둘러 "객귀(客鬼)의 목"을 친다. 수운의 몸짓은 이방(異邦)의 귀신—즉, 서학—에 대항하고 이의 침범을 막아 내고자 하는 동학의 의지를 제식화(祭式化)한 것이다. 수운이 이처럼 칼춤을 추는 과정에 실제로 사용했던 것은 '목검'이지만, 시인의 상상 속에 이는 서슬이 퍼런 "벼린 칼"로 존재한다. 이 칼로 "객귀의 목"을 치자, "달빛도 제 혀 깨물어 하얀 피가 낭자하다." 이때의 "하얀 피"는 칼이 "달빛"에 번쩍이며 재빠르게 움직일 때의 섬광을 지시하는 것이리라. 하지만 "달빛도 제 혀 깨물"다니? 이 말이 의미하는 바는 무엇일까. 이는 물론 달빛조차 수운의 결의에 공감하여 수운이 추는 칼춤의 무대에 또하나의 연기자로 참여하고 있음을, "제 혀 깨물어 하얀 피"를 흘림으로써 무대 위 수운의 연기를 더욱 극적(劇的)인 것으로 만들고 있음을 암시하는 말일 수 있다. 또는 달빛이 수운과 '하나'가 되어 칼춤의 무대를 이끌어 가고 있음을 암시하는 말일 수 있다. 아무튼, 달빛과 수운이 '하나'가 되어 무대 위 연기를 이끌고 있다는 관점에서 보면, 달빛은 곧 수운의 '또 다른 자아'(alter ego)일 수도 있으리라. 그런 관점에서 보면, "하얀 피"는 "객귀"의 피일 수도 있지만, 자신의 칼춤으로 인해 결국 수운이 흘려야만 했던 피를 암시하는 것일 수도 있으리라. 앞서 살폈듯, 수운과 동학교도들에게 "태평한 시대에 반란을 도모하려한 취당(聚黨)"이라는 혐의가 씌워졌다. 이에 따라 수운에게 참수형이 내려져 그는 형장의 이슬로 사라졌다. 이 셋째 수의 종장에서 이처럼 형장의 이슬로 사라진 수운의 모습을 떠올린다면 지나친 것일까. 우리가 이처럼 무리한 이해를 시도하는 이유는 무엇인가. 앞서 논의했듯, 이는 칼춤으로 인해 결국에는 수운이 맞이해야 했던 참수의 운명을 겹쳐 읽을 수도 있기 때문이다. 하지만 이와 동시에 우리는 이차돈

(異次頓, 506-527)의 순교를 떠올리지 않을 수 없거니와, 전설에 의하면 순교자 이차돈이 처형을 당하는 순간 그의 목에서 "하얀 피"가 솟구쳤다 하지 않는가. "하얀 피"를 흘린 "달빛"에서 우리가 수운의 모습을 읽고자 함은 이 때문이기도 하다.

달빛 아래 검무를 추는 수운의 모습을 재현한 셋째 수 역시 강렬한 회화적 분위기를 연출하고 있거니와, 시인은 이를 거쳐 마침내 결(結)에 해당하는 넷째 수로 우리를 이끈다. 여기서 시인은 검무의 "숨소리"가 "끊어진" 이후 "일체 정적"이 "세상"을 지배하고 있는 정황에 마음의 눈길을 준다. 바로 이 넷째 수에서도 시각적 이미지가 시의 분위기를 지배하고 있는데, 우리는 이를 특히 중장에서 확인할 수 있다. "벗어둔 옷을 입듯 산허리가 드러나고"에서 우리는 밤이 가고 새벽이 오자 숲으로 감싸인 산허리가 다시 제 모습을 찾고 있음을 확인할 수 있다. 아니, 넷째 수에서 확인되는 것은 시각적 이미지만이 아니다. 종장에서 감지되는 것은 바로 청각적 이미지 아닌가. 문제는 "발 부은 새벽물소리 그예 길을 떠난다"라는 구절이 의미하는 바다. 추측건대, 발이 부을 정도로 쉬지 않고 흐르던 물마저 멈춰 서서 이를 지켜볼 만큼 수운의 노래와 칼춤이 엄청난 것이었음을 암시하는 것일 수도 있고, 쉬지 않고 흐르며 물이 내던 소리를 듣지 못할 정도로 주변의 사람들이 수운의 노래와 칼춤에 심취해 있었음을 암시하는 것일 수도 있으리라.

이처럼 수운의 제례 의식을 담고 있는 이 시가 전체적으로 의미하는 바는 무엇일까. 또한 시인이 역사의 한순간을 이처럼 시로 형상화하는 이유는 무엇일까. 무엇보다 시인은 수운의 「검결」에 담긴 시대정신이 우리 시대에도 요구됨을 말하고자 한 것이리라. 다시 말해, 이는 우리 시대가 처한 정치적·역사적 현실에 대한 비판적 시선을 드러내기 위한 것일 수 있다. 아마도 이 같은 우리의 이해를 뒷받침하는 작품 가운데 하나가 앞서 잠깐 언급한 「광장에서」일 것이다. 아울러, 시인 민병도의 「검결」은 문화적으로 혼란스러운 우리 시대의 예술가가 추구해야 할 "꿈" 또는 가치나 이상이 무엇인지에 대한 시인 자신의 신념을 드러내는 작품일 수도 있다. 이와 관련하여, 민병도는 시조 시인인 동시에 한국화 화가라는 점을 주목해야 할 것이다. 그는 최근 자신이 발간한 화집 『미술세계 작가상 민병도』(미술세계사, 2014)의 「작가의 말」을 통해 "이번 화집 정리를 계기로 앞으로는 보다 더 한국화만의 정체성에 집중하고 싶다"고, "강요된 서양 미학의 논리에서 벗어나 모필과 한지와 먹을 중심으로 전래의 색채 기법과 만나는 새로운 질서와 미학에 관심을 집중하고 싶다"고 밝힌 바 있다. 이는 단순히 미술 분야뿐만 아니라 문학 분야와 관련해서도 시인이 지향하는 "꿈"이 무엇인지를 드러내는 말이리라. 문학 분야에서 시인이 지향하는 "꿈"은 물론 시조의 부흥이다. 한국화든 시조든 한국의 전통적 문화에 대한 시인의 "꿈"에 대한 우리의 이 같은 이해를 뒷받침하는 또 하나의 작품을 들자면, "이제 먼동 트면 오랑캐를 몰아내고/내 뜨거운 피를 뿌린 조선의 흙이 되리라/끊어져 되돌아오는 맥박을 꽉, 잡는다"로 끝나는 「면암(勉庵), 도끼를 지다」일 것이다.

2-2. 사색의 노래와 관조의 노래

화집에 담긴 「작가의 말」에서 언급한 "모필과 한지와 먹"은 아마도 한국화 화가로서의 시인 민병도가 무엇보다 소중하게 여길 법한 품목들이리라. 시집의 "제2부 먹을 갈다보면"에 소제목을 제공한 작품 「먹을 갈다보면」에서 우리는 "모필과 한지와 먹"을 준비해 놓고 먼저 먹을 갈고 있는 시인과 만날 수 있다. 한국화 화가에게 먹을 가는 일이란 단순히 그림을 그리기에 앞서 수행하는 준비 작업에 불과한 것만은 아니리라. 이는 마음을 가다듬고 생각을 정리하는 일종의 '의식(儀式)'에 해당하는 것이라 할 수 있다. 어찌 보면, 마음속에 들끓는 온갖 화상(畵像)을 정리하는 과정―또는 막연하나마 의미 있는 하나의 화상을 향해 마음을 모아 가는 과정―일 수 있다. 이러한 의식의 과정을 거치고 있는 시인의 마음을 담고 있는 것이 「먹을 갈다보면」이라는 작품일 것이다. 이 작품에서 셋째 수가 특히 우리의 눈길을 끈다.

> 아직은 볼 수 없고 보이지 않는 경계,
> 모습도 색도 버리고 가만히 엎드리지만
> 어찌나 눈이 부신지 묵죽(墨竹) 저리 환하다
>
> ―「먹을 갈다보면」제3수

　"아직은 볼 수 없고 보이지 않는 경계"라니? 물론 이때의 "경계"는 대상이나 사물의 윤곽을 지시하는 표현으로, 이를 "볼 수 없고 보이지 않는[다]" 말함은 예술적 형상화의 작업이 아직 이루어지지 않았음을 암시하는 것이리라. 그런 상황에서 화가 민병도의 눈에 들어오는 것은 다만 그의 손길을 따라 갈리고 있는 먹물뿐이다. 하지만 그것이 어찌 단순한 먹물이겠는가. 먹물은 "모습도 색도 버리고 가만히 엎드리"고 있지 않은가. 화가는 먹물에 혼(魂)을 부여하고 있는 것이다. 마치 조각가가 하나의 돌덩이에 생명을 부여하듯. 이윽고 조각가가 눈앞의 돌덩이를 응시하는 가운데 그 안에 숨어 있는 무언가의 형상을 예기적(豫期的, proleptic)으로 감지하듯, 화가는 갈고 있는 먹물에서 "어찌나 눈이 부신지" 모를 "환"한 "묵죽"을 본다. 추측건대, 화가가 마음속에 담고 있던 죽(竹)의 형상이 먹물을 매개로 하여 구체화하고 있는 것이리라. 아니, 이렇게 생각할 수도 있겠다. 갈리고 있는 먹물에서 불현듯 죽의 형상이 떠올라 화가의 마음을 사로잡은 것일 수도 있으리라. 어떤 경우든, 한국화의 '한국화다움'은 이처럼 먹을 가는 예비 절차—즉, 소중하고 경건한 의식과도 같은 절차—가 있기 때문에 가능한 것 아닐까.

요컨대, 「먹을 갈다보면」은 일상의 삶에서 잠깐 비켜서서 사색(思索)에 잠겨 있는 시인의 모습을 감지케 하는 작품이다. 이때 시인을 사색으로 이끄는 것은 물론 먹을 가는 일 또는 갈고 있는 먹이다. 어찌 보면, '사색의 노래'로 규정될 수 있는 제2부의 작품에서 우리가 일별할 수 있는 것은 이처럼 무언가를 매개로 하여 사색에 잠기는 시인의 모습이다. 예컨대, 「소를 찾아서」에서는 "늙은 소"를, 「운주사 와불」에서는 "아무 말 하지 않고 드러"누워 있는 "와불"을, 「니르바나」에서는 "느낌표"와도 같은 "북어"를, 「시간의 집」에서는 "잔해로" 만나는 "시간"을, 「줄」에서는 "우리 집 늙은 개"를 묶어 놓는 "줄"을, 「숲을 보고 산을 말한 적 있다」에서는 "빽빽한 숲"을 매개로 하여 시인은 사색을 이어 간다. 이 같은 사색의 기록들 가운데 어느 하나 소중하지 않은 것이 없지만, 특히 우리가 무엇보다 주목해야 할 작품은 「숲을 보고 산을 말한 적 있다」일 것이다.

곱게 입은 옷을 보고 아름답다 말해버리듯

흐르는 물을 보고 강이라 말해버리듯

빽빽한

숲을 보면서

산이라

말한 적 있다

　　　　　　—「숲을 보고 산을 말한 적 있다」 전문

　'무언가를 보고 무엇이라 말하는 것'은 생각과 판단을 드러내는 행위다. 즉, 사람들은 생각하고 판단한 바에 따라 무언가를 보고 무엇이라 말한다. 하지만 이 작품의 초장과 중장에 해당하는 "곱게 입은 옷을 보고 아름답다 말해버리듯"과 "흐르는 물을 보고 강이라 말해버리듯"이라는 구절에는 이러한 논리가 있는 그대로 적용될 수 없는데, 여기서는 '버리다'라는 보조동사가 사용되고 있기 때문이다. 명백히, '말해버리듯'이라는 표현과 '말하듯' 또는 '말했듯'이라는 표현 사이에는 의미상의 차이가 존재한다. 국립국어원의 인터넷 사전에 의하면, '버리다'라는 보조동사는 "앞말이 나타내는 행동이 이미 끝났음을 나타내는 말"로, "그 행동이 이루어진 결과, 말하는 이가 아쉬운 감정을 갖게 되었거나 또는 반대로 부담을 덜게 되었음을 나타낼 때 쓴다." 이 시의 초장과 중장에서 짚이는 것은 '부담감'보다는 '아쉬움'의 감정으로, 이는 사전의 정의처럼 말하는 행위가 이미 이루어졌기 때문이 아니다. 아쉬움의 감정이 짚이는 것은 무엇보다 별다른 생각과 판단이 없이 입에서 나오는 대로 쉽고 편하게 말하거나 말했기 때문일 수 있으리라. 다시 말해, 깊은 생각과 판단이 없이 또는 생각과 판단을 하되 깊이 생각하거나 판단하지 않은 채 무언가를 보고 무엇이라 서둘러 말하거나 말했기 때문일 수 있다. 또는 생각과 판단을 하지만 그 내용이 아직 구체화되지 않은 상태에서 무언가를 보고 무엇이라 말하거나 말했기 때문일 수도 있다.

시인이 '버리다'라는 보조동사를 사용함으로써 이처럼 의미 해독을 어렵게 만드는 이유는 무엇일까. 이는 결코 시조의 율격을 지키기 위한 것이 아니리라. 그렇다면 그 이유는 무엇일까. 이와 관련하여, 우리는 "곱게 입은 옷"이나 "흐르는 물"은 대상의 일부 또는 두드러진 특성을 지시하는 것에 불과한 것일 뿐 대상 자체를 지시하는 것이 아님을 주목해야 할 것이다.

우선 "곱게 입은 옷"을 문제 삼기로 하자. 누군가가 옷을 곱게 차려입었을 때 우리는 이를 보고 '참 아름답네'라든가 '옷이 참 아름답네'라는 표현을 사용한다. 만일 '옷이 참 아름답네'라 말하면, 이는 그런 옷을 차려입은 사람에 대한 평가는 따로 하지 않겠다는 뜻을 암시할 수도 있다. 심한 경우, 옷을 차려입은 사람은 아름답지 않다는 뜻의 '옷은 참 아름답네'라는 언사(言辭)까지 포함할 수도 있다. 따라서 우리는 '참 아름답네'라고 말하는 쪽을 택할 때가 많다. 부분(옷)과 전체(옷으로 몸을 단장한 사람)의 경계가 막연해지는 이 같은 표현은 난처해질 수도 있는 상황을 모면하기 위해 즉흥적으로 하는 돌려 말하기일 수도 있지만, 이 자체가 대상에 대한 생각과 판단을 적당한 선에서 얼버무리기 위한 것일 수도 있다. 아마도 대상에 대한 엄밀한 미적 판단을 요구하는 작업인 그림 그리기를 자신의 천직 가운데 하나로 삼고 있는 시인이자 화가 민병도에게 이는 결코 쉽게 간과해 버릴 성질의 상황은 아닐 것이다.

이어서 "흐르는 물"을 문제 삼자. 흐르는 물은 세상 어디서나 목격된다. 비가 오면 어디론가 흘러가는 빗물도 흐르는 물이고, 논둑의 터진 곳을 지나는 논물도 흐르는 물이다. 심지어 수도꼭지에서 나와 하수구로 향하는 수돗물도 흐르는 물이다. 바닷가의 개펄에 형성된 골을 따라 밀려오거나 빠져나가는 바닷물도 흐르는 물이다. 물론 강물도 흐르는 물이다. 하지만 흐르는 물이 곧 강은 아니다. 그런 의미에서 본다면, 흐르는 물을 보고 이를 강이라 말함은 논리상의 오류다. 뿐만 아니라, '빛나는 것은 곧 금(金)이나 태양'이라 '말해 버리는 것'과 다름 없는 종류의 언어 행위—즉, 생각과 판단이 없이 또는 쉽게 생각하고 판단하고는 상투적인 말을 기계적으로 입 밖으로 내뱉는 행위—에 불과한 것이다. 즉, '생각과 판단의 상투화'를 드러내는 것이기도 하다. 따지고 보면, 인간의 일상적 언어 행위를 지배하는 것이 바로 이 같은 종류의 '생각과 판단의 상투화' 아닌가. 어찌 보면, 시를 창작하는 일이란 이러한 '생각과 판단의 상투화'에 저항하여 말을 '일신(一新)하는 언어 행위' 또는 '언어를 새롭고 생소한 것으로 전복(顚覆)하는 행위'이리라. 사정이 그러하다면, 시 쓰기를 자신에게 주어진 또 하나의 천직으로 삼고 있는 시인 민병도에게 '생각과 판단의 상투화'가 어찌 시적 사색의 소재가 되지 않을 수 있겠는가.

이처럼 시인은 "곱게 입은 옷"이나 "흐르는 물"을 화두로 삼아 시적 사색을 이어 가고 있다. 문제는 종장에 해당하는 "빽빽한/숲을 보면서/산이라/말한 적 있다"라는 구절을 어떻게 이해해야 할 것인가에 있다. 말할 것도 없이, 빽빽한 숲은 산의 한 속성일 뿐 그 자체가 산은 아니다. 빽빽한 숲은 산뿐만 아니라 들에도 있을 수 있고 강가나 바닷가에도 있을 수 있으며, 경우에 따라서는 인간의 거주 영역 한가운데에도 있을 수 있다. 또한 모든 산이 빽빽한 숲으로 이루어져 있는 것은 아니다. 숲이 없는 민둥산이나 돌산도 있으며, 만년설로 뒤덮인 설산도 있을 수 있다. 그럼에도 불구하고, 산을 그림이나 시의 소재로 삼을 때 적지 않은 화가들과 시인들이 으레 빽빽한 숲이란 산에 있는 것으로 쉽게 생각하거나 판단하지는 않는지? 아울러, 산이란 으레 빽빽한 숲으로 뒤덮인 것으로 생각하거나 묘사하고 있지는 않은지? 추측건대, 시인 민병도가 지금 눈길을 주고 있는 것은 "빽빽한 숲"이리라. 그런 숲을 바라보며 그는 화가로서든 시인으로서든 자신이 범하는 섣부른 일반화 또는 기계적인 상투화에 대한 반성 또는 사색의 기회를 갖고 있는 것이리라.

일상의 삶으로부터 한 걸음 물러서서 사색의 시간을 갖는 시인의 모습을 상상케 하는 것이 제2부라면, "제3부 두물머리"에서 우리가 떠올릴 수 있는 것은 자연의 사물과 풍광을 향해 관조의 눈길을 던지고 있는 시인의 모습이다. 그런 의미에서 제3부는 '관조의 시 세계'로 요약할 수 있거니와, 시인이 관조의 눈길을 주는 대상이 자연의 사물이든 풍광이든 여기서 우리가 감지하는 것은 다름 아닌 생생한 회화적 이미지들이다. 즉, 시적 소재가 "미루나무"든, "두물머리"든, "홍련"이든, "달팽이"든, "개나리"든, "안개"든, "길"이든, "별똥별"이든, "파도"든, "청개구리"든, 또는 그 밖에 무엇이든, 제3부에서 시인이 펼쳐 보이는 시 세계는 '언어로 된 그림'으로 요약될 수 있을 것이다. 이 같은 경향을 어느 예보다 선명하게 보여 주는 작품이 있다면, 이는 바로 「안개」다.

새벽부터 스멀스멀 안개가 숲을 먹는다
오래 굶은 짐승처럼 산을 통째 먹는다
길 없는 길을 걸어와 마을마저 삼킨다

하지만 삼키지 못한 맑은 물소리 앞에
함부로 빼앗은 들과 길을 도로 뱉어놓고
깃발도 꽂지 못한 채 점령지를 철수한다

—「안개」 전문

위의 시는 가히 두 폭으로 이루어진 한국화에 비견될 수 있다. 첫째 폭의 그림이 새벽녘의 안개에 세상이 가려지는 정경을 담고 있다면, 둘째 폭의 그림은 안개가 걷히고 세상이 원래의 모습을 되찾는 정경을 담고 있다 할 수 있다. 하지만 시는 결코 그림과 동일한 것일 수 없으니, 선과 색채로 이루어진 그림이란 본질적으로 시간이 정지된 어느 한순간을 형상화하기 위한 것이기 때문이다. 하지만 이와는 달리 언어를 매체로 하는 시는 언어의 시간적 역동성을 반영한다. 심지어 안개와 같이 지극히 정적인 자연 현상을 시화한 위의 시에서도 우리는 이 같은 역동성을 느낄 수 있는데, 이는 물론 '먹다'와 '삼키다' 또는 '뱉다'와 '철수하다'와 같은 동사의 도움 때문이다. 어찌 보면, 첫째 수의 '굶다'와 '걷다' 및 둘째 수의 '빼앗다'와 '꽂다'와 같은 동사도 '언어로 된 그림'의 역동성을 효과적으로 살린다. 심지어 '스멀스멀'과 같은 부사도 시적 이미지의 역동성을 강화하는 데 나름의 역할을 한다. 물론, 루벤스(Rubens)의 「레우키포스의 딸들의 능욕」이나 고흐(Gogh)의 「별이 빛나는 밤」이 보여 주듯, 더할 수 없이 강렬한 역동성을 감지케 하는 그림이 없는 것은 아니다. 하지만 어찌 역동성의 면에서 시가 그림에 대적할 수 있겠는가. 한국화 화가인 민병도가 시조를 포기할 수 없음은 이 때문 아닐까.

「안개」의 첫째 수는 "새벽부터 스멀스멀 안개가 숲을 먹는" 정경을 시화한 것이다. 시인은 이를 "오래 굶은 짐승처럼 산을 통째 먹는" 것으로 묘사하고 있거니와, 숲으로 둘러싸인 산을 감싸는 안개를 굶주린 상태에서 먹이를 통째로 집어삼키는 짐승에 비유하고 있다. 이 같은 비유를 통해 시인은 안개가 '순식간에' 산을 감싸는 정경을 더할 수 없이 생생하게 시각화한다. 하지만 시인의 비유는 이 선에서 끝나지 않는데, 안개를 "길 없는 길을 걸어" 마을로 향하는 짐승으로 묘사함으로써 잠재적인 비유의 힘을 더욱 강화한다. "길 없는 길을 걸어" 마을로 향하는 안개라니! 여기서 광포한 짐승과도 같은 안개의 걷잡을 수 없는 힘이 감지되지 않는가. "산을 통째 먹는" 것에서 만족하지 않고 "마을마저 삼"키는 안개—바로 이 같은 안개를 굶주려 광포해진 짐승에 비유하고 있는 것에서 우리는 시인의 예사롭지 않은 시적 상상력을 일별하지 않을 수 없다.

둘째 수에 이르러서도 시인은 비유의 일관성을 여일하게 유지한다. 다시 말해, 시인은 여전히 안개를 짐승에 빗대어 동적인 시각화를 도모한다. 안개가 "함부로 빼앗은 들과 길을 도로 뱉어놓"는다니! 여기서 감지되는 비유의 일관성은 「안개」의 첫째 수와 둘째 수를 유기적으로 연결하는 역할을 한다. 아무튼, 문제는 안개가 "삼키지 못한 맑은 물소리 앞에" '삼킨 것을 도로 뱉어놓는다'라는 둘째 수의 초장과 중장에 담긴 시적 진술을 어떻게 이해해야 할 것인가에 있다. 논란의 여지가 있을 수 있겠지만, 이는 맑은 물소리에 '굴복하여' 안개가 뒤로 물러서는 것으로 이해할 수 있지 않을까. 안개가 물소리에 굴복하다니? 이 말이 의미하는 바는 무엇일까. 이는 물론 온 세상이 안개에 갇혀 있더라도 산골짜기의 흐르는 시냇물의 소리만큼은 또렷하게 들리는 정황을 암시하는 것일 수 있다. 청각은 시각의 지배를 받지 않기 때문이다. 하지만 이것으로 전부일까.

우리가 이 같은 의문을 갖는 이유는 둘째 수의 종장에 이르러 비유의 일관성이 깨지고 있기 때문이다. 즉, 이 부분에 이르러 이제까지 유지되던 비유적 이미지는 '짐승'에서 '인간'으로 바뀐다. 이와 관련하여, '깃발을 꽂다'나 '점령지를 철수하다'는 말은 인간에게 적용되는 표현이지 짐승에게 적용될 수 있는 것이 아니라는 점에 유의하기 바란다. 시인이 중장까지 유지하던 비유의 일관성을 이처럼 종장에서 깨는 이유는 무엇일까. 혹시 시인이 자기도 모르게 실수를 범한 것 아닐까. 만일 우리가 그와 같은 혐의에 쉽게 굴복할 수 없다면, 그 근거는 무엇일까. 무엇보다 이는 의식적인 것이든 무의식적인 것이든 시인의 시적 기도(企圖)를 반영한 것으로 볼 수 있기 때문이다. 즉, 비유적 이미지가 '짐승'에서 '인간'으로 바뀐 것을 실수에 따른 시적 이미지의 '불일치'로 보아서는 안 된다. 이는 오히려 시적 이미지의 '확장'을 통해 시 자체에 대한 중의적(重義的)인 이해를 이끌기 위한 시인의 의식적인 또는 무의식적인 시적 기도로 보아야 할 것이다.

우리가 이 같은 주장을 펴는 것은 이제까지 유지되었던 '짐승'의 이미지에 변화를 유도하는 것이 둘째 수의 종장일 수 있다는 판단에 따른 것이다. 즉, 둘째 수의 종장으로 인해, 앞서 제시된 '짐승'의 이미지는 단순히 '짐승'의 이미지에 머물지 않고 '짐승과도 같은 인간'의 이미지로 바뀐다. 어찌 보면, 안개를 단순히 '짐승'의 이미지로 읽기보다는 한 걸음 더 나아가 '인간'—그것도 '짐승과 같은 인간'—의 이미지로 다시 읽도록 독자를 유도하는 것이 둘째 수의 종장이라 할 수 있다.

이에 따라, "안개"가 "산"을 먹고 "마을"을 삼킨다는 시적 진술뿐만 아니라 "삼키지 못한 맑은 물소리"라는 시적 진술에 대한 해석의 지평까지 넓어진다. 우선 "안개"가 "산"을 먹고 "마을"을 삼킨다는 시적 진술은 단순히 자연 현상을 지시하는 것만이 아니라 현세적인 인간사에 대한 우의(寓意, allegory)로 읽을 수도 있다. 예컨대, 이 시의 "안개"는 우리의 시야를 흐리게 하고 앞을 가로막는 이 시대의 탐욕스럽고 의롭지 못한 인간—즉, '짐승 같은 인간'—에 대한 우의일 수 있다. 그런 시각에서 본다면, "삼키지 못한 맑은 물소리"는 광포하고 굶주린 짐승과도 같은 인간이라 해도 끝내 집어삼키지 못하는 그 무엇에 대한 우의로 읽힐 수 있다. 예컨대, 이 시의 "맑은 물"은 인간의 미덕, 선의, 사랑, 양심과 같은 근원적인 선(善)에 대한 우의일 수 있다. 아니, 이렇게 생각할 수도 있겠다. "삼키지 못한 맑은 물소리"는 짐승과도 같은 정치적·사회적 억압자에게 끝내 굴복하지 않는 민중의 함성에 대한 우의일 수도 있지 않을까.

이 같은 우리의 시 읽기가 과도하다 느끼는 사람이 있다면, 시조란 원래 초월적인 자연을 노래하기 위한 것이 아니라 현세적인 인간 세계를 노래하기 위한 문학 장르라는 점에 유의하기 바란다. 즉, 시조란 초월적 상징의 세계에 대비되는 현세적 우의의 세계를 지향하는 문학 장르라는 주장은 결코 근거 없는 것이 아님에 유의해야 한다. 전통적인 시조를 살펴보면, 자연을 노래한 탁월한 시조 가운데 어느 것을 보더라도, 일찍이 김윤식 교수가 말했듯, "순연히 자연을 그린 게 거의 없다"는 점도 잊지 말아야 한다. 우리가 「안개」를 단순한 자연에 대한 관조의 노래로 받아들이는 선에서 벗어나 이해의 지평을 넓히고자 함은 이 때문이다. 그리고 이 같은 지평 넓히기가 전혀 근거 없는 것이 아님은 비유의 일관성이 깨지는 것을 단순한 실수가 아니라 비유적 의미의 강화로 이해할 수 있기 때문이다. 거듭 말하지만, 여기서 우리가 추적하고 있는 시적 기도는 물론 시인의 의식적인 것이 아니라 무의식적인 것일 수도 있다. 그리고 이 같은 무의식적인 시적 기도를 가능케 하거나 이를 읽도록 우리를 유도하는 것이 있다면, 이는 다름 아닌 시조라는 문학 장르의 잠재력이다.

한 걸음 더 나아가, 민병도의 「안개」는 신화적 해석까지 감당할 수 있는 작품이거니와, 여기서 우리는 늑대가 해나 달을 집어삼켰다가 뱉어 냄에 따라 일식이나 월식이 생긴다는 중국의 전설을 떠올릴 수도 있다. 사실 무언가 상징적인 동물이 세계든 신이든 인간이든 집어

삼켰다가 뱉는다는 신화적 이야기는 이 세상 곳곳에서 확인되거니와, 이런 의미에서 「안개」에 대한 이해와 해석의 가능성은 무한히 열려 있다고 할 수 있으리라.

2-3. 일상의 노래와 삶의 노래

『칼의 노래』의 "제3부 두물머리"에서 감지되는 것이 자연의 사물과 풍광을 향한 관조의 시선이라면, "제4부 성냥"에서 확인할 수 있는 것은 주변의 일상사를 향한 관찰의 시선이다. 이와 관련하여, 제4부의 시 세계에서 우리가 만나는 대상들은 대체로 일상의 삶 한가운데서 찾아볼 수 있는 것들이라는 점에 유의하기 바란다. 그리고 그것이 "성냥"이든, "건반"이든, "사전"이든, "비 그친 길바닥을 기어가던 지렁이"든, "공중전화"든, "막 내린 무대"든, "속살"을 덮고 있는 "딱지"든, 자동차의 "브레이크"든, "저녁 숲"이든, "비"든, "벚꽃"이든, "수선화"든, 또는 그 밖에 무엇이든, 일상의 삶을 이루고 있는 이들 대상을 향해, 또는 이들 대상의 존재로 인해 촉발되는 상념들이나 일어나는 일들을 향해 시인이 던지는 관찰의 시선은 때로 섬세하고 때로 예민하며 때로 다감하고 때로 내밀하다. '일상의 노래'로 규정될 수 있는 제4부의 작품들 가운데 특히 우리가 주목하고자 하는 것은 「어떤 통화」다.

어둑어둑 날이 저문
운문사 공중전화

볼이 젖은 어린 스님
한 시간째 통화중이다

등 뒤엔

엿듣고 있던

별 하나가 글썽글썽

—「어떤 통화」전문

시조 시단의 일반적 경향에 비춰 볼 때 「어떤 통화」는 예외적인 작품
이라 하지 않을 수 없다. 무엇보다 이 작품에서 감지되는 단아하고 아
기자기한 시적 분위기는 요즈음 시조 시단의 작품에서 좀처럼 찾아보
기 쉽지 않다는 점에서 그러하다. 물론 이 같은 시적 분위기의 작품이
시조 시단에 아주 없는 것은 아니다. 이를테면, 이영도의 「단란」과 같
은 빼어난 작품이 있지 않은가. "아이는 글을 읽고/나는 수(繡)를 놓
고//심지 돋우고/이마를 맞대이면//어둠도/고운 애정에/삼가한 듯
둘렸다." 민병도가 이영도의 추천으로 시조 시단에 나왔다는 점에서
보면, 「어떤 통화」에서 감지되는 시적 분위기는 결코 우연한 것이라 할
수 없으리라. 아무튼, 이 시에서는 단아하고 아기자기한 분위기뿐만
아니라 동화적인 분위기까지 짙인다. 우리는 '동화적'이라는 말을 중
의적(重義的)으로 사용하고자 하는데, 「어떤 통화」에서는 '동화적(童話
的)인 분위기'뿐만 아니라 '동화적(童畫的)인 분위기'까지 감지되기 때
문이다. 다시 말해, 이 시에서는 순진무구한 어린아이의 삶이 담긴 이
야기의 분위기뿐만 아니라 맑은 어린아이의 모습이 담긴 그림의 분위
기까지 읽힌다.

추측건대, 시인은 "운문사"라는 절을 찾아, 날이 저물어 어둑어둑해
질 무렵까지 그 절의 경내에서 시간을 보내고 있는 것이리라. 무엇 때
문에 절을 찾았는지는 모르지만, 시인은 우연히 절의 경내 한편에 있

는 공중전화에 눈길을 주게 된 것이리라. 공중전화 앞에 서서 "한 시간째 통화중"인 "볼이 젖은 어린 스님" 때문이다. 만일 "어린 스님"이 통화를 일찍 끝냈거나 그의 볼이 젖어 있지 않았다면, 시인은 눈길을 주지 않았을지도 모른다. 어쩌다 눈길을 주었다 해도 그랬던 사실조차 쉽게 잊었을지도 모른다. 아무튼, "어린 스님"이 "볼이 젖은" 모습으로 "한 시간째 통화"를 하고 있는 이유는 무엇일까. 자유롭게 뛰놀아야 할 어린 나이의 스님으로서는 절 생활을 감당하기가 어렵기 때문일까. 아니면, 주지 스님에게든 누구에게든 꾸지람을 들어 서럽기 때문일까. 그것도 아니라면, 같은 또래의 스님과 다투고 나서 노엽기 때문일까. 아니, 그냥 집과 가족이 그리운 것은 아닐까. "어린 스님"은 날이 저문 지금 자신의 응석을 받아 줄 만한 누군가에게 눈물을 글썽인 채 하소연하고 있는 것이리라. 한편, "어린 스님"의 마음에 담긴 것이 어려움이든 서러움이든 노여움이든 그리움이든, 그와 같은 감정은 "어둑어둑 날이 저문" 때이기에 더더욱 강렬한 극적인 것이 되고 있는 것 아닐까. 이 시의 도입부가 소중함은 이처럼 시적 분위기 자체를 강화하기 때문이리라.

　아마도 날이 저문 때 절의 경내에 있는 공중전화 앞을 떠날 줄 모르는 "어린 스님"의 모습은 한 폭의 동화(童畵)가 될 수 있으리라. 또한 "볼이 젖은"과 "한 시간째 통화중"이라는 간결한 두 마디의 말 뒤에 숨어 있는 "어린 스님"의 사연은 있는 그대로 한 편의 동화(童話)가 될 수도 있으리라. 이윽고 시조의 종장에 해당하는 제3연에 이르러, 시인은 앞의 두 연에서 선보인 '동화'에 화룡점정(畵龍點睛)의 필치를 가한다. "별 하나"가 "어린 스님"의 사연을 "엿듣고" 있다니! 여기서 아기자기한 동화(童話)를 완성하는 시인 민병도의 필치가 느껴지지 않는가. "별 하나"가 눈물을 "글썽글썽"이다니! 여기서 맑고 소박한 동화

(童畵)를 완성하는 화가 민병도의 필치가 느껴지지 않는가. 실로 동화 (童話)와 동화(童畵)가 공존하고 있는 단아하고도 아기자기한 시적 분위기의 「어떤 동화」는 시조의 저변을 확장하는 데 나름의 역할을 하는 작품이라 하지 않을 수 없다.

　일상의 삶을 소재로 한 제4부의 시 세계를 뒤로하고 "제5부 자서전을 읽다"를 펼치면, 우리는 우리가 이 글을 시작하며 논의 대상으로 삼았던 「장국밥」의 정조를 다시금 떠올리게 하는 작품들과 만날 수 있다. 어떤 의미에서 보면, 제5부의 시 세계는 시인과 주변 사람들의 신산했던 과거의 삶 또는 신산한 현재의 삶에 대한 깊고 따뜻한 탐구로 요약될 수 있거니와, 이 제5부의 작품 가운데 특히 압권은 시인의 어머니와 아버지에 대한 자전적인 회상의 시들일 것이다. 이제 그와 같은 시들 가운데 한 편을 골라 함께 읽기로 하자.

　　지난여름
　　짜다가 둔
　　그 베틀에
　　또 누가 앉나

　　필 남짓 짧은 생애
　　터진 실로 잣아 오신

　　어머니
　　목쉰 추임새,
　　혀도 바싹
　　말랐다

—「뻐꾹새」전문

「뻐꾹새」가 담고 있는 것은 "지난여름" 세상을 떠난 어머니를 그리워하는 시인의 마음이다. 단시조의 초장에 해당하는 제1연을 읽는 과정에 우리는 베틀의 이미지를 떠올릴 수 있다. 그리고 누군가가 "짜다가 둔" 천이 그 베틀에 걸려 있는 이미지까지도 떠올릴 수 있다. 이는 실재하는 현실 속의 베틀과 천일까. 물론 그럴 수도 있겠지만, 제2연의 "짧은 생애"라는 말이 암시하듯, 시인이 눈길을 주는 것은 비유적 의미에서의 베틀과 천이리라. 즉, 제1연은 '삶의 베틀'에 앉아 '삶의 천'을 짜던 어머니의 부재(不在)를 아쉬워하는 시인의 마음을 드러내는 것으로 보아야 할 것이다. 제2연에 이르러, 시인은 어머니가 짜던 삶의 천이 "필 남짓"의 "짧은" 것이라는 진술을 통해 어머니의 때 이른 귀천(歸天)을 안타까워하는 마음을 드러낸다. 또한 짧은 삶의 천마저도 "터진 실로 잣아 오신" 것이라는 진술을 통해 어머니가 이어 왔던 삶이 얼마나 어려운 것이었나를 떠올리며 이에 슬퍼하는 마음까지도 드러낸다. 제1연의 마지막을 장식하는 "그 [삶의] 베틀에/또 누가 앉나"라는 물음이 말하듯, 시인은 언뜻 어머니의 베틀에 누군가—아니, 어머니—가 "또" 앉아 있다는 착시 현상에 빠져든다.

이 지점에 이르기까지 시인이 동원하고 있는 것은 시각적 이미지로, 이 시각적 이미지를 일깨우는 것은 무엇일까. 이는 시의 제목에 등장하는 "뻐꾹새"의 울음소리이리라. 뻐꾹새는 초여름에 우리나라를 찾아 한여름까지 머무는 철새로, 작년에 어머니가 세상을 떠날 때 들리던 뻐꾹새의 울음소리가 다시 시인의 귀에 들렸던 것이리라. 그리고 이 뻐꾹새의 울음소리가 어머니의 입에서 흘러나오던 "목쉰 [삶의] 추임새"를 떠올리게 했던 것이리라. 아니, 이렇게 말할 수도 있겠

변하는 것과 변하지 않아야 하는 것 119

다. 필시 시인은 뻐꾹새의 울음소리에서 어머니의 목소리를 들었던 것이리라. 하지만 "혀도 바싹 말랐다"니? 이는 "목쉰 추임새"마저 제대로 입에서 나오지 않을 만큼 어머니가 거쳐야 했던 삶이 신산한 것이었음을 암시하는 말일 수 있다. 이와 관련하여, 우리는 뻐꾹새가 되돌아오는 초여름은 그 옛날 어린 시절의 시인과 그의 어머니에게 고통스러운 보릿고개가 함께 찾아오던 시기였음을 기억해야 할 것이다.

이 시에서 뻐꾹새의 울음소리라는 청각적 이미지는 "어머니/목쉰 추임새"를 통해 암시만 되고 있을 뿐 결코 명시적으로 언급되어 있지 않다. 숲속에서 울고 있는 뻐꾹새의 모습을 직접 목격하는 사람은 얼마나 될까. 일반적으로 우리는 숲속에서 들려오는 울음소리만으로 뻐꾹새가 어딘가에 있음을 가늠할 따름이다. 마치 이 시에서 뻐꾹새의 울음소리에 대한 직접적인 언급은 없지만 이 시의 어딘가에서 울리는 뻐꾹새의 울음소리를 우리가 감지하듯. 어찌 보면, 시인에게 어머니의 존재도 그러하지 않은가. 시인에게는 어머니 역시 "목쉰 추임새"로 기억 속에 있을 뿐 그의 곁에 있지 않다. 시인은 어머니가 "또" '삶의 베틀'에 앉아 있다는 착시 현상에 빠져들지만 그럼에도 불구하고 어머니는 '여기 이곳에' 없다. 이처럼 도저한 '없음' 또는 '부재'의 분위기가 시를 지배하고 있다. 이로 인해 어머니가 있지 않음으로 인해 시인이 느끼는 상실감 또는 부재감에 대한 시적 형상화는 그만큼 더 강렬한 것이 되고 있는 것 아닐까. 제5부의 작품에서 강렬한 시적 효과가 감지되는 예사롭지 않은 예는 「뻐꾹새」뿐만이 아닌데, 우리가 여일한 눈길을 주고자 하는 작품은 「제사」다.

어머니, 목만 적셔

달포를 견디시더니

지금은 몸서리치던
그 허기도 비우셨는지

일 년에
쌀밥 한 그릇,
멍히 바라만 보네

　　　　　　　　　　　—「제사」 전문

　시인이 「제사」에서 일깨우는 것은 '부재'의 분위기가 아니라 '허기'의
분위기다. 이 시의 도입부에서 시인은 세상을 떠날 무렵 어머니의 모
습을 떠올린다. 그 무렵 어머니는 "목만 적셔/달포를 견디[셨]"다. 필
시 허기에도 불구하고 식사를 제대로 할 수 없을 만큼 병이 깊었던 것
이리라. 아니, "몸서리치던/그 허기"라는 말은 병중의 허기뿐만 아니
라 살아생전 어머니가 견뎌야 했던 극심한 허기—예컨대, 앞서 읽은
「장국밥」에서 일별할 수 있는 어머니의 허기—를 떠올리게도 한다. 시
조의 중장에 해당하는 제2연에서 시인은 어머니가 그런 허기마저 "지
금은" "비우[신]" 것으로 상상한다. 해마다 제사 때가 되어 영정 앞에
"쌀밥 한 그릇"을 올리지만 영정 속의 어머니는 "멍히 바라만" 볼 뿐
이기 때문이다. 물론 제사상에 올리는 음식이 실제로 비워질 것을 기
대하는 사람은 어디에도 없을 것이다. 하지만 비워지지 않는 제사상
의 "쌀밥 한 그릇"은 역설적으로 시인에게 어머니의 허기를 더욱 강렬
하게 떠올리도록 한다. 사실 '허기도 비우다'라는 말 자체가 역설적 표
현으로, '비워진 느낌'을 뜻하는 '허기'라는 말은 비워진 상태를 암시하

기 때문이다. '비워진 상태에서 비워진 느낌마저 비우다'라는 말은 '한기에 너무 시달리다 보니 한기마저 잊다'라는 말과 마찬가지로 결핍이 극에 달해 결핍 자체를 느낄 수 없는 상태를 암시하거니와, 이 같은 역설적 표현을 통해 시인은 과거의 것이든 현재의 것이든 어머니의 허기에 안타까워하는 자신의 마음을 더할 수 없이 효과적으로 전하고 있다. 아니, 이때의 극단적인 허기는 시인이 세상을 떠난 어머니를 향해 지니고 있는 느낌일 수도 있으리라. "일 년에/쌀밥 한 그릇,/멍히 바라만 보"는 이는 시의 문맥상 영정 속의 어머니이지만, 그런 어머니의 모습과 어머니가 멍히 바라만 볼 뿐인 "쌀밥 한 그릇"을 또한 멍히 바라만 보는 시인의 모습이 이 시에서 겹쳐 읽히기 때문이다.

3. 논의를 마무리하며

이제까지 나는 민병도의 『칼의 노래』에서 몇몇 편의 작품을 선정하여 그 의미를 검토해 보았다. 그 결과, 시집의 제1부에서 제5부에 이르기까지 시인의 시 세계가 펼쳐 보이는 시적 스펙트럼의 폭이 상당히 넓다는 점을 확인할 수 있었다. 일테면, 제1부의 「검결」, 제2부의 「숲을 보고 산을 말한 적 있다」, 제3부의 「안개」, 제4부의 「어떤 통화」, 제5부의 「뻐꾹새」나 「제사」와 같은 작품들이 지향하는 바의 시적 정조나 의미는 서로 양립하기 쉽지 않아 보이기도 한다. 하지만 내가 보기에 그 어떤 작품도 '민병도의 작품답지 않은 것'은 없다. 도대체 이 말이 의미하는 바는 무엇인가. 무엇보다 시조의 정격(正格)을 고수하는 민병도의 시조 사랑을 그의 작품 세계에서 감지하지 않을 수 없기 때문에 하는 말이다. 이런 관점에서 본다면, 『칼의 노래』가 담고 있는 것은 시인의 시조 사랑이 짚이는 '따뜻한 마음의 노래'들이라 할 수 있을 것이다. 이제 끝으로 시인의 마음이 깊이 감지되는 시 한 편을 제5부에서 골라 함께 읽는 것으로 논의를 마감하기로 하자.

> 손에 손을 건널수록
> 꼬깃꼬깃 구겨져서
>
> 세상 잡내 다 묻힌 채
> 만신창이로 돌아와도
>
> 반갑게
> 껴안아주는,
> 껴안아서
> 품어주는
>
> ―「지폐」 전문

시조의 초장에 해당하는 부분에서 우리는 "지폐"의 유통 과정과 만난다. 즉, 사람들의 손을 탈수록 지폐는 "꼬깃꼬깃 구겨"지게 마련이다. 아울러, 중장에 해당하는 부분에서 시인이 말하듯, "세상 잡내 다 묻힌 채/만신창이"가 되게 마련이다. 바로 이 지폐가 암시하는 바는 무엇일까. 이때의 지폐는 영욕으로 물든 현세적 삶을 살아가는 우리네 평균적인 인간의 모습 아닐까. 어찌 보면, 아일랜드의 시인 윌리엄 버틀러 예이츠(William Butler Yeats)가 「자아와 영혼 사이의 대화」("A Dialogue of Self and Soul")라는 시에서 말했듯, 우리가 살아가는 삶이란 "개구리 알이 우글거리는 눈먼 사람의 도랑 속으로/눈먼 사람이 눈먼 사람들과 치고받는 그곳으로/거꾸로 처박히는 것"인지도 모른다. 그러니 어찌 우리들 인간이 "꼬깃꼬깃 구겨져서//세상 잡내 다 묻힌 채/만신창이"가 되는 "지폐"와 같은 존재가 아닐 수 있겠는가. 여기서 시인은 아마도 자신의 세속적 삶을 되돌아보는 반성의 시간을 갖고 있는지도 모른다. 그렇다면, "반갑게/껴안아주는,/껴안아서/품어주는" 주체는 누구일까. 제5부의 작품 가운데 적지 않은 것이 시인의 부모에 관한 것이기 때문인지는 몰라도, 우리는 우선 시인의 부모를, 아니, 누구보다도 어머니를 떠올리게 된다. 하지만 어찌 그뿐이랴. 여기에는 가족의 일원인 아내도, 형제도, 자식도 포함될 수 있으리라. 뿐만 아니라, 사랑의 마음을 공유하는 시인의 친구들까지 포함될 수도 있지 않을까. 한걸음 더 나아가, 시인의 경우, 여기에는 "모필과 한지와 먹" 또는 한국화가, 그리고 무엇보다 시조가 포함될 수도 있으리라. 예술의 영역 곳곳에 이르기까지 "객귀"가 지배하고 있는 것이 우리의 현실 아닌가. 그 현실 안에서 "잡내 다 묻힌 채/만신창이"가 되어 "돌아와도" 시인을 "반갑게/껴안아주는,/껴안아서/품어주는" 것은 바로 한국의 전통적 예술인 한국화와 시조일 수 있지 않겠는가!

아니, 이렇게 읽을 수도 있다. 시인이 사랑하는 가족의 구성원이나 친구들 가운데 누구든 "꼬깃꼬깃 구겨져서//세상 잡내 다 묻힌 채/만신창이로 돌아와도" 이를 "반갑게/껴안아주는,/껴안아서/품어주는" 일을 마다하지 않겠다는 시인의 마음을 담은 것이 바로 「지폐」라는 시일 수도 있지 않을까. 나아가, 다음과 같은 시 읽기도 가능하지 않겠는가. 혹시 "꼬깃꼬깃 구겨져서//세상 잡내 다 묻힌 채/만신창이"가 되어 있는 것은 다름 아닌 서양화의 기세에 눌려 기를 못 펴는 한국화나 자유시에 밀려 천덕꾸러기가 된 시조가 아닐까. 이 같은 한국화와 시조를 "반갑게/껴안아주는,/껴안아서/품어주는" 일을 사랑의 마음으로 이어 가겠다는 시인의 따뜻한 마음까지 담고 있는 것이 「지폐」일 수 있으리라. 이처럼 사랑의 마음을 감지케 하는 것이 「장국밥」에서 시작하여 「지폐」에 이르기까지 민병도의 작품 세계라면, 어찌 이를 '따뜻한 마음의 노래'라 하지 않을 수 있겠는가.

시를 향한 사랑의 노래, 이를 찾는 순례의 길에서

―이정환의 『비가, 디르사에게』와 기독교적 상상력

1. 문학 속의 사랑 이야기와 시조 형식

　최인훈의 소설『광장』에는 다음과 같은 구절이 나온다. "친구들이 소탈한 체하고 털어놓는 연애 얘기를, 곧이곧대로 받아들이지 말게. 정말 소중한 얘기는 그렇게 아무한테나 쏟아 놓지 않는 법이야. 설사 하더라도 에누리를 두는 법이지. 자네와 나하구의 우정하군 다른 얘기야. 그런 고백을 한다는 건, 저쪽에 대한 모욕이지. 상대가 그보다 못한 애정 생활의 내력밖에 못 가졌다면, 그는 은근히 자기 생애가 초라한 생각이 들 것이며, 그 반대의 경우에는 지루해할 것이 아닌가. 어느 쪽이든 똑똑한 일이 아니야." 이는 고고학자이자 여행가인 "정 선생"이 소설의 주인공 이명준에게 하는 말이다. 당사자에게는 "정말 소중한 얘기"인 "연애 얘기"는 함부로 털어놓을 성질의 것이 아니라는 조언과 함께 "정 선생"이 말하는 그 이유가 참으로 재치 있지 않은가. "상대가 그보다 못한 애정 생활의 내력밖에 못 가졌다면, 그는 은근히 자기 생애가 초라한 생각이 들 것이며, 그 반대의 경우에는 지루해할 것"이라니!

시인이 시를 통해 사랑을 노래하고자 할 때 겪는 어려움도 이와 유사한 것일까. 다시 말해, 그의 사랑 이야기가 멋지다면 사람들의 부러움을 살 것이고 그렇지 못하다면 사람들을 따분하게 할 것이기에, 시인 역시 사랑 이야기를 자제해야 할까. 물론 부러움의 대상이 될 수도 있고 따분한 것이 될 수도 있겠지만, 시인이 시를 통해 사랑을 노래하는 것이 쉽지 않음은 그 때문이 아닐 것이다. 어찌 보면, 시인이란 그가 마음속에 담고 있는 멋진 사랑 이야기를 시화(詩化)할 의무를 지닌 사람이라고 할 수 있다. 그의 이야기가 멋지면 멋질수록 더욱 그렇다. 그런 의미에서 볼 때, 사랑 이야기를 하는 시인이 감수해야 할 어려움은 전혀 다른 곳에서 찾아야 할 것이다. 무엇보다 그는 아무리 자신의 사랑 이야기에 심취해 있더라도 "소탈한 체하고" 이를 쉽게 털어놓아서는 안 될 것이다. 심취해 있으면 있을수록 그에게 요구되는 것은 절제의 마음이다. 아니, 자신의 열정을 있는 그대로 전하고자 하는 욕망에서 벗어나야 한다. 아무리 열정적으로 사랑을 노래하고자 하더라도 그가 잊지 말아야 할 것이 있다면, 이는 릴케(Rilke)가 『오르페우스에게 바치는 소네트』(*Die Sonette an Orpheus*)에서 말했듯 노래는 "욕망"이 아니라 "아무것도 바라지 않는 [신의] 숨결"과 같은 것이어야 한다는 점이다. 또는 절제 없이 열정에 들떠하는 "갑작스러운 노래"는 곧 "소진하고 말 것"이라는 점을 잊지 말아야 한다. 최인훈이 "설사 하더라도 에누리를 두는 법"이라 했을 때, 이 말은 바로 이런 맥락에서 이해할 수도 있을 것이다.

따라서 모든 노래가 그러하듯 시인에게 사랑의 노래 역시 쉽지 않다. 아니, 사랑의 노래만큼이나 어려운 것이 없으니, 사랑의 노래는 자칫하면 시인을 열광과 흥분으로 내몰기 쉽기 때문이다. 열광과 흥분의 마음에서 터져 나오는 "갑작스러운 [사랑의] 노래"는 읽는 이의 마음에 도달하기 전에 이미 소진하고 말 것이기 때문이다.

이상의 관점에서 볼 때, 시인 이정환의 사랑 이야기를 담고 있는『비가, 디르사에게』(책만드는집, 2011)가 갖는 의미는 각별하다. 그는 자신의 사랑 이야기가 "갑작스러운 노래"가 되지 않도록 하기 위해 여러 면에서 세심한 주의를 기울이고 있거니와, 무엇보다 그의 사랑 이야기를 시조 형식에 담고 있다는 점을 주목할 수 있다. 그것도 단시조 형식에 담고 있는데, 간명하고 절제된 노래를 가능케 하는 형식적 장치가 바로 단시조 형식임에 이의를 달 사람은 없을 것이다. 둘째, 시집 제목이 암시하듯 이정환은 이 시집에서 인유법(引喩法)에 의지하고 있음에 유의해야 할 것이다. 즉, 자신이 사랑하는 대상을 지시하기 위해 시인은 성경에 등장하는 표현인 '디르사'를 동원하고 있는데, 이는 일종의 안전판 또는 제어 장치의 역할을 한다고 볼 수도 있다. 안전판 또는 제어 장치의 역할을 하다니? 인유로서의 '디르사'는 시인이 사랑하는 대상이 그에게 어떤 의미를 갖는 존재인지를 안전하게 지시해 준다는 뜻에서 안전판일 수 있는 동시에, 자칫 흐트러지기 쉬운 시인의 감정을 일정한 방향으로 이끌어 가는 역할을 한다는 점에서 제어 장치일 수 있다.

시적 장치로서의 인유가 갖는 이 같은 역할을 감안할 때 이정환의 시집『비가, 디르사에게』에 대한 독해에 앞서 우리에게 무엇보다 요구되는 것은 '디르사'가 구체적으로 누구를 지시하는가에 대한 이해일 것이다. '디르사'(Tirzah)는 히브리어로 "그녀는 나의 기쁨"이라는 뜻을 갖는 단어로, 구약성경의 민수기 26장 33절에 의하면 "헤벨의 아들 슬로브핫"의 다섯 딸 가운데 하나의 이름이 디르사다. 민수기 27장

1–11절에 따르면, 슬로브핫의 다섯 딸은 그들의 아버지가 세상을 뜨자 모세에게 가서 상속권을 그들에게 줄 것을 호소한다. 모세가 여호와에게 이 문제를 아뢰자 여호와는 딸들에게 상속권을 허락한다. 슬로브핫의 딸로서의 디르사에 대한 성경 속의 언급은 이 정도 차원의 것이 전부다. 하지만 '디르사'라는 이름은 문학 작품 속에 등장하기도 하는데, 아마도 가장 대표적인 것이 루 월러스(Lew Wallace)의 소설 『벤허—그리스도 이야기』(Ben-Hur: A Tale of the Christ)에 나오는 것이리라. 영화로도 널리 알려진 『벤허』의 주인공 유다 벤허의 여동생 이름이 디르사다. 소설과 영화에 따르면 디르사는 문둥병에 걸렸다가 예수의 은총을 받아 기적적으로 치유된다.

　이상의 설명만으로는 왜 시인이 '디르사'라는 이름을 동원했는지의 이유가 확연하게 짚이지 않는다. 그리하여 우리가 참조하지 않을 수 없는 것이 구약성경에 나오는 솔로몬의 아가(雅歌)인데, 이와 관련하여 우리는 이정환 자신이 시집의 「후기」에서 "솔로몬의 아가에서 마침내 디르사[를] 찾았다"고 말하고 있음을 상기해야 할 것이다. 아무튼, 아가에는 '디르사'라는 표현이 딱 한 번 등장한다. "내 사랑아 너의 어여쁨이 디르사 같고 너의 고움이 예루살렘 같고 엄위함이 기치를 벌인 군대 같구나"(아가, 6장 4절. 이하의 성경 인용은 『성경전서 개역 한글판』에 따른 것임). 솔로몬의 사랑 노래를 담고 있는 아가에 나오는 이 구절의 디르사는 예루살렘이 그러하듯 통일 왕국 시대의 지리적 공간(예루살렘과 갈릴리 호수의 중간 지점에 있는 오늘날의 '텔 엘 파라')의 이름이다. 솔로몬은 자신이 사랑하는 대상—아가 6장 13절에 따르면, "술람미 여자"—을 지명을 동원하여 묘사하고 있는 것이다. 결국 『비가, 디르사에게』에 등장하는 '디르사'는 더할 수 없이 '어여쁜 여인'을 지시하기 위한 비유적 표현일 수 있거니와, 이로 인해 이 시집을 읽는 데 무엇보다 중요한 단서를 제공하는 것이 솔로몬의 아가라는 추론도 가능하다.

널리 알려져 있듯, 솔로몬의 아가는 한 남자가 한 여인에게 바치는 사랑 노래의 형식으로 되어 있다. 구애에서 시작하여 둘 사이의 합일을 노래하고 있는 아가에는 놀랍게도 종교적 내용이 명시적으로 담겨 있지는 않다. 하지만 이에 대한 우의적인 해석이 가능한데, 남편과 아내 사이로서의 신과 인간 사이의 관계를 유추할 수 있다는 점에서 그러하다. 그렇다면, 『비가, 디르사에게』에 대해서도 이 같은 우의적 읽기가 가능할까. 시인이 독실한 기독교 신자라는 점에서 볼 때 물론 가능할 수도 있겠다. 하지만 왜 '슬픔'을 연상케 하는 '비가'(悲歌)인가. 이 물음과 관련하여 우리는 아가를 지배하는 분위기는 '기쁨'이지 '슬픔'이 아니라는 점을 주목하지 않을 수 없다. 하지만 이 물음에 대한 실질적인 답변을 위해 우리가 무엇보다 해야 할 일은 당연히 작품 자체에 대한 독해일 것이다. 이제 『비가, 디르사에게』에 등장하는 몇몇 주목할 만한 작품을 함께 읽기로 하자.

2. '디르사'가 의미하는 것

『비가, 디르사에게』는 단시조 형식으로 된 76편의 연작시로 구성되어 있는데, 그 가운데 우리가 우선 주목해야 할 작품은 제1번 시편(詩片)일 것이다. 이 작품에서 우리는 '나'와 '디르사' 사이의 관계가 어떤 것인지를 일별(一瞥)할 수 있다.

한 점 별빛으로 당신 눈 안에 들어가서
한 점 꽃잎으로 당신 눈 속에 피어나서

그 어떤

손길로도 이제

짓이기지 못합니다

　시조의 초장과 중장에 해당하는 이 시의 제1연과 종장에 해당하는 제2연 사이에는 과거와 현재라는 시간 차가 존재한다. 과거의 어느 순간에 '나'는 "한 점 별빛" 또는 "한 점 꽃잎"이 되어 '당신'의 눈을 자극한다. 이 말이 암시하듯, 일차적으로 '나'는 수동적 존재로, 능동적 존재인 '당신'이 수행하는 감각 작용의 피사체로 존재한다. 다시 말해, '나'는 '보이는 자'이고 '당신'은 '보는 자'다. 하지만 '나'는 단순한 수동적 존재라고 할 수만은 없는데, 이를 암시하는 언사가 '들어가다'와 '피어나다'일 것이다. 이들 언사가 암시하듯, '당신'의 눈에 비친 단순한 피사체에 머무는 것이 아니라 '당신'의 "눈 안"에서 무언가 변모의 과정을 이끌어 간다는 점에서 '나'는 또한 능동적 존재이기도 하다. 한편, '당신'은 '나'를 보는 주체라는 점에서는 능동적 존재이지만, '내'가 '당신'의 "눈 안"에서 이끌어 가는 변모의 과정을 있는 그대로 수용한다는 점에서 수동적 존재이기도 하다. 이처럼 '나'와 '당신'은 모두 수동적 존재인 동시에 능동적 존재다. 의미 있는 대상과의 관계—무엇보다 사랑하는 대상과의 관계—는 이처럼 양자 모두가 수동적 존재인 동시에 능동적 존재일 때 가능한 것이다. 바로 이런 의미에서 볼 때, 이 시의 제1연은 함축적이고 간명한 표현으로 이루어져 있음에도 불구하고 의미하는 바는 결코 단순한 것이 아니다.

　이제 제2연에서 시인은 현재의 '나'와 '당신'의 관계를 말한다. "그 어떤/손길로도 이제/짓이기지 못[한]다"는 말은 과거의 일을 되돌릴 수 없음을 암시하는 것이기도 하지만, '당신'의 기억 속에 자리하고 있는 '나'는 결코 무화(無化)될 수 없음을 암시하는 것이기도 하다. 다시 말해, 그 어떤 외적 요인이 개입하더라도 '당신'은 이제 '당신'의 마음 속에 존재하는 '나'를 지울 수 없다. 그리고 '당신'이 '나'를 지울 수 없는 한 '나'는 비록 현실적으로나 물리적으로 존재하지 않게 되더라도 그 의미를 결코 잃지 않는 영원한 존재로 남을 수 있다. 어떤 의미에서 보면, 진정한 의미에서의 사랑이란 바로 그런 것이다. 현실적 존재 여부와 관계없이 누군가의 마음속에 영원한 존재로 남는 것, 그것이 바로 사랑인 것이다.

대상의 존재 양식에 대한 성찰은 제10번의 시편에서도 확인되는데, 여기에 이르러 우리는 비로소 '당신'이 '디르사'임을 확인하게 된다.

뒤를 돌아보아도 보이지 않을 그곳에

디르사는 있습니다
멀리 가지 못합니다

갔다가 되돌아와서
그 자리에 섭니다

앞서 검토한 제1번 시편의 경우 시적 진술의 초점이 '나'에게가 아닌 '당신'에게 맞춰져 있다면, 위의 제10번 시편에서는 그 초점이 '당신'—즉, 디르사—에게가 아닌 '나'에게 맞춰져 있다고 할 수 있다. 시조의 초장에 해당하는 제1연에서 뒤를 돌아보거나 보이지 않음을 확인하는 존재는 '나'다. 말하자면, 제1번 시편에서 '보는 자'는 '당신'이지만 제10번 시편에서 '보는 자'는 '나'다. 제10번 시편에서 '나'는 눈을 들어 "뒤를 돌아보아도" 내 눈에 디르사는 보이지 않는다. 어떤 의미에서 보면, 현실적 또는 물리적 감각 영역의 바깥에 존재하는 대상이 디르사이기 때문일 수 있다. 만일 누군가를 사랑한다면, 사랑하는 그가 비록 눈에 보이지 않는다 해서 존재하지 않는다 할 수 있겠는가. '나'의 마음속에 자리하고 있는 이상, 적어도 '나'에게 디르사는 실존하는 그 무엇이 아닐 수 없다. 이 때문인지 몰라도 시인은 시조의 중장에 해당하는 제2연을 "디르사는 있습니다"라는 단정적 어조의 말로 시작한다. 이와 관련하여, "디르사는 있습니다"라는 언사는 제1연과 연결하여 '보이지 않지만 어딘가에 디르사는 있다'의 의미로 읽히기도 하지만, 따로 떼어 '누가 뭐라 해도 디르사는 있다'로 읽히기도 한다는 점에 유의해야 할 것이다. 그처럼 디르사의 '있음'에 대해 깊은 확신을 갖고 있는 '나'의 마음을 확인케 하는 것이 제2연의 제2행이고, 시조의 종장에 해당하는 제3연이다. 디르사가 "멀리 가지 못[한]다"거나 "갔다가 되돌아와서/그 자리에 [선]다"는 말은 현실적 또는 물리적 거리를 암시하는 진술일 수도 있지만, 이는 동시에 정신적 거리를 의미하는 것일 수도 있다. 정신적으로든 물리적으로든 대상의 '있음'에 대한 깊은 확신이 없다면, 어찌 진정한 의미에서의 사랑이 가능하겠는가.

이상과 같이 두 편의 시를 검토하는 과정에서 끊임없이 우리를 괴롭히는 의문이 있다면 이는 바로 도대체 이 시에 등장하는 '디르사'는 누구를 호명하는 이름인가다. 물론 이때의 디르사는 시인이 사랑하는 어떤 여인 또는 사랑을 꿈꾸는 상상 속의 여인을 지시하는 것일 수도 있다. 이 지점에 이르러 우리는 다시 『비가, 디르사에게』의 「후기」를 주목하지 않을 수 없는데, 그 자리에서 시인은 "구원(久遠)의 여인상을 그려보고자" 했음을 고백하기도 한다. 하지만 "구원의 여인상"이라는 개념은 지극히 추상적인 것일 수 있고, 이 같은 추상성에서 벗어나지 못하는 경우 시 세계는 관념의 유희에서 벗어나기 쉽지 않을 수도 있다. 어찌 보면, 시인이 굳이 구약성경의 아가에 기대어 시 창작을 시도했던 것은 바로 이 같은 추상성을 극복하기 위한 것이었을 수도 있다. 그리고 관념의 유희에서 벗어나고자 했을 때 시인이 떠올린 것이 아가에 대한 우의적 의미 읽기였을 수 있다. 결국 우리는 아가에 기대어, 또한 아가의 우의적 의미 읽기에 맞춰, 이 시에 등장하는 디르사를 인간으로, 남성적 존재인 '나'를 하나님 또는 예수와 같은 신적 존재로 읽고자 하는 유혹을 느낄 수도 있다. 그렇지만, 이렇게 읽는 경우, '나'의 정체성이 불투명해진다. 오히려 디르사가 더 신적 존재에 가깝기 때문이다. 이를 명료하게 확인케 하는 예가 제15번 시편이다.

> 귀하고 귀해서 차마 가질 수 없는
> 그 무언가를 나는 눈물로 받아 안고
>
> 온전히 내 것인가요
> 내 것인가요 묻습니다

"귀하고 귀해서 차마 가질 수 없는/그 무언가"가 주어졌을 때 이를 "눈물로 받아 안고//온전히 내 것인가요/내 것인가요"라고 묻는 이가 있다면, 이는 결코 우리가 상식적으로 이해하는 신적 존재일 수는 없다. 이는 오히려 신의 은총에 감격하여 어찌할 바를 모르는 인간에 가깝다. 이와 관련하여 또 하나 검토해야 할 작품이 있다면 이는 제35번 시편일 것이다.

가랑비 속으로 지금 걸어가고 있는 나
젖을 대로 젖어서 더 젖을 데 없는 나

온몸이
울음인 것을
울음기둥인 것을

"젖을 대로 젖어서 더 젖을 데"가 없을 만큼 '나'를 흠뻑 적셔 마침내 '나'의 "온몸"을 "울음기둥"으로 만드는 "가랑비"가 지시하는 바는 무엇이겠는가. 이는 다름 아닌 신의 은총과 같은 것 아닐까. 그리고 이때의 "울음"은 그처럼 "온몸"을 흠뻑 적셔 주는 신의 은총에 감격해하는 인간의 울음이 아닐까.

만일 이상과 같은 시 읽기가 설득력을 갖는 것이라면, 우리는 『비가, 디르사에게』에 대한 우리의 우의적 의미 이해에 수정을 가해야만 할 것이다. 무엇보다 '나'와 디르사의 관계를 '신과 인간의 관계'가 아니라 '인간과 신의 관계'로 이해해야 할 것이다. 말하자면, '디르사'는 "영원의 여인상"에 빗대어 신을 호명하고자 하는 시인이 성경에서 찾아낸 이름일 수 있다. 이런 관점에서 본다면, 아가의 기본 구조가 이정환의 『비가, 디르사에게』에 이르러 역전되어 있다고 할 수 있다. 그리고 이 같은 역전은 추측건대 시인의 인간적 겸손함에서 나온 것인지도 모른다. 또는 감히 아가의 솔로몬처럼 높은 위치에서 인간에 대한 사랑을 노래할 만큼이나 자신이 대단한 존재일 수는 없다는 일종의 자기 성찰에 따른 것인지도 모른다. 다름 아닌 이 같은 마음의 자세가 이정환에게 신과 인간 사이의 사랑을 노래한 아가에 의지하되 아가의 비유적 의미 구조를 있는 그대로 따라가지 못하게 했던 것은 아닐까.

하지만 이것으로 문제가 모두 해결되는 것은 아니다. 성경 어디를 들춰 보더라도 하나님 또는 예수를 여성의 이미지에 비유해서 묘사한 곳은 없기 때문이다. 신과 인간의 관계를 남성과 여성에 비유해서 표현해야 할 경우, 성경은 예외 없이 '남성으로서의 신'과 '여성으로서의 인간'을 제시하고 있다. 따라서 『비가, 디르사에게』를 여성적인 존재인 '디르사'로 호명되는 신을 향해 바치는 사랑 노래로 보고자 하는 경우 이는 기독교적 교리나 가르침에 위배되는 것일 수 있다. 독실한 기독교 신자인 이정환이 이 점을 의식하지 않았을 리 없다. 그런 관점에서 보면, 아가의 우의적 의미 이해에 기대어 『비가, 디르사에게』를 읽는 일은 바람직하지 않은 것이 된다. 결국 이 지점에서 우리는 '디르사'가 지시하는 바는 무엇인가라는 원래의 문제 제기로 되돌아가지 않을 수 없다.

어찌할 것인가. 시인이 추구하는 "영원의 여인상"을 지극히 관념적이고 추상적인 그 무엇으로 남겨 둘 것인가. 딜레마에 빠져 있는 우리에게 길을 열어 주는 것이 있다면, 이는 시인 자신의 「후기」다. 「후기」에서 시인은 이렇게 말한다.

시는 꿈에 본 사닥다리다. 베델에서 돌베개 베고 잠들었다가 야곱이 바라본 사닥다리. 나의 이 살가죽, 이것이 썩은 후에 내가 육체 밖에서 바라볼 영원의 실체.

나의 누이, 나의 신부! 네가 내 마음을 빼앗았구나. 네 눈으로 한번 보는 것과 네 목의 구슬 한 꿰미로 내 마음을 빼앗았구나. 뺨은 향기로운 꽃밭, 향기로운 풀언덕. 입술은 백합화, 몰약 즙이 뚝뚝 떨어지는. 네 윤나는 검정 머리카락에 붙들어 매인 나.

시는 술람미 여인이다. 매혹이다. 눈물꽃나비다. 묵묵부답이다. 꿈

꾸는 자, 요셉이 떨어져 내린 구덩이다. 먼 이역 땅으로 팔리어 가기
직전의. 그리고 뜻하지 않은 감옥살이. 도무지 헤어날 것 같지 않던
캄캄한 나락.

위의 인용 가운데 둘째 문단은 구약성서의 아가 5장에 대한 자유로
운 인용이라 할 수 있는데, 여기에 등장하는 "나의 누이, 나의 신부"
는 물론 "디르사 같[이]" 어여쁜 "술람미 여자"를 지시하는 표현이다.
그런데 시인은 "술람미 여자"를 '시'로 단정하고 있지 않은가. 어디 그
뿐이랴. '시'는 "베델에서 돌베개 베고 잠들었다가 야곱이 바라본 사
닥다리"이자 "나의 이 살가죽, 이것이 썩은 후에 내가 육체 밖에서 바
라볼 영원의 실체"이기도 하며, "매혹"이자 "꿈꾸는 자, 요셉이 떨어
져 내린 구덩이"이기도 하다. 그렇다, 시인이 성경에 대한 인유를 통
해 말하고자 했던 바는 다름 아닌 '시'인 것이다! 어찌 보면, "노래들
가운데 으뜸의 노래"(Song of Songs)로 풀이될 수 있는 아가 그 자체
가 시인에게는 더할 수 없이 매혹적인 여인인 디르사일 것이다. 결국
'나'를 "한 점 별빛"이 되게 하고 "한 점 꽃잎"으로 피어나게 하는 것은
다름 아닌 시집 『비가, 디르사에게』에서 디르사로 의인화된 '시'이고,
"보이지 않을 그곳"에 있는 동시에 "멀리 가지 못"하고 "갔다가 되돌
아와서/그 자리에" 서는 것도 '시'다. 어디 그뿐이랴. "귀하고 귀해서
차마 가질 수 없는/그 무언가"도, 또한 '나'를 흠뻑 적셔 마침내 '나'의
"온몸"을 "울음기둥"으로 만드는 "가랑비"도 '시'가 지니고 있는 잠재
적 힘—시인의 표현을 빌리자면, "매혹"이라는 이름으로 불릴 수 있는
'시'가 잠재적으로 지닌 힘—일 수 있다.

요컨대, 시에 대한 시인의 사랑이 『비가, 디르사에게』의 중심 주제
라고 할 수 있다. 이 같은 이해를 전제로 하여 이 시집에 수록된 작품

들을 읽을 때, 한 편 한 편의 시가 이정환의 표현대로 "빛부심"(제38번 시편)으로 환하게 빛난다. 이제 새로워진 눈으로 한 편의 시를 읽기로 하자. 우리가 먼저 읽고자 하는 것은 제17번 시편이다.

> 수없이 솟구치는 말들에게 재갈 물려
>
> 그저 눈빛으로 타는 눈빛으로만
>
> 빛에게 하고 싶은 말들 열어 보였습니다

우선 이 시의 "빛"이 뜻하는 바는 무엇일까. 이 물음에 대한 답변은 잠시 유보하기로 하고, "수없이 솟구치는 말들"이 뜻하는 바는 무엇일까. 만일 우리가 앞서 언급한 릴케의 시에 기대어 말할 수 있다면, 이는 "갑작스러운 노래"의 원재료가 되는 "말들"이라 할 수 있다. 시인은 그런 "말들에게 재갈 물려"야 함을 알고 있는 것이다! 이는 시 창작의 기본 원리에 대한 시인의 이해가 얼마만큼 깊은가를 보여 주는 단적인 증거라고 하지 않을 수 없다. 디르사—즉, '시'—를 대할 때 우선 "솟구치는 말들"에서 자유로워진 다음 "그저 눈빛으로 타는 눈빛으로만//빛에게 하고 싶은 말들 열어 보[인]다" 함은 여러 가지 의미로 읽힐 수 있는데, 우선 시와 교감을 하고자 할 때 필요한 것은 '일상의 언어'가 아닌 '언어 이전의 언어'라는 뜻으로 읽을 수도 있다. 또한 시에서 궁극적으로 문제가 되는 것은 '언어 그 자체'가 아니라 '언어를 초월해서 존재하는 시적 상상력 또는 감성'이라는 뜻으로 읽을 수도 있으리라.

어느 쪽 방향으로 이 부분을 읽든, 문제가 되는 것은 앞서 의문을 제기한 바 있듯 "빛"이 뜻하는 바가 무엇인가다. 여러 방향에서 유추가 가능하겠지만, 무엇보다 성경에 나오는 빛의 상징성에 대해 생각해 볼 수 있을 것이다. 성경에서 빛은 하나님 또는 예수에 대한 상징이기도 하다. 나아가, 요한복음 1장 1절의 "태초에 말씀이 계시니라 이 말씀이 하나님과 함께 계셨으니 이 말씀은 곧 하나님이시니라"라는 구절이 암시하듯, '하나님'과 '하나님의 말씀'은 동일자(同一者)라는 점에서 볼 때 빛은 곧 하나님의 말씀 또는 로고스를 지시하는 것일 수 있다. 어찌 보면, 인간이 그 어떤 신의 창조물보다 신과 가깝다면, 비록 능력의 면에서 비교해 보면 아주 보잘것없는 것이긴 하지만, 신의 로고스에 준하는 것이라 할 수 있는 '언어'를 소유하고 있기 때문일 것이다. 그리고 인간이 소유한 언어의 정수(精髓)에 해당하는 것을 '시'라고 한다면 위의 시에서 말하는 "빛"은 곧 '시'를 지시하는 것일 수 있다. 말하자면, 시인이 디르사로 의인화하고 있는 대상인 '시'가 바로 "빛"일 수 있다.

만일 세계 창조의 근원이자 동인(動因)인 로고스에 상응하는 것이 인간에게 시라 한다면, 시는 왜 릴케의 말대로 "존재"로서의 "노래"가 되어야 하는가에 대한 설명이 가능해진다. 하나님이 세계를 창조한 것은 무언가를 원하거나 욕망해서 그렇게 한 것이 아니리라. 신의 존재 표시가 곧 세계 창조라는 점에서 그러하다. 구약성서 창세기 1장 3절의 "하나님이 가라사대 빛이 있으라 하시매 빛이 있었고"라는 구절 하나만을 보아도 알 수 있듯, '말씀이 곧 현실이고 현실이 곧 말씀'임을 간명하게 웅변적으로 보여 주는 것이 바로 구약성서의 창세기 앞부분이 아닌가! 바로 그렇기 때문에 시인이 시다운 시—또는 로고스에 가까이 다가가 있다 할 수 있을 만큼 지고(至高)의 경지를 열어 보이는 시—에 이르고자 할 때 그에게 요구되는 것은 릴케가 말한 "아무것도 바라지 않는 [신의] 숨결"이다. 요컨대, 최고의 시적 경지란 무언가를 성취하려는 자아의 의지와 욕망을 초월하여 존재하는 '초(超)자아' 또는 '무아'의 경지일 수 있다. 이정환의 "빛"과 마주하여 또는 "빛"에 의지하여 이르고자 하는 것이 바로 이 같은 초자아 또는 무아의 경지임을 암시하는 작품이 있다면 이는 제22번 시편이다.

> 빛의 숨결 소리에 내 몸 녹아 버릴까
> 그 불길 속에 내 마음 다 타 버릴까
>
> 이따금 나를 봅니다
> 내가 잘 보이는지요

진정한 의미에서의 시적 경지—즉, "존재"로서의 "노래" 또는 "아무것도 바라지 않는 [신의] 숨결"로서의 "노래"—에 이르게 되면, 욕망도 무화하고 결국 나라는 자아 자체도 무화하게 마련일 것이다. 다시 말해, 나는 존재하면서 동시에 존재하지 않는 경지가 궁극의 시적 경지일 수 있다. 시인의 표현을 빌리자면, "내 몸 녹아" 버리고 "내 마음 다 타" 버리는 경지, 또는 나를 보더라도 내가 보이지 않는 경지가 이에 해당한다.

하지만 시인은 "내가 잘 보이는지"를 확인하기 위해 "이따금 나를 [본]다." 이 말이 뜻하는 바는 무엇인가. 이는 우선 "내 몸 녹아 버릴까" 또는 "내 마음 다 타 버릴까"를 염려하는 시인의 마음을 암시하는 것으로 읽히기도 한다. 만일 시인이 지니고 있는 것이 이 같은 염려의 마음이라면, 궁극의 시적 경지에 이르고자 하나 그와 동시에 인간으로서의 자기 존재에 대한 애착을 버리지 못하는 존재가 바로 시인이라는 추론도 가능해진다. 어찌 보면, 자신에 대해 끝까지 애착을 버리지 못하는 존재 또는 자의식에서 결코 벗어나지 못하는 존재가 다름 아닌 시인을 포함한 모든 인간일 수 있다. 이런 관점에서 보면 인간적인, 너무나 인간적인 인간으로서의 인간—말하자면, 너무나도 허약한 인간 —으로서의 시인의 모습을 보여 주는 것이 제22번 시편이라고 할 수 있다. 하지만 논의를 단순화하여 "이따금 나를 [본]다"는 말은 허약한 인간으로서의 시인의 마음을 드러내는 것일 뿐만 아니라 자신이 궁극의 시적 경지에 도달하지 못했음을 안타까워하고 이를 "이따금" 의식하는 시인의 자의식을 암시하는 것으로 읽을 수도 있다. 말할 것도 없이, 이 같은 자의식에 불구하고 시인은 어떻게 하는 것이 궁극의 시적 경지에 이르는 길인지를 모르는 것이 아니다. 그리고 이를 보여 주는 것이 제40번 시편이다.

> 닿고 싶다, 닿고 싶다 소리치지 않습니다
>
> 마음은 뉘 몰래
> 전해지고 있으니
>
> 꽃피는 자리를 찾아 지켜 설 뿐입니다

"닿고 싶다, 닿고 싶다 소리치지 않"는 것—그것이 바로 디르사로 의인화된 시에 이르는 길인지도 모른다. 그리고 "뉘 몰래/전해지"는 "마음"이 있음을 의식하되, "꽃피는 자리를 찾아 지켜 설 뿐" 이를 전하기 위해 소리치며 요란을 떨지 않는 것—그것 역시 궁극의 시에 이르는 길이리라.

이정환이 말하는 "빛"은 하나님 또는 예수 또는 로고스로 상징되는 성경의 빛과 다른 것이 아님을 우리는 제70번 시편에서도 확인할 수 있는데, "빛"이 "천애(天涯)"—풀어 말하자면, '하늘 끝'—로 "누군가"를 인도하기도 하고 "심연(深淵)"—말하자면, 세계의 본질—으로 "누군가"를 인도하기도 한다는 점에서 그러하다.

> 누군가는 빛에게서 천애를 보았습니다
> 누군가는 빛에게서 심연을 보았습니다
>
> 심연의
> 심연에 묻힌
> 고운 어둠을 보았습니다

문제는 "심연의/심연에 묻힌/고운 어둠"이 뜻하는 바가 무엇인가일 것이다. 앞서 말한 바와 같이 빛이 신 또는 로고스를 상징하는 것이라면, 어둠은 결코 신 또는 로고스와 연결되기 어려운 개념이라는 점에서 이 같은 문제 제기를 하지 않을 수 없다. 여기서 우리는 기독교적 의미에서의 신은 선과 악 또는 빛과 어둠과 같은 이분법적 논리를 초월하여 존재하는 절대자임에 유념하지 않을 수 없다. 다시 말해, 신은 우리에게 빛과 같은 존재이지만, 빛 이전의 어둠—세계의 근원으로서의 어둠—을 관장하는 이도 신인 것이다. 이처럼 빛과 어둠을 동시에 관장하는 이가 곧 신이라 할 수 있다. 어떤 의미에서 보면, 어둠은 신이 인간에게 만들어 준 '그늘'일 수도 있다. 그런 관점에서 본다면, 시인이 "빛"을 통해 "고운 어둠"을 본다는 논리나 다음의 제60번 시편에서 말하듯 "어둠"은 "생의 근원"이라는 논리는 결코 종교적으로나 시적으로 무리한 것으로 볼 수 없다.

밤은
모든 것이
하나임을 말합니다

어둠이 어느덧 생의 근원임을

젖거나
물들지 않는
검은 못물임을 말합니다

"모든 것이/하나임"을 말하는 동시에 "어둠이 어느덧 생의 근원임"
을 말해 주는 "밤"에 대한 시인의 탐구에서 우리는 생명의 근원을 탐
구하는 시인의 모습을 읽을 수도 있으리라. 어찌 보면, "젖거나/물들
지 않는/검은 못물"은 생명의 절대적 근원을 암시하는 것으로, 여기서
우리는 빛과 어둠을 동시에 아우를 만큼 전능한 신의 비밀에 대한 시
인의 경외감을 읽을 수도 있지만 이와 동시에 시를 통해 그 비밀에 가
닿고자 하는 시인의 열망을 읽을 수도 있을 것이다. 정녕코 이정환에
게 시란 종교적 경건함을 지닌 채 다가가야 할 그 무엇, 너무도 매혹적
인 사랑의 대상이기도 하지만 그와 동시에 "요셉이 떨어져 내린 구덩
이"나 그가 겪는 "뜻하지 않은 감옥살이" 또는 "도무지 헤어날 것 같지
않던 캄캄한 나락"과 같은 존재이기도 하다. 요셉이 어둠을 거치며 하
나님의 뜻을 깨닫듯, 그리고 밤이 깊으면 깊을수록 별이 더 잘 보이듯,
시인도 어둠을 통해 지혜를 얻는 자일 수 있다. 이정환의 "어둠"에 대

한 탐구는 이런 맥락에서 그 의미를 갖는 것이리라.

3. '비가'가 의미하는 바를 되새기며

이제 우리는 왜 시인 이정환이 시집 『비가, 디르사에게』에서 "비가"라는 표현을 사용했는가를 검토하는 것으로 그의 시에 대한 우리의 독해를 마치기로 하자. 이 자리에서 우리는 다시 기독교에서 말하는 신과 인간 사이의 관계를 문제 삼을 수 있는데, 어떤 의미에서 보면 인간이 신에게 다가가 신과 하나가 되었다고 말하는 것 자체가 오만한 자의 헛된 자기 과시일 수 있다. 또는 미혹된 자의 자기도취일 수 있다. 신과 하나가 되고자 하나 그러기에는 자신이 너무 부족함을 끊임없이 깨닫는 것—그것이 참된 종교인의 자세가 아닐까. 신을 너무도 사랑하고 경외하는 인간이 그러하듯, 시를 너무도 사랑하고 경외하는 시인이라면 결코 시와 하나가 되었음을 쉽게 장담할 수는 없다. 아니, 끊임없이 시에 대한 사랑에도 불구하고 시에 가까이 다가갈 수 없을 만큼 자신이 초라하다는 것에 고통스러워하고 번민해야 한다. 앞서 검토한 바 있는 제22번 시편이 암시하듯, 시인은 끊임없이 자의식에 시달리는 인간, 너무나도 인간적인 허약한 인간이다. 디르사로 의인화된 시 앞에서 시인이 느끼는 감정은 당연히 고통과 번뇌가 아닐 수 없다. 사정이 그러하다면, 그의 노래가 어찌 "비가"가 아닌 다른 무엇이 될 수 있겠는가. 아니, "비가"일 수밖에 없다.

하지만, 신을 사랑하고 경외하는 인간이 때때로 그러하듯, 이정환의 시 세계에서는 시를 사랑하고 경외하는 시인이 시를 향해, 또는 시로 인해, 환희에 젖기도 한다. 어느 순간 신을 사랑하나 다가가지 못해 안타까워하는 처량한 모습의 인간에게 신이 다가와 그 품안에 안아

주는 듯한 황홀한 순간을 인간이 경험하듯, 시인도 시가 자신에게 다가와 품안에 안아 주는 듯한 황홀한 순간을 경험하게 마련이기 때문이다. 오래전 그가 발표한 바 있는 또 한 편의 빼어난 단시조 「에워쌌으니」는 바로 이 같은 황홀한 순간이 어떤 것인지를 생생하게 보여 준다.

> 에워쌌으니 아아 그대 나를 에워쌌으니 향기로워라 온 세상 에워싸
> 고 에워쌌으니 온 누리 향기로워라 나 그대 에워쌌으니
>
> ─「에워쌌으니」 전문

위의 시 자체가 솔로몬의 아가를 연상케 할 만큼 아름답고 몽환적이지 않은가. '내'가 '그대'를 에워싸고 '그대'가 '나'를 에워쌌으니, '나'와 '그대'는 '둘'이면서 동시에 '하나' 아닌가. 이 오묘한 경지는 기독교인으로서의 인간 이정환이 추구하고 체험하고자 하는 바일 뿐만 아니라 시인으로서의 인간 이정환이 추구하고자 하는 환희의 순간이리라. 진실로 '둘이면서 동시에 하나인 경지'는 인간이 인간에 대해, 세계와 자연에 대해, 우주에 대해, 그리고 신실한 기독교인이라면 하나님과 예수에 대해, 그리고 시인이라면 시에 대해 추구하는 그 무엇이다. 요컨대, 이정환에게 이는 그가 체험하고자 하는 최고의 종교적, 시적 경지다. 최소한의 행 나누기조차 거부한 채 물이 한달음에 높은 곳에서 낮은 곳을 향해 흐르듯 유장하게 이어지는 이 시의 시어에서 우리는 신또는 사랑하는 여인 '디르사'로 의인화된 시와 '하나'가 되고자 하는 시인의 염원이 마침내 이루어졌을 때 그가 느낄 법도 한 매혹과 황홀을 감지하지 않을 수 없다.

한달음에 시를 끝맺는 단어인 "에워쌌으니"를 향해 치닫는 「에워쌌으니」와 같은 시는 결코 릴케가 경고한 "갑작스러운 노래"가 아니다.

비록 '갑작스러운 노래'처럼 보이도록 함으로써 시인이 느낄 법한 황홀과 매혹을 강렬하게 전하고 있긴 하지만, 이는 더할 수 없이 철저하게 통제되고 계산된 시인의 자기 표현이다. 하지만 「에워쌌으니」가 "아무것도 바라지 않는 [신의] 숨결"로서의 "노래"의 경지에 이른 시라 할 수 있을까. 아마도 그런 노래는 다만 신에게 가능한 것인지도 모르고, 인간은 다만 이를 꿈꿀 수 있을 뿐인지도 모른다. 이를 너무도 잘 알고 있기에 시인 이정환은 "디르사에게" 바치는 그의 노래들을 "비가"로 명명했는지도 모른다. 이제 독자들에게 청하노니, 이정환의 『비가, 디르사에게』가 담고 있는 아름다운 시 세계로 들어가서 시인이 때로 느끼는 환희와 때로 느끼는 안타까움 그리고 줄곧 시인의 마음을 옅게 드리우고 있는 슬픔을 함께 나누길! '하나 됨'을 위해 지난한 여행길을 걷고 있는 순례자와도 같이 시 창작의 길을 걷고 있는 시인의 모습에 따뜻한 성원을 보내길!

자기 되돌아보기로서의 시 쓰기, 그 여정에서
— 이지엽의 『북으로 가는 길』과 자기 성찰의 깊이

1. 시인의 어른스러움에 대하여

시인 이지엽과 처음 만난 것은 90년대 전반에서 중반으로 넘어갈 무렵 어느 문학 세미나 자리에서였다. 처음 그와 인사를 나눌 때부터 몇 년 동안 나는 그가 나보다 연상일 것으로 잘못 알고 지냈다. 그가 나보다 다섯 살가량 연하임을 우연한 자리에서 알게 되었는데, 나의 학교 친구이면서 문단 안팎으로 잘 알려진 어느 시인에 관해 이야기를 나누던 중 이 시인이 말하길 그가 자신의 고향 선배라는 것이었다. "아, 그래요? 그럼 이 시인이 나보다 연하겠네." "아직까지 몰랐어요? 저는 시조 시단의 아무개 시인과 동년배입니다." "아니, 그럼 5년이나 제 인생 후배란 말인가요?" 내가 이처럼 몇 년 동안이나 그의 나이를 잘못 알고 지내면서도 이를 알아차리지 못했던 이유는 무엇일까. 이는 물론 그가 실제 나이보다 나이가 더 들어 보였기 때문이 아니다. 다만 그의 묵직함과 점잖음이 느린 말투와 어우러져 연출해 낸 그만의 독특한 분위기 때문이었다. 그 분위기는 나에게 그의 나이를 지레짐 작게 했던 것이다.

하지만 나이를 알고 난 다음에도 나에게는 좀처럼 시인 이지엽이 나의 인생 후배로 느껴지지 않았다. 나만의 개인적 느낌일지 모르지만, 그는 나이에 비해 어른스럽다. 시의 분위기 또한 그렇다. 예컨대, 시 텍스트 바깥에 존재하는 누군가에게 일방적으로 말을 건네는 '극적 독백'(dramatic monologue)의 형식으로 이루어진 사설시조 「해남에서 온 편지」를 읽어 보라. 내가 문예지에서 이 시와 처음 만난 것은 1998년의 일로, 그가 이 시를 발표한 것은 마흔 살 무렵으로 추측된다. 그 나이에 다음과 같은 시를 창작할 수 있다는 사실이 놀랍지 않은가.

아홉배미 길 질컥질컥해서
오늘도 삭신 꾹꾹 쑤신다

아가 서울 가는 인편에 쌀 쪼깐 부친다 비민하것냐만 그래도 잘 챙겨묵거라 아이엠 에픈가 뭔가가 징허긴 징헌갑다 느그 오래비도 존화로만 기별 딸랑하고 지난 설에도 안와브럿다 애비가 알믄 배락을 칠 것인디 그 냥반 까무잡잡하던 낯짝도 인자는 가뭇가뭇하다 나도 얼릉 따라 나서야 것는디 모진 것이 목숨이라 이도저도 못하고 그러냐 안.

쑥 한 바구리 캐와 따듬다 말고 쏘주 한 잔 혔다 지랄 늠의 농사는 지면 뭣 하냐 그래도 자석들한테 팥이란 돈부, 깨, 콩, 고추 보내는 재미였는디 너할코 종신서원이라니…… 그것은 하느님하고 갤혼하는 것이라는디…… 더 살기 팍팍해서 어째야 쓸란가 모르것다 너는 이 에미더러 보고 자퍼도 꾹 전디라고 했는디 달구똥마냥 니 생각 끈하다

148

복사꽃 저리 환하게 핀 것이

혼자 볼랑께 영 아깝다야

　　　　　　　―「해남에서 온 편지」 전문

　남편을 떠나보내고 자식들과 떨어져 혼자 해남에서 살고 있는 시골 할머니―그것도 "오늘도 삭신 꾹꾹 쑤[실]" 만큼 노쇠한 할머니―가 "종신서원"을 함으로써 수녀가 되어 서울에 머물고 있는 딸에게 말을 건네는 형식으로 이루어진 이 시에서 무엇보다 우리의 눈길을 끄는 것은 제목에 "편지"라는 표현이 들어가 있다는 점이다. 즉, '말'이 편지의 '사연'이 되고 있다. 추측건대, 시인은 글을 깨치지 못한 할머니가 누군가에게 부탁하여 딸에게 전하고 싶은 말을 대필하도록 하는 상황을 설정하고 있는 것이 아닐지? 아무튼, 질박한 호남 사투리를 동원하여 할머니의 '말'을 자연스럽게 재현함으로써, 시인은 자식을 향한 그녀의 그리움과 사랑과 염려의 마음을 더할 수 없이 깊고 따뜻하고 생생하게 전하고 있다. 물론 시골 할머니의 '말'이 위의 시에서 보듯 우리가 궁금해하는 모든 사실을 짜임새 있게 전하는 서술 구조로 이루어지기란 어려울 것이다. 특히 이 시의 종장은 기승전결(起承轉結)이라는 의미 전개의 측면에서 볼 때 가히 압권이라 할 만한데, 시인의 손길이 없었다면 어찌 이 같은 의미 전개가 가능할 수 있었겠는가. "복사꽃 저리 환하게 핀 것이/혼자 볼랑께 영 아깝다"니! 시인의 시적 배려가 없다면, 어찌 이처럼 절절하고 짠하게, 아니, 결정적으로 자식에 대한 그리움의 마음을 함축할 수 있겠는가! 정녕코, 꾸밈없고 자연스러워 보이는 것이 노인의 '말'이지만, 여기에는 보이지 않는 시인의 손길이 숨어 있다. 진실로 이지엽의 「해남에서 온 편지」는 "기교의 본질은 기교를 숨기는 데 있다"(*Ars est celare artem*)는 라틴어 경구를 새삼 떠오르게 하는 예사롭지 않은 작품이라고 하지 않을 수 없다. 하지만 시적 기교 또는 배려보다 더 놀라운 것은 이 시가 나이 마흔에 '불과한' 남성 시인의 작품이라는 점이다. 감히 말하건대, 여기에 담긴 인간의 삶에 대한 깊고 따뜻한 이해의 마음이 인간 이지엽을 어른스럽게 보이도록 만든 것은 아닐지?

『북으로 가는 길』(고요아침, 2006)에 담긴 시 세계도 예외가 아닌데, 수많은 작품들이 인간 이지엽의 깊고 어른스러운 마음을 새삼 되짚어 보게 한다. 하기야 이 시집을 낼 무렵은 시인이 지천명(知天命)의 나이인 쉰에 가까울 때다. 그러니 어찌 깊은 마음과 어른스러움을 그 특유의 새삼스러운 것인 양 말할 수 있겠는가. 이 물음에 대한 답이 무엇이든, 이 시집은 하늘의 뜻을 아는 나이에 가까워진 시인의 자기 성찰이라는 점에서 특별한 의미를 갖는다. 그의 작품 세계에서 우리는 특히 삶—그것도 자기 자신의 삶—을 깊은 마음으로 되돌아보고 있는 시인과 만날 수 있기 때문이다. 때로는 자신의 삶 주변을 돌아보며, 때로는 자신의 모습을 되돌아보며, 또한 때로는 선배 시인들의 삶을 되짚어보며 시인은 자신의 삶이 지니는 의미와 무게를 가늠하고 있다. 그런 시인의 모습을 몇몇 작품을 통해 살펴보기로 하자.

2. 자기 되돌아보기의 시 세계를 돌아보며

시인의 자기 성찰이라는 측면에서 무엇보다 우리의 눈길을 끄는 작품은 「물의 힘」이다. 모두 네 연으로 이루어진 이 시에서 시인은 "물"을 자신을 비춰 보는 일종의 거울로 삼아 옹졸하고 부끄러운 자신의 모습을 되돌아본다. 하지만 이 시는 단순한 자기 성찰의 시라기보다 자신의 창작 행위 자체에 대한 반성을 담고 있는 작품으로 보아야 할 것이다.

> 낮은 데를 찾아가는 네 마음 이제 알겠다
> 낮은 데선 고개 들고 높은 데선 수그리는
> 옹졸한 나의 처세술
> 너를 보니 알겠다.
>
> 허공에 길을 만들며 이 겨울을 노래하지만
> 누가 빈 손 빈 들 막막한 바람 막아 주랴
> 한 뼘도 더 오르지 못하고
> 주저앉은 하늘 난간
>
> 꽃 위에 향기를 둘러 믿음을 위장하고
> 열매 위에 질투를 얹어 사랑을 위장하지만
> 힘 다해 섬기는 너를 보니
> 땅 보기도 부끄럽다.
>
> 사람들은 탑을 쌓아 하늘에 닿고 싶지만
> 그것은 사람만의 일, 물은 바닥에 다다른다.
> 아마도 그 울음 당겨
> 봄이 저리 환한가 보아.
>
> ─「물의 힘」 전문

먼저 첫 연에서 우리는 자신의 "처세술"을 되돌아보는 시인과 만나

는데, 그는 문득 흐르는 물에 눈길을 주다가 "낮은 데를 찾아가는" 것
―그러니까 "낮은 데"를 향해 몸을 굽히는 것―이 "물"임을 새삼 깨닫
는다. 그런 다음 항상 낮은 곳을 향하는 물과 달리 "낮은 데"에서 "고
개"를 드는 자신의 모습을 떠올린다. 문제는 "높은 데"서는 고개를 수
그리지만 "낮은 데"서 고개를 드는 자신의 "처세술"이 "옹졸"하다는
식의 깨달음 자체는 새로울 것이 없다는 데 있다. 누구라도 이런 도덕
적 깨달음의 순간은 갖게 마련 아닌가. 이 시가 단순한 도덕적 자기 판
단으로 읽혀지지 않음은 이 때문이다. 즉, 낮은 데서 고개를 들고 높은
데를 향하는 것이 단순히 "처세술"과 관련된 것만으로 읽혀지지는 않
는다.

　이와 관련하여, "허공에 길을 만들며 이 겨울을 노래"하는 것 자체
가 낮은 데서 높은 곳 향하기임에 주목하지 않을 수 없는데, 어찌 노래
하기―즉, 시 쓰기―가 옹졸한 행위일 수 있겠는가. 비록 "빈 손 빈 들
막막한 바람 막아" 주는 이 없어 "한 뼘도 더 오르지 못"한 채 "하늘 난
간"에 "주저"앉는다고 하더라도, 노래하기 자체는 옹졸한 것으로 폄하
될 수 없다. 하지만 노래하기가 "꽃 위에 향기를 둘러 믿음을 위장하
고/열매 위에 질투를 얹어 사랑을 위장"하기라면 판단은 달라지지 않
을 수 없다. 노래하기가 "위장"에 불과한 것이라면, 당연히 "땅 보기도
부끄"러울 수밖에 없다. 시인의 판단에 의하면, 노래하기란 "위장"일
뿐만 아니라 "탑을 쌓아 하늘에 닿고" 싶어 하는 오만함에서 비롯된
"사람만의 일"이기도 하다. 그렇다면 당연히 노래하기란 비판의 대상
이 되지 않을 수 없다. 그리고 이런 점에서 이 시는 한 개인의 자아 반
성을 뛰어넘어 시 쓰기 행위 자체의 의미에 대한 회의까지 담고 있다
고 할 수 있다.

　인간의 노래하기란 "그 울음 당겨" "봄"을 "저리 환"하게 만드는

"물"에 비하면, 실로 보잘것없는 것일지도 모른다. 그렇다면, 노래하기는 포기되어야 할 것인가. 아니면, "하늘에 닿고"자 하는 것이 아닌 "바닥에 다다"르고자 하는 것으로 재정비되어야 할까. 이 물음에 대해 시인은 아무런 답변도 제시하지 않는다. 다만 "노래"를 통해 "물"이 "그 울음 당겨/봄이 저리 환한가 보아"라는 깨달음을 전할 따름이다. 어찌 보면, 이 깨달음은 노래하기란 어떤 것이 되어야 하는가에 대한 시인 자신의 답변을 암시하기 위한 것일 수도 있겠다. 이지엽의 시가 "낮은 데"를 향해 고개 숙이기를 지향하고 있는 것처럼 보인다면 아마도 이런 식의 반성이 있기 때문일 것이다.

'낮은 데를 향해 고개 숙이기'로서의 시 쓰기란 과연 어떤 것이어야 할까. 아마도 『북으로 가는 길』의 작품들이 거의 모두 그 실례가 될 수 있겠지만, 어느 작품보다도 우리의 눈길을 끄는 것은 「너무 늦게 온 사랑」이다.

　　　　색이 바래고 경첩 빠지고
　　　　좀이 슬고 삐꺽거리는

　　　　비틀고 휘어져
　　　　누구도 가져가지 않을

　　　　늦가을 비에 젖고 있는
　　　　저 낡은 가구들

　　　　　　　　　　　　　　　　　　　—「너무 늦게 온 사랑」 전문

물리학의 열역학 제2법칙에 의하면, 세계는 질서 있는 상태에서 무질서한 상태로 변하되 이때의 변화는 비가역적(非可逆的)이다. 다시 말해, 무질서한 상태에서 질서 있는 상태로 변하는 일은 있을 수 없다. 마치 헌것이 새것으로 바뀌는 일이 있을 수 없듯. 물론 외부의 영향력을 통해 헌것이 새것으로 바뀌기도 하지만, 아무리 노력해도 헌것을 원래의 새것으로 환원할 수는 없다. 그리하여 이른바 폐물이라는 것이 생기게 마련이다. 위의 시에서 말하는 "낡은 가구"란 바로 그런 폐물 가운데 하나이리라. 시인의 눈길이 이 폐물에 머물고 있는 것이다. 저 높은 곳의 귀하고 아름다운 것을 향하고 있는 것이 아니라 저 밑바닥의 남루하고 천한 것을 향하고 있는 것이다. 즉, 위가 아니라 아래를 향하고 있는 것이다. "색이 바래고 경첩 빠지고/좀이 슬고 삐꺽"거릴 뿐만 아니라 "비틀고 휘어져/누구도 가져가지 않을" 그런 폐품들의 모습은 을씨년스럽기 그지없을 것이다. 을씨년스러움을 더 한층 강화하려는 듯 시인은 폐품들이 "늦가을 비에 젖고 있는" 것으로 묘사하고 있다.

　"낡은 가구들"을 향한 시인의 시선이 예사롭지 않게 느껴짐은 바로 이 시의 제목 때문이다. "너무 늦게 온 사랑"이라니? 빤한 말이긴 하지만, '사랑'이란 누군가가 대상을 귀하게 여기거나 열렬히 좋아하는 마음을 가리키는 말일 수 있고, 또 그런 대상 자체를 지칭하는 말일 수도 있다. 그렇다면 이 시에서 사랑은 누구의 사랑인가. 또한 무엇을 향한 사랑인가. 가구들을 소유하던 사람들이 가구들에 대해 지녔던 사랑일까. 그렇게 읽을 수 없음은 "너무 늦게 온"이라는 말 때문이다. 소유자들의 가구들에 대한 사랑은 이미 끝난 것이지 "너무 늦게 온" 것은 아니기 때문이다. 따라서 시인의 사랑으로 읽는 것이 자연스러울 수 있다. 즉, 을씨년스러운 모습의 "낡은 가구들"을 보며 시인은 무언가 때늦은 애정이나 연민을 느끼고 있는 것으로 읽을 수도 있다.

하지만 때늦은 사랑이나 연민이 어찌 "낡은 가구들"을 향한 것일 수만 있겠는가. 사실 "사랑"이라는 말 때문에 이 시에서의 "낡은 가구들"은 사물로만 읽히지 않고 사람에 대한 비유적 표현으로도 읽힌다. 따지고 보면, 새것이 헌것이 되듯 인간은 젊음을 잃고 늙어 가게 마련이다. 돌이킬 수 없는 이 자연의 섭리 아래 인간도 "색이 바래고 경첩 빠지고/좀이 슬고 삐꺽거리는//비틀고 휘어져/누구도 가져가지 않을" 폐품과 같은 존재가 되게 마련이다. 이런 의미에서 "낡은 가구들"이란 시인 주변의 사람들 가운데 어떤 사람들을 가리키는 것일 수도 있지 않을까. 아니, 이보다 더 중요한 것은 이 시에서의 "낡은 가구들" 가운데 하나가 시인 자신일 수도 있다는 점이다. 다시 말해, 시인이 따뜻하지만 때늦은 사랑이나 연민의 눈길을 보내고 있는 대상은 자기 자신일 수도 있는 것이다. 아직 쉰도 되지 않거나 그 정도 나이의 시인이 자기 자신을 "낡은 가구들" 가운데 하나로 본다는 것은 좀 지나친 말일 수도 있겠다. 하지만 이런 시 읽기를 가능하게 하는 작품 가운데 특히 우리의 눈길을 끄는 것이 있으니, 이는 바로 「국화」다.

학생들이 집으로 가고 연구실에 혼자 앉아
문 쪽 바라보다 머무느니 국화 한 다발

시들어 푸석한 얼굴
누가 꽂아두고 갔을까

갑자기 내가 무서워진다 주위를 둘러본다
어느 행간 헤매다가 나는 주저앉은 것일까

한 계절 가는 것도 모르고
꽃 있는 줄도 모르고

유리창 밖 어둠 속에서 누군가가 나를 보면
그도 흠칫 놀랄까 먼지처럼 늙는 生을 보고

내 마음 금 간 화병의
물을 가는 늦은 저녁

—「국화」 전문

　이 시에서 "시들어 푸석한 얼굴"은 "국화 한 다발"의 것이지만, 이는 동시에 '나'의 것이 아닐까. 다시 말해, "시들어 푸석한 얼굴"의 "국화 한 다발"에서 '나'는 "한 계절 가는 것도 모르고/꽃 있는 줄도 모"른 채 "어느 행간 헤매다가" "주저앉은" '나 자신'의 모습을 확인하고 있는 것 아닐까. 그렇지 않다면, 어찌 "갑자기 내가 무서워"지겠는가. 시인의 자기 되돌아보기는 여기서 멈추지 않는다. "먼지처럼 늙는 [나의] 生을 보고" "유리창 밖 어둠 속에서 누군가가 나를 보면/그도 흠칫 놀랄까"도 모른다는 데까지 이어진다. 이런 의미에서 볼 때, "내 마음 금 간 화병의/물을 가는 늦은 저녁"에서 "내 마음 금 간 화병"은 "시들어 푸석한 얼굴"의 자기 모습을 담고 있는 시인의 마음으로, "물을 가는" 행위는 삶에 대한 의지를 추스르는 몸짓으로, "늦은 저녁"은 인생의 여정에서 시인이 도달한 시간으로 읽을 수 있다. 이 같은 읽기가 가능하다면, 시인이 "낡은 가구"에서 자신의 모습을 확인하고 있는지도 모른다는 시 읽기가 어찌 무리겠는가.
　「배경」 역시 일상의 삶 속에서 무언가가 계기가 되어 자기 되돌아보

기에 이르는 시인의 모습을 담고 있거니와, 이는 이지엽의『북으로 가
는 길』에서 각별한 주목을 요구하는 작품들 가운데 하나다.

> 그림을 그리다 보니 이제 알겠다
> 線이 선으로
> 살아 있으면 안 되는 이유
> 線들이 面으로 스며야
> 배경이 된다는 걸
>
> 나는 늘 線으로 살기를 바랐다
> 책상에 선을 긋고
> 넘어오면 내 꺼다
> 삼국지 땅뺏기 놀이
> 늘 고구려가 되고 싶어했다.
>
> 어디를 가더라도
> 나, 여기 있어 손을 흔들고
> 그건 안 돼, 모든 것은 일렬로 나란히
> 쌀보다 적은 원고료 보내면서
> 갑자기 미안하고 허전해진다.
>
> —「배경」 전문

세상사를 "線으로 살"고자 할 때 그것이 얼마나 각박한 것이 될 수
있는가에 대한 시인의 깨달음은 평범한 것 같지만 결코 쉽게 도출될
수 있는 것이 아니다. 무엇보다 "線으로" 삶을 산다는 것은 무슨 뜻일

까. 시인은 이와 관련하여 자신의 어린 시절을 되돌아보는데, "책상에 선을 긋고/넘어오면 내 꺼다/삼국지 땅뺏기 놀이/늘 고구려가 되고 싶어했"던 것을 그 예로 든다. 말하자면, 선을 그어 놓고 그 선을 경계로 '내 것'과 '네 것'을 갈라놓은 다음 '내 것'을 지키려는 태도를 말한다. 어린 시절의 그런 태도가 어른이 되어서도 남아 있음을 시인은 "어디를 가더라도/나, 여기 있어 손을 흔들"어 보이거나 "그건 안 돼, 모든 것은 일렬로 나란히"라고 말하는 데서 확인하는데, 여기에 암시된 태도를 우리는 파당성과 경직성이라는 말로 요약할 수 있을 것이다. 따지고 보면, 선을 분명하게 따지는 사람들을 놓고 우리에게는 '쌈빡하다'거나 '정확하다'는 식의 긍정적 평가를 하는 경향이 있다. 하지만 이런 사람들은 또한 흑백 논리를 통해 세상사를 보려는 경향을 보일 수 있거니와, 이로 인해 파당성과 경직성의 노예가 될 수도 있다. 사실 세상을 살다 보면 이런 사람들 때문에 삶이 피곤해지는 경우가 적지 않다. 시인이 "늘 線으로 살기를 바랐"던 자신의 태도를 반성함은 이 때문일 것이다. 시인의 이 같은 반성은 물론 일상의 삶을 살아가는 가운데 시작된 것으로, 이 경우에는 그림 그리기가 계기가 된다. "그림을 그리다 보니" 문득 시인은 "線이 선으로/살아 있으면 안 되는 이유"를 깨우치게 되는데, 그 이유는 "線들이 面으로 스며야" 비로소 "배경"이 될 수 있기 때문이다. "배경"이 되다니? "배경"이 되고자 함은 낮은 데를 향하는 물처럼 삶을 살아가고자 함을 의미하는 것 아닐까. 다시 말해, "線이 선으로/살아 있"음은 겸손하고 낮은 삶에 대한 부정을 뜻하는 것으로 읽을 수 있다.

문제는 "쌀보다 적은 원고료 보내면서/갑자기 미안하고 허전해진다"는 말이 의미하는 바가 무엇인가다. 널리 알려져 있듯, 이지엽은 오랫동안 시 전문지 발행을 주도해 왔으며, 이 과정에 원고료 지불과 관련하여 많은 애를 먹었을 것이다. 넉넉지 못한 재원으로 잡지 발행을 하다 보니 "쌀보다 적은 원고료"를 보낼 수밖에 없었을 것이고, 그때마다 당연히 "미안하고 허전"했을 것이다. 그렇다고 하더라도, 이 이야기로「배경」을 끝맺어야 할 이유가 따로 있는 것일까. 갑작스럽고 엉뚱한 이야기로 시를 끝맺는 것처럼 읽히지 않은가. 하지만 "원고료"를 보내기 위해서는 우선 원고 필자들을 "일렬로 나란히" 정리한 다음 원고료를 '정확히' 계산해야 하거니와, 어찌 보면 "쌀보다 적은 원고료"를 놓고 하는 이 같은 작업은 "線으로" 삶을 살아가는 것일 수도 있다. 그러니 어찌 깊은 자아 반성이 뒤따르지 않을 수 있으랴. 이 같은 자아 반성이 "갑자기" 시인을 더욱 깊게 미안함과 허전함으로 내몰았을 것이다.

이처럼 "線으로" 삶을 살아갈 수밖에 없음에 대한 시인의 자각은 시 쓰기 작업 자체와 관련해서도 이루어지고 있는데,「벽은 문이다—시 창작의 시간」에서 우리는 이를 확인할 수 있다.

왜 너는 너고
나는 나지?
왜 너는 나무가 될 수 없고
왜 별은 밖에서 빛나고 내가 될 수 없는 거지?

벽은 너를 가로막은 장애물이 아니야
몸을 바꿔 벽이 되어 서 있어 보란 말야
명암의 이쪽과 저쪽 모두가 다 보이지

환한 거리, 꽃들과 꽃을 든 사람들

캄캄한 지하, 해금내, 썩은 웃음들

그러니 벽은 문이야

네게로 가는 몸의 통로야

—「벽은 문이다—시 창작의 시간」 제1연

　"너"와 "내"가 확연하게 구분되는 세계, "너는 나무가 될 수 없"는 세계, "별은 밖에서 빛나고 내가 될 수 없"는 세계는 어찌 보면 "線으로" 양분되어 있는 세계다. 아니, 이 시에서 제시된 세계는 엄밀하게 말해 "선"으로 양분되어 있는 세계라기보다는 "벽"으로 양분되어 있는 세계다. 즉, 「배경」에 제시된 세계가 이차원적 세계라면, 이 시에 제시된 세계는 삼차원적 세계다. 아무튼, 이차원적 세계든 삼차원적 세계든, 그 한계를 극복할 방법은 없는가. 「배경」에서 시인은 "線들이 面으로 스며야" 함을 말한다. 이는 "선"을 없애야 한다는 암시로 읽을 수 있지만, 그것이 구체적으로 어떻게 해야 가능한가에 대해 시인은 말하고 있지 않다. 한편, 이 시에서 시인은 "몸을 바꿔 벽이 되어 서 있어" 볼 것을 제안한다. "몸을 바꿔 벽이 되어 서 있어 보"다니? 이 같은 신비로운 변용이 어떻게 하면 가능할 수 있는가. 어떻게 하면 몸이 벽이 되어 "명암의 이쪽과 저쪽 모두가 다" 볼 수 있는가. "벽"이 "문"이 되고 "네게로 가는 몸의 통로"가 될 수 있는가. 이 물음에 대해 시인의 답은 시의 제목에서 찾을 수 있지 않을까. 시의 제목에 시인은 "시 창작의 시간"이라는 부제를 달고 있는데, '나'의 "몸"을 "벽"으로 만들기란 바로 "시 창작"의 행위를 암시하는 것 아닐까. 여기서 시인은 '나'를 뛰어넘어 '나'와 '너' 사이의 "벽"이 되기 위한 것, 그리하여 '나'와 '너' 사이를 연결하는 "문"과 "통로"가 되기 위한 것이 시 쓰기임을 말하고 있는 것처럼 보인다. 만일 시 쓰기가 결코 포기될 수 없다면 바로 이 때문이 아니겠는가.

3. 새로운 차원의 자기 되돌아보기를 위하여

　삶과 시 쓰기와 관련하여 이지엽이 시도하는 자기 되돌아보기를 총체적으로 검토하기란 어떤 넓이의 지면으로도 부족할 수 있다. 이는 삶과 시 쓰기에 대한 시인의 시적 사유가 결코 단순하지 않기 때문이다. 하기야 어느 시인의 생각과 마음인들 단순할 수 있겠는가. 하지만 이지엽의 생각과 마음을 읽기란 특히 어려운데, 이는 물론 그의 생각과 마음의 깊이가 남다르기 때문일 것이다. 이제 그의 생각과 깊이가 쉽게 헤아릴 수 없는 것임을 보여 주는 작품 한 편을 읽는 것으로 우리가 그의 시집에 붙이는 사족을 마무리하기로 하자. 공교롭게도 우리가 선정한 작품은 "시"에 관한 시인 「죽은 詩」다.

　　　아침에 메일을 여니

　　　詩가 배달되어 왔다

　　　잘 정돈된 과일 가게

　　　때깔 고운 과일처럼

　　　당장에 달콤한 향기

　　　튕겨 나올 것 같다

　　　너 정말 괜찮은 거니?

　　　암시랑토 안하니?

　　　보도블럭 위에 떨어지던 플라타나스 이파리 하나

날카로운 구두 뒷발에 구멍 뚫리고 찢기더니
이윽고 바스—라져 바람에 쓸리고
또 더러 수채 구멍에 처박힌다.

야아 너
얼굴 짱 몸 짱
증말 캡이다야.

—「죽은 詩」 전문

　이 시는 한 편의 단시조와 한 편의 사설시조를 결합한 예라고 할 수
있는데, 무엇보다 단시조에 해당하는 제1연과 사설시조에 해당하는
제2-4연 사이의 관계를 파악하기란 만만치 않다. 우선 제1연에서 우
리는 컴퓨터의 이메일을 통해 배달된 시를 확인하는 시인과 만난다.
이 자리에서 시인은 그렇게 배달된 시들이 "잘 정돈된 과일 가게/때
깔 고운 과일"과 같다고 생각한다. 시인이 "당장에 달콤한 향기/튕겨
나올 것 같다"는 느낌을 갖게 됨은 이 때문이다. 이처럼 "배달되어" 온
시에 대해 호의적인 생각을 갖고 있는데, 어째서 제2연에 제시된 돌
연한 물음들이 "튕겨 나올" 수 있는 것일까. "너 정말 괜찮은 거니?"라
고 묻는 이유는 무엇인가. "아무렇지도 않니?"라는 뜻의 호남 사투리
를 써서 다시 한 번 같은 물음을 묻는 이유는 무엇일까. 혹시 이 물음
은 시인이 "배달되어" 온 시에게 묻는 것이 아니라, 시가 시인에게 묻
는 것은 아닌지? 이 물음에 대한 답이 쉽지 않은 판국에 제3연은 우리
를 더욱 혼란에 빠뜨린다. "보도블럭 위에 떨어"진 다음 "날카로운 구
두 뒷발에 구멍 뚫리고 찢기더니/이윽고 바스—라져 바람에 쓸리고/
또 더러 수채 구멍에 처박"히는 "플라타나스 이파리 하나"가 가리키는

것은 무엇인가. "배달되어" 온 시인가. 아니면 시인이 되돌아보는 자신의 모습인가. 우리의 혼란은 여기서 끝나지 않는다. "야아 너/얼굴 짱 몸 짱/증말 캡"이라니? 이는 또한 누가 누구에게 하는 말인가.

먼저 제2-4연의 시적 진술이 시인이 "배달되어" 온 시에게 던지는 것인가, 또는 "배달되어" 온 시가 시인에게 던지는 것인가를 가늠해 보아야 할 것이다. 만일 시인이 시에게 던지는 것이라면, "달콤한 향기"를 "튕겨" 내뿜을 것 같았던 시가 사실은 "죽은 詩"여서 부패의 "향기"로 읽을 수 있을 것이다. 죽음을 확인하는 순간 시인은 "너 정말 괜찮은 거니?"라고 묻고, 다급해진 마음에 잠재웠던 사투리로 "암시랑토 안하니?"라고 되묻는 것 아닐까. 이처럼 되묻고 나서 시인은 "배달되어" 온 시에 다시 눈길을 준다. 그러고는 기껏해야 "보도블럭 위에 떨어지던 플라타나스 이파리" 같은 존재, 미라처럼 바짝 말라비틀어진 낙엽 같은 존재임을 확인한다. 그리하여 속았다는 생각에 시인은 빈정거리는 말투로 시를 향해 말한다. "야아 너/얼굴 짱 몸 짱/증말 캡이다야."

이렇게 읽어도 되는지? 우리가 이 자리에서 이와는 다른 새로운 각도에서 작품 읽기를 시도하고자 함은 우리의 읽기를 신뢰할 수 없기 때문이다. 즉, 제2연의 물음을 "배달되어" 온 시가 시인에게 던지는 것으로 가정해 보자. "달콤한 향기"를 "튕겨" 내뿜을 것처럼 "고운" 시가 자신에게 멍한 눈길을 주는 시인을 보고 놀라 묻는다. "너 정말 괜찮은 거니?/암시랑토 안하니?"라고. 이어서 시는 시인이 "보도블럭 위에 떨어지던 플라타나스 이파리"와 같은 존재, "죽은 詩"와 다를 바가 없는 존재임을 깨닫는다. 아니, 이렇게 읽을 수도 있다. 즉, 시가 시인에게 물음을 던지자, 시인은 답을 대신하여 자신이 "보도블럭 위에 떨어지던 플라타나스 이파리"와 같은 존재임을 고백하고 있는 것은 아닐지? 어떤 식으로 읽든, 자학적이라고 할 만큼 처절하게 자아 성찰에 임하고 있는 시인의 모습을 전제로 한 시 읽기라고 해야 할 것이다. 아무튼, 시가 시인에게 위로의 말을 던진다. "야아 너/얼굴 짱 몸 짱/증말 캡이다야"라고. 또는 이렇게 읽을 수도 있겠다. 시인은 "플라타나스 이파리"와 같은 존재인 자신과는 너무도 다른 시를 향해 감탄의 말을 쏟아 낸다. "야아 너/얼굴 짱 몸 짱/증말 캡이다야"라고.

이렇게 읽어도 마음에 차지 않기는 마찬가지다. 어찌할 것인가. 어떤 의미에서 보면, 시 읽기—즉, 시 분석하기—란 바로 시 죽이기일 수도 있다. 혹시 "죽은 詩"라는 제목 자체가 시 읽기라는 이름 아래 시를 죽이고 있는 평론가나 독자에게 미리 보내는 경고나 야유가 아닐까. 어떤 식으로 읽든 혼란에 빠진 상태의 당신이 당신 자신의 시 읽기를 통해 도출해 내는 것은 유감스럽게도 다만 "죽은 詩"일 뿐이라는 경고나 야유는 아닐지? 바로 이런 식의 평론가나 독자의 시 죽이기에도 불구하고 시를 쓰지 않을 수 없는 것이 시인의 운명이라면, 시를 죽이고 있는지도 모른다는 불길한 예감에도 불구하고 시를 읽거나 분석하지 않을 수 없는 것이 평론가나 독자의 운명이기도 하다. 평론가나 독자의 운명이라니? 이는 결국 평론가나 독자를 자기 되돌아보기의 길로 유도하는 진술 아닐까. 이지엽의 자기 되돌아보기는 이처럼 그의 시를 읽는 나와 같은 독자들을 또 다른 차원에서의 자기 되돌아보기로 이끌고 있다. 그의 시적 성찰이 지니는 무게를 새삼 가늠해 보지 않을 수 없음은 바로 이 때문이다.

삶의 노래, 그 숨결을 '탐'하여
— 정수자의 『탐하다』와 시인의 삶과 언어 탐구

1. 삶'에 관해' 노래하기와 삶'을' 노래하기

어느 날 이메일의 수신함을 들여다보니, 지방의 어떤 잡지사 명의로 원고 청탁서가 하나 와 있었다. 그런데 보낸 사람이 누구인가 확인해 보았더니 '자수정'이었다. '자'씨 성을 가진 사람이야 한국에 없을 터이니, 누군가가 이메일 주소에 임의로 만들어 넣은 이름이리라. 아무튼, '자수정'이라니? 수정 가운데 자색을 띤, 소박하지만 신비롭고 단아한 빛깔의 보석인 자수정을 말하는 것이겠지. 서양에서 '2월의 탄생석'으로 알려져 있기도 한 자수정을 자신의 별명으로 삼은 사람은 누구일까. 옅은 호기심을 느끼면서 해당 이메일을 열어보니, 보낸 사람은 시인 정수자였다. 역시 시인의 시적 감각에서 나온 것이었군! 하지만 이런 생각이 마음을 스치는 순간 문득 시인의 이름을 거꾸로 읽으면 '자수정'이 됨을 깨달았다. 아, 임의로 만든 것이 아니었구나! 이는 시인의 이름 안에 담겨 있는 또 하나의 이름이었다. 새삼스러운 깨달음과 함께 나의 생각은 이렇게 이어졌다. 아마도 시인이 세상에 태어났을 때 시인의 부모는 이름 안에 감추어진 또 하나의 예쁜 이름을 의식하면서 '정수자'라는 이름을 지어 주었던 것은 아니리라. 하지만 이렇게 생각해 보기도 했다. 수정 가운데 특히 귀하게 여겨지는 자수정과 같은 아기가 그분들의 눈을 즐겁게 했기에, 무의식중에 그처럼 예쁜 또 하나의 이름이 담긴 이름을 지어 주었던 것은 아닐까. 나의 공상은 이어졌다. 혹시 그처럼 예쁜 또 하나의 이름이 담긴 이름을 지닌 아이였기에 그 아이가 커서 시인이 된 것은 아닐까. 이름 속에 감추어져 있는 '자수정'이라는 또 하나의 이름을 어느 날 문득 깨닫게 된 아이가 자수정과도 같이 소중한 무언가를 이루어야 한다는 마음을 갖게 되었고, 그래서 결국 시인이 된 것은 아닐까.

　문득 지난 2003년 중앙시조대상 수상작이었던 정수자의 「장엄한 꽃밭」이 기억에 떠올랐다. 당시 김제현, 윤금초 두 어른과 함께 심사에 참여했던 나는 기꺼운 마음으로 이 작품을 수상작으로 올리는 데 뜻을 보탰다. 그리고 이 시에 담긴 "저물 무렵 저자에도 장엄한 꽃이 핀다/집을 향해 포복하는 차들의 긴 행렬/저저이 강을 타넘는 누 떼인 양 뜨겁다"라는 구절은 오랫동안 기억에서 지워지지 않았다. 이 구절이 떠올리게 하는 선명하고도 강렬한 시각적 이미지는 묘하게도 어떤 영화에서 보았던 아프리카의 초원 풍경—그것도 누 떼가 엄청난 무리를 지어 어딘가를 향해 달려가는 것을 비행기에서 누군가가 내려다보는 장면—과 겹쳐지면서 언제 생각해도 항상 새로웠다. 그동안 내가 만난 정수자의 시 세계에서 확인할 수 있었던 것은 무엇보다 선명하고 강렬한 시적 이미지였고, 또한 언제나 우리네 삶의 현장에 머물러 있는 시인의 마음이었다. 이 자리에서 이렇게 묻는 사람도 있을 수 있겠다. 삶의 현장에 마음을 머물게 하지 않는 시인이 도대체 어디 있느냐고. 이에 대해 나는 언젠가 이렇게 쓴 적이 있었다. "시인이라면 누구나 삶의 기쁨과 슬픔을 시에서 노래하게 마련이다. 하지만 많은 경우 시인들은 자신이 몸담고 있는 현실적인 삶의 현장 한가운데 서서 노래하기보다 자신의 삶조차도 저만큼 떨어져 바라보는 위치에 서서 노래하는 쪽을 택한다. 말하자면, 삶'을' 노래하기보다 삶'에 관해' 노래하고자 한다."

정수자는 삶'에 관해' 노래하기보다 삶'을' 노래하는 많지 않은 시인 가운데 한 사람이다. 이 점은 그가 시조 시인이기 때문에 더욱 소중한 의미를 갖는다. 문학 장르로서의 시조란 말 그대로 한 시대의 형편을 운문에 담는 '시절(時節)의 노래'여야 한다. 또는 지금 이 순간의 현실적 삶을 살아가는 사람들을, 그들이 몸담고 있는 삶의 현장을, 그들의 즐거움과 아픔을 노래하는 시여야 한다. 요컨대, 삶의 노래여야 한다. 바로 이런 의미에서 볼 때, 정수자의 시조 작품들이 갖는 의미는 각별하다.

이 같은 우리의 판단은 시집 『탐하다』(서정시학, 2013)와 관련해서도 변함이 없다. 이 시집에서 정수자가 펼쳐 보이는 시 세계에서도 역시 오늘날 우리 시대의 삶을 살아가는 우리네 주변 사람들과 그들이 삶을 살아가는 현장을 생생하게 확인할 수 있기 때문이다. 정녕코 우리 시대의 현장에서 이루어지는 우리네 삶을 수정같이 맑고 단아한 어조로 노래함은 정수자가 펼쳐 보이는 시 세계의 일관된 특징이라 하지 않을 수 없다. 한편, 『탐하다』에서 확인되는 또 하나의 두드러진 특징은 시인이 어느 때보다도 자신의 삶 자체에 진지한 눈길을 주고 있다는 점으로, 이 같은 자기 성찰의 시 세계에서도 현실 감각과 현장 감각은 수정같이 맑고 선명하다. 이어지는 짧막한 글에서 우리는 시인 정수자가 펼쳐 보이는 이 같은 시 세계를 검토하기로 한다.

2. 주변 사람들과 자신의 삶을 향한 시인의 눈길을 따라서

　우리와 동시대를 살아가는 사람들의 삶을, 그것도 아프고 고달프게 살아가는 사람들의 삶을 선명하게 보여 주는 수많은 작품 가운데 특히 정수자 특유의 시적 시선을 생생하게 담고 있는 것은 아마도 「겨울 효원공원」일 것이다. 이 시의 전문은 다음과 같다.

　　　배식을 받아들고 두릿대던 초로의 사내
　　　어머니상(像) 슬하를 굳이 털고 좌정터니
　　　수굿이 국물을 뜬다
　　　그새 식은 한 생을

　　　석상의 언 발치를 하릴없이 쓸어보다
　　　비둘기 찬 발치에 밥알을 몇 놓아주다
　　　세상을 통째 삼킬 듯 식판을 우겨넣다

　　　잠시 뽑은 여생을 다시 끙, 박는 오후
　　　몸뚱이는 이제부터 바람의 만찬이다
　　　서서히
　　　살을 발리는
　　　검은 노숙
　　　화석들

　　　　　　　　　　　　　　　　　—「겨울 효원공원」 전문

효원공원은 수원 중심가에 있는 도심 속 공원으로, 그곳에는 돌로 된 어머니 좌상이 있다. 추측건대, 겨울 어느 날 어떤 자선 단체에서 나눠 준 식사를 받아 든 한 노숙자가 이 "어머니상"의 "슬하"에 자리를 잡고 앉는 것이 시인의 눈에 띄었던 것이리라. 그런 모습에서 시인은 어머니의 따뜻한 품을 찾는 아이의 모습을 보았던 것 아닐까. 아니, 의지할 곳 없는 노숙자가 어머니 좌상의 무릎 아래를 찾는 모습에서 시인은 무언가 말할 수 없는 측은함과 안쓰러움을 느꼈는지도 모른다. 이에 대해 시인은 말이 없지만, 이 시의 제1-2행에 담긴 시적 진술에서 읽히는 것은 무엇보다 시인의 섬세하고 따뜻한 시선이다. 섬세하고 따뜻한 시선이 있기에 보통 사람이라면 지나쳤을 광경을 시인은 예사롭게 보아 넘기지 않는 것이리라. 그런 시인의 시선을 통해 포착된 "어머니상"과 그 앞의 "초로의 사내"에서 우리는 숙연함과 성스러움까지 느끼지 않을 수 없다. 심지어 이처럼 단출한 시적 진술이 계기가 되어 십자가에서 내려진 예수의 시신을 무릎 위에 떠받치고 있는 성모 마리아의 모습을 형상화한 미켈란젤로의 피에타 조각상까지도 떠올릴 수 있다. 마치 미켈란젤로가 상처받고 죽음에 이른 예수의 모습을 보며 슬퍼하는 성모 마리아의 모습을 마음속에 그렸듯, 시인은 노숙의 삶에 지친 "초로의 사내"의 모습을 보며 안타까워하는 어머니의 모습을 마음속으로 그릴 수 있었던 것이리라.

자리를 잡은 "초로의 사내"는 "수굿이 국물을 뜬다." 그 모습이 시인의 눈에는 "그새 식은 한 생"을 뜨고 있는 것으로 비쳐진다. 하지만 사내의 마음은 식어 있지 않다. 어머니가 옆에 있지 않은가. 어머니를 마음속에 간직하고 있는 사람이라면 세상살이가 아무리 신산하더라도 어찌 따뜻한 마음을 가슴 한구석에 담고 있지 않을 수 있겠는가. 이를 증명하기라도 하듯, 사내는 "석상의 언 발치를 하릴없이 쓸어보다/비둘기 찬 발치에 밥알을 몇 놓아"준다. 이윽고 배를 주린 아이가 어머니가 차려 준 밥상의 밥을 허겁지겁 퍼 먹듯, 사내는 "세상을 통째 삼킬 듯 식판을 우겨넣"는다. 물론 사내가 말 그대로 "식판을 우겨넣"는 것은 아니리라. 하지만 "세상을 통째 삼킬 듯"이라는 표현과 함께 이 같은 시적 표현에서는 사내의 삶이 얼마나 고달픈 것인가가 더할 수 없이 생생하게 드러나고 있다.

　어머니의 무릎 아래에 앉아 있는 것도, 주린 배를 채우는 것도 잠시의 일일 뿐, 사내는 다시 겨울 속으로, 험한 세상 속으로 되돌아가야 한다. 바로 그런 정황을 시인은 "몸뚱이는 이제부터 바람의 만찬"으로 묘사한다. 바람에게 먹히어 "서서히 살을 발리"고 마침내 "검은 노숙/화석"이 되고 말 것이라는 시인의 시선에는 아이러니가 담겨 있다. 어찌 보면, 인간이 무언가를 먹는 것은 현실이라는 세찬 바람에게 먹히기 위한 것일 수 있다는 점에서 그러하다. 이처럼 삶의 본질을 꿰뚫어 보는 시인의 시선은 실로 예사롭지 않다.

　"뼈만 보유한 저 무욕의 종족"인 "불가촉"의 "도태가 날마다 상장" 되고 "1%의 신흥 부족은 다른 별로 이주"하는 현실(「노숙 화석」)에 대한 시인의 비판적 시선이 낳은 또 한 편의 탁월한 작품은 이른바 "선숙 자(船宿者)"의 삶을 다룬 「땅멀미」다.

　　발부리를 땅에 대는 바로 그 순간부터
　　뭍 위가 물 위보다 느물느물 메슥거려

　　래미안(來美安) 견고한 홈도
　　홈이 더욱 깊어져

식구 사이 난기류가 스멀스멀 파고드는
콘크리트 멀미 속을 속절없이 흐늘대다

서둘러 귀가를 하듯
배를 다시 탄다네

보따리상 곁꾼이야 풍찬(風餐)의 방계려니
일용할 슬픔인 양 선숙(船宿)을 뉘고 보면

한 생이 샛바람이라네
찬 별들과 찬 이슬과

—「땅멀미」 전문

　「선숙자」라는 시에 대한 부연 설명에서 시인이 밝히고 있듯, "선숙
자"란 "평택 항과 중국 위해 항을 오가는 배 위의 노숙 보따리상"을 말
한다. 어떤 의미에서 보면, 이들 역시 노숙자들만큼이나 고달픈 삶을
살아가는 사람들이라고 할 수 있다. 물론 그들은 "래미안(來美安)"—
즉, 건축회사가 아파트 명칭을 정할 때 의도했을 것으로 짐작되는 의
미인 '미래의 아름다움과 편안함'—을 위해 "풍찬"과 "선숙"의 삶을 사
는 사람들이라는 점에서 「겨울 효원공원」이나 「노숙 화석」에 등장하는
사람들, 아예 그나마 희망도 없는 삶을 살아가는 노숙자들과는 다른
부류의 사람들일 수도 있다. 하지만 그들 역시 "찬 별들과 찬 이슬"과
함께 지내고, "바람" 속에 노출된 "한 생"을 보내는 사람들이다. 바로
그런 이들을 향해 시인이 보내는 따뜻한 관심의 시선은 시인의 시 세
계를 더할 수 없이 풍요롭게 한다.

「땅멀미」에서 우리가 특히 주목해야 할 점은 시 전편에 감돌고 있는 경쾌한 풍자의 분위기다. 무엇보다 우리는 "발부리를 땅에 대는 바로 그 순간부터/뭍 위가 물 위보다 느물느물 메슥거려"라는 구절을 주목할 수 있는데, 이는 생리적인 현상을 암시하는 것일 수도 있지만 이와 동시에 현실 비판을 암시하는 것일 수도 있다. 말하자면, 배를 오래 타고 다니다 보면 몸이 이에 적응하여 "물 위"가 "뭍 위"보다 오히려 편안하게 느껴질 수 있음을 말하는 것일 수도 있지만, "뭍 위"의 세상에서 일어나고 있는 일들이 선숙자들의 눈에는 "느물느물" 메스껍고 역겨워 보임을 말하는 것일 수도 있다. 그러니 어찌 "서둘러 귀가를 하듯/배를 다시" 타지 않을 수 있겠는가. 물론 "선숙"과 "풍찬"의 삶을 살아감은 "식구"를 위한 것이고 "래미안 견고한 홈"을 위한 것이지만, 어찌 그것만이 이유의 전부이겠는가. 여기에는 필시 현실의 메스꺼움과 역겨움에서 벗어나려는 몸부림도 담겨 있을 것이다. 이 같은 현실 비판의 시각은 "래미안 견고한 홈"이나 "서둘러 귀가를 하듯"이나 "일용할 슬픔인 양"과 같은 재치 있는 표현을 통해 더욱 큰 생동감과 호소력을 얻고 있다.

신산한 삶을 살아가는 사람들을 향한 시인의 시선은 노숙이나 선숙의 삶을 살아가는 사람들뿐만 아니라 때로 "시급 사천 알바 족쇄"(『개뿔 청춘』)에 매여 있는 "알바 청춘"(『이력에 동틀 때까지』)을 향하기도 하고, 때로 저 멀리 캄보디아에서 만난 "한 푼의/연민을 향해/손을 연해/오므"리는 "아이"(『캄보디아의 손』)를 향하기도 한다. 타인의 삶에 대한 이 같은 시인의 시선에서 우리가 느낄 수 있는 것은 무엇보다 현실을 향해 마음의 눈을 크게 뜨고 있는 시인의 정신 자세다. 시조 장르가 '시절 가조'로서의 존재 이유를 잃지 않도록 하기 위해 시조 시인이 해야 할 일이 있다면, 이는 이 시대를 살아가는 사람들의 삶의 현장에 적극적인 관심의 눈길을 보내는 동시에 이 과정에 관찰하고 느낀 바를 시적 형상화하는 일일 것이다. 만일 이 같은 우리의 논리가 나름의 설득력을 갖는 것이라면, 거듭 말하거니와 정수자의 시 세계만큼 시조 시단에 소중한 것은 따로 없을 것이다.

시인의 시선은 때로 가깝게 알고 지내는 주변의 사람을 향하기도 하는데, 이를 보여 주는 작품 가운데 하나가 「음독의 시간」이다. 어떤 사연이 있었는지는 모르나 "대학 시절 음독"을 시도한 한 여자가 있다. 그녀는 시인이 "언니"라고 부를 만큼 시인에게 가까운 사람이다. 그런 그녀의 죽음을 주제로 한 이 시의 전문은 다음과 같다.

대학 시절 음독으로 혀를 절인 미수 언니
밤이면, 절며 왔다. 전화 타고, 머뭇머뭇

행간을
모두 음독할 듯
별 사이를
독음할 듯

퇴화한 발음 찾아 동화나 꾹꾹 쓰더니
다 놓고, 갔다는, 음독 같은, 전화 한 통

긴 구음(口音)
은하를 삼킬 듯
등이 휘는
하현 한 척

이 시에서 '음독'은 이중의 의미를 갖는다. 이 어휘는 우선 '독약을 먹다[飮毒]'의 뜻을 갖기도 하지만 '소리 내어 읽다[音讀]'의 뜻을 갖기도 한다. 한편, 이 시에는 유사한 뜻의 어휘인 '독음'이 나오기도 하는데, 이는 '혼자서 읊다[獨吟]'로 이해해야 할 것이다. 아무튼, 시인은 음독이라는 어휘의 이중적 의미를 살려 "미수 언니"라는 사람의 신산한 삶을 극적으로 제시하고 있는데, 요약하자면 음독(飮毒)으로 인해 음독(音讀)이 지배하는 삶을 살던 사람이 마침내 그와 같은 삶을 뜻밖의 죽음으로 마감했음을 말하고 있다. 시인은 "미수 언니"가 어떻게 죽음에 이르게 되었는가의 원인을 구체적으로 밝히고 있지 않지만, '독약을 먹음'과 '소리 내어 읽음'을 동시에 암시하는 "음독 같은, 전화 한 통"이라는 구절을 통해 시인은 음독(飮毒)의 가능성을 언뜻 비친다. 이와 관련하여, 이 구절의 뒤를 잇는 시행의 "긴 구음"이라는 표현에 유념해야 할 것이다. 즉, "긴 구음"은 말소리가 길게 늘어져 장음으로 발음되었음을 뜻하는 것일 수 있거니와, 여기서 우리는 '독약을 먹다'의 뜻을 지닐 때 '음독'의 '음'자는 장음으로 발음되지만 '소리 내어 읽다'의 뜻을 지닐 때 '음독'의 '음'자는 단음으로 발음됨에 유의할 수 있다. 물론 "긴 구음"은 "미수 언니"의 죽음을 전화로 알리는 사람의 말소리[口音]가 비현실적으로 길게 늘어졌음을 뜻하는 것일 수도 있다. 따지고 보면, 죽음을 알리는 전화의 목소리가 어찌 일상의 대화에서 사용하는 것과 같은 것일 수 있으랴. 어떤 의미에서의 "음독"이든, 우리는 이 시에서 "미수 언니"의 삶이 "음독"에서 시작하여 "음독"으로 끝맺었음을 읽게 된다.

이처럼 이중의 뜻을 갖는 어휘인 "음독"을 되풀이해 사용함으로써 시인은 이 단어가 머금을 수 있는 특유의 무겁고 가라앉은 분위기를 효과적으로 살리고 있는데, 이 분위기를 통해 우리가 확인할 수 있는 시적 메시지는 단순히 한 개인의 단절된 삶과 갑작스러운 죽음에 관한 것만이 아니다. 이에 대한 논의를 위해 우리에게는 시의 내용을 다시 한 번 살펴 읽을 것이 요구되는데, 시에 의하면 "음독으로 혀를 절"인 "미수 언니"의 목소리는 언제나 "절며 왔다." 그것도 항상 "밤이면" "전화[를] 타고" 왔다. 어찌 보면, 시인이 "미수 언니"의 존재를 확인할 수 있는 길은 다만 밤에 전화를 타고 "절며" 오는 목소리를 통해서인 것처럼 보인다. 이런 상황은 "미수 언니"가 정상적인 낮 생활이나 시인과의 직접적인 만남의 시간을 감당하지 못하는 사람임을 암시하는 것일 수 있다. 상황이 그렇다 보니, 그녀가 할 수 있는 일이란 아마도 바깥출입을 삼간 채 "퇴화한 발음 찾아 동화나 꾹꾹 쓰"는 행위였으리라. 둘 사이의 만남이 직접적인 시각적 접촉을 통해서가 아닌 청각적 접촉을 통해 이루어질 수밖에 없었던 상황에 방점이라도 찍듯, "미수 언니"의 유폐된 삶의 마감을 알리는 소식 역시 시인에게 다만 "전화"를 통해 "음독"처럼, 그것도 "긴 구음"으로 전해질 뿐이다. 말하자면, 시인에게든 누구에게든 존재하지 않듯 존재했던 존재가 다름 아닌 "미수 언니"였다고 할 수 있다.

'존재하지 않듯 존재했다' 함은 이 시에 대한 새로운 읽기를 가능케 하는데, 여기서 우리는 현대 문명 세계에 대한 비판의 시로 널리 알려진 T. S. 엘리엇의 장시 『황무지』의 시작 부분을 장식하는 제사(題詞)를 떠올릴 수 있을 것이다. 라틴어와 희랍어로 된 제사에는 호리병 속에 매달려 있는 쿠마의 무녀(巫女)가 등장하는데, 소년들이 그녀에게 무엇을 원하느냐 묻는다. 이에 무녀는 죽고 싶다 대답한다. 이 에피소드와 관련하여 우리는 오비디우스의 『변신 이야기』에 나오는 이야기를 참조할 수 있을 것이다. 오비디우스에 의하면, 아폴로 신의 사랑을 받았던 쿠마의 무녀는 처녀성을 희생하는 대가로 무엇을 원하는가 묻자 손에 모래 한 움큼을 쥐고 손에 쥔 모래알만큼이나 헤아릴 수 없이 오랜 삶을 원한다고 대답한다. 후에 무녀가 아폴로 신의 사랑을 거부하자, 아폴로 신은 그녀의 몸을 말라비틀어지게 내버려 두어 그녀는 마침내 목소리만으로 남게 된다. '영원한 젊음'을 원할 것을 잊었기에, 그녀는 결국 살아 있지만 죽음과도 다름없는 삶을 살지 않을 수 없게 된 것이다. 살아 있지만 생명력을 잃고 오로지 목소리만으로 남아 호리병 속에 갇혀 지내게 된 그녀가 원하는 것은 바로 차라리 죽음이었던 것이다. 이 이야기를 엘리엇이 『황무지』의 제사로 사용한 것은 현대를 살아가는 사람들의 삶을 비유적으로 드러내기 위한 것으로 볼 수 있거니와, "미수 언니"의 삶은 바로 이 쿠마의 무녀가 목소리만으로 남아 살아가야 했던 삶과 다를 바 없는 것이다. 이런 맥락에서 볼 때, 오로지 "밤"마다 "절며" 오는 목소리로 존재했던 "미수 언니"는 고립된 채 또한 생명력을 상실한 채 삶을 살아가야 하는 현대인들—즉, 황무지와 같은 시대 상황에서 생명력 없는 삶을 살아가야 하는 엘리엇적 현대인들—에 대한 우의로 읽힐 수도 있으리라. 다시 말해, 시인에게 청각적 이미지만으로 존재하는 "미수 언니"는 어찌 보면 현대인의 모습 그 자체일 수도 있다. 비록 "미수 언니"의 "음독"과는 다를지 모르지만 여전히 무언가 상처와 트라우마를 안고 살아가는 현대인일 수 있다.

우리가 여기서 또 하나 주목해야 할 것이 있다면, 이는 살아 있을 때든 죽음을 알리는 전화를 통해서든 청각적 세계 안에서만 존재했던 "미수 언니"를 시인은 시각적 이미지를 통해 재현하고 있다는 점이다. 이와 관련하여, 시조의 첫 수의 종장에 해당하는 제2연에는 "행간"과

"별"이, 둘째 수의 종장에 해당하는 제4연에는 "은하"와 "하현"이 등장하고 있음을 주목하기 바란다. 어찌 보면, 이는 목소리로만 존재하는 "미수 언니"에게 시각적 이미지를 부여함으로써 그녀에게 형상(形象)을, 나아가 존재감을 되찾게 하려는 시인의 무의식적인 노력의 결과일 수 있다. 또 하나 주목해야 할 것은 이렇게 동원된 네 개의 시각적인 이미지들 가운데 세 개가 밤하늘과 관련된 것이라는 점이다. 이는 제아무리 애를 써도 도저히 밝은 대낮의 존재로 "미수 언니"를 형상화할 수 없음에 대한 시인의 안타까움을 드러내는 것일 수도 있으리라. 아니, 어찌 보면, 별들과 달만이 보이는 밤의 세계를 헤매는 것이곧 "미수 언니"의 삶—엘리엇식의 우의에 기대자면, 현대인의 삶—임을 이 시는 은연중에 암시하고 있는지도 모른다.

　신산한 현실 속의 삶을 살아갈 수밖에 없는 사람들에 대한 정수자의 깊은 관심을 확인케 하는 작품들 가운데 우리가 또 한 편 각별히 주목해야 할 작품이 있다면, 이는 바로 「점자명함」일 것이다. 이 시 역시 소외되고 아픈 현실의 삶을 견디어 나가야 하는 사람들에 속하는 '맹인들'과 관련된 것이다.

　　　　어디선가 받아 넣은 낯선 명함 한 장
　　　　손끝으로 더듬더듬 짚어보다 놓을 뿐
　　　　한 발도 그들 안으로 들어설 수 없었네
　　　　어둑한 지하 계단 더 어둑한 손을 피해
　　　　시끄러운 지상으로 환승하다 문득 보면
　　　　혼자만 동동 건너는 삶이 새삼 누추해
　　　　거리에서 밥 퍼주는 더운 손들 지켜보다
　　　　통점(痛點) 같은 점자 앞에 문맹으로 나앉은 밤

헛말의 긴 긴 목록들을 헤다 거듭 놓치네

　　　　　　　　　　　　　　　　　—「점자명함」전문

　무엇보다 위의 작품은 이제까지 검토한 시인의 작품들과 달리 별도의 행 나눔이나 연 나눔이 없이 시조의 장 구분 형식만을 취하고 있다는 사실을 우리는 주목하지 않을 수 없다. 아마도 원칙에 충실하고자 한다면 단시조의 경우 초·중·종장 사이의 행 나눔을 하고, 연시조의 경우 수(首)를 단위로 하여 사이에 여백을 주어야 할 것이다. 하지만 '노래하는 시조'에서 '읽는 시조'로 시조의 위상이 바뀐 이후 이 같은 원칙은 엄격하게 준수되어 오지 않았고, 특히 오늘날의 시조 시단에서는 이 같은 원칙을 지키는 경우는 오히려 예외적이라고 할 정도가 되었다. 이러한 변화는 물론 시어의 공간적 배열이 가져다주는 시적 효과 때문이다. 말하자면, '눈'으로 '읽는 시조'에게 허락된 시각적 효과를 살리기 위한 것이다. 말할 것도 없이, 앞서 검토한 작품들에서 볼 수 있듯, 시인은 많은 경우 시어의 공간적 배열을 다채롭게 함으로써 시적 효과의 극대화를 꾀한다. 하지만 「점자명함」의 경우에는 그런 시도가 확인되지 않는다. 심지어 수 단위의 여백 주기조차 이루어져 있지 않다. 이로 인해 이 작품을 처음 대했을 때 사람들은 아마도 무언가 답답함을 느끼지 않을 수 없을 것이다. 그렇다면 시인이 이처럼 형태상의 '답답함'을 굳이 감수하고자 했던 이유는 무엇일까. 이런 의문은 작품을 읽는 가운데 해소될 수 있으리라. 작품을 직접 읽는 경우, '답답함'은 시인의 답답한 마음을 드러내기 위한 의도적인 것일 수 있음을 감지할 수 있기 때문이다. 설사 의도적이지 않았더라도 답답함이 지배하는 시인의 마음이 무의식적으로 작동하고 있었기 때문이라는 진단도 가능하다. 그렇다면 무엇 때문에 시인의 마음이 답답한 것일까.

　시조의 첫 수에 해당하는 첫 3행에서 우리는 "어디선가 받아 넣은 낯선 명함 한 장"을 "손끝으로 더듬더듬 짚어"보나 "한 발도 그들 안으로 들어설 수 없"음을 깨닫는 시인과 만난다. 이는 물론 시인이 "점자 명함"에 담긴 점자를 해독할 수 없기 때문이다. 이처럼 "안으로 들어설 수 없"음에 대한 자각은 시인에게 "어둑한 지하 계단 더 어둑한 손을 피해/시끄러운 지상으로 환승"하던 때를 떠올리게 한다. 이어서 시인은 "어둑한 손"을 피해 "혼자만 둥둥 건너는 삶"을 사는 자신의 모습을 떠올리고는 "새삼 누추"함을 느낀다. 말하자면, 일종의 자기 되돌아보기 또는 자기 성찰이 이루어지고 있는 것이다. 시조의 셋째 수에 해당하는 7−9행에 이르러서 시인의 자기 성찰은 시인으로서 자신의 역할에 대한 회의로 이어진다. 시인 자신은 기껏해야 "거리에서 밥 퍼주는 더운 손들 지켜보"는 것 이외에는 달리 할 수 있는 일이 없는 사람이라는 자각―또는 "통점 같은 점자 앞에 문맹으로 나앉은" 사람에 지나지 않는다는 자각―은 시인으로서 자신의 역할에 대한 회의와 무관하지 않을 것이다. 말하자면, 그 어떤 현실에서 상처받고 슬퍼하는 사람들에 대한 자신의 관심과 그들과 그들의 삶에 관한 시 창작 작업에도 불구하고, 자신은 "헛말의 긴 긴 목록들을 헤다 거듭 놓치"는 사람에 지나지 않는 것은 아닐까라는 회의가 이 시의 마지막 부분을 장식하고 있다. 이 같은 자기 성찰과 회의가 어찌 시인의 마음을 답답하게 하지 않을 수 있었겠는가. "한 발도 그 안으로 들어설 수 없"는 세계에 대한 시인의 새삼스러운 깨달음은 시인에게 좌절과 절망을 안겨 주었을 것이고, 그 결과 시인은 행간도 없고 수 단위의 구분도 없는 작품 쓰기를 통해 의식적으로든 무의식적으로든 자신의 답답한 마음을 드러내지 않을 수 없었던 것이리라.

사실 시인들에게, 아니, 세상의 모든 문인들과 예술가들에게 무엇보다 요구되는 덕목은 자기 되돌아보기 또는 자기 성찰이리라. 자기 성찰을 결여할 때 한 예술가의 예술 세계는 어설픈 자기 현시와 만족 또는 퇴행적인 자기 정당화와 독단으로 빠져들기 쉽다. 이렇게 말한다고 해서, 시인에게 항상 자기 성찰의 작품 세계를 드러내 보이라는 뜻은 아니다. 자기 성찰이란 본질적으로 드러내지 않은 채 내면에서 이루어지는 것이기 때문이다. 그럼에도 불구하고 진지한 자기 성찰의 순간을 엿보게 하는 시인의 작품을 읽는 일은 독자에게 크나큰 즐거움이 되지 않을 수 없는데, 정수자의『탐하다』에서 자기 성찰을 담은 또 한 편의 주목할 만한 작품을 들자면, 이는「혼잣말」일 것이다.

내가 그중 잘하는 건 늦은 가슴 치는 일
칼도 채 못 뽑은 채 한방을 또 놓치고

신물이
다 삭을 때까지
말말을
되씹는 짓

쾌도건 촌철이건 선제 선방 못 날리고
찌질 꼬질 쓴물 괴는 세밑의 머리맡에

못 죽인
살인의 말들만

난마(亂馬)처럼

뛰놋다

—「혼잣말」 전문

"내가 그중 잘하는 건"이라니! 시의 시작 부분부터 경쾌하다. 어찌
보면, 자신에 대한 반성의 어조가 지나치게 무거워지거나 궁상맞아
지는 것을 미리 막기 위한 시적 배려에 따른 것이리라. 시인이 열거하
는 자신이 "잘하는" 것에는 "늦은 가슴 치는 일/칼도 채 못 뽑은 채 한
방을 또 놓치고//신물이/다 삭을 때까지/말말을/되씹는 짓"이 포함
된다. 바꿔 말하면, 시인은 할 말을 제때 못하고 뒤늦게 하지 못한 말
을 곱씹는 버릇이 있음을 한탄한다. 시인은 또한 경쾌한 어조를 그대
로 살려, "쾌도건 촌철이건 선제 선방 못 날리"는 자신의 한심함을 "찌
질 꼬질 쓴물 괴는 세밑의 머리맡"이라는 표현에 담는다. 이는 명백히
"헛말의 긴 긴 목록들을 헤다 거듭 놓"침을 한탄하는 「점자명함」에서
보인 반성의 어조와는 다른 것이다. 「점자명함」이 시 쓰기의 어려움을
암시하고 있다면, 「혼잣말」은 일상의 생활에서 느끼는 말의 어려움을
암시하는 것일 수 있다는 점에서 그러하다.

하기야 시인이라고 해서 어느 순간에든 어느 자리에서든 순발력 있
게 재치 있는 말을 할 수 있는 사람은 아니다. 그리고 시란 오랜 사유
과정을 거쳐 말을 가다듬는 과정일 수 있기 때문에 반드시 언어적 순
발력을 지닌 사람이 최고의 시인이 되는 것은 아니다. 역사적으로 살
펴보면, 시의 언어가 "감정의 자발적인 분출"이어야 한다고 주장한 바
있는 영국의 낭만주의 시인 윌리엄 워즈워스(William Wordsworth)의
시 어느 것을 보더라도 "감정의 자발적인 분출"을 확인케 하는 작품은
없다. 모든 시가 시적 감흥이 일고 난 다음 오랜 명상 끝에 비로소 이

루어진 작품들이다. 이를 감안할 때. 시인이 즉석에서 재치 있게 말을 잘할 것이 요구되는 직업의 소유자—예컨대, 방송인이나 정치가—가 아닌 한, 언어적 순발력이 없음을 크게 한탄할 일은 아닐 것이다. 그럼에도 불구하고, 시인의 한탄이 각별한 의미를 갖는 것은 오랜 명상의 과정 끝에 시를 창작하여 발표하고 난 후에도 여전히 시에 담지 못한 적절한 말 때문에 고민이 있을 수도 있기 때문이다. 바로 이 때문에 「혼잣말」 역시 시적 창작 과정의 어려움을 되짚어 보는 시인의 마음을 담은 시로 볼 수 있다. 물론 이미 발표한 작품이라 하더라도 후에 개작이 가능할 수 있으나, 아쉬움이 남기는 여전히 마찬가지일 것이다.

하지만 여기서 우리는 이 같은 시인의 자기 되돌아보기가 일종의 엄살로 느껴지기도 한다는 점을 지적하지 않을 수 없다. 무엇보다 자기 되돌아보기를 이처럼 경쾌한 어조에 담을 수 있다는 것 자체가 시인의 예사롭지 않은 언어적 잠재력을 보여 주는 것이기 때문이다. 아울러, "못 죽인/살인의 말들만/난마처럼 뛰놋다"라는 시적 표현 자체도 웬만큼 탁월한 언어적 잠재력을 지니지 않은 시인에게라면 결코 쉽지 않은 것이리라. "말[言]들"이 "말[馬]들"처럼 시인의 머릿속과 마음속에서 부산하게 움직이고 있는 모습이 생생하게 그려지지 않는가.

자기 되돌아보기의 시면서도 이 같은 시인의 언어적 잠재력을 엿보게 하는 또 한 편의 탁월한 작품이 「낙화를 읽는 저녁」으로, 이 자리에서 이 작품의 일부만이라도 살펴보기로 하자.

> 달의 운행 따위 따질 일도 이제 없고
> 후끈한 열꽃이나 열적게 씻는 녘을
> 폐(閉)와 완(完), 아슬한 행간
> 낙화들만 난만해라

이 시의 제1연을 지배하는 것은 취각적 이미지이고 제2연을 지배하는 것은 시각적 이미지다. 제1연의 취각적 이미지가 동인(動因)이 되어 시인은 과거의 자신을 되돌아보는 계기를 얻게 되고, 이어서 그동안 살아온 삶에 대한 회상이 제2연의 시각적 이미지를 이끈다. 이 과정도 유려하고 생생한 시적 분위기를 담고 있지만, 압권에 해당하는 것은 위에 인용한 제3연일 것이다. 제3연에서 시인은 현재의 자신의 모습을 가늠하고 있는데, 핵심을 이루는 시적 언사가 바로 "폐와 완, 아슬한 행간"이다. "폐"와 "완"은 모두 '끝남'의 의미를 갖지만, 함의하는 바가 다르다. '폐'가 '닫다' 또는 '닫히다'의 의미를 갖는다면, '완'은 '완전하다' 또는 '완결 짓다'의 의미를 갖는다. 이와 관련하여 우리는 이런 물음을 던질 수도 있다. 즉, 우리가 젊음을 잃는다는 것은 '젊음이 닫히는 것'일까, 또는 '젊음을 완결 짓는 것'일까. '닫히는 것'이라는 말에서 오는 아쉬움과 '완결 짓는 것'이라는 말에서 오는 성취감 때문에, 아마도 이제 젊음을 잃은 중년이나 노년의 사람들은 이 두 선택지(選擇肢)를 놓고 망설이게 마련이리라. 하지만 최상의 답은 두 선택지 모두가 아니라, 시인의 말처럼 "아슬한 행간"이 아닐지? 다만 그처럼 "아슬한 행간"에서 어느 쪽에 좀 더 가까이 다가가 있는 것인가를 놓고 이따금 곰곰이 생각에 잠기는 것이 시인뿐만 아니라 이제 젊음을 보낸 모든 사람들의 모습이 아닐지? 하지만 어찌 누가 '젊음을 완결 지었다'는 쪽에 좀 더 가까이 다가가 있다고 스스럼없이 말할 수 있겠는가. 그러니 어찌 시인이 이 시의 마지막을 "낙화들만 난만해라"로 끝맺지 않을 수 있겠는가. '열매를 맺지 못한 채 떨어지는 꽃'인 낙화(浪花)가 난만하게 떨어져 있는 정경은 추측건대 시인만의 것이 아니리라. 지난 젊음을 아쉬움 속에 바라보는 우리 모두의 마음을 생생하게 드러내는 것이 바로 이 마지막 시적 언사이리라.

3. 언어에 대한 시인의 실험, 그 자취를 찾아서

정수자의 시집 『탐하다』에 담긴 작품들에 대한 이상과 같은 독해와 이해의 과정에 거론되지 않은 또 하나 두드러진 특징이 있다. 그것이 무엇인가 하면, 시인은 이 시집을 통해 어느 때보다도 더 적극적으로 언어에 대한 실험을 하고 있는 자신의 모습을 보여 주고 있다는 점이다. 언어에 대한 시인의 적극적인 실험은 대체로 두 방향으로 정리될 수 있다. 한 편으로 시인은 때로 중의적인 의미를 갖는 어휘들을 반복 사용하여 시적 여운을 한층 심화한다. 다른 한 편으로 시인은 때로 의성어나 의태어를 유연하고 풍요롭게 사용하여 시에 리듬감을 강화하기도 한다. 아마도 『탐하다』에 수록된 사설시조의 대부분—예컨대, 「느티네 마을」, 「꿈수선집」, 「어느 새의 전설」—과 연시조인 「오래된 오후」와 같은 시가 후자에 해당하는 작품들이다. 우리의 관심을 각별히 끄는 것은 전자의 경우로, 이에 대한 검토는 이미 앞에서 상당한 정도 이루어진 바 있다. 하지만 중의적 의미를 갖는 어휘의 사용이 어느 예보다 더 각별하고 두드러진 작품이기에 어떤 형태로든 반드시 검토하고 넘어가야 할 작품이 있다면 이는 「비의 나그네」일 것이다.

그녀는 비(非)의 나라 유민이자 난민이니
비몽사몽 비혼족(非婚族)에 비주류의 비정규족

난분분 비 속에 서면
비상이 필요하지

비상을 나눠먹듯 알코올들과 비약할 때
비로소 주류 문턱 발을 걸친 주민으로

난분분 빛 속에 서면
비애가 또 응시하지

응시하면 어둠길도 조금은 환해진다고
메마른 혀끝으로 굴려본 적 있었지

한번은 비장의 칼을
날리리라, 난분분

　　　　　　　　　　　　　　　　—「비의 나그네」 전문

　시인의 자화상으로도 읽히는 이 시의 분위기 역시 경쾌하고 밝다. 그리고 이러한 시적 분위기를 가능케 하는 것은 다름 아닌 재치 있는 중의적 의미를 지닌 어휘의 사용이다. 무엇보다 주목해야 할 것은 '비'라는 어휘다. "비의 나그네"라는 제목을 접하고 아마도 이 시의 독자는 한때 유행하던 노래인 「비의 나그네」를 떠올릴 것이다. 그리고 자연스럽게 '하늘에서 내리는 비[雨]'를 연상할 것이다. 하지만 이때의 "비"는 하늘에서 내리는 비를 뜻할 수도 있지만, 이 시 곳곳에 등장하는 '아님'을 뜻하는 '비(非)'라는 접두사 때문에 '비(非)의 나그네'로 읽히기도 한다. 시인의 표현에 따르자면, '비(非)의 나라를 떠도는 나그네'로 읽히기도 한다. 아울러, '비'자는 "비몽사몽(非夢似夢)"이 또 하나의 예가 되고 있듯 '아님'을 뜻하는 머리글자로 사용되고 있을 뿐만 아니라 '비'자로 시작되는 온갖 어휘—예컨대, "비상(飛翔 또는 砒霜)" 또는 "비약(飛躍)" 또는 "비애(悲哀)" 또는 "비장(祕藏)"—가 등장하는 가운데, 이 시에서는 온통 '비'자가 시인의 말마따나 "난분분"하다. 그러니 어찌 '비(非)의 나라를 떠도는 나그네'를 떠올리지 않을 수 있겠는가. 한편, "비상"이라는 어휘 역시 중의적으로 사용되고 있거니와, 이는 '공중을 낢'을 뜻하는 비상(飛翔)을 지시하기도 하고 '화학 물질 가운데 하나'로서의 비상(砒霜)을 지시하기도 한다. 아울러, "주류"라는 어휘에서조차 중의적인 의미가 읽혀지기도 하는데, "비주류(非主流)"라는 어휘의 영향 아래 '주된 흐름'의 뜻을 갖는 주류(主流)로 읽히기도 하지만, 앞서 나온 "알코올"이라는 어휘의 영향을 받아 주류(酒類)로 읽히기도 한다. 묘한 것은 「음독의 시간」에서와 달리 중의적 의미의 어휘 사용이 시의 전체적인 분위기를 더할 수 없이 경쾌하고 밝게 만든다는 데 있다.

이렇게 해서 조성된 밝고 경쾌한 분위기가 소중함은 자칫 자조와 감상의 분위기로 빠져들 수 있는 시를 세련된 고발과 풍자의 시로 만들기 때문이다. 다시 말해, 현실의 변방에서 삶을 살아가야 하는 수많은 사람들의 아픔을 자연스럽고 효과적으로 드러내는 수단으로 만드는 동시에, 수많은 사람들의 삶을 현실의 변방으로 몰아가는 시대에 대한 날카로운 풍자로 만들고 있기 때문이다. 「비의 나그네」가 수많은 사람들의 아픔을 대변하는 시로 읽힐 수 있음은 이 시의 "그녀"가 이 시대를 살아가는 수많은 여성들, 나아가 남성들의 삶을 대변하기 때문이다. 마치 언어를 가지고 유희를 하듯 가볍고 유쾌하게 "비"자를 되풀이 동원하는 동시에 중의적 의미를 지니는 어휘들을 적절하게 동원함으로써 한 편의 세련된 고발과 풍자의 시로 만드는 시인의 언어 능력은 결코 예사로운 것이 아니다.

정수자의 이전 시 세계와 비교하는 경우 위의 시에서 확인되는 이상과 같은 특징은 분명히 새로운 언어적 시도 또는 실험의 결과라고 하지 않을 수 없다. 이 같은 시도 또는 실험이 성공할 수 있었던 것은 물론 시인의 타고난 언어 능력 때문이기도 하지만, 이와 관련하여 우리는 언어를 '탐하는' 시인의 의식적인 노력 또한 결코 무시할 수 없을 것이다. 이제 언어를 '탐하는' 시인의 모습을 보여 주는 또 한 편의 작품인 「백로에서 한로까지」를 잠깐 검토하는 것으로 우리의 논의를 끝맺기로 하자.

> 흰 이슬을 찬 이슬로 수식어를 다듬는 건
> 시간의 기색 위에 소름을 앉히는 일
>
> 먼 별의 명도를 재며
> 백로가 털을 고르듯
>
> 몸에 익은 온도의 관형어를 바꾸는 건
> 기와 색을 탐하는 오래된 습관이다
>
> 제 별의 채도를 높이며
> 가을의 삶을 헤매듯
>
> ―「백로에서 한로까지」 전문

계절의 변화를 나타내는 24절기 가운데 백로(白露)와 한로(寒露)는 각각 처서와 추분의 중간 시점, 추분과 상강 사이의 중간 시점을 말한다. 또한 이 두 절기 사이에는 시간적으로는 약 한 달의 간격이 있다. 말하자면, 이 같은 시간의 변화를 나타내기 위한 표현이 "흰 이슬"(백로)과 "찬 이슬"(한로)인 것이다. 누구의 시도에 의한 것인지 모르나 "수식어를 다듬는" 과정을 거쳐 제시된 이 두 표현 자체가 얼마나 시적인가! 어찌 보면, 이처럼 간결하나 미묘한 의미를 생생하게 살리기 위해 "수식어를 다듬는" 과정 자체가 시 창작의 과정이 아니고 무엇이겠는가. 이를 감지한 시인은 시인 특유의 시적 상상력과 언어를 동원하여 이러한 과정을 "시간의 기색 위에 소름을 앉히는 일"로 표현하고 있다.

결국 시를 창작하는 과정이란 이처럼 "시간의 기색 위에 소름을 앉히는 일" 또는 "몸에 익은 온도의 관형어"를 바꿔 우리의 의식 위에 "소름을 앉히는 일"일 수 있거니와, 여기서 우리는 20세기 초에 등장한 러시아 형식주의자들의 시론을 떠올릴 수도 있다. 그들에 의하면, 시의 존재 이유는 '일상화된 언어를 낯설게 함으로써 언어에 대한 사람들의 의식에 충격을 가하는 것'에 있다는 것이다. 바로 이 '충격'을 가하기 위해, 또는 "소름을 앉히"기 위해, "기와 색을 탐하는 오래된 습관"을 고수하는 자들이 일테면 시인들이다. 말할 것도 없이, 「백로에서 한로까지」는 정수자가 의식적으로든 무의식적으로든 이 같은 시의 존재 이유를 감지하고 있는 시인임을 보여 주는 증거일 수 있다.

정녕코 시 창작이란 언어의 "기와 색"을 "탐하는" 과정이고, 시 창작 작업 가운데 특히 시조 창작 작업은 무엇보다 당대를 살아가는 인간의 삶을 "탐하는" 과정이다. 이처럼 언어를 탐하고 삶을 탐하는 각고의 과정 끝에 시인들이 세상에 내놓아 빛을 보게 한 수정들 또는 자수정들이 넓게는 시 작품들, 좁게는 시조 작품들일 것이다. 정수자의 시집

『탐하다』가 바로 그러한 수정들 또는 자수정들의 모음집, 그것도 소중한 모음집 가운데 하나임은 물론이다. 마치 보석함에 담긴 자수정을 들여다보듯, 수많은 독자들이 정수자의 시집『탐하다』의 작품들 하나하나를 세심하게 읽고 즐기기 바란다.

인간 중심주의를 넘어
―김복근의 『는개, 몸속을 지나가다』와 생태학적 상상력

1. 생태계에 대한 반성적 사유를 촉구하며

어느 때부터인가 우리 사회의 구성원들은 자연에 대한 태도에 극적인 변화를 보여 왔다. 근대화와 산업화라는 대의명분 아래 자연에 대한 전통적인 경외감을 떨쳐 버린 채 자연을 인간의 이기적인 목적에 맞춰 이용하고 착취할 수 있는 대상으로 여기는 데 주저하지 않게 된 것이다. 즉, 사람들은 이용 가치가 있느냐 없느냐에 따라 자연을 제멋대로 판단하거나 재단하고, 이에 근거하여 탐욕스럽게 제 것으로 취하거나 냉정하게 팽개쳐 왔다. 또는 자기에게 이가 되면 선이요, 자기에게 해가 되면 악이라는 투의 기준에 따라 자연을 보아 왔다. 아니, 자연은 오로지 인간을 위해 존재할 뿐 그 어떤 착취와 이용에도 감히 맞서지 말아야 하는 노예와도 같이 생각하게 되었다. 이 같은 인간의 도저한 자기중심주의가 자연을 병들게 하고 황폐화시킴으로써 이제 생태계의 위기는 우리 사회 구성원 모두의 문제가 되었다.

이 같은 인간 중심주의를 어떻게 극복할 것인가. 인간은 자연의 일부가 아니라 자연과 분리되어 있는 존재, 분리된 상태에서 자연을 지배하는 존재라는 믿음에서 나온 이 인간 중심주의를 과연 어찌해야 하는가. 사실 물음에 대한 답은 물음 자체에 이미 내재되어 있으니, 인간과 자연 사이의 관계를 재정립함으로써 해답의 실마리를 찾을 수 있다는 점에서 그러하다. 다시 말해, 인간 중심주의에 대한 극복은 인간과 자연의 관계에 대한 반성적 사유에서 시작되어야 한다.

반성적 사유는 무엇보다 인간과 자연을 구분하는 근거가 무엇인가에 대한 물음으로 시작될 수 있다. 일반적으로 인간은 자연에 존재하는 여타의 생명체와 달리 영적인 존재로 여겨진다. 하지만 인간이 인간 자신의 주장대로 영적인 존재라고 하더라도 영(靈)이 인간의 존재를 가능케 하는 필요충분조건일 수는 없다. 무엇보다 인간에게는 영이 깃들기 위한 육체가 요구되기 때문이다. 게다가 인간만이 영적인 존재라는 증거도 없다. 이런 관점에서 보면, 인간이 자연에 존재하는 여타의 생명체와 근본적으로 다른 존재라는 논리는 인간에 대한 일종의 신비화에서 비롯된 것일 수 있다. 아니, 더 극단적으로 이야기하자면, 인간이 자연에 존재하는 여타의 생명체와 달리 영적 존재라는 믿음, 영적인 존재—말하자면, 우월한 존재—이기에 자연을 지배할 수 있는 위치에 있다는 믿음 자체가 자만과 오만에서 나온 것일 수 있다. 바로 이런 맥락에서 우리는 최근 생태학자들이 말하는 인간에 대한 겸손한 이해에 눈길을 주지 않을 수 없는데, 크리스토퍼 메인스(Christopher Manes)가 논문 「자연과 침묵」("Nature and Silence")에서 말하듯, 인간이란 "함께 존재하는 수백만의 아름답고도 끔찍하며 매혹적인 동시에 의미 있는 형상들 가운데 단지 한 종류일 뿐" 그 이상도 그 이하도 아닐 수 있다. 따라서 "호모 사피엔스[로 불리는 인간]의

지위를 좀 더 겸손하고 낮은 원래의 자리로 복원"하고자 하는 마음가짐이 우리에게는 요구된다.

김복근의 시를 논의하기 위한 자리에서 우리가 이 같은 자아 반성의 논리를 펴는 이유는 무엇인가. 무엇보다 그의 시집『는개, 몸속을 지나가다』(시학, 2010)에 담긴 작품을 읽으면서 우리가 그동안 등한시해 왔던 생태계의 문제에 진지하게 눈길을 주는 시인과 만날 수 있었기 때문이다. 시인이 '자서'에서 "생태계에서 일어나는 생명 현상의/양상과 질감을 보고 싶다"고 했을 때, 그리고 "그 내면의 이미지를 그리고 싶다"고 했을 때, 분명 그가 의도한 것은 겸손한 마음에서 비롯된 자연에 대한 진지한 관찰이다. 또는, 우리가 앞서 말했듯, 인간이란 "함께 존재하는 수백만의 아름답고도 끔찍하며 매혹적인 동시에 의미 있는 형상들 가운데 단지 한 종류일 뿐"이라는 자각을 시로써 보여 주는 일이 그가 시집『는개, 몸속을 지나가다』를 통해 의도한 바일 것이다. "태안반도"를 주제로 한 일련의 시들은 그가 이 시집을 통해 시도한 인간의 자아 성찰을 선명하게 보여 주는 좋은 예다. 하지만 이 같은 시들보다 더 소중한 것은 있는 그대로 "생태계에서 일어나는 생명 현상의/양상과 질감" 및 "그 내면 이미지"에 대한 기록으로서의 그의 작품 세계다. 우리는 이번 논의에서 이에 대한 탐구에 소정의 지면을 할애하고자 한다.

하지만 김복근의 시집에서 우리가 확인하는 것은 단순히 "생태계에서 일어나는 생명 현상의/양상과 질감" 및 "그 내면 이미지"에 대한 시인 특유의 기록만이 아니다. 그가 이번에 공개한 시적 기록에서 우리는 인간에 대한 따뜻한 이해의 마음을 읽을 수도 있거니와, 특히 어머니를 소재로 한 일련의 작품은 절창이라 하지 않을 수 없다. 사실 자연에 대해 겸손하고 애정 어린 마음을 갖는 이가 어찌 인간에 대해서도 겸손하고 애정 어린 마음을 갖지 않을 수 있겠는가. 어떤 의미에서 보면, 대상이 자연이든 인간이든 겸손하고 애정 어린 마음으로 대상을 바라보고자 하는 마음—나아가 대상을 '내 안'에 존재하게 하는 동시에 '내'가 대상의 일부가 되고자 하는 마음—은 시집『느개, 몸속을 지나가다』의 특징 가운데 가장 두드러진 것이라고 할 수 있을 것이다. 이제 이를 확인하기 위해 시집에 담긴 시 세계에 구체적인 눈길을 주기로 하자.

2. 자연 생태계와 자아를 향한 시인의 시선을 따라서

생태계에 대한 김복근의 시 세계에서 무엇보다 주목이 요구되는 작품은 시집의 표제가 된 작품인「느개, 몸속을 지나가다」일 것이다. "느개"라니? 사전적 정의에 의하면, '느개'는 "안개비보다 조금 굵고 이슬비보다는 가는 비"(국립국어원 인터넷 표준국어대사전)를 가리킨다. 아무튼, 우선 이 시를 함께 읽기로 하자.

절간을 오르는 길목에 버려진 타이어 한 짝 제 분을 삭이지 못해 둥근 눈을 끔뻑이고 문명에 길항하는 느개 물관을 따라가다.

잎맥마다 걸려 있던 초록 빛 둥근 꿈은 실핏줄 타고 올라 포말로 부서지고 동화를 하는 이파리 힘겨워진 감성으로.

붉은 녹 스며들어 경화된 혈관처럼 제 무게 못 이기는 내 몸속 작은 피톨 살기 띤 수액을 따라 중금속 능선을 치고 있다.

—「느개, 몸속을 지나가다」 전문

우선 시의 제목을 문제 삼을 수 있는데, "는개, 몸속을 지나가다"라는 진술이 뜻하는 바는 무엇인가. 그 의미가 쉽게 떠오르지 않는 이 진술이 의미하는 바를 이해하기 위해 우리는 이 진술의 주어와 목적어를 바꿔 볼 수 있다. 즉, '몸, 는개 속을 지나가다'라는 진술을 상정할 수 있다. 이 경우 우리는 가는 비를 맞으며 산속의 "절간을 오르는" 시인의 모습을 떠올릴 수 있다. 시인은 '몸, 는개 속을 지나가다'라는 진술을 통해 이 같은 정황을 낯설게 하고 있는 것 아닐까. 하지만 정황을 낯설게 함으로써 이를 통해 시인이 말하고자 하는 바는 무엇일까. 우선 비를 맞고 있는 시인의 마음에도 비가 내리고 있음을 상정할 수 있다. 이처럼 시인의 마음에도 비가 내리고 있다고 함은 시인의 마음이 편치 않음을 암시하는 것일 수도 있다. 또는 '가늘고 가는 비'라는 '는개'의 이미지가 암시해 주듯 시인의 마음은 엷은 우수에 잠겨 있는지도 모른다. 무엇 때문일까. 아마도 시의 첫 행에 등장하는 "길목에 버려진 타이어 한 짝"이라는 구절이 이해의 단서가 될 수 있을 것이다. 추측건대, 시인은 정갈한 자연의 모습을 마음에 그리며 산속의 절간을 찾아가는 길이었을 것이다. 그런데 예기치 않게 "타이어 한 짝"이 "길목에 버려"져 있는 것을 목격하게 되었던 것이리라. 자연 경관을 해치고 있는 문명의 폐기물 또는 잔해를 바라보며, 시인은 아마도 인간의 손길에 의해 이루어지고 있는 자연 훼손에 대한 상념에 빠져들게 되었는지도 모른다. 편치 않은 시인의 마음 또는 시인의 마음을 적시고 있는 엷은 우수는 그런 맥락에서 설명될 수 있을 것이다.

또는 다음과 같은 해석도 가능하다. '는개, 몸속을 지나가다'라는 상상 속의 정황을 '몸, 는개 속을 지나가다'라는 사실적 정황과 병치시키는 경우, 또는 상상 속의 정황을 담은 진술과 마주하면서 사실적 정황을 담은 진술을 떠올리는 경우, 우리는 '몸'과 '는개'가 서로 겹쳐지는 가운데 경계 나누기 자체가 무의미하다는 판단에 이를 수 있다. 다시 말해, '몸'과 '는개'는 서로 자리바꿈이 가능한 것일 수 있는 것이다. 좀 더 직설적으로 말하자면, '는개'는 곧 '몸'이고 '몸'은 곧 '는개'일 수 있다. 이처럼 시인의 '몸'과 자연 현상인 '는개' 사이의 경계를 허무는 경우, 적어도 시인의 의식 속에서는 자신의 몸과 자연이 '하나'일 수 있다. 결국 자연 속의 "타이어 한 짝"은 시인의 의식 속에 자리한 채 그를 괴롭히는 아픔의 원인에 해당하는 그 무엇일 수 있다. 이런 관점에서 보면, "길목에 버려진 타이어 한 짝 제 분을 삭이지 못해 둥근 눈을 끔뻑"임은 시인의 눈에 비친 외면 풍경에 대한 묘사일 뿐만 아니라 시인 자신의 내면 풍경에 대한 묘사로도 읽힌다.

이로 인해 이어지는 시적 진술에 대해서는 자연스럽게 시인의 몸 바깥쪽의 외면 풍경과 시인의 의식 안쪽의 내면 풍경에 대한 묘사로 겹쳐 읽기가 가능해진다. 말하자면, "문명에 길항하는 는개"는 "타이어 한 짝"으로 대표되는 문명과 "타이어 한 짝"이 버려진 배경으로 대표되는 자연 사이의 부조화를 암시하는 것으로 읽히기도 있지만, 자연과 '하나'이고자 하는 시인의 의식 내부에 침투해 있는 문명적 요소와 시인의 마음 사이의 갈등으로 읽히기도 한다. 아무튼, "는개"가 "물관을 따라가다"니? 이때의 "물관"은 물론 자연에 존재하는 것—이를테면, 식물의 도관(導管)—일 수도 있지만 이는 시인의 몸속—또는 마음속—에 존재하는 것일 수도 있다. 물론 시인이 이 시의 제2행에서 "실핏줄"을 언급하고 또 제3행에서 시인이 "붉은 녹 스며들어 경화된 혈관"을 언급하고 있지만, 그렇다고 해서 이때의 "물관"이 문자 그대로의 "혈관"만을 지시하는 것으로 읽어서는 안 될 것이다. 이는 일종의 비유적 의미에서의 물관으로 읽히기도 하는데, 넓게 보아 유기체로서의 인간의 몸뿐만 아니라 마음에 필요한 조직 가운데 하나를 암시하는 것이라고 할 수 있겠다. 바로 이런 맥락에서 보면, "물관을 따라가"는 "는개"는 자연뿐만 아니라 시인의 몸과 마음에 생명의 기운을 부여하는 일종의 생명수로 이해될 수 있을 것이다.

이 시의 제2행에 담긴 구절인 "잎맥마다 걸려 있던 초록 빛 둥근 꿈은 실핏줄 타고 올라 포말로 부서지고"는 자연의 "물관"—아울러, 시인의 몸과 마음속의 "물관"—을 "따라가"는 "는개"의 움직임을 암시하는 것으로 읽을 수 있으리라. 한편, 이 구절과 마찬가지로 시인의 섬세한 눈길을 확인케 하는 또 하나의 구절은 "동화를 하는 이파리 힘겨워진 감성"으로, "힘겨워진 감성"이 긴장의 순간을 암시한다면 "포말로 부서지고"가 이완의 순간을 암시한다고 할 수 있다. 즉, 여기서 우리는 맺혔다가 더 이상 지탱하지 못한 채 풀어지는 생명의 맥박을 확인할 수 있다. 아마도 이처럼 긴장과 이완이 반복되는 것, 그것이 바로 생명 현상일 것이다.

결국 제2행에서 우리가 확인할 수 있는 것은 자연이 문명에 "길항" 하여, 또한 자연과 '하나'가 되고자 하는 시인—즉, 생명을 향한 의지를 지닌 시인—의 의식이 몸과 마음에 침투해 있는 문명적 요소에 "길항"하여, 생명의 맥박을 유지하는 정황이다. 아니, 자연에 존재하는, 또한 시인의 몸과 마음에 존재하는 그 무언가 생명을 향한 강한 의지—또는 생명의 맥박을 잃지 않으려는 안간힘—을 우리는 제2행에서 확인할 수 있다. 하지만 제3행에서 시인은 일종의 파국 또는 파탄의 정황을 우리에게 제시한다. "붉은 녹 스며들어 경화된 혈관처럼 제 무게 못 이기는 내 몸속 작은 피톨"이 "살기 띤 수액을 따라 중금속 능선을 치고 있다"는 진술은 생명을 향한 강력한 자연의 의지—또는 시인의 몸과 마음의 의지—에 문명이 가하는 폭력을 암시하는 것으로 읽힌다는 점에서 그러하다.

다시 이 시의 제1행으로 돌아가 논의하자면, "길목에 버려진 타이어 한 짝"은 단순히 눈에 거슬리는 흉물만이 아니라, 생명의 자연을 죽음으로 몰아가는 하나의 동인(動因)이자 단초(端初)일 수 있다. 다시 말해, 자연에 "버려진" 문명의 폐기물이 어떤 것이든 그로 인해 자연의 "수액"은 '생기'가 아닌 '살기'를 띠게 된다. 하지만 "내 몸 속의 작은 피톨"이 "중금속의 능선을 치고 있다"니? 모두가 다 알고 있듯, 중금속은 지각을 구성하는 성분 가운데 지극히 미세한 것으로, 자연 상태에서는 결코 자연의 생태계에 해가 되지 않는다. 하지만 인간이 공업화 또는 산업화라는 미명 아래 자연을 제멋대로 착취하고 이용하는 가운데 중금속의 사용과 폐기가 되풀이되어 왔고, 이 과정에 중금속은 자연 환경뿐만 아니라 인간의 몸까지 오염시키는 유해 물질의 자리를 차지하게 되었다. 시인의 섬세한 눈길에 의하면, "내 몸속 작은 피톨"이 "중금속의 능선을 치고 있"는 지경에 이른 것이다. 이처럼 자연 훼손은 곧 인간의 몸에 대한 훼손일 수밖에 없다. "는개"를 매개로 하여 자연과 자신의 몸이 '하나'일 수 있음을 감지하는 시인이 이 모든 상황을 꿰뚫어 보고 있을 때, 어찌 그의 마음이 상념에 빠져들지 않을 수 있겠는가. 또는 엷은 우수에 젖어들지 않을 수 있겠는가.

생태계의 위기 또는 자연 훼손의 현장에서 시인이 느끼는 아픔은, 이미 앞서 말한 것처럼, "기름 띠"에 죽어 가던 "태안반도"에 관한 일련의 시를 가능케 하는데, 이들 시에서 시인은 아픔을 노래하되 감정의 절제를 끝까지 잃지 않는다. 물론 이 같은 감정의 절제는 조심스러운 시어 및 시적 이미지의 선택 때문에 가능했던 것이기도 하지만, 이에 관한 한 시조 형식의 역할도 무시할 수 없다. 어떤 관점에서 보면, 태안반도 연작시에 채용된 연시조 또는 단시조 형식은 "구토하는 갈매기와 바위틈의 굴딱지"와 "기름에 절여진 개펄"(「태안반도·1」)을 이야기할 때도, "자궁을 지키려는 저 필사의 몸부림"과 "상처 난 산고를 알 리 없는 이 어린 삶의 터전"(「태안반도 · 3」)을 이야기할 때도, 그리고 "왜 독배를 마셔야 하는지 알 수 없어"하는 바닷새(「태안반도 · 5」)를 이야기할 때도, 시인의 아픔이 섣부른 감상(感傷)이 되어 넘쳐흐르지 않도록 하는 방파제 역할을 한다.

하지만 생태계에 대한 김복근의 관심에 관한 한 주류를 이루는 것은 시인 자신이 '자서'에서 밝힌 대로 "생태계에서 일어나는 생명 현상의/양상과 질감"에 대한 진지하고도 섬세한 관찰이다. 아마도 「개미 행렬」, 「우포, 알을 낳다」, 「죽방멸치」, 잠자리에 관한 일련의 시, 「가을 소쩍새」, 「겨울 개구리」, 그리고 "잡초의 시"라는 부제(副題)와 함께 제시된 일련의 시 등이 그 예가 될 것이다. 그는 또한 딱히 "생명 현상" 과는 직접적인 관련이 없지만 넓게 보아 '자연 현상'에 관한 관찰의 시로 규정될 수 있는 일련의 시를 시집에 담고 있다. 그 예가 되는 것이 「늪」, 「홍수」, 「물」, 「장백폭포」, 「밤」, 「무서리」, 「정동 일출」, 「봄눈」 등으로, 특히 우리의 눈길을 끄는 것은 「홍수」다. 이 시는 대단히 간명한 시적 이미지들로 이루어져 있지만, 그렇다고 해서 결코 가볍게 넘길 작품이 아니기 때문이다.

    물동이째
    들이부어
    경계를 알 수 없는

    뿌리 뽑힌
    나무마냥
    내 기억의

성은 무너져

짝 잃은
실내화 한 짝
웅얼대듯
두리둥실

―「홍수」 전문

　우선 위의 시는 홍수가 난 정황에 대한 사실적 묘사로 읽힌다. 물론 "내 기억의/성은 무너져"는 사실적 묘사와 거리가 멀다는 논리도 있을 수 있다. 하지만, 이때의 "기억의 성"이란 이제까지 굳게 마음속에 지녀 온 강에 대한 '기억'을 말하는 것으로, 이는 시인이 느끼는 심리적 정황에 대한 사실적 묘사로 읽힐 수도 있다. 다시 말해, 이전에 보아 왔던 강물의 흐름이나 강변의 모습은 언제나 변함이 없을 것으로 굳게 믿어 왔고, 또 그러한 믿음이 "기억의 성"을 이루어 왔는데, 갑작스럽게 그 "성"이 무너진 것이다. 언제나 변함이 없으리라고 생각했던 성채가 무너진 것이다. 아울러, 시인은 "기억의 성"이 "무너[짐]"을 "나무"의 "뿌리 뽑[힘]"에 비유하고 있다. 이는 "기억의 성"이 얼마나 철저하게 무너졌는가를 생생하게 보여 주는 역할도 하지만, 홍수로 인해 나무가 뿌리째 뽑혀 나가는 정경 그 자체가 얼마나 처절한 것인가를 떠올리게도 한다. 말하자면, "뿌리 뽑힌 나무"와 "무너"진 "기억의 성"을 대비할 때 전자는 원관념(元觀念, tenor)이고 후자는 보조관념(補助觀念, vehicle)이지만, 보조관념이 홍수로 인한 현상의 하나라는 점에서 양자의 역할은 얼마든지 뒤바뀔 수 있다. 말하자면, 모든 기억이 파괴되듯 눈앞의 정경이 철저하게 파괴되고 있음을 생생하게 느끼도록 하는 역할도 한다.

한편, 이 시의 제1연에서 홍수로 인해 강의 "경계를 알 수 없"을 정도로 물이 넘치게 된 정황을 "물동이째/들이부어"라는 표현으로 묘사하고 있다. 홍수가 졌을 때 하늘에서 쏟아지는 물에 비한다면 물동이를 채운 물 정도야 양적으로 지극히 미미한 것이라고 할 수 있을 것이다. 따라서 '물동이 비유'는 사태의 긴박성을 약화(弱化)하거나 그 규모를 축소하여 전달하는 수사법이라는 지적이 있을 수 있다. 또는 부적절한 수사법이라는 지적도 있을 수 있다. 뿐만 아니라, 제3연에서 시인은 홍수로 인한 사태의 정황을 "짝 잃은/실내화 한 짝/옹얼대듯/두리둥실"로 묘사하고 있는데, 이 또한 사태의 절박성을 전하는 데 부적절해 보이기도 한다. 물론 "짝 잃은/실내화"가 떠가는 것은 홍수로 인한 혼란을 암시할 수 있지만, 그런 실내화가 "옹얼대듯/두리둥실" 떠가는 일은 홍수가 지지 않을 때라도 얼마든지 있을 수 있지 않은가. 이에 대해 어떤 반론이 가능할까. 사실, 너무 엄청나고 끔찍한 일과 마주할 때, 주어진 상황에 대한 인간의 인식 능력뿐만 아니라 표현 능력도 제한되게 마련이다. 어떤 의미에서 보면, "물동이"나 "짝 잃은/실내화 한 짝"은 그런 사람들에게 문제의 정황을 인식하고 이해하게 하는 데 적절한 크기의 대상인지도 모른다. 하기야, '물동이로 물을 쏟아붓듯 억수로 비가 왔다'는 표현이야 일상화된 표현이 아닐까.

하지만 이 같은 설명만으로는 충분치 않다. 보다 더 근본적인 이유를 찾아볼 수도 있는데, 이와 관련하여 '물동이 비유'는 시인으로 대표되는 우리 민족—넓게 보아, 동양인—의 근원적인 의식 구조를 드러내는 수사법이라는 관점이 있을 수 있다. 어떤 의미에서 그러한가를 이해하기 위해 잠깐 카를 야스퍼스(Karl Jaspers)의 『비극론』(Über das Tragische)에 등장하는 서양인과 동양인 사이의 대비에 눈길을 주기로 하자. 야스퍼스에 의하면, 자연 또는 운명 또는 신에 대한 태도에서 동양인과 서양인은 대비가 가능한데, 전자의 태도를 대항 및 필사적 투쟁으로 요약할 수 있다면 후자의 태도는 조화 및 순응으로 요약할 수 있다는 것이다. 그로 인해 "긴장되고 강한 자의식에 사로잡힌" 서양인의 얼굴 표정과 "느긋하고 평온한" 동양인의 얼굴 표정 사이의 대비까지 가능하다는 것이 그의 견해다. 야스퍼스의 논의를 뒷받침하듯, 위의 시는 느긋하고 평온한 얼굴 표정의 동양인을 떠올리게 하지 않는가. 엄청난 홍수 사태와 마주하고서도 기껏 "물동이째/들이"붓는 물을 연상하고 "실내화 한 짝"에 눈길을 주는 것에서 느긋하고 평화로운 마음으로 자연을 받아들이는 시인의 모습을 확인할 수 있다는 점에서 그러하다. 물론 자연의 엄청난 위력 앞에서 두려움도 있을 수 있고 또 이로 인해 비탄과 슬픔도 있을 수 있다. 하지만 기본적으로 자연은 투쟁과 극복의 대상이 아니라, 인간과 조화로운 일체가 될 대상인 것이다. 아니, 자연은 대상이 아니다. 자연은 나의 일부이자 나는 자연의 일부인 것이다. 바로 이런 자세가 나무를 뿌리째 뽑고 물 흐름의 경계를 바꾸는 홍수일지라도 내 주변에 일상적으로 존재하는 "양동이"의 물에 비유할 수 있는 마음의 여유를 허락한 것이리라.

사실 김복근의 『는개, 몸속을 지나가다』에 등장하는 모든 자연 현상이나 자연물 들은 다정하고 친근하게 느껴진다. 어느 하나 거리를 느끼게 하는 것들이 없다. 아마도 이 같은 느낌을 어느 작품보다도 선명하게 드러내는 작품이 「겨울 남강 · 1」일 것이다.

젊은 날 한때 나의 핏줄은 투명하여
세상 모든 것을 담아낼 수 있었다.
물무늬 숨 가쁜 삶을 걸러 낼 수 있었다.

수직으로 이는 파문 속 보인 내 가슴엔

고개 마루 넘어가는 저녁 해가 서러워

달리다 지친 세월이 별무리로 뜨려는가

고향 강, 너 없으면 나는 겨울이다.

그리움 깊이만큼 그림자 길게 내려

언젠가 돌아가야 할 내 마음이 흐르고 있다.

─「겨울 남강 · 1」 전문

제1연에서 시인은 "나의 핏줄"을 노래하고 있는데, 이때의 "나의 핏줄"은 말 그대로 시인의 핏줄을 암시하는 것일 수도 있지만 남강을 암시하는 것일 수도 있다. "투명하여/세상 모든 것을 담아낼 수 있었"고 "물무늬 숨 가쁜 삶을 걸러 낼 수 있었"던 "핏줄"은 때 묻지 않은 젊은 이의 모습을 떠올리게도 하지만, 원초적인 순수함을 지닌 강 자체의 이미지를 떠올리게 한다는 점에서 그러하다. 이처럼 대상과 자아—이 경우, "나"와 "강"—의 경계를 무화(無化)하는 전략을 우리는 이미 「는개, 몸속을 지나가다」에서 확인한 바 있다. 이 같은 전략을 시인이 의식적으로 사용하고 있든 무의식적으로 사용하고 있든, 우리는 여기서 자연과 "나" 사이의 경계를 없앰으로써 자연과의 조화로운 삶을 꿈꾸는 시인의 마음과 만날 수 있다. 정녕코 자연과 인간 사이의 대립이 아닌 조화를 꿈꾸는 삶이란 굳이 야스퍼스의 논의를 들먹이지 않더라도 동양적 삶의 이상이었고, 인간이란 "함께 존재하는 수백만의 아름답고도 끔찍하며 매혹적인 동시에 의미 있는 형상들 가운데 단지 한 종류일 뿐"이라는 자각에서 출발한 오늘날의 생태주의 운동에 근본적인 동인(動因)이라고 할 수 있다.

이 시의 제2연에서도 역시 시인은 자연과 자아 사이의 경계 없애기를 또 다른 각도에서 시도하고 있다. 우선 "고개 마루 넘어가는 저녁 해"가 바로 "내 가슴"에 있음을 암시하는 시적 진술에 유의할 수 있을 것이다. 아울러, "달리다 지친 세월"이란 "강"이 보낸 세월일 수도 있지만 제1연의 시적 진술로 인해 이는 시인 자신이 보낸 세월일 수도 있다. "강"이 보낸 세월이면서 내가 보낸 세월이 "별무리로 뜨려는가"라는 물음을 통해, 우리는 "강"이 보낸 세월과 시인 자신이 보낸 세월이 "별무리"와 하나가 되고 있음을 감지할 수 있다. 말하자면, 나의 삶과 자연의 삶 사이의 경계가 무화(無化)되고, 궁극적으로 양자는 시인의 마음에서 하나가 되고 있는 것이다.

이처럼 자연과 내가 하나일 수 있음을 시인은 제3연에서 "고향 강, 너 없으면 나는 겨울"이라는 시적 진술을 통해 명확히 밝힌다. 이때의 "겨울"이라 함은 죽음을 암시하는 것일 수도 있거니와, "고향 강, 너 없으면 나는 겨울"에서 우리는 '고향 강이 있기에 나에게 생명이 있다'는 뜻을 읽어 낼 수도 있다. '나를 나로서 살게 하는 것이 고향 강'이라면 '나'와 '고향 강'은 나누어진 별개의 존재가 아니라 '하나'일 수 있다. 또는 '고향 강'으로 대표되는 자연과 나는 하나일 수 있다. 바로 이 같은 인식이 있기에 시인은 "생태계에서 일어나는 생명 현상의/양상과 질감"을 볼 수 있었던 것이리라. 아무튼, '나'와 '고향 강'이 하나일 수 있음을 시인은 "그리움 깊이만큼 그림자 길게 내려/언젠가 돌아가야 할 내 마음이 흐르고 있다"는 시적 진술을 통해 다시 한 번 확인케 하는데, 강물의 흐름을 다름 아닌 "내 마음"의 흐름과 겹쳐 놓고 있다는 점에서 그러하다.

어떤 관점에서 보면, 시인 자신과 자연은 나눌 수 없는 하나라는 인

식이 김복근의 시집 『는개, 몸속을 지나가다』를 지배하고 있다고 할
수 있다. 하지만 우리가 유의해야 할 것은 이 같은 시인의 인식 사이
사이로 자신을 되짚어 보는 시인의 모습이 보인다는 점이다. 다시 말
해, 시인의 자의식이 드러나는 작품 또한 적지 않다. 물론 이때의 자의
식은 야스퍼스가 서양인의 표정을 말할 때 사용한 "강한 자의식"이라
는 표현과는 무관한 것이다. 말하자면, 시인이 작품에서 드러내는 자
의식은 자연과의 대립과 긴장에 따른 것이 아니다. 오히려 인간과 자
연 사이의 대립과 긴장에 대해 안타까워하는 마음에서 비롯된 것으
로, 그는 자신이 문명에 오염된 인간 가운데 하나이자 자연을 오염시
키는 인간 가운데 하나라는 점을 되짚어 보고 있는 것이다. 김복근의
시에서 언뜻언뜻 느끼는 그 모습을 드러내는 시인의 자기 되짚어 보기
를 생생하게 보여 주는 작품 가운데 하나가 「소금에 관한 명상」일 것이
다.

　　　이른 아침 소금으로 머리를 감아 본다
　　　숭숭 열린 머리카락 사이 짠물이 스며들어
　　　바다를 그리는 마음 은빛 길을 만들고 있다
　　　각 진 소금이 둥글게 모를 깎을 즈음
　　　내 몸의 구멍이란 구멍은 죄다 열리어
　　　시간이 흘러갈수록 그 구멍은 커져 간다
　　　삼투압을 하는지 땀방울이 흘러내린다
　　　너저분하고 냄새나는 기억들이 빠져나가며
　　　부황 든 삶의 찌꺼기 방울방울 몰고 간다
　　　소금에 절인 머리 찬물에 헹구면서
　　　지명의 나이에도 오장이 뒤집히는 걸 보면

아직은 썩은 살 도려내는 새순이고 싶은 게다

—「소금에 관한 명상」 전문

어느 날 "이른 아침" 시인은 "소금으로 머리를 감아 본다." 소금으로 머리를 감다니? 의사들의 조언에 따르면, 소금으로 머리를 감는 경우 혈액 순환을 원활하게 함으로써 소염 및 살균 효과가 있다고 한다. 추측건대, 시인은 이를 의식하고 소금으로 머리를 감아 보고자 했던 것이리라. 하지만 이 같은 시도는 단순한 머리감기로 끝나지 않는다. 어떤 의미에서 보면, 소금으로 머리감기는 비누나 샴푸로 머리감기와 달리 '자연'과의 만남일 수 있다는 점에서 그러하다. 자연과의 만남이라니? "숭숭 열린 머리카락 사이 짠물이 스며들어/바다를 그리는 마음 은빛 길을 만들고 있다"는 구절이 암시하듯, 소금은 시인에게 "바다를 그리는 마음"을 일깨운다는 점에서 그러하다. 말하자면, 소금을 매개로 하여 시인은 바다와 만나고 있는 것이다. "각 진 소금이 둥글게 모를 깎을 즈음"이라는 구절은 파도에 휩쓸려 둥그러지는 바닷가의 돌을 연상케 하기도 하거니와, 이를 통해 시인이 마음으로 만나는 바다의 이미지는 더욱 강화되고 있다.

이윽고 소금으로 인해 "내 몸의 구멍이란 구멍은 죄다 열리어/시간이 흘러갈수록 그 구멍은 커져 간다." 이는 물론 소금으로 머리를 문질렀을 때 생기는 신체적 변화를 말하는 것이지만, 단순히 "몸"에 관한 이야기가 아니라 '마음' 또는 '정신'에 관한 이야기로 겹쳐 읽히기도 한다. 이 같은 겹쳐 읽기를 가능케 하는 것은 "땀방울이 흘러내린다"는 구절에 이어지는 "너저분하고 냄새나는 기억들이 빠져나가며/부황 든 삶의 찌꺼기 방울방울 몰고 간다"는 구절일 것이다. 이 구절의 "너저분하고 냄새나는 기억"이나 "부황 든 삶의 찌꺼기"라는 표현이 암시하듯, 시인이 시를 통해 궁극적으로 말하고자 하는 것은 신체적 변화가 아니라 정신적 변화와 각성이다. '정신적 변화와 각성'이라니? 그동안 의식하지 못했던 자기 마음 내부의 너저분함과 냄새와 찌꺼기를 새삼 깨닫게 되었다는 점에서 그러하다. 어찌 보면, 이 시에 나오는 신체적 변화에 관한 이야기는 '소금으로 머리를 문지르니 땀방울이 흘러내린다'가 전부일 수 있다.

요컨대, "소금"이 시인의 마음에 "바다"라는 자연을 떠오르게 하고, 그 바다가 다시 닫혀 있고 잠들어 있던 시인의 마음을 열어 놓고 일깨우고 있음을 이 시에서 읽을 수 있다. 마치 우리가 실제로 탁 트인 바다 앞에 섰을 때 닫혀 있던 우리 마음의 "구멍이란 구멍은 죄다" 열리는 듯한 느낌에 젖어들게 되듯, 시인은 "소금"과 만나면서 그런 느낌에 젖어들게 된 것이다. 이처럼 마음이 열리고 깨어나는 것을 다른 말로 표현하자면 자신의 내면을 새삼스럽게 의식하는 것이고, 그런 의미에서 이는 우리가 말하고자 하는 '자기 되짚어 보기'일 수 있다. 그리고 이 시에서는 자연과 만난 시인이 문명 속의 자기 삶을 되짚어 보면서 확인하는 것은 "너저분하고 냄새나는 기억"과 "부황 든 삶의 찌꺼기"다. 이처럼 자기 안의 너저분함과 냄새와 찌꺼기─말하자면, 「는개, 몸속을 지나가다」의 "중금속"과도 같은 것─를 새삼 의식함은 문명에 의한 정신의 오염을 시인이 자각하고 있음을 암시하는 것일 수도 있으리라.

여기서 우리가 주목하지 않을 수 없는 것은 시인이 몸 안의 땀방울과 함께 "너저분하고 냄새나는 기억"과 "삶의 찌꺼기"가 '빠져나간다'고 느끼고 있다는 점이다. 땀을 흘리고 났을 때 사람들은 아마도 개운해지거나 가뿐해짐을 느낄 것이다. 그렇다면 "너저분하고 냄새나는 기억"과 "삶의 찌꺼기"가 빠져나갔다면, 그때의 느낌도 개운해짐 또는 가뿐해짐이어야 하지 않을까. 하지만 이 시의 마지막을 장식하는 "지명의 나이에도 오장이 뒤집히는 걸 보면/아직은 썩은 살 도려내는 새순이고 싶은 게다"라는 구절이 암시하듯 시인이 말하고 있는 것은 마음의 개운해짐이나 가뿐해짐이 아니라 오히려 무거워짐이다. 마음이 오히려 무거워지다니? "썩은 살 도려내는 새순이고 싶은" 마음을 새롭게 자각하는 계기가 되었다는 점에서 그러하다. 그렇다면, 몸만 아니라 마음까지 개운해지거나 가벼워질 수 없는 이유는 무엇일까. 무엇보다 '빠져나간다'라는 말은 의식의 저장소―말하자면, 잠재의식의 세계―에서 잠자고 있던 기억과 삶의 찌꺼기가 그 의식의 저장소를 빠져나간다는 말로 이해해야 할 것이다. "너저분하고 냄새나는 기억"과 "부황 든 삶의 찌꺼기"가 의식의 저장소를 빠져나간 다음 머물 곳은 어딘가. 그곳은 다름 아닌 마음이다. 마치 우리 몸을 빠져나간 "땀"이 어떤 형태로 바뀌든 우리의 물리적 환경에 머물러 있듯. 요컨대, 시인은 너저분함과 냄새와 찌꺼기를 여전히 마음에서 의식하지 않을 수 없는 것이다.

　"너저분하고 냄새나는 기억"과 "부황 든 삶의 찌꺼기"가 의식의 저장소를 빠져나가 마음 안에 머물고 있는 한, 그리하여 여전히 마음이 이를 의식하지 않을 수 없는 한, 시인의 자기 되짚어 보기는 여기서 끝날 수 없다. 따지고 보면, 자기 내부에 남아 있는 너저분함과 냄새와 찌꺼기에 대한 자각만으로 끝나는 자기 되짚어 보기란 진정한 의미에서의 자기 되짚어 보기라 할 수 없다. 자기 되짚어 보기란 지속적으로 이어질 수밖에 없는데, '자기 자신'이란 어느 한순간에만 있다 없어지는 것이 아니기 때문이다. 따라서 자기 자신을 잠시 동안 또는 얼마 동안 잊을 수는 있을지언정 자기 자신을 의식하고 되짚어 보는 일은 계속되지 않을 수 없다. "오장이 뒤집히는" 것을 시인이 느끼고 있음은 시인의 자기 되짚어 보기가 계속되고 있음을 암시하는 것일 수 있거니와, "지명의 나이"—즉, 쉰의 나이—에 시작된 자기 되짚어 보기를 통해 시인이 마침내 확인하는 것은 "새순이고 싶은" 의지다. 어찌 보면, "새순"이라는 말은 문명의 때가 끼어 있지 않은 순수한 자연적 존재를 암시하는 것일 수 있으며, 이로 인해 우리는 "너저분하고 냄새나는 기억"과 "부황 든 삶의 찌꺼기"에서 자유로울 수 있었던 어린 시절의 자기 모습으로 돌아가 말 그대로 자연의 일부가 되고자 하는 시인의 마음을 읽을 수 있다.

하지만 "새순이고 싶은" 의지만으로 우리가 "새순"이 될 수 있는 것은 아니다. "새순"이 되기 위해서는 "너저분하고 냄새나는 기억"과 "부황 든 삶의 찌꺼기"로부터 완전히 해방되어야 하나, 누구도 그럴 수는 없기 때문이다. 물론 잊을 수는 있다. 하지만 그렇다고 해서 우리의 의식에서 사라지는 것은 아니다. 바로 그 때문에 시인을 포함한 누구도 결코 "새순"이 될 수는 없다. 만일 시인이 이를 의식하는 가운데 무언가 택한 차선책이 있다면 그것은 무엇일까. 앞서 잠깐 거론한 바 있는 "생태계에서 일어나는 생명 현상의/양상과 질감"을 '보는' 일과 "그 내면의 이미지"를 '그리는' 일이 바로 그 차선책이 아닐까. 이 같은 일은 문명적 삶으로 인해 시인으로부터 멀어진 자연을 향해 조금이라도 더 가까이 다가가게 하는 일인 이상, "새순"이 되고자 하나 될 수 없는 시인에게 최선책은 아니더라도 차선책은 될 수 있는 것이리라. 그리고 차선책이나마 진지하게 자신의 것으로 만들고자 하는 시인의 노력이 결실로 맺은 것이 다름 아닌 김복근의 시집『는개, 몸속을 지나가다』일 것이다.

3. "어머니 엄지손가락"의 닳은 지문이 의미하는 바를 찾아서

글을 시작하면서 이미 말한 바와 같이, 김복근의 시집『눈개, 몸속을 지나가다』는 자연의 "양감과 질감" 및 "그 내면의 이미지"에 대한 관찰과 기록으로서의 작품들이 주류를 이루고 있지만, 우리는 그 사이사이를 장식하고 있는 인간에 대한 따뜻한 이해의 기록으로서의 작품까지 확인할 수 있다. 하지만 이 같은 작품들이 단순히 인간에 대한 따뜻한 이해의 기록만은 아님을 확인케 하는 예가 있으니, 아마도 이를 대표하는 예사롭지 않은 작품 가운데 하나가 「지문 열쇠」일 것이다.

> 손발이 다 닳도록 고생하심을 실감한다
> 아파트 출입문에 지문 열쇠 달렸는데
> 어머니 엄지손가락 문을 열지 못한다
> 아들딸 젊은이는 쉽사리 열리는데
> 어머니 닳아 가는 아내의 지문까지
> 제대로 알지 못하는 새 아파트의 자동문
> 목 메인 여든 세월 바지런한 성정으로
> 지워져서는 안 될 지문이 지워져도
> '내 삶은 지울 수 없니라' 종요로이 웃으신다
>
> ―「지문 열쇠」 전문

"어머니 엄지손가락"이 "문을 열지 못"함은 "어머니"께서 "손발이 다 닳도록 고생"하셨기 때문이다. 심지어 "아내의 지문까지"도 "새 아파트의 자동문"은 "제대로 알지 못"한다. 시인의 아내 역시 "손발이 다 닳도록 고생"하고 있기 때문일 것이다. 따지고 보면, 시인의 아내는 시인 부부의 아이들의 어머니다. 바로 이 때문에 어머니의 삶과 아내의 삶은 결코 다른 것일 수 없다. 문제는 여기에 있다. 즉, 지문이 없어져 문을 열 수 없음이 궁극적으로 뜻하는 바가 무엇인가. 물론 "고생"이 심했다는 것을 뜻한다는 답이 있을 수 있지만, 이는 지극히 일차적이고 평면적인 것이다. 이 같은 답이 답의 전부가 아님을 시인은 "내 삶은 지울 수 없느니라"는 어머니의 말씀을 통해 암시한다.

'지울 수 없는 삶'이란 과연 어떤 삶을 말하는 것일까. 따지고 보면, 이 세상에는 수많은 사람들이 삶을 살아가다 흔적도 없이 사라져 간다. 물론 가족의 기억에는 남아 있게 될지 모르지만 이 또한 세월의 흐름에 따라 희미해지게 마련이다. 하지만 시간의 흐름이라는 관점에서가 아닌 생명 자체의 관점에서 보면 어머니란 지울 수 없는 삶을 사는 존재일 수 있다. 어머니는 문자 그대로 생명의 모체이기 때문이다. 마치 자연이 생명의 잉태와 생산을 통해 영원한 삶을 살듯 어머니 역시 생명의 잉태와 출산을 통해 영원한 삶을 산다. 바로 이 때문에 어머니의 삶이란 '지울 수 없는 것'이라는 점에서 자연의 삶과 본질적으로 동일한 것일 수 있다. 사람들이 '어머니 자연'(또는 '어머니 같은 자연')—영어로 표현하면, '마더 네이처'(mother nature)—이라는 표현을 즐겨 사용하는 이유를 우리는 아마도 여기서 찾을 수 있을 것이다.

우리가 위에서 제기한 물음에 대한 답을 또한 여기서 찾을 수도 있는데, 무엇보다 "새 아파트의 자동문"이 우리를 어떤 공간으로 인도하는가를 생각해 볼 필요가 있다. 온갖 문명의 이기가 갖춰진 곳이 바로 그 공간이 아닌가. 어찌 보면, "새 아파트의 자동문"이 우리를 인도하는 곳은 첨단 문명의 공간 바로 그곳이라고 할 수 있다. 물론 그 공간에 화분을 장식품으로 들여놓기도 하지만 이는 어디까지나 장식에 지나지 않는 것일 뿐 자연 그 자체가 아니다. 이처럼 자연이 거부된 문명의 세계가 바로 "새 아파트의 자동문"을 통해 들어갈 수 있는 곳이리라. 그러니 어찌 자연과 본질적으로 다를 바 없는 존재인 어머니에게 이 "새 아파트의 자동문"을 여는 일이 가능할 수 있겠는가. 요컨대, 이 시는 자연과 하나가 되는 삶이자 너무도 자연스러운 삶을 살아온 세상의 모든 "어머니"와 세상의 모든 "아내" 그리고 온통 문명에 침윤되어 삶을 사는 세상의 모든 "젊은이"와 세상의 모든 "나"에 대한 함축적인 시적 진술서일 수 있다.

이런 맥락에서 볼 때, "생태계에서 일어나는 생명 현상의/양상과 질감"을 '보는' 일과 "그 내면의 이미지"를 '그리는' 일에 바쳐진 시집 『는개, 몸속을 지나가다』에 「지문 열쇠」와 같은 작품이 포함됨은 지극히 자연스러운 일일 수 있다. "지워져서는 안 될 지문이 지워"짐에도 불구하고 "종요로이 웃으"시는 어머니를 바라보는 시인 김복근의 마음이 "남강물의 부드러운 흐름"(「자서」)을 바라보는 그의 마음과 어찌 다른 것일 수 있으랴! 시조 형식이 제공하는 절제의 미학을 통해 펼쳐지는 김복근의 시 세계, 온유하고 따뜻한 마음으로 자연과 세상을 바라보는 시인의 마음이 담긴 시 세계가 부디 그의 시를 읽는 모든 사람의 마음을 열어 그들의 마음에 잠들고 있는 온유함과 따뜻함을 일깨우기를 바란다.

"장엄한 제의 끝"의 "비상"을 위하여

—김연동의 『점묘하듯, 상감하듯』과 확장과 구현의 시학

기(起), 비 내리는 어느 날 새의 비상을 상상하며

어쩌다 여름밤 늦게 연구실에서 일을 하게 되면 창문을 열어 놓을 수 없다. 모기를 비롯해서 온갖 벌레가 날아들기 때문이다. 하지만 어쩌다 추적추적 비가 내릴 때는 창문을 열어 놓는다. 벌레가 날아들지 않을 뿐만 아니라, 어둠 저편에서 다가오는 빗소리가 호젓한 분위기에 깊이를 더해 주기 때문이다. 그런데, 열어 놓은 창문 밖의 빗소리에 귀를 열어 놓은 채 시를 읽고 있던 어느 여름날 밤, 언제 날아들어 왔는지 모기 한 마리가 귓전에서 앵앵거렸다. 모기를 잡을 요량으로 자리에서 일어났다가 창밖의 어둠에 눈길을 주고는 엉뚱한 생각에 잠기게 되었다. 비를 헤치고 날아든 모기처럼 지금 이 순간 저 어둠 속의 비를 헤치고 날고 있는 새도 있을까. 행여 그런 새가 있다면, 그 새는 무엇 때문에 저 어둠 속을, 저 빗속을 날아야 할까. 이런 생각과 함께 어둠 속의 비를 헤치고 날고 있는 새를 상상 속에 떠올려 보기도

한다.

'어둠 속의 비를 헤치고 날고 있는 새'라니? 어둠 속을, 빗속을 날고 있는 새의 모습을 엉뚱하게도 상상 속에 떠올린 이유는 무엇일까. 그렇다, 모깃소리를 의식하는 바로 그때 나는 새를 노래한 다음 시를 읽고 있었기 때문이다.

성근 그 죽지로는 저 하늘을 날 수 없다
쏟아지는 무수한 별 마디 굵은 바람 앞에
솟구쳐 비상을 꿈꾸는
언제나 허기진 새

이 발톱, 이 부리로 어느 표적 낚아챌까
돌을 쪼고 깃털 뽑는 장엄한 제의(祭儀) 끝에
파르르 달빛을 터는,
부등깃 날개를 터는,

점멸하는 시간 앞에 무딘 몸 추스르고
붓촉을 다시 갈고, 꽁지깃 벼린 날은
절정의 피가 돌리라
내 식은 이마에도

—「솔개」 전문

내가 읽고 있던 시는 시인 김연동의 「솔개」였다. 어디로 날아갔는지 자취가 묘연한 모기를 잡을 생각을 포기한 채 다시 시에 눈길을 주었다. 시인의 "솔개"는 빗속이 아닌 "쏟아지는 무수한 별"로 채워진 밤하늘로, "마디 굵은 바람"에 밀리지 않은 채 "솟구쳐 비상을 꿈"꾼다. 하지만 시인은 말한다. "성근 그 죽지로는 저 하늘을 날 수 없다"고. 그런데, 마치 새와 마주하고 있기라도 하듯, 시인은 이 부분에서 '그 죽지'라는 표현을 동원하고 있다. 뿐만 아니다. 이 시의 제2연을 여는 "이 발톱, 이 부리로 어느 표적 낚아챌까"라는 수사적 물음에서 확인할 수 있듯, 시인은 '이 발톱, 이 부리'라는 표현까지 사용하고 있다. 결국 '그'와 '이'라는 표현으로 인해 우리는 시인이 새를 마주하고 있을 뿐만 아니라 새의 발톱이나 부리를 만질 수 있을 만큼 아주 가까운 곳에서 들여다보고 있다는 느낌까지 갖게 된다. 이처럼 가까운 거리에서 시인에게 세심한 눈길을 허락하는 "언제나 허기진 새" 또는 "솔개"의 정체는 무엇일까.

　물론 실제로 존재하는 한 마리의 솔개일 수도 있다. 하지만 시인의 엄청난 의미 부여를 감당하고 있는 새—언젠가 "내 식은 이마"에 "절정의 피"를 돌게 할 바로 그 새—가 단순히 실제로 존재하는 솔개라고 생각할 소박한 독자는 없을 것이며, 또 그런 소박한 독자를 기대하고 시인이 이 시를 쓴 것도 아닐 것이다. 여기서 우리는 이 시에 등장하는 솔개가 무언가에 대한 은유로 추정하지 않을 수 없거니와, 솔개는 곧 시인이 자신의 심안(心眼)으로 바라보는 자기 자신에 대한 은유 아닐까. 이렇게 보는 경우, "죽지"가 성글다 함은 시적 비상(飛翔)에 이르기에는 아직 상상력의 한계를 느끼는 시인의 자아 성찰로 읽을 수 있다. 또한 발톱도, 부리도 부실하여 어떤 표적도 낚아챌 수 없다는 말에서 언어와 표현의 한계에 괴로워하는 시인의 마음을 읽을 수도 있다. 아울러, "언제나 허기진 새"라는 구절에서 우리는 자신의 한계에 대한 자각에도 불구하고 결코 식지 않는 시인의 시적 열망을 감지할 수도 있다. 그러한 열망 때문에 시인은 시적 연마 과정—말하자면, "돌을 쪼고 깃털 뽑는 장엄한 제의"—을 멈추지 않을 것이다. 그리하여 마침내 시적 완성을 향한 "비상"이 가능케 되는 날—"파르르 달빛을 터는,/부등깃 날개를 터는,//점멸하는 시간 앞에 무딘 몸 추스르고/붓촉을 다시 갈고, 꽁지깃 버린 날"—이 오면, 시인의 "식은 이마에도" "절정의 피가 돌리라." 여기서 우리는 시적 비상을 향한 시인의 굳은 의지를 읽을 수 있을 뿐만 아니라, 그와 같은 염원이 현실화되는 환희의 순간을 적극적으로 또한 낙관적으로 기다리는 시인의 마음까지 읽을 수 있다.

이처럼 시에 등장하는 새의 비상과 시인의 염원을 겹쳐 읽는 경우, 우리는 「솔개」와 같은 작품 자체가 시인의 풍요로운 상상력과 뛰어난 언어 감각을 확인케 하는 증거 자료임을 단언하지 않을 수 없다. 시 쓰기라는 과제 앞에서 겸손해하면서도 시에 대한 열정을 숨기지 못하는 시인의 마음을 어찌 이보다 더 생생하게 드러낼 수 있겠는가. 아니, 시인으로서 자신이 해야 할 일에 대한 다짐의 마음과 이를 해 내는 순간에 대한 낙관적 전망을 어찌 이보다 더 극적으로 드러낼 수 있겠는가. 하기야 이 같은 겸손의 마음과 시에 대한 열정이 없다면 어찌 시다운 시 쓰기의 작업이 여일하게 가능할 수 있겠는가. 하지만 시다운 시 쓰기에 겸손과 열정의 마음이 충분조건일 수 있을까. 적어도 시인 김연동은 그렇게 생각하고 있는 것 같지 않다. 그렇게 생각하고 있는 것 같지 않다니? 그는 겸손과 열정의 마음 이외에 절제가 필요함을 알고 있으니, 그의 창작 영역은 정형 시가인 시조이기 때문이다. 그리하여 시인은 시집 『점묘하듯, 상감하듯』(동학사, 2007)의 「자서」에서 말한다. "정형은 구속이 아니라/오히려 나를 가다듬는 그릇"이라고.

정형은 "구속"이 아니라니? 물론 정형은 구속이다. 하지만 구속이 아닌 것이 어디 있겠는가. 심지어 시적 표현 수단인 언어도 구속이 아닌가. 적어도 '언어라는 감옥'(the prison-house of language)에서 벗어날 수 있는 시인은 아무도 없다는 점에서 그러하다. 그렇다면 언어라는 감옥을 벗어날 수 없기에 시인은 절망해야 하는가. 물론 그렇지 않다. 종교인들이 '신 안'에서 자유를 찾듯, 시인은 '언어라는 감옥 안'에서 자유를 찾는다. 이처럼 구속 안에서의 자유는 종교적 이상(理想)일 뿐만 아니라 문학적 이상이기도 하다. 구속 안에서의 자유가 곧 문학적 이상이기에 시인은 이렇게 말하기도 한다. 정형은 "행간의 확장과 절묘한 운율 구현을 위한/언어 구사의 틀"이라고. 능동적 행위를 암시하는 '확장'과 '구현'이라는 이 두 단어는 김연동의 시 세계에 접근하는 데 일종의 열쇠가 될 수 있거니와, 이를 염두에 두고 그의 시 가운데 몇몇 편을 함께 읽기로 하자.

승(承), 가까이 있는 대상을 향한 시인의 눈길을 따라

　김연동의 시집 『점묘하듯, 상감하듯』에서 특히 우리의 눈길을 끄는 것은, 앞서 인용한 작품과 같이, 가까운 거리에서 대상을 향해 세심한 눈길을 주는 시인의 모습이 생생하게 느껴지는 작품들이다. 이들 작품에서 시인은 특유의 언어 구사 방식—시인 자신의 표현을 빌리자면, "점묘하듯, 상감(象嵌)하듯" 대상을 제시하는 방식—을 통해 '행간의 확장'을 이룬 다음, 그 확장된 행간 사이에 자신의 마음을 담고 있다. 무엇보다 먼저 주목해야 할 작품은 「점묘하듯, 상감하듯─애벌레」일 것이다.

　　개망초 흔들리는

성근 풀밭에 누워

비색(翡色)의 하늘 위에

점묘하듯 상감(象嵌)하듯,

진초록

내 작은 꿈을

가을볕에

널고 있다

탱자나무 울타리에

허물 한 짐 벗어놓고

나방으로 날고 싶어

잔잎마저 갉아먹는,

그 속내

죄다 비치는

퉁퉁 부은

애벌레

—「점묘하듯, 상감하듯─애벌레」 전문

"점묘하듯, 상감하듯"이라니? 점묘란 미술에서 물감을 점으로 찍어 대상을 묘사하는 방식을 말한다면, 문학에서는 대상을 전체적으로 묘사하기보다는 작은 부분 하나하나를 분리하여 묘사하는 방식 아닐까. 예컨대,「솔개」에서 죽지, 발톱, 부리라는 몇 개의 구성 요소를 읽는 이의 마음에 각인시키고 있거니와, 이는 범박하게 말해 일종의 점묘법이라고 할 수 있겠다. 한편, 상감이란 도자기 등의 표면에 무늬를 새겨 놓은 다음 그 안에 다른 물질을 채워 넣는 공예 기법을 말한다. 만일 「솔개」에서 굳이 그 예를 찾자면, "달빛"이 있고 "쏟아지는 무수한 별"과 "마디 굵은 바람"이 있는 밤하늘이 이에 해당하는 것일 수 있겠다. 즉, 이들 이미지는 밤하늘이라는 검은 도자기의 표면에 찍어 놓은 점들이나 새겨 넣은 무늬들과도 같은 것일 수 있으리라. 위에 인용한 시에서는 우선 "가을볕"에 널고 있는 "내 작은 꿈"이 "비색의 하늘 위"의 "점묘"나 "상감"에 비유되고 있음에 주목할 수 있다. 여기서 우리는 "비색의 하늘 위"에 찍어 놓은 점이나 그 하늘에 새겨 넣은 무늬와도 같이 도드라져 보이는 것이 "가을볕"에 시인이 "널고 있"는 "내 작은 꿈"이라는 시적 메시지를 읽을 수 있거니와, 이미지의 선명함 때문에 시인의 "작은 꿈"이 생생하게 읽는 이의 마음에 각인되고 있지 않은가. 어떤 의미에서 보면, "개망초 흔들리는/성근 풀밭"에 누운 시인의 모습 역시 풀밭이라는 배경에 찍어 놓은 점일 수 있고, 풀밭에 무늬를 새기고 그 공간을 채워 놓은 상감일 수도 있다. 시인은 또한 "그 속내/죄다 비치는/퉁퉁 부은/애벌레"를 "탱자나무 울타리"라는 배경 위에 배치하고 있거니와, 이런 배치 자체가 "점묘"나 "상감"의 기법을 연상케 할 만큼 애벌레라는 대상을 도드라져 보이게 한다. 아울러, 이로 인해 애벌레의 이미지는 읽는 이의 마음에 더할 수 없이 선명하게 각인되지 않을 수 없다.

한편, 이 시에서는 "개망초 흔들리는/성근 풀밭"에 누운 시인의 모습과 "퉁퉁 부은 애벌레" 사이의 겹쳐 읽기도 가능한데, 시인은 지금 "잔잎마저 갉아먹는,/그 속내/죄다 비치는/퉁퉁 부은/애벌레"에서 자신의 모습을 확인하고 있는 것 아닐까. 물론 시인은 탐욕스러운 애벌레와 같은 사람이 아니다. 만에 하나 시인이 그런 사람이었다면, 이 같은 비유적 읽기의 가능성 자체를 시를 통해서든 시를 통해서가 아니든 우리에게 허락하지 않았을 것이다. 아무튼, 시인은 지금 자신을 "잔

잎마저 갉아먹"어 "퉁퉁 부은" 애벌레와도 같이 탐욕스러운 존재, 탐
욕스럽지만 속을 "죄다" 비춰 보이게 할 정도로 어수룩한 존재로 보
고 있다. 그렇다면 무엇을 위한 탐욕인가. 시인이 생각하기에 애벌레
의 탐욕은 "나방으로 날"기 위함이다. 날기를 꿈꾸는 애벌레의 이미
지는 앞서 논의한 "비상"을 꿈꾸는 "솔개"의 이미지와도 유비(類比)될
수 있거니와, 여기서 우리는 시에 대한 시인의 갈망과 열정을 이야기
할 수도 있으리라. 물론 그런 읽기도 가능하겠지만, "내 작은 꿈"을 반
드시 시 쓰기와 관련지을 이유는 없을 것이다. 이는 물론 「솔개」의 경
우도 마찬가지다. 하지만 이 세상에서 "그 속내/죄다 비치는/퉁퉁 부
은/애벌레"와도 같은 존재가 있다면 그는 누구이겠는가. 언뜻 우리는
시인을 알바트로스와 같은 바닷새에 비유한 샤를 보들레르(Charles
Baudelaire)의 시 「알바트로스」("L'albatros")를 떠올리지 않을 수 없
다. 보들레르에 의하면, 하늘에서는 왕자와도 같은 존재이지만 일단
지상에 내려오면 제대로 걷지도 못해 모든 사람들의 조롱거리가 되는
것이 알바트로스라는 점에서 시인은 알바트로스와 같은 존재라는 것
이다. '열 길 물 속은 알아도 한 길 사람 속은 모른다'라는 속담이 너무
나도 실감나는 이 사회에서 "속내 죄다 비"춰 보여 주는 어수룩한 존
재가 있다면 그는 바로 알바트로스와 같은 존재인 시인이 아니고 누
구이겠는가. 이런 이유에서 시인의 "작은 꿈"은 무엇보다 시와 관련된
것으로 읽힌다.

　근접해 있는 사물에 대한 시인의 세밀한 눈길이 돋보이는 작품을 또
하나 들자면 이는 「서호 시장」일 것이다. 시인은 어느 날 통영 소재의
서호항에 들렀다가 그곳 시장바닥을 지나간다. 온갖 생선들이 널려
있고 사람들이 들끓는 시장바닥—즉, "비린 허기 출렁이는 이른 저자
거리"—에서 시인이 목격한 것은 물론 "목판에 드러누운 망둥이 몇 마

리”뿐만이 아닐 것이다. 그럼에도 불구하고, 그의 시집 『점묘하듯, 상감하듯』의 제목을 빌려 말하자면, “점묘하듯, 상감하듯” 시인은 어수선한 “저자 거리”라는 시적 ‘화폭’—또는 ‘화폭’을 대신하는 도자기나 돌의 표면—에 “망둥이 몇 마리”라는 점을 찍기도 하고 무늬를 새겨 넣기도 한다. 그리하여 그가 우리에게 제시한 “서호 시장”이라는 ‘화폭’은 더할 수 없이 간결하고 단출하다.

> 비린 허기 출렁이는 이른 저자 거리
>
> 목판에 드러누운 망둥이 몇 마리가
>
> 가난한 지느러미로 파도를 털고 있다.
>
> —「서호 시장」 전문

물론 “망둥이 몇 마리”가 시인의 화폭에 점으로 찍히거나 무늬로 새겨진 데는 무언가 이유가 있을 것이다. 그 이유가 무엇일까. 이 물음에 대한 답을 위해 시장 바닥을 지나는 시인의 모습을 상상해 보기로 하자. 시장 바닥에서라면 우리 모두가 그러하듯, 시인은 아마도 여기저기 두리번거리며 한가롭게 발길을 옮기고 있었을 것이다. 그러다가 문득, 또는 별다른 이유 없이, 그의 눈길을 사로잡는 것이 있었으니, 이 시에 의하면 그것은 “목판에 드러누운 망둥이 몇 마리”다. 하필 망둥이와 같이 생선 축에도 끼지 않는 망둥인가. 생선 축에도 끼지 않는 망둥이는 어찌 보면 서민의 삶을 살아가는 사람들, 거대한 역사의 수레바퀴를 밀고 당기지만 아무도 기록에 남지 않는 그런 서민의 모습일 수 있지 않을까. 어쩌면, 시인은 “목판에 드러누운 망둥이 몇 마리"에서 그런 서민들의 모습을 읽고 있는지도 모른다. "가난한 지느러미로 파도를 털고 있다"는 구절이 이를 암시하는데, 파도는 현실이라는 바다에 대한 환유(換喩, metonymy)일 수 있지 않은가. 시인은 "파도를 털고 있"는 망둥이의 "가난한 지느러미"에서 현실이라는 거대한 바다에서 힘겹게 삶을 살아가던 서민의 진저리침을, 현실의 파도에 밀려 허덕이다 이제 그 파도에서 벗어나 아직 몸에 묻어 있는 현실의 흔적, 고통스럽게 압박하던 현실의 흔적을 털어 내려는 미약한 몸부림을 감지했던 것 아닐까. 추측건대, 시인 자신도 바로 그러한 사람들 가운데 하나일 수 있음을 자각하고 있는지도 모른다. 바로 그 때문에 하고많은 생선들 가운데 망둥이한테 눈길이 갔던 것 아닐까. 여기서 망둥이는 더할 수 없이 깊은 우의적 의미를 획득한다.

위에서 이미 말했지만, "망둥이 몇 마리"를 단형 시조라는 '화폭'에 담아 놓은 「서호 시장」은 그림으로 치자면 몇 개의 선으로 이루어진 스케치와도 같이 간결하고 단출하다. 비록 행과 행 사이를 한 칸씩 띄워 놓긴 했지만 전통적인 시조 형식을 그대로 도입함으로써 이 작품이 주는 간결함과 단출함의 느낌은 형태적 측면에서도 드러난다. 말하자면, 김연동은 시조의 한 행에 해당하는 시적 진술을 서너 행으로 나눠 놓음으로써 시적 지면(紙面)을 확장하고 이를 통해 여백의 미학을 살리는 경우가 적지 않은데, 이 시에서는 그와 같은 시도가 확인되지 않는다. 하지만 간결함과 단출함이 작품 자체의 크기를 재는 척도가 될 수 없음은 물론이다. 비록 간결하고 단출한 그림이지만 「서호 시장」이 담고 있는 시적 의미의 깊이와 이미지의 크기는 더할 수 없이 대단한 것이다. 그리고 그처럼 대단한 의미와 이미지가 절제와 긴장을 요구하는 정형의 틀에 담겨 있기에 그만큼 더 깊이와 호소력을 지닐 수 있게 된 것 아닐까.

　이처럼 시조라는 형식은 더할 수 없이 깊고 넓은 시 정신을 담을 수 있는 틀이기도 하지만, 자칫하면 기계적으로 국화빵을 찍어 내는 것과 다를 바 없는 값싼 틀이 될 수도 있고 또 그 자체로서 구속이 될 수도 있다. 값싼 틀로서 기능하든 구속으로 기능하든 이에 대한 극복이 불가능한 경우, 아예 애초의 시상(詩想)을 포기할 수도 있겠다. 그리고 경우에 따라서는 시조라는 형식을 포기할 수도 있을 것이다. 시조 시인이라고 해서 시조만 고집할 이유는 없기 때문이다. 하지만 어떤 시조 시인들은 단순히 자신이 시조 시인이라는 이유만으로 시조 형식을 고집하기도 한다. 그러다 보면 뒤틀리고 일그러진 시, 또는 시조의 정취가 느껴지지 않은 시조답지 않은 시조가 나올 수도 있다. 이 같은 경우를 경계하는 듯한 메시지를 담고 있는 김연동의 시가 있다면 이는 「분재」다.

　　꽃 피고
　　잎이 지는
　　순리도 거부된 채

　　원정의
　　손에 맡긴
　　順命의 늙은이들

　　살얼음
　　紙上을 걷다
　　잘려지는 신하 같다

    누구나 알고 있듯, 행위의 측면에서 볼 때 분재란 화초나 나무를 화분에 심어 보기 좋도록 손질하고 가꾸는 일을 말한다. 한편, 이 같은 분재의 과정은 자연스러운 성장을 방해하여 식물을 왜소화하는 과정과 크게 다르지 않다. 이처럼 인공적인 뒤틀기와 왜소화를 거쳐 '만들어 낸' 부자연스러운 식물들이 적지 않은 사람들에게 완상(玩賞)의 즐거움을 주기도 한다. 분재를 즐기는 사람들에 의하면, 분재된 작은 식물에서 자연의 거대한 식물을 꿰뚫어 볼 수 있다고도 한다. 하지만 어찌 작은 것에서 큰 것을 보는 일이 이처럼 인위적 뒤틀기와 왜소화가 자행되는 상황에서 가능하겠는가. 모름지기 작은 것에서 큰 것을 보는 것은 윌리엄 블레이크(William Blake)가 「순수의 전조」("Auguries of Innocence")에서 노래하듯 "한 알의 모래에서 세계를 보고/한 송이 들꽃에서 천국을 보는 것,/그대의 손바닥에 무한을 담고/순간 속에 영원을 담는 것"이어야 하고, 이를 위해 필요한 것이 상상력이다. 이 같은 상상력을 외면한 채 가학적인 왜곡과 자의적(恣意的)인 절단을 통해 만들어진 분재된 식물이란 시인의 표현대로 "꽃 피고/잎이 지는/순리도 거부된 채//원정의/손에 맡긴/순명(順命)의 늙은이들"과 다를 바 없는 존재다. 분재된 식물에게는 "순리"가 거부되지만 그 대신 "순명"이 허락되기 때문이다. 다시 말해, 간섭과 구속에 길들여져 생각 없이 편하고 안이하게 삶을 살아간다는 점에서 분재된 식물의 삶은 "순명"의 삶일 수 있고, 또 생명력 자체를 상실하고 있다는 점에서 언제나 "늙은이"와 같은 존재일 수 있기 때문이다. 하지만 분재된 식물이 "살얼음/紙上을 걷다/잘려지는 신하 같다"니? 추측건대, 이 말은 온갖 아첨과 무소신(無所信)이 마치 삶의 지표라도 되는 양 이에 기대어 노예적인 사회생활을 하는 우리 주변의 몇몇 사람들에 대한 비판을 담고 있는 듯하다. 그런 사람들이 두려워하는 것은 위태로운 "살얼음"과도 같은 신문 지상에 이름이 오르내리다가 마침내 분재된 식물의 가지가 잘리듯 일자리나 지위에서 "잘려지는" 것 아니겠는가.

　최악의 경우 시조라는 시 형식은 이 같은 분재의 역할을 할 수도 있다. 즉, 시조 형식이 일종의 분재 화분과 같은 것, 식물의 성장과 발육을 막는 존재와 같은 것이 될 수도 있다. 또한 분재 화분과도 같은 시조 형식에 자신의 시적 소재를 담고는 이를 뒤틀고 왜소화하는 시조 시인이 있다면 그는 분재에 몰두해 있는 사람과 다를 바 없는 존재다. 시조 형식과 같은 정형의 틀을 쉽게 생각하거나 가볍게 취급하는 사람들은 김연동의 「분재」가 주는 교훈에 귀를 기울여야 할 것이다. 물론 「분재」를 놓고 이 같은 시 읽기를 하는 것은 이 시를 창작한 시인의 의도가 아닐 수도 있다. 하지만 시조 형식을 포함한 모든 형태의 구속은 극복되어야 할 대상이라는 점에서, 적어도 시인의 말처럼 "나를 가다듬는 그릇"이 될 때 비로소 의미 있는 것이 된다는 점에서, 「분재」에 대한 우리의 읽기는 최소한의 의미를 가질 수 있을 것이다.

전(轉), 떨어져 있는 대상을 향한 시인의 눈길을 따라

　김연동의 시 세계에는 가까이 있는 대상에 대한 시인의 예민하고 섬세한 관찰의 눈길을 담고 있는 작품뿐만 아니라 비교적 먼 거리에서 대상(또는 풍경)을 응시하는 시인의 눈길을 담고 있는 작품들도 적지 않다. 그 가운데 우리가 우선 주목하고자 하는 작품은 「섬」이다.

정결한 해안선을 넘나드는 고깃배가
치근대는 아이처럼 머리맡을 뒤척이고
새소리 날 선 바람이
눈에 밟혀 오느니

은빛 파도보다 차가운 시간 위에
눈감으면 젖어드는 그리움 한 조각을
저무는 응달에 앉아
볼에 대고 문지른다

이 지상 언저리로 혹한이 몰려 와서
얼고 있는 바람결에 내 빚은 섬 하나를
오늘은 포도에 앉아
덧칠만 하고 있네

—「섬」 전문

이 시의 제1연에는 "정결한 해안선을 넘나드는 고깃배"와 "새소리 날 선 바람"이 등장한다. 제3연에서 암시하듯, 이러한 이미지들은 "섬"의 풍경을 구성하는 요소들이다. 하지만, "치근대는 아이처럼 머리맡을 뒤척이고"나 "눈에 밟혀 오느니"와 같은 구절에서 확인할 수 있듯, 시인이 이 시에서 재현하는 풍경은 기억에서 남아 맴도는 풍경이다. 만일 풍경의 묘사가 몇 개의 이미지로 이루어진 단편적인 것이라면, 이는 그것이 기억 속의 풍경이기 때문일 것이다. 제1연에 이어

제2연에서 "눈감으면 젖어드는 그리움 한 조각"이라는 구절을 통해 우리는 "섬"에 대한 시인의 그리움을 읽을 수 있다. 한편, "은빛 파도보다 차가운 시간"이나 "저무는 응답" 또는 "혹한"이나 "얼고 있는 바람결"이라는 표현에 기대어 미루어 짐작건대, 겨울 어느 날 해 저물 무렵의 시간 시인은 문득 그 풍경을 떠올리고는 그리움에 젖고 있는 것이리라. 그것도 "포도에 앉아"서. 윌리엄 버틀러 예이츠가 「이니스프리의 호도(湖島)」("The Lake Isle of Innisfree")라는 시에서 "회색빛 포도" 위에서 걸음을 멈추고 문득 추억 속의 이니스프리 호수와 호수 한가운데 섬을 떠올리듯. 김연동은 한때 욕지도에 있는 욕지 중학교의 교사로 근무한 적이 있거니와, 위의 시에서는 추측건대 욕지도와 같은 섬에서 머물렀을 때의 기억이 새삼 시인의 마음을 움직였던 것이리라.

문제는 "내 빚은 섬 하나"라는 구절과 "덧칠만 하고 있네"라는 구절을 어떻게 이해할 것인가에 있다. 이와 관련하여, 기억 속의 "섬"은 실재하는 섬으로 인해 기억 속에 자리 잡게 된 것이긴 하나, 기억 속의 모든 인식 내용이 그러하듯 정신의 활동을 통해 재구성된 섬이기도 하다는 점에 유의해야 할 것이다. 따지고 보면, 인간의 인식 행위는 대상이 전하는 인식 자료를 수동적으로 수용하는 것만으로 이루어지는 것이 아니다. 여기에는 반드시 인식 자료를 체계화하거나 이에 의미를 부여하는 능동적인 정신 활동이 필요하다. 만일 인식 행위가 단순히 인식 자료를 수동적으로 수용하는 것에 불과하다면, 인식 활동을 통해 우리가 얻는 것은 혼란스럽고 임의적인 인식 자료의 집합에 불과한 것일 수밖에 없다. 이런 이유 때문에 시인의 기억 속의 "섬"은 곧 "내 빚은 섬 하나"일 수 있는 것이다. 한편, "덧칠만 하고 있네"라는 말은 시인이 자신의 기억 속에 빚어 놓은 섬에 더 이상 새로운 활기를 부여할 수 없음에 대한 안타까움을 암시하는 것일 수 있다. 말하자면, 그리움으로 떠올리고 "덧칠"을 통해서라도 생기를 되살려 보려고 하지만 이제는 퇴색의 과정을 거칠 수밖에 없는 기억 속의 풍경에 대한 시인의 아쉬움을 전하는 표현일 수 있겠다. 이런 의미에서 볼 때, 예이츠의 「이니스프리의 호도」가 주체할 수 없을 만큼 생생해지는 기억 속의 섬에 대한 시라면, 김연동의 「섬」은 그립기는 하지만 이제 빛을 잃어 가는 기억 속의 섬에 대한 시라고 할 수 있다. 어떻게 해서라도 그 빛을 되살리고 싶어 하는 시인의 마음이 생생하게 읽혀지는 시이기도 하다.

　김연동의 시 세계에서는 종종 그가 현재 몸담고 있는 삶의 공간이 시적 소재가 되기도 하는데, 이 경우에도 비교적 먼 거리에서 풍경 또는 대상을 응시하는 시인의 눈길이 확인되기도 한다. 아마도 「내서읍」이 이를 보여 주는 하나의 좋은 예일 것이다. "내서읍"은 마산의 한 지명이며, "광려천"은 광려산과 대산 기슭에서 발원하여 내서읍을 지나 낙동강 중류와 만나는 개울이다. 마산은 김연동의 오랜 생활 터전이며, 그는 한때 내서읍에서 살았던 적이 있다고 한다. 다음의 시는 그곳에서 살던 때의 시인의 마음을 읽게 한다.

　　　산보다 높이 솟는 아파트 단지 사이
　　　분주한 이웃들이 표정 없이 스쳐 가는
　　　저무는 냇가에 앉아
　　　새 번지를 헤아린다.

　　　산그늘 지상에 내려 둥지를 묻어 버리면
　　　바람 끝만 살아나는 마른 광려천변

갯버들 무성할 날을
눈 시리게 기다린다.

철새 몇이 내려와서 그리움을 풀어놓고
무학산 능선을 따라 느낌표를 찍고 간다
접혔던 내 꿈도 살아
그들 따라나선다

—「내서읍」 전문

아마도 오늘날 우리나라의 전원 풍경을 훼손하는 주범 가운데 하나
는 고층 아파트일 것이다. 차를 타고 한적한 시골 마을 근처를 지나가
다 보면, 전원 풍경에 정겨움을 더해 주는 나지막한 산을 가린 채 떡
버티고 서 있는 고층 아파트에 갑갑함을 느낀 사람이 적지 않을 것이
다. 왜 이런 곳에 저런 고층 아파트가 들어서야 하지? 전원 풍경을 더
할 수 없이 삭막하게 만드는 이 고층 아파트라는 괴물은 도시 근교에
가면 더욱더 위세를 과시한다. 오늘날 적지 않은 도시 근교 지역에는
한 채도 아니고 수십 채의 고층 아파트가 "산보다 높이" 솟아 있거나
솟아오르고 있게 마련이다. 어쩌다 그런 "아파트 단지"를 스쳐 지나가
거나 또는 그곳에 들어선 사람들이 갖는 느낌은 아마도 살풍경으로 요
약될 수 있으리라. 이런 느낌을 더욱 강화하는 것이 있다면, 이는 "표
정 없이 스쳐 가는" "분주한 이웃들"일 것이다. 시인은 아파트와 사람
들에게 눈길을 주며 "저무는 냇가에 앉아/새 번지를 헤아린다." 새 번
지를 헤아리다니? 아마도 그가 살고 있는 지역이 신도시 개발로 인해
어디가 어디인지 가늠할 수 없을 정도로 하루하루 그 모습이 변해 가
고 있음을 암시하는 말이리라.

이윽고 "산그늘 지상에 내려 둥지를 묻어 버리면," 아파트와 사람들의 모습은 희미해지고 "마른 광려천변"의 "바람 끝만"이 감지될 뿐이다. 바람을 느끼며 "냇가에" 앉아 있는 시인은 "갯버들 무성할 날"을 "기다린다." 갯버들은 산중 계곡이나 냇가에서 볼 수 있으며, 잎보다 먼저 꽃을 피워 어느 나무보다 먼저 봄이 왔음을 알리는 관목의 일종이다. "갯버들 무성할 날을/눈 시리게 기다린다" 함은 시인이 겨울에서 봄을 더할 수 없이 간절하게 기다리고 있음을 암시하는 것이리라. 따지고 보면, "광려천"이 말라 있음에서도 계절이 겨울임을 읽을 수 있다. 시의 배경이 되고 있는 신도시 개발 지역의 계절이 겨울이기에 그 풍경은 더욱 스산하게 느껴지기만 한다.

시인이 기다리는 봄은 단지 계절의 변화를 암시하는 봄만이 아니리라. 그는 어쩌면 스산한 풍경에 둘러싸여 마찬가지로 스산해진 마음에도 봄이 오기를 기다리고 있는지 모른다. 이런 의미에서 볼 때, 저물어 가는 날의 어스름을 헤치고 "철새 몇이 내려와서" 풀어놓는 "그리움"은 곧 과거에 시인의 삶을 지배하던 생기—또는 "갯버들"이 "무성"했던 과거의 봄날들—에 대한 그리움을 암시하는 것일 수 있다. 그와 같은 그리움이 존재하는 한 시인의 삶에는 언젠가 현재의 스산한 겨울을 견뎌 내고 봄을 맞이하는 순간이 올 것이다. 그리움은 곧 "꿈"의 원천이 될 것이고, 그리움으로 인해 "접혔던 내 꿈"도 위의 시가 암시하듯 때때로 살아나 비상을 시도할 것이기 때문이다. "그리움"과 "꿈"으로 인해 봄에 대한 시인의 기다림은 막막한 기다림이 아니라 희망의 기다림이 되고 있는 것이다. 위의 시에서는 "내려"왔다가 "무학산 능선을 따라 느낌표를 찍고" 가는 "철새 몇"이 유일한 동적(動的)인 이미지로 제시되어 있거니와, 이 이미지와 시인의 "꿈"이 겹쳐지면서 스산한 주변 풍경에도 불구하고 여전히 살아 그리워하고 꿈꿀 수 있는 시인의 마음을, 그리고 그리워하고 꿈꿀 수 있기에 희망으로 기다릴 수 있는 시인의 마음을 읽을 수 있게 한다.

결(結), 다시 비 내리는 날 밤에

　　장마철임을 일깨우기라도 하듯, 이 글을 시작하던 날 밤에도 비가 내리고 있었지만 끝맺음을 서두르는 이 순간에도 비가 내리고 있다. 어두운 밤을 향해 열어 놓은 창문 밖의 온 세상은 내리는 비에 깊이 젖어들고 있겠지만, 연구실에 앉아 있는 나에게 그 비를 확인케 하는 것은 오직 빗소리뿐이다. 빗소리! 온 세상은 비에 젖어 윤기를 가득 머금듯, 내 마음은 빗소리에 젖어 한낮의 열기로 인해 잃었던 생기를 되찾는다. 생기를 되찾은 나의 마음에 윤기를 가득 머금은 채 떠오르는 김연동의 시 한 편이 있으니, 그것은 바로 「빗소리」다.

　　　　삭은 사진첩이 윤나는 얘기하듯
　　　　한 해가 하루처럼 지나가는 포도 위에
　　　　추억은 빗물이 되어
　　　　추적추적 뿌립니다

　　　　낡은 책갈피 속 시들은 꽃잎 같던
　　　　유년의 삿갓을 꺼내 빗소리를 듣습니다.
　　　　빗방울 영혼을 깨우듯
　　　　토란잎에 구릅니다

　　　　낮게 가라앉아 숨 돌리는 쉬리처럼

무수히 부대낀 시간 거울 앞에 눕습니다
물길을 헤집고 가는
역류의 꿈도 접고

—「빗소리」 전문

　낡은 "사진첩"이 비록 삭아 있더라도 우리의 추억을 생생하게 되살
려 주듯, "포도 위"로 "추적추적" 내리는 비는 우리의 마음을 차분히
가라앉게 하여 분주한 삶에 묻혀 좀처럼 그 모습을 드러내지 않던 "추
억"으로 이끌기도 한다. 시인은 이런 정황을 "추억은 빗물이 되어/추
적추적 뿌립니다"로 표현한다. 이때의 "추적추적"이라는 의성어는 자
연스럽게 제2연의 "빗소리"로 이어진다. 하지만 "빗소리"에 귀를 기
울이는 시인의 모습을 묘사하는 데 동원된 "낡은 책갈피 속 시들은 꽃
잎 같던/유년의 삿갓"이라는 구절이 암시하듯, 이 시를 지배하는 것은
시각적 이미지다. (삿갓을 쓰고 빗속에 서 있거나 또는 빗속을 거닐 때 그
삿갓 위로 떨어지는 빗물이 만들어 내는 소리는 물론 청각적인 것이지만, 삿
갓에 대한 묘사 자체는 시각적인 것임에 유의하기 바란다.) 시각적 이미지
가 지배함은 제2연의 후반부를 장식하는 "빗방울 영혼을 깨우듯/토란
잎에 구릅니다"라는 구절에서도 확인할 수 있다. 한편, 제1연과 제2
연의 시작 부분과 마찬가지로 제3연의 시작 부분도 더할 수 없이 참신
한 시각적 이미지를 담고 있다. 특히 제3연의 "낮게 가라앉아 숨 돌리
는 쉬리처럼"이라는 구절은 그 자체로서 참신한 시각적 이미지를 담
고 있을 뿐만 아니라, 빗속에 잠겨 있는 세상이 마치 쉬리가 살고 있는
수중 세계와도 같다는 암시를 읽게도 한다.
　제3연에서 "낮게 가라앉아 숨 돌리는 쉬리처럼" "거울 앞"에 눕는
주체는 누구인가. 시인일까. 물론 궁극적으로는 그렇게 읽어야 하겠

지만, 표면적으로 보면 눕는 주체는 "무수히 부대낀 시간"이다. "시간"이 "거울 앞"에 눕다니? 이 말은 시인이 빗소리에 잠시 일손을 놓고 분주한 자신의 삶을 되돌아보고 있음을 암시하는 것이리라. 한편, "물길을 헤집고 가는/역류의 꿈도 접고"라는 구절은 쉬리의 움직임에 시인의 꿈을 겹쳐 놓은 것으로, 시인은 쉬리가 "물길을 헤집고 가는" 것만큼 자신의 꿈이 쉽게 이룰 수 없는 것임을 암시하고 있는 것처럼 보인다. 그렇다면, 잠시 접은 "역류의 꿈"이 구체적으로 지시하는 것은 무엇일까. 무언가를 꼭 집어서 말하긴 어렵지만, 적어도 우리는 그 꿈에 시 쓰기도 포함된다고 추론해 볼 수 있다. 시인 김연동의 연보에 따르면, 그가 문단 활동을 시작한 것은 37세가 되어서다. 늦깎이 시인에게 시 쓰기란 실로 물길을 역류하는 것만큼이나 쉽지 않은 일이었으리라. 하지만, 위의 시 자체가 증거 자료가 되고 있듯, 시인은 역류의 꿈을 잠시 접는 순간조차도 시를 통해 표현하지 않고는 견딜 수 없어 할 만큼 시에 대한 그의 꿈과 열정은 대단하다.

앞서 말한 바와 같이, 김연동은 시조라는 정형의 틀 안에서 시 쓰기의 열정을 태워 왔으며, 정형의 틀이라는 구속 안에서 자유를 행사하기 위해 때로는 "행간의 확장"을 시도하기도 하고, 때로는 "절묘한 운율 구현"을 시도하기도 한다. 우리는 그의 이 같은 노력의 성과들을 이 자리에서 단편적으로나마 검토해 왔다. 검토를 끝맺는 자리에서 한 마디 덧붙이기로 하자. 바라건대, 시집 『점묘하듯, 상감하듯』에 제목을 부여한 시 「점묘하듯, 상감하듯」과 같은 탁월한 작품으로 그가 좀 더 자주 시조 시단을 풍요롭게 하기를. 김연동이 "진초록/내 작은 꿈"에 기대어 그의 마음에 그리는 "절정"의 시 세계—즉, "내 식은 이마"에 "절정의 피"가 '도는' 순간을 허락하는 바로 그 시 세계—를 기다리는 마음이 어찌 나만의 것이랴. 창밖의 빗소리가 여전하다. 이제 나도 빗소리에 귀를 기울이며 "낮게 가라앉아 숨 돌리는 쉬리처럼" 잠시 호흡을 가다듬은 다음, 부대끼는 시간 속으로 되돌아가야 할 듯하다. 김연동에게 "무수히 부대낀 시간"을 되돌아보게 하는 것이 빗소리였다면, 나에게 요 며칠 동안의 빗소리는 김연동의 시 세계에 침잠케 하는 음악과도 같은 것이었다.

삶의 아픔을 견디는 일과 넘어서는 일 사이에서

—홍성란의 『황진이 별곡』과 시 정신의 자유로움

1. 시조 안에 담긴 시 정신의 자유로움을 찾아서

시조를 쓰되 시조를 쓰고 있다는 사실을 의식하지 않은 채 시조를 쓸 수 있었던 시대는 행복한 시대였다. 시조의 활달함과 자연스러움이 약속되었던 그 행복한 시대, 시조를 쓰되 시조를 쓰고 있다는 사실을 의식하지 않은 채 시조를 쓸 수 있었던 그 행복한 시대의 시조 쓰기에 대한 기억을 더듬다 보면, 우리는 황진이의 작품으로 추정되는 다음과 같은 시조와 만나게 된다.

> 어져 내 일이야 그릴줄을 모로ᄃ냐
>
> 이시라 ᄒᆞ더면 가랴마는 제 구ᄐᆞ여
>
> 보내고 그리는 情은 나도 몰라 ᄒᆞ노라

"어져"라는 한탄사로 직핍(直逼)하고 있는 이 시조는 "내 일이야 그릴줄을 모로ᄃ냐"라는 수사 의문문과 함께 시인의 절절한 마음을 생생하게 드러내고 있다. 이처럼 시인이 "어져"라는 한탄사로 직핍할 때, 그는 과연 오늘날의 시조 시인들이 의식하는 방식으로 시조 형식의 규범을 의식했었을까. 만일 이를 의식했다면 이처럼 절절한 마음을 파격의 아름다움 속에 담을 수 있었을까. 우리가 말하고자 하는 것은 단순히 형식을 지킬 것인가 또는 깰 것인가의 문제가 아니다. 규범을 지킬 것인가 깰 것인가의 문제는 지엽적인 것일 수 있기 때문이다. 여기서 우리가 말하고자 하는 것은 시인이 지니고 있는 시 정신의 자유로움, 시조에 대한 사람들의 기대를 깨뜨리기도 하지만 이와 동시에 시조의 가능성과 잠재력을 무한히 넓혀 주기도 하는 정신의 자유로움이다.

유감스럽게도 그와 같은 시 정신의 자유로움이 오늘날의 시조에서는 쉽게 감지되지 않는다. 지나치게 외형적 형식에 얽매이는 가운데 껍데기로 남아 있는 시조, 형식을 깨뜨리는 경우에도 스스로가 형식을 깨뜨린다는 의식에 집착한 나머지 부자연스러운 실험에 그치고 만 시조, 시조에 대한 편협한 고정 관념으로 인해 어설픈 달관과 어색한 여유로움만을 드러내는 시조, 시조 형식을 초시간적인 세계 인식의 방법으로 고착시키는 가운데 인간의 삶과 괴리된 진공 상태 속의 시조가 오늘날 시조 시단에 적지 않다는 느낌을 지울 수 없는 것이다. 그렇다면 정녕코 그 행복한 시대는 다시 올 수 없는 것일까. 행복한 시대의 시조 쓰기가 우리의 기억 속에 남아, 하나의 이정표처럼 우리 모두의 기억 속에 남아 우리의 길을 인도하지만, 우리에게 그 행복한 시대는 이미 되돌릴 수 없는 과거가 되어 버린 것일까. 이 물음에 대한 답변은 의외로 간단할 수 있다. 무엇보다 시조 시인들이 시조 쓰기란 무엇인가의 문제에 얽매이지 않을 때, 시조 시인들이 스스로 시조 시인이라는 자의식에 함몰되어 있지 않을 때, 무엇보다 시조 이외의 모든 시 형식을 대결의 구도에서가 아닌 포용의 구도에서 끌어안을 수 있을 만큼 정신의 자유로움을 지닐 수 있을 때, 시조는 다시 행복한 시대로 되돌아갈 수 있을 것이다.

이 같은 주문은 지나치게 추상적이고 원칙론적인 것일 수 있다. 아울러, 그 모든 논란에도 불구하고, 오늘날의 시조 시단이 그렇게 어두운 것만은 아니다. 형식의 제약을 받아들이되 여전히 사유와 의식의 자유를 잃지 않는 살아 있는 시조, 과거의 전통에만 얽매어 있지 않고 현실을 향해 열려 있는 시조, "시절가조"로서의 시조의 본질을 구현하고 있는 시조, 시조의 새로운 가능성을 약속하는 시조 역시 적지 않기 때문이다. 요컨대, 시조이면서도 시조라는 형식의 제약에 얽매어 있지 않다는 느낌의 시조를 오늘날의 시조 시단에서 찾아볼 수 있기 때문이다. 물론 '시조이면서도 시조라는 형식의 제약에 얽매어 있지 않다는 느낌의 시조'라는 말은 시조의 새로운 가능성 모색이라는 적극적인 의미를 갖기도 하지만, 기존의 전통과 형식에 대한 문제 제기 또는 회의 또는 비판이라는 소극적인 의미를 갖는 것도 사실이다. 하지만 문제 제기가 없다면 새로운 변화와 발전도 불가능하다.

오늘날의 시조 시단에서 이처럼 기존의 전통에 안주하기를 거부한 채 새로운 시조의 가능성 모색에 힘을 쏟는 시인들 가운데 특히 주목을 요하는 이가 홍성란일 것이다. 사실 홍성란은 단순히 '시조이면서도 시조라는 형식의 제약에 얽매어 있지 않다는 느낌의 시조'를 창작하는 시인에 머물지 않는다. 시조임에 틀림없지만 시조를 창작하고 있다는 점을 의식하지 않은 채 창작한 것처럼 보이는 그의 시조에서 나는 시 정신의 자유로움을 감지하지 않을 수 없었거니와, 이 같은 시 정신의 자유로움은 명백히 그 옛날에 황진이가 그러했듯 시조의 가능성과 잠재력을 넓히는 데 중요한 역할을 할 것이다. 내가 이번의 논의를 황진이의 작품을 거론하는 것으로 시작했던 것은 이 때문이거니와, 이어지는 논의에서 나는 홍성란의 시집 『황진이 별곡』(삶과 꿈, 1998)을 대상으로 하여 시인이 선사한 자유로운 시 정신의 향연을 즐기고자 한다. (적지 않은 시인이 그러하듯 홍성란 역시 자신의 작품에 대한 퇴고 작업을 멈추지 않고 있거니와, 『황진이 별곡』에 수록된 작품도 여기서 예외가 아니다. 이런 경우, 시인의 뜻을 존중하여 가급적 시집 발간 후 후속 지면에 재수록된 수정본을 논의 대상으로 삼기로 한다.)

2. 자유로운 시 정신이 펼쳐 보이는 시 세계를 돌아보며

홍성란이 『황진이 별곡』에서 펼쳐 보이는 시 세계에서 우리가 주목하지 않을 수 없는 두드러진 특징 가운데 하나가 무엇보다 나비의 이미지가 자주 등장한다는 점이다. 예컨대, "각시멧노랑나비," "담색어리표범나비," "배추흰나비," "왕자팔랑나비" 등 홍성란의 시에는 수많은 나비가 등장한다. 이 모든 나비가 의미하는 바는 무엇일까. 홍성란의 시에서 나비는 공간의 "비어" 있음을 암시하는 존재(「각시멧노랑나비」), "그늘 걷듯 가버릴/한 떼의 금빛 무리"(「담색어리표범나비」), "투명한 마천루에 은빛살로 떠돌다가 莊周의 낮잠 뒤편에 날개 접"는 무리(「나비 說話」), "적막한 도심에서 홀로 지는 꽃들"의 위를 떠도는 "방랑[자]"(「왕자팔랑나비」)로 묘사된다. 요컨대, 삶의 무게와 힘이 전혀 느껴지지 않은 존재로 제시되고 있다. 나아가, 시인은 그처럼 무게와 힘이 느껴지지 않는 존재로서의 나비―또는 존재를 얽어매는 모든 것을 털어 버린 채 존재하지 않듯 존재하는 나비―에 대한 자신의 염원을 드러내기도 하는데, 이를 보여 주는 예가 「옷」이다.

다시

태어나면

나비가 되어 오리

장신구 내려놓고,

누더기 벗어 개켜 두고

저 나비 앉았던 자리 가만 올라앉으리.

—「옷」 전문

　이 시의 "옷"이 의미하는 바는 무엇인가. 이에 대한 이해를 위해 우리는 우선 고대 로마의 작가 아풀레이우스(Apuleius)의 『변신』(일명 『황금 당나귀』)에 등장하는 프시케를 주목할 수 있겠다. 프시케는 에로스의 사랑을 받던 아름다운 여인으로, 그녀의 이름인 프시케는 희랍어에서 '영혼' 또는 '생명의 숨결'을 뜻하는 단어다. 또한 프시케는 희랍어에서 '나비'를 뜻하는 단어이기도 한데, 이 때문에 나비는 곧 '영혼' 또는 '생명의 숨결'에 대한 상징으로 이해되기도 한다. 이 같은 상징체계와 함께 주목해야 할 것은 나비에 대한 우리 문화 고유의 이해로, 우리에게 나비는 죽은 사람의 환생으로 여겨진다. 만일 이 두 상징체계를 하나로 합하는 경우, "다시/태어나면/나비가 되어 오리"가 의미하는 바와 "장신구 내려놓고,/누더기 벗어 개켜 두고"가 의미하는 바는 자명해진다. 전자는 나비에 대한 우리 문화 고유의 이해를 담은 것이고, 후자는 육체적인 것 또는 물리적인 것을 모두 제거한 채 영혼 또는 생명의 숨결로 존재하는 존재를 암시하는 것이 될 수 있다. 즉,

죽어서 영혼 또는 생명의 숨결만을 지닌 채 다시 환생하기를 바라는 시인의 염원을 이 시에서 읽을 수 있다. 요컨대, 이 시의 "옷"은 육체와 육체를 장식하는 그 모든 것을 의미하는 것일 수 있다.

아름답지 않은가. 하지만 이 같은 시적 진술만으로는 부족함을 직관적으로 감지한 시인은 시조의 종장에 해당하는 제3연에서 이렇게 노래한다. "저 나비 앉았던 자리 가만 올라앉으리." 여기서 암시되는 또 하나의 염원이 암시하는 바는 이 세상에서 삶을 영위하되, 존재하되 존재하지 않는 것처럼 존재하고 싶다는 마음일 것이다. 존재하되 존재하지 않는 것처럼 존재하다니? 이와 관련하여, "가만"이라는 단어에 유의하지 않을 수 없는데, 나비는 어딘가에 앉더라도 주변에 아무런 영향을 미치지 않는다. 말하자면, 나비가 꽃 위에 앉더라도 나비의 가벼움 때문에 꽃은 미동도 하지 않는다. 심지어 날갯짓을 하며 대기를 날아다닐 때도 나비는 대기에 아무런 영향을 미치지 않는 것처럼 보이기도 한다.

문제는 시인이 이처럼 주변에 아무런 영향을 미치지 않는 것처럼 존재하는 나비와 같은 존재—즉, 단지 영혼 또는 생명의 숨결만으로 존재하는 것처럼 보이는 존재—가 되고 싶어 하는 이유는 무엇인가에 있다. 추측건대, 물리적인 의미에서의 자신의 존재를 과시하는 데 여념이 없는 이 세상 현실 세계의 모든 인간의 존재 양식 자체에 대한 시인의 회의 때문이 아닐까. 하기야 인간이란 물리적으로 상당한 공간을 차지하는 존재일 뿐만 아니라, 냄새와 소리와 움직임으로 주변 공간을 어지럽히는 존재다. 시인은 바로 이 같은 인간의 존재 양식에 대한 반성을 일깨우고자 하는 것 아닐까. 그런 의미에서 볼 때, 「옷」은 존재하지 않는 듯 존재하는 삶을 살고자 하는 시인의 겸손한 마음을 담은 시이기도 하지만, 인간의 존재 양식 자체에 대한 근원적 성찰을 담은 시일 수도 있다.

홍성란의 시에서 나비는 '존재하지 않듯이 존재하는 존재'에 대한 시인의 염원을 담는 동시에, 존재의 불확실성을 의식게 하는 화두로서의 의미도 갖는다. 장자의 호접몽(胡蝶夢)을 암시하는 「나비 說話」는 이런 의미에서 특히 유념할 만한 작품이다.

그 누가 가두었나, 퍼득이는 저 나비 떼 투명한 마천루에 은빛살로
떠돌다가 莊周의 낮잠 뒤편에 날개 접고 앉은 오후
꿈밖으로 나와 보니 장다리꽃 문을 열고 환히 열린 물소리도 그대
에게 가는 길 한 쌍의 배추흰나비 물길 따라 갔다 하네.

—「나비 說話」 전문

장자는 어느 날 낮잠을 자다 꿈속에서 한 마리의 나비가 된다. 꿈에서 깨어난 장자는 현재의 자기 모습이 실체인가 아니면 꿈속의 나비가 자신의 실체인가라는 의문을 갖게 된다. 이 같은 체험은 장자의 것일 뿐만 아니라 우리 모두의 것일 수 있고, 따라서 시인의 것일 수 있다. 존재의 불확실성에 대한 의문은 시인을 포함하여 우리 모두가 지닐 법한 것이기 때문이다. 하지만 시인의 진술 방법은 예사롭지 않다. 먼저 "나비 떼"가 떠돌다가 "莊周의 낮잠 뒤편에" 또는 꿈속에 "날개 접고 앉"는다. 이윽고 "꿈밖으로 나와 보니 [중략] 그대에게 가는 길"이 있다. "그대에게 가는 길"이 있다니? 그렇다면 "꿈밖으로 나"온 주체는 나비 떼인가 또는 시인인가. 아니면 양자 모두인가. 그도 아니면 시인은 나비 떼 가운데 한 마리의 나비인가. 이 같은 모호함은 "물길 따라 갔다 하"는 "한 쌍의 배추흰나비"가 등장함으로써 더욱 심화된다. "갔다 하네"라는 시구는 시인이 "한 쌍의 배추흰나비"에 대한 이야기

를 전해 들었다는 암시를 담고 있는 것으로 읽을 수 있는데, "한 쌍의
배추흰나비"가 의미하는 바는 무엇인가. 우리에게는 이 물음에 답할
준비가 되어 있지 않다. 우리는 다만 시인과 나비 사이의 경계가 혼란
스러울 정도로 무화(無化)되는 가운데 존재의 불확실성이 더욱더 심화
되고 있다는 말을 할 수 있을 뿐이다. 위의 시와 관련하여 또 하나 문
제 삼지 않을 수 없는 구절은 "그 누가 가두었나"인데, '갇힘'의 상태에
서 벗어난다는 말이 의미하는 바는 무엇인가. 사실 껍질 안에 갇혀 있
던 유충이 변신의 과정을 통해 자유롭게 날아다니는 나비가 된다는 점
을 감안하면, "그 누가 가두었나"는 나비의 유충 상태를 암시하는 것
일 수 있다. 껍질을 벗고 현실로 나왔으나 그 현실은 '꿈속'이라는 또
하나의 한계 상황 또는 갇힘의 상태일 수 있다는 의미를 이 시에서 읽
을 수 있지 않을까. 그렇기에 여전히 나비로의 변신을 꿈꾸는 시인의
염원은 지속될 수밖에 없는 것이 아닐까.

자유의지에 따라 현실 속에서 삶을 살아가기란 얼마나 어려운 것인
가의 문제는 홍성란의 시 곳곳에서 확인할 수 있다. 무엇보다 우리는
다음과 같은 시를 주목할 수 있을 것이다.

온전히
나의 뜻으로
바다는 출렁이고

바람에 실린 향기처럼
너는 떠나 버렸다

꽃처럼

떨어진 꽃처럼

빈 씨방으로

울었다.

―「상처」 전문

　무언가에 대한 상실의 아픔이 깊이 드리워져 있는 위의 시는 시작부터 심상치 않다. "온전히/나의 뜻으로"라니? 이 구절은 "바다는 출렁이고"라는 구절뿐만 아니라 "너는 떠나 버렸다"라는 구절을 수식하는 것으로도 읽을 수 있는데, 이로 인해 "온전히/나의 뜻으로"라는 구절을 축자적으로 읽을 수만은 없다. 비록 "나"의 "뜻"대로 "바다"를 "출렁이[게]" 할 수 있다고 하더라도, "너"의 "떠나 버"림은 "나"의 "뜻"만으로는 이루어질 수 없기 때문이다. 여기에는 "너"의 "뜻"이 작용했는지도 모르고, 또한 "나"와 "너"의 "뜻"이 아닌 누군가 제삼자의 "뜻"이 작용했는지도 모른다. 그럼에도 불구하고, 왜 "온전히/나의 뜻으로"인가. 이 말에는 역설이 담겨 있는 것이 아닐지? "온전히/나의 뜻으로" 그렇게 된 것이 아님에도 불구하고 그렇게 말함으로써 시인은 자신을 향한 자책감을 더욱더 강화하고 있는 것이 아닐지? 여기서 우리는 "제 구트여/보내고 그리는 情은 나도 몰라 ᄒ"는 황진이의 마음을 떠올릴 수도 있다. 하지만, "떨어진 꽃처럼/빈 씨방으로/울었다"는 구절이 암시하듯, 떠나보내지 말아야 할 대상을 보낸 다음에 남은 시인의 텅 빈 마음은 황진이의 마음보다 더 처연한 것일 수 있다. 이와 관련하여, 우리는 이 시의 "나"는 왜 "떨어진 꽃"과 같은 존재인가, "빈 씨방으로 울었다"라는 구절이 의미하는 바는 무엇인가에 대해 자의적(恣意的)인 해석을 덧붙일 수도 있다. 하지만 섣부른 해석을 피한다고 하더라도 "떨어진 꽃처럼/빈 씨방으로/울었다"는 구절은 "온전히/나

의 뜻으로"라는 구절에 반어와 역설을 담기에 충분한 시적 울림을 갖
고 있다.

자유롭지 못한 삶, 존재의 아픔을 생생하게 담고 있는 또 한 편의 시
를 들자면 이는 바로 「섬」이다.

멍든
살을 깎아
모래를 나르는
파도

천 갈래 바닷길이여, 만 갈래 하늘길이여

옷자락 다 해지도록 누가 너를 붙드는가.

—「섬」 전문

우리의 삶이란 "파도"가 나르는 "모래"와도 같은 것일 수 있다. "파
도"에 밀려 수동적으로, 어쩔 수 없이 쌓이는 "모래"와도 같은 것이 우
리가 살아가는 삶일 수 있는 것이다. 하지만 삶에 대한 시인의 관찰은
여기서 끝나지 않는다. 사실 "파도"가 나르는 "모래"와도 같은 것이 우
리의 삶이라는 비유는 지극히 상투적인 것일 수 있다. 「섬」이 상투적
비유에서 끝나고 있지 않음을 우리는 "멍든/살"이 "모래"와 중첩되고
있는 데서 확인할 수 있지 않은가. 다시 말해, "파도"에 밀린 "모래"가
암시하는 시각적 이미지가 "파도"에 "깎"이고 있는 "멍든 살"이 암시
하는 촉각적 이미지, 아픔과 쓰라림을 담고 있는 촉각적 이미지에 의
해 한층 더 강화되고 있다. 이처럼 살을 깎는 고통 속에 처해 있으면서

도 "옷자락 다 해지도록" 우리를 "붙드는" 것에서 벗어나지 못하는 것이 다름 아닌 우리의 삶인 것이다. 또한 "천 갈래 바닷길"과 "만 갈래 하늘길"이라는 가능성에도 불구하고, 우리는 삶의 "파도"에 밀려 어쩔 수 없이 어느 한곳에 쌓이는 "모래"와도 같은 존재인 것이다. 삶이란 흐르는 것이 아니라 쌓이는 것이라는 시인의 이해는 또 한 편의 주목할 만한 시를 우리에게 제시한다.

세월은 흐르는 게 아니라 쌓이는 것이라지.

세월이 그저 물같이 흐르기만 한다면 무엇이 개구리밥 못 떠나는 우포늪 칠흑처럼 두려우랴, 무엇이 희미해진 연인의 눈빛같이 그리우랴. 서러움이 되거나 그리움이 되거나 바람 부는 가슴에 한 켜씩 내려앉아 혼자 아문 상처가 되고, 오오 저기 저 봄날 터지는 갈래꽃 무늬가 되는 것을.

세월도 나이 들면 손금 같은 길을 낸다.

—「세월論」 전문

사설시조 형식의 이 시에서 우선 우리의 눈길을 끄는 것은 초장, 중장, 종장이 모두 '세월'로 시작되고 있다는 점이다. 하지만 이 시가 단조롭게 느껴지지 않은 이유는 다양한 조사—즉, '-은'과 '-이'와 '-도'—를 동원함으로써 시적 진술에 변화를 주기 때문이다. 아마도 이처럼 우리말의 조사가 갖는 의미의 미묘한 변화를 섬세하게 살린 작품은 시조에서든 자유시에서든 찾아보기 어려울 것이다. 사소해 보이지만, 우리는 여기서 "어져"라는 한탄사로 시를 시작하는 황진이의 자유로운 시 정신에 버금가는 자유로운 실험적 시 정신을 확인할 수도 있으리라. 아무튼, 시에 담긴 메시지로 눈길을 돌리자면, 삶과 삶이 지속되는 "세월" 앞에서 시인이 느끼는 "두려"움과 "그리움"과 "서러움"은 결코 새로운 것일 수 없다. 삶과 세월 앞에서 두렵다거나 그립다거나 서럽다는 느낌에 젖어들지 않을 사람이 과연 얼마나 되겠는가. 사실 두렵다든가 그립다든가 서럽다는 말만을 되풀이했다면 홍성란의 시 세계가 갖는 의미는 각별한 것이 되지 못했을지도 모른다. 홍성란의 시 세계가 팽팽한 긴장감을 결코 잃지 않고 있다면 "세월"에 대한 표현의 참신함으로 환하게 빛나는 시인 「세월論」과 함께 다음과 같은 작품이 존재하기 때문이다.

신은 석양을 그리다 망쳐 버렸다

앞뒷산 붓자락에
먹물 반쯤
잠겨 버린

이런 날
이른 별빛은
목 메이는 설움이다

아니, 서러운 건
별도 아닌
눈물도 아닌

시드는 꽃이다

팽팽한

자존이다

처절한 이 포복에도 까딱 않는 님이다.

―「황진이 별곡―花潭에게」

이 시가 암시하고 있듯, 홍성란의 "설움"은 단순히 대상을 향한 느낌만은 아니다. 그것은 다름 아닌 자신에 대한 느낌, "시드는 꽃"이면서도 "팽팽한/자존"을 버리지 못하는 자신에 대한 느낌, 그리고 그럼에도 불구하고 "처절한 이 포복"을 하지 않을 수 없는 자신에 대한 느낌인 것이다. 그 "설움"이 더욱더 처연한 것이 되지 않을 수 없는 것은 "처절한 이 포복에도 까딱 않는 님"이 있기 때문이다. 이때 홍성란의 "님"은 "황진이"가 마음속에 담고 있던 님, "제 구투여/보내고 그리"던 님, 이성적인 사랑의 대상으로서의 님보다 더 넓은 의미의 "님"일 수 있다. 홍성란의 총체적인 시 세계가 말해 주듯, 그의 님은 생명과 삶 전체를 아우르는 것일 수 있지 않을까. 우리가 이 같은 판단을 내리는 이유는 홍성란의 시에서 느껴지는 삶에 대한 시인의 아픔이 황진이의 시에서 느껴지는 것보다 더 근원적이고 철저하기 때문인지도 모른다.

3. 시조의 새로운 가능성을 가늠하며

내가 홍성란의 시를 주목하게 된 계기는 물론 그의 시 세계가 갖는 팽팽한 긴장감 때문이었다. 그리고 바로 그와 같은 긴장감 때문인지는 몰라도 홍성란의 시는 시조이면서도 시조라는 형식의 제약을 받고 있다는 느낌을 주지 않는다. 하지만 앞서 말한 바와 같이 이 말은 시조의 새로운 가능성 모색이라는 적극적인 의미를 갖는 것이기도 하지만 동시에 기존의 전통과 형식에 대한 문제 제기 또는 회의 또는 비판이라는 소극적인 의미를 갖는 것이기도 하다. 바로 이런 점에서, 시조 형식에 대한 시인의 의식적이고도 모험적인 실험이 뚜렷하게 감지되지만, 그럼에도 불구하고 시조 본연의 자연스러움과 활달함이 그대로 살아 있는 다음과 같은 시는 그 어떤 작품보다도 값진 것으로 평가하지 않을 수 없다.

네가 무엇이라고 억센 바람 비껴가고
白雪 어두운 무게 가뿐히 벗었겠느냐
이 땅에 피고 지는 넌들 왜 그 한파 모르겠느냐.

춘삼월이 뭔지 몰라, 세 살같이 난 몰라.
소월길 가는 길목 포장집 잔소주랑 터덜터덜 올라와 불 꺼진 빌딩 숲 오래오래 바라보는 아버지 굳은 표정, 죄없이 배고픈 갓난아기 울음소리 난 몰라요, 몰라. 삼 년 치 품삯 소매치기 당하고 쫓겨 가지도 못하는 외방의 근로자 잘린 손목 난 몰라요, 몰라. 눈물의 대처분을 처분하지 못하고 한숨짓는 시장통 난 몰라요, 몰라. 새벽 시장 오뎅 국물 몇 사발을 들이켜도 팔려 가지 못하는 잡역부 명치끝에 뭉클뭉클 뭉친 울음 난 몰라, 몰라.
그 기쁨 감추지 못해 참은 웃음 불거지네.

물빛 소매 걷어붙이고 와글대는 꽃망울처럼
쇳소리 바람 소리 조목조목 가르치는

새빨간 네 거짓말로 착한 눈 빛난다.

—「명자꽃의 말」 전문

    형식의 측면에서 보자면, 「명자꽃의 말」은 단시조 형식의 시편과 사설시조 형식의 시편을 하나로 묶어 놓은 새로운 형태의 시조다. 단시조 형식의 시편→사설시조 형식의 시편→다시 단시조 형식의 시편을 차례로 배치한 이 작품에서 우리는 시인의 자유로운 실험 정신을 읽을 수 있거니와, 어찌 보면 단시조 형식의 시편으로 이루어진 제1연은 초장, 사설시조 형식의 시편으로 이루어진 제2연은 중장, 다시 단시조 형식의 시편으로 이루어진 제3연은 종장으로 이해할 수도 있다. 사실 제1연과 제2연은 기(起)와 승(承)의 의미 구조를, 제3연은 전(轉)과 결(結)의 의미 구조를 담은 것으로 읽을 수도 있는데, 이는 명백히 새로운 형태의 시조를 예고하는 작품 가운데 하나이리라.

    시의 내용을 검토하는 경우, 우선 이 시에서 우리는 무엇보다 이 작품이 "명자꽃"과 시인 사이의 대화로 이루어져 있음을 확인할 수 있다. 먼저 제1연에서 시인은 "이 땅에 피고 지는" "명자꽃"에게 묻는다. "네가 무엇이라고 억센 바람 비껴가고/白雪 어두운 무게 가뿐히 벗었겠느냐"고. 이 같은 물음에서 우리는 억센 바람 비껴가고 백설을 견뎌 낸 명자꽃의 '대단함'에 감탄하는 시인의 마음을 읽을 수도 있지만, 이와 동시에 '네가 무엇인지 아는가?'를 명자꽃에게 묻는 시인의 마음도 일별할 수 있다. 이어서 시인은 다시 묻는다. "넌들 왜 그 한파 모르겠느냐"고. 즉, 한파가 한파인지를 알았을 법하지만 한파를 한파로 여기지 않고 견뎌 낸 명자꽃의 대단함에 시인은 다시 한 번 감탄의 마음을 드러내는 동시에, 한파가 한파인지 알면서도 한파를 모른 체한 이유가 무엇인지를 묻는다.

산당화(山棠花)로 불리기도 하는 명자꽃은 봄에 피는 꽃으로, 곱고 예쁘지만 결코 화려하다거나 눈길을 강하게 끄는 꽃이라고 할 수 없다. 어찌 보면, 지극히 겸손하고 조신해 보이는 꽃이다. 이 시에서 시인은 바로 그런 자연의 명자꽃에게 말을 건네는 것일까. 물론 그렇게 볼 수 있다. 하지만 이 시의 "명자꽃"에서 자연의 명자꽃뿐만 아니라 곱고 예쁘지만 자신의 곱고 아름다움을 뽐내거나 과시하지 않는 순박한 여인—좀 더 구체적으로 말하자면, "억센 바람"과 "백설"과 "한파"에 비유될 수 있는 온갖 어려움을 겪으면서도 이를 어려움이라 여기지 않은 채 곱고 아름다운 자태와 마음을 잃지 않는 순진하고 착한 여인—의 모습을 떠올릴 수도 있지 않을까.

　이 물음에 대한 답이 무엇이든, 제2연에서 우리는 다그치듯 묻는 시인의 물음에 대꾸하는 "명자꽃"과 만날 수 있다. 사설시조 특유의 활달함과 격의 없음을 십분 살리고 있는 제2연의 제1행과 제2행(또는 사설시조의 초장과 중장)이 특히 값진 이유는 여기서 읽히는 해학의 깊이와 맛이 결코 예사롭지 않기 때문이다. 여기서 "명자꽃"은 "몰라, 몰라"라는 답변을 되풀이하고 있는데, 아마도 이 시를 읽은 사람 가운데 "명자꽃"이 정말 몰라서 모른다고 하는 것이 아님을 모를 이는 없을 것이다. 마치 캐묻기도 전에, 예컨대, 컴퓨터 게임을 한 것이 마음에 걸려 '나, 컴퓨터 게임 안 했어요'라고 말하는 어린아이처럼, 착하고 순박하기 때문에 악의 없는 부정(否定)의 답변을 하는 사람들이 이 세상에 있는 법이다. 바로 이 사실을 빤히 알고 있기라도 하듯, 시인은 이렇게 말한다. "새빨간 네 거짓말로 착한 눈 빛난다." "몰라, 몰라"라는 대꾸가 "새빨간" 거짓말인 줄 알면서도 "명자꽃"의 "착한 눈"을 알아보는 시인의 심안(心眼)은 따뜻하고 너그러워 보인다. 어찌 보면, 컴퓨터 게임을 한 것을 부정하는 아이처럼, "착한" "명자꽃"은 캐묻기도 전에 알고 있는 사실 하나하나를 모른다고 말하고 있는 것이다. 즉, 제 2연 제2행에 담긴 "새빨간" 거짓말은 악의 없는 부정의 답변들이다.

그리고 여기서 우리가 유의해야 할 것은 제2연 제2행에 담긴 "새빨간" 거짓말의 내용이 암시하듯, 이 시의 "명자꽃"은 단순히 자연의 명자꽃만이 아니다. 이미 앞서 언급한 바 있듯, 이는 곧 겨울을 견디고 봄에 꽃을 피우는 명자꽃과도 같은 삶을 살아 온 여인 또는 여인들, 신산하고 고달픈 삶의 여정을 불평 없이 걸어온 착하고 순박한 어느 한 여인 또는 여인들일 수 있다. 제2연 제3행에서 확인할 수 있듯, "새빨간" 거짓말을 하는 "명자꽃," 아니, 그런 여인 또는 여인들의 모습을 바라보며 시인은 이렇게 말한다. "그 기쁨 감추지 못해 참은 웃음 불거지네." 여기서 시인이 일깨우는 것은 그토록 신산한 삶을 살면서도 "그 기쁨 감추지 못해 참은 웃음 불거지"는 예쁘고 착한 여인, 온갖 수모와 구박에도 불구하고 삶의 기쁨을 향한 본능과 웃음을 잃지 않는 우리 시대의 착하고 순박하고 예쁜 여인의 모습이다.

이 시의 제3연 제1행의 "물빛 소매 걷어붙이고 와글대는 꽃망울처럼"은 "명자꽃"이 자연의 명자꽃만이 아님을, 그러니까 명자꽃을 연상케 하는 우리 시대의 여인 또는 여인들임을 단적으로 드러낸다. 이와 관련하여, "꽃망울처럼"이라는 표현에 동원된 조사 '-처럼'에 유념하기 바란다. "꽃망울처럼"의 '꽃망울'이 명자꽃의 꽃망울이라면, "새빨간" 거짓말로 빛나는 '착한 눈'의 '너'는 명백히 자연의 명자꽃만을 지시하는 것이 아니다.

정녕코, 「명자꽃의 말」은 시조 형식에 대한 실험이 뜻밖의 값진 선물과도 같은 작품이 아닐 수 없다. 또는 이렇게 말할 수도 있겠다. 즉, 「명자꽃의 말」에서 우리는 자신과 자신의 삶을 향하던 시선을 돌려 외부 세계로 향하는 시인을, 그것도 시조가 시조 시인에게 요구하는 형이상학적 거리를 적절히 유지한 채 현세적 세계 자체를 향하는 시인을 감지할 수 있거니와, 그 시선의 깊이와 따뜻함과 맑음은 이루 헤아릴 수 없다. 어떤 의미에서 보면, 「명자꽃의 말」은 삶의 아픔을 견디고 넘어섰을 때, 또는 나비처럼 존재하지 않듯 존재하는 투명한 영혼만으로 이루어진 자아의 시선을 통해 세상을 바라볼 수 있게 되었을 때 비로소 가능한 작품이다.

시조 안에서, 시조를 뛰어넘어
— 권갑하의 『세한의 저녁』과 시조의 탈(脫)고답화

1. 주류 안에서 주류를 뛰어넘어

　시조란 당대의 인간 삶에 대한 관찰과 이해를 일정한 형식 안에, 그 것도 필요에 따라 파격(破格)을 허용하는 형식 안에 담는 정형시 양식 이다. 시인 권갑하의 시조 세계를 돌아보면, 우리 시대를 살아가는 인 간의 삶에 대한 진지한 관찰과 따뜻한 이해가 생생하게 짚인다. 시인 이 우리 시대의 구성원들이 삶을 살아가면서 느끼거나 깨달았을 법한 삶의 의미를 정형의 틀 안에 오롯이 담아내고 있기 때문이다. 아니, 보 다 더 정확하게 말해, 권갑하의 시조 세계는 우리 시대의 신산하고도 모순된 현실에서 시작하여 사랑과 같은 개인의 내밀한 정서에 이르기 까지 시조가 아우를 수 있는 인간사의 모든 양상을 시조 형식 안에 아 우르고 있다. 요컨대, 시조 시인 권갑하의 시적 관심사는 폭넓고 다양 하다. 권갑하의 제2시집인 『세한의 저녁』(태학사, 2001)에서도 폭넓 고 다양한 소재에 대한 시적 형상화를 시도하는 시인과 만날 수 있거니와, 특히 1990년대 말 한국 사회가 겪어야 했던 경제적 아픔을 온몸으로 견디며 살아가야 했던 사람들에 대한 애정 어린 시선이 돋보인다. 아울러, 이 시대를 살아가는 평범한 서민의 애환도 그의 시조 세계에서 생생한 모습으로 되살아나고 있다.

그런 관점에서 볼 때, 권갑하의 시조 세계는 시조의 변화를 극명하게 보여 주는 예라고 할 수도 있다. 옛 시조 가운데 특히 평시조의 경우 시조를 짓는 사람이나 시조에 암시된 시적 화자는 대체로 선비 계층이었다. 물론 선비 계층과 관계를 맺고 있던 중인이나 기생과 같은 신분의 사람들이 시조를 짓기도 하고 따라서 시적 화자가 되기도 했지만, 시조는 전통적으로 선비로 불리는 지식인 계층의 전유물이었다고 해도 크게 틀린 말은 아닐 것이다. 심지어 20세기에 들어서서 시조 부흥 운동이 일어난 뒤에도 그 운동의 저변에 이른바 선비 정신이라는 것이 놓여 있었다고 해도 지나친 말은 아니다. 이런 정황은 옛날의 신분 인식이 완전히 무화(無化)된 오늘날에도 확인되거니와, 시조는 여전히 무언가 고고하고 품격 높은 정신을 소유한 사람들의 문학 장르인 것처럼 여겨진다. 하지만, 사랑의 표현과 관련해서든 세상사에 대한 슬픔과 분노의 표출과 관련해서든, 권갑하는 그와 같은 정신의 고답성에서 자유롭다. 그런 점에서 권갑하의 시조 세계는 면면히 이어져 온 시조의 전통에 순응하되 이와 동시에 그 흐름을 벗어난 것이라고 할 수도 있다. 어떤 의미에서 보면, 권갑하의 시조 세계가 시조 시단에 크게 기여하는 면이 있다면 이 같은 시조의 탈고답화일 것이다. 권갑하의 시집과 작품이 일반 독자에게 적지 않은 관심을 끄는 이유는 이 때문인지도 모른다. 뒤집어 말하자면, 시조가 일반 독자에게 보다 더 호소력이 있는 것이 되기 위해서는 고답적인 정신 자세로부터 탈피하여 일반 서민에게 가깝게 다가갈 수 있는 길을 모색해야 할 것으로 판단된다.

물론 조선 시대 후기에 이르러 사설시조라는 형식이 유행하게 되었고, 비로소 이름 없는 평민이 시조 창작의 주체가 되거나 또는 시적 화자가 되었던 것도 사실이다. 그리고 소재의 폭 역시 누항(陋巷)의 인간사까지 아우를 정도로 넓어졌다. 이런 관점에서 보아 권갑하의 시도가 새로운 것은 아니라고 말할 사람이 있을 수도 있다. 하지만 여기서 우리가 주목해야 할 것은 사설시조가 반어와 해학과 풍자의 시 세계라는 점이다. 이 같은 사설시조의 특성을 효과적으로 살리고 있는 시인이 일부 있긴 하지만, 오늘날 시조 시단의 주류를 이루는 것은 그러한 사설시조가 아니며, 이런 사정은 권갑하의 시조 세계의 경우에도 예외가 아니다. 말하자면, 반어와 해학과 풍자의 시인 사설시조가 대세가 아닌 시단의 주류에 머물면서도 정신의 고답성을 탈피하고 있다는 점에서 권갑하의 시조 세계는 돋보인다. 이어지는 논의에서 우리는 권갑하가 어떤 방식으로 시조 시단의 주류에 머물면서 동시에 시조의 고답성을 탈피하고 있는가를 확인해 보고자 한다.

2. 관습을 뛰어넘는 새로운 사랑 노래를 찾아서

권갑하의 시조 세계가 정신의 고답성을 어떻게 벗어나고 있는가를 문제 삼을 때 가장 두드러지게 우리의 시선을 끄는 것은 아마도 사랑을 소재로 한 작품일 것이다. 물론 사랑의 감정도 인간사의 한 단면—그것도 대단히 중요한 한 단면—이기에 오랫동안 시조의 중심 소재였고 그런 사정은 오늘날에도 변함이 없다. 하지만 옛 시조에서 소중하게 여겨지고 권장되던 사랑의 감정은 남녀상열지사(男女相悅之詞)보다는 충신연주지사(忠臣戀主之詞)에 담긴 것이었다. 아울러, 설사 남녀가 서로에 대한 사랑의 감정을 표현한다고 하더라도, 그것은 고상하고 격조 높은 분위기에 어울리는 그런 것이었다. 오늘날까지도 시조를 통해 사랑이 노래될 때면 바로 이 고상함과 격조 높음이 작품의 저변을 이루는 경우가 대부분이었다. 하지만 권갑하는 바로 그와 같은 문학적 관습(literary convention)에서 벗어나 있다.

여기서 우리가 유의해야 할 것은 권갑하의 사랑 노래가 관습에서 벗어나 있다고 해서 이것이 그의 시조 세계가 부박하다거나 속되다는 뜻에서 하는 말이 아니라는 점이다. 다만 눈높이를 낮추어 그가 몸담고 있는 세계의 사람들이라면 누구나 느낌직한 사랑의 정서를 시조에 담고 있다는 뜻에서 하는 말이다. 따라서 그의 사랑 노래는 의도적이든 의도적이지 않든 감각적이기도 하고 감상적인 경우가 적지 않다. 하지만 어떤 시인이라도 그의 시 세계에 지나치게 감각적이거나 감상적인 마음을 담고자 할 때 남는 것은 시가 아니라 시의 모습을 한 언어의 무덤이 아닐까. 바로 이 점을 권갑하는 의식하고 있는 듯하다. 이를 증명하는 것이 「안경」이다.

> 가슴으로 세상을 보는
> 안경이 되고 싶다
> 그대 눈물 흘릴 땐
> 뿌옇게 가려 주고
> 플래시 터지는 날은
> 따라 반짝 빛나고 싶다
>
> 그리움의 아침이나
> 기다림의 저녁이나

지쳐 누울 때는
잠시 눈감게 하고
저만치
떨어져 앉아
그댈 오래 바라보고 싶다.

—「안경」 전문

무엇보다 사랑의 마음이 "안경"을 통해 표현되고 있다는 점에 주목할 수 있다. 여기서 "안경"은 일종의 '매개 수단'의 역할을 하는데, 바로 이 '매개 수단'으로 인해 절절한 마음의 표현은 사적(私的)인 것에서 공적(公的)인 것—진정한 의미에서의 언어예술적인 것 또는 시적인 것—으로 변용되고 있다. 사실 이 시에서 "안경"이라는 매개 수단을 제거하면, 시적 화자가 갖는 사랑의 감정은 독자에게 전달되기 이전에 증발해 버릴 수도 있다. 그렇지 않다고 하더라도 기껏해야 소박한 감상의 표출에 지나지 않는 것이 될 가능성이 높다. 하기야 사랑하는 사람이 슬퍼할 때 슬픔을 감싸거나 가려 주고 싶고, 사랑하는 사람이 각광을 받을 때 함께 즐거워하고 싶다는 투의 표현, 나아가 사랑하는 사람이 지쳐 있을 때 그 옆에서 걱정하는 눈빛으로 바라보고 싶다는 투의 표현이야 유행가 가사만큼이나 진부한 것일 수 있다. 문제는 유행가 가사가 많은 사람들의 심금을 울린다는 데 있다. 하지만 유행가는 가사로만 존재하는 것이 아니라 곡조와 함께 존재하는 것이고, 그 곡조가 가사의 진부함을 (시인의 표현을 빌리자면) "뿌옇게 가려" 준다. 다시 말해, 사랑의 마음에 대한 표현 자체가 곧 유행가가 될 수는 없으며, 더더욱 시는 될 수 없다. 권갑하의 시가 갖는 묘미는 여기에 있다. 그의 시에서는 진부한 사랑의 감정이 "안경"이라는 '매개 수단'을 거치는 가운데 참신하고도 낯선 시적 표현으로 바뀌고 있지 않은가. 낯익은 것을 낯설게 하는 능력, 또는 일상적인 것을 비(非)일상화하는 능력, 그것이 시인의 시적 능력을 가늠하는 척도일 수 있다.

따지고 보면, 사랑하는 사람에게 무언가 의미 있는 존재가 되고 싶다는 감정은 인간이라면 누구나 지닐 법한 것이다. 그런데 세상에 존재하는 그 많은 초월적 의미를 지닐 수 있는 사물들, 무한한 시적 영감을 불러일으키기도 하는 해, 달, 별 꽃과 같은 사물들을 다 제외하고, "안경"이라니! 사실 우리에게 안경은 아무런 시적 감흥을 불러일으키지 못할 만큼 너무도 일상적인 '도구'로서의 사물이다. 직설적으로 말하자면, '안경이 되고 싶다'는 말은 비시적(非詩的)으로 들릴 수 있다. 이는 마치 사랑하는 사람이 착용하는 장갑이나 신발이 되고 싶다는 말과 크게 다를 바 없어 보이기 때문이다. 하지만 역설적으로 바로 여기에 권갑하의 시조 세계가 갖는 매력이 놓이는 것 아닐까. 사실 무한한 시적 영감을 불러일으키는 사물들을 시에 끌어들이는 경우, 비록 분위기를 고양시킬 수 있을지는 모르나 그만큼 시가 갖는 현실감은 떨어지게 마련이다. 말하자면, 지극히 현실감이 넘치는 일상적인 사물을 시에 끌어들임으로써, 권갑하는 시적 화자의 사랑을 일상적 현실의 맥락 안에 위치시킬 뿐만 아니라 그 사랑의 감정도 지극히 일상적인 것임을 암시한다. 그의 시조가 우리 모두의 시조일 수 있다면 이 때문인지도 모른다.

시인이 "안경"을 통해 표현하는 사랑의 마음은 우리의 일상생활에서 안경의 역할이 그러하듯 지극히 수동적인 것이다. "그대"가 "지쳐 누울 때"에는 "저만치/떨어져 앉아"서 "오래 바라보고 싶"어 할 뿐이라는 점에서뿐만 아니라 "플래시 터지는 날은/따라 반짝 빛나고 싶"어 할 뿐이라는 점에서도 그러하다. 물론 "그대 눈물 흘릴 땐/뿌옇게

가려 주고" 싶어 하는 마음은 적극적인 것일 수 있다. '가려 주다'라는
동사가 그와 같은 마음을 읽게 한다. 하지만 '가려 주다'가 비록 능동
적 행위를 암시하는 동사라 해도 그러한 행위 자체가 상황에 대한 적
극적인 대처를 암시하는 것일 수는 없다. 그런 점에서 이 시가 담고 있
는 사랑의 마음은 여전히 소극적인 것이다. 하지만 이 시에서 시적 화
자의 마음은 결코 소극적인 것만으로 읽히지 않는다. 그 이유는 소극
적인 존재로나마 대상에게 무언가 의미 있는 존재가 되기 원하는 시적
화자의 적극적인 마음이 생생하게 읽히기 때문이다. 요컨대, 표면적
소극성 뒤에 숨은 적극적인 사랑의 마음을 "안경"을 통해 읽을 수 있
도록 시인은 배려하고 있다. 이 점에서도 권갑하의 「안경」은 독자에게
깊은 인상을 남기는 작품이 되기에 손색이 없다.

　앞서 우리는 안경이란 일종의 '도구'라고 말한 바 있다. 도구란 무엇
인가. 일찍이 마르틴 하이데거(Martin Heidegger)는 「예술 작품의 기
원」("Der Ursprung des Kunstwerkes")이라는 논문에서 도구란 실질
적인 목적에 봉사하는 인위적 사물이라고 규정한 바 있다. 아울러, 도
구가 도구로서의 역할을 완벽하게 수행할 때 도구는 존재하지 않는 듯
존재한다는 것이 하이데거의 설명이다. 다시 말해, 도구가 도구로서
의 역할을 충실하게 수행할 때 우리는 도구의 존재 자체를 잊게 된다
는 것이다. 아주 편안한 신발을 신고 있을 때와 마찬가지로 아주 편안
한 안경을 착용하고 있는 경우 안경을 착용하고 있다는 사실 자체를
의식하지 않게 되듯. 어떤 의미에서 보면, 권갑하의 시에서 시적 화자
가 갈망하는 바는 사랑의 대상에게 그와 같은 도구적 존재가 되는 것
일 수 있다. 존재하면서도 존재하지 않듯 존재하는 도구적 존재가 되
고자 하는 마음을 드러내는 것보다도 더 절실하게 대상에 대한 사랑을
표현하는 방법이 있을 수 있겠는가.

하이데거의 도구 이론은 도구의 도구성과 예술 작품의 예술성을 대비하기 위한 것이었다. 즉, 하이데거에 의하면, 예술 작품이 예술 작품인 까닭은 그 어떤 도구라도 도구의 도구성을 유보케 하고 도구를 본질 파악의 대상으로 만들기 때문이라는 것이다. 하이데거는 반 고흐의 작품 가운데 신발에 대한 그림을 예로 들면서, 반 고흐의 그림을 통해 사람들은 신발의 본질 또는 도구성을 새삼스럽게 주목하게 된다는 점에서 예술 작품의 존재 이유를 찾는다고 말한다. 어떤 맥락에서 보면, 권갑하의「안경」은 단순히 사랑에 관한 시가 아니라 사랑이라는 '매개 수단'을 통해 안경이 갖는 의미를 탐구하기 위한 것으로 읽을 수도 있다. 사실 이 시를 읽으면서 안경의 존재 양식에 대해 생각해 보지 않는 사람은 드물 것이다.

이처럼 이중적 읽기를 가능케 한다는 점에서「안경」과 같은 시는 특히 주목할 만한 작품이다. 권갑하의 사랑 노래 가운데는「안경」의 예에서 보듯 사물의 특성에 대한 예리한 이해를 통해 절절한 사랑의 감정을 전하는 예가 적지 않다. 또 하나의 주목할 만한 예로「종」을 간과할 수 없다.

제 몸을 때려 고운 무늬로 퍼져나가기까지는
울려 퍼져 그대 잠든 사랑을 깨우기까지는

신열의 고통이 있다,
밤을 하얗게 태우는.

더 멀리 더 가까이 그대에게 가 닿기 위해
스미어 뼈 살 다 녹이는 맑고 긴 여운을 위해

입 속의 말을 버린다,

가슴 터엉 비운다.

—「종」전문

　시에 담긴 정보로 보아, 이 시의 "종"은 무엇보다 에밀레종을 연상
케 한다. "밤을 하얗게 태우는" "신열의 고통"이라든가 "스미어 뼈 살
다 녹이는 맑고 긴 여운"과 같은 시구는 에밀레종의 전설을 떠올리도
록 우리를 유도하기 때문이다. 종을 만들기 위해 자식을 끓는 주물 속
에 던져야 했던 아비의 고통과 그 고통 끝에 만들어진 에밀레종에 얽
힌 전설은 우리 모두에게 친숙하지 않은가. 하지만 "고통"과 "여운"이
시인 권갑하의 심안(心眼)을 통해 새롭게 살아난다. "제 몸을 때려 고
운 무늬로 퍼져나가"는 종소리, "울려 퍼져 그대 잠든 사랑을 깨우"는
종소리는 다름 아닌 시인 화자의 절절한 마음을 담기 위한 것이다. 그
종소리를 "울려 퍼"지게 하고 그 종소리로 "잠든 사랑을 깨우기" 위해
"신열의 고통"이 있었던 것이다.
　하지만 이 시가 이것으로 끝났다면 사랑이란 자기희생을 통해 상대
를 일깨우는 것이라는 투의 상식적인 사랑 노래에 머물렀을지도 모른
다. 이를 거부하듯 시인은 "더 멀리 더 가까이 그대에게 가 닿기 위해/
스미어 뼈 살 다 녹이는 맑고 긴 여운을 위해//입 속의 말을 버린다,/
가슴 터엉 비운다"고 노래하고 있거니와, "말"을 버리고 "가슴"을 비
우는 가운데 나의 마음은 "맑고 긴 여운"이 되어 너의 마음에 "가 닿"
을 수 있다는 것이다. 이는 동양적 선(禪)의 세계에서 말하는 '참된 인
식의 세계'를 암시하는 것으로 읽히기도 한다. 일찍이 고명한 선사(禪
師)들이 말한 바와 같이, 참된 인식의 세계 또는 진리의 세계는 자아를

버리고 무아의 경지에 도달했을 때 비로소 가능한 것일 수 있다. 바로 이 같은 무아의 경지를 시인은 암시하고 있는 것이 아닐까. 만일 이런 이해가 가능하다면, 시인에게 사랑이란 결국 참된 인식 또는 진리와 등가물일 수 있다. 영국의 낭만주의 시인 존 키츠(John Keats)가 「희랍 항아리에 부치는 송시(頌詩)」("Ode on a Grecian Urn")에서 "아름다움 이 곧 진리요, 진리는 곧 아름다움"이라고 말한 바 있는데, 우리는 "사 랑이 곧 진리요, 진리는 곧 사랑"이라는 새로운 메시지를 「종」에서 이 끌어 낼 수도 있으리라.

사실 "입 속의 말을 버린다"거나 "가슴 터엉 비운다"는 표현은 "종" 의 존재 양식까지 되새겨 볼 수 있게 한다는 점에서, 우리는 여기서 다 시 한 번 하이데거의 논의를 들먹일 수도 있다. 아무튼, 「눈먼 하루살 이의 사랑」 등의 시에서도 우리는 유사한 읽기를 시도할 수 있는데, 특 히 「눈먼 하루살이의 사랑」의 경우 "뼈 살 다 녹이는/불꽃,/그런 사랑 이라면/물 속에 잠겨 흘를/천 일이 두렵지 않겠네/천년을/땅 속에 묻 혀/그댈 기다릴 수 있겠네"와 같은 시구에서 보듯 기존의 시조에서 찾 기 어려울 정도로 고도의 감각적인 언어의 향연, 시인 특유의 감성적 인 언어의 향연이 이루어지고 있음을 주목할 수 있다.

3. 시대의 삶과 현실의 아픔을 담은 시를 찾아서

여타의 시조 시인들의 작품과 권갑하의 작품 사이에 존재하는 변별 점은 사랑을 노래하는 작품에서뿐만 아니라 시대의 삶과 현실을 다루 는 작품에서도 뚜렷하게 드러난다. 권갑하는 시대의 삶과 현실을 다 루되 특히 현실의 아픔을 온몸으로 버티어 나가는 사람들에게 깊은 관 심의 눈길을 향하고 있거니와, 삶다운 삶의 주변에서 서성이는 실직

자나 노숙자, 거대한 사회 조직 안에서 맡겨진 역할을 기계처럼 수행하는 근로자, 그 외에 어떤 형태로든 시대의 주류에서 밀려난 상태로 주변적 삶을 살아가는 사람들이 그의 시조 세계에 빈번하게 등장한다. 과문한 탓인지는 몰라도, 권갑하만큼 서민들의 신산한 삶에 가까이 다가가 있는 시조 시인을 찾아보기란 쉽지 않으리라. 눈 오는 날 한데에서 저녁 식사를 해결하는 노숙자의 모습을 그린 「세한(歲寒)의 저녁」은 그의 시조 세계가 갖는 또 하나의 단면을 보여 주는 좋은 예일 것이다.

공원 벤치에 앉아 늦은 저녁을 끓이다

더 내릴 데 없다는 듯 찻잔 위로 내리는 눈

맨발의 비둘기 한 마리 쓰레기통을 파고든다.

돌아갈 곳을 잊은 사람은 아무도 없는지

눈꽃 피었다 지는 부치지 않은 편지 위로

등 굽은 소나무 말없이 젖은 손을 뻗고 있다.

간절히 기댈 어깨 한 번 되어주지 못한

빈 역사(驛舍) 서성이는 파리한 눈송이들

추스린 가슴 한 쪽이 자꾸 무너지고 있다.

─「세한의 저녁」 전문

삶의 신산함을 노래하는 시의 경우 시의 분위기는 감상적인 것이 되기 쉽다. 누군가의 신산한 삶을 바라보는 관찰자의 입장에 서든, 또는 시적 화자 자신이 신산한 삶을 살아가는 주체이든, 한탄과 푸념과 원망을 시의 저변에 깔게 마련이고 이로 인해 타인에 대한 또는 자신에 대한 연민의 감정이 시를 지배하게 될 가능성이 크기 때문이다. 물론 감상 그 자체가 문제 되는 것은 아니다. 다만 감상으로 인해 시적 발언 그 자체가 의미 있는 시적 발언으로 유지되기 어려울 때가 많다는 데 문제가 있을 것이다. 다시 말해, 시가 시로서의 힘을 잃고 공감하기 어려운 넋두리로 전락할 위험을 배제할 수 없다는 데 문제가 있다. 따라서 감상과 일정한 거리를 유지하기 위한 모종의 장치가 필요한데, 「세한의 저녁」에서 그런 장치의 역할을 하는 것이 바로 "눈"이다. 눈은 물론 경우에 따라 푸근함과 감쌈의 의미를 담을 수도 있지만 맥락에 따라서는 스산함과 고적함의 의미를 담기도 한다. "공원 벤치에 앉아 늦은 저녁을 끓이"는 사람의 "찻잔" 위로 "더 내릴 데 없다는 듯"이 "내리는 눈"이 그러하지 않은가. 하지만 "눈"은 단순히 배경을 구성하는 요소로서만 역할하지 않는다. "눈"은 또한 "돌아갈 곳을 잊은" 시적 화자 자신을 지칭하는 비유적 표현이 되기도 한다. 다시 말해, "빈 역사 서성이는 파리한 눈송이들"은 "세한의 저녁"에 내리는 물리적인 의미에서의 눈일 수도 있지만, 이는 또한 역사 주변을 서성이는 노숙자의 모습에 대한 시적 형상화일 수도 있다. 순간에 "피었다 지는" "눈꽃"과도 같이 무상한 존재로서의 노숙자의 모습이 "간절히 기댈 어깨 한 번 되어주지 못한/빈 역사 서성이는 파리한 눈송이들/추스린 가슴 한 쪽이 자꾸 무너지고 있다"는 구절을 통해 생생한 모습으로 살아나고 있지 않은가. 한편, 이 시에서 감상과의 거리 유지를 가능케 하는 장치 역할을 하는 것은 "눈"만이 아니다. "쓰레기통을 파고"드는 "맨발의 비둘기 한 마리"와 "말없이 젖은 손을 뻗고 있"는 "등 굽은 소나무"도 시적 배경을 구성하는 요소로 기능을 하는 동시에 시적 화자 또는 실직자의 모습에 대한 비유의 역할을 한다. 이처럼 "눈"·"비둘기"·"소나무"라는 세 개의 이미지가 시의 배경을 이루는 동시에 전경이 되어, 「세한의 저녁」은 노숙자의 고단하고도 신산한 삶을 절제된 어조로 부각한다. 물론 감상의 절제를 가능케 하는 것은 이뿐만이 아닐 것이다. 시조라는 정형의 형식 자체가 그러한 절제를 가능케 하는 원인(遠因)일 수 있음에도 유의해야 할 것이다.

물론 여전히 수적으로 줄지 않는 노숙자가 우리 사회의 아픔을 드러내는 데 대단히 효과적인 소재이긴 하지만, 노숙자의 삶이 시대를 살아가는 서민들의 아픔 전체를 드러내는 것이라고 말하기는 어렵다. 이 때문에 우리는 권갑하의 시 가운데 또 한 편의 작품에 눈길을 주지 않을 수 없거니와, 「우회를 꿈꾸며—동부간선도로에서」가 그것이다. 이 시에서 시인은 "차"를 몰고 "늦은 귀가"를 하고 있는 "젊은 가장"을 등장케 함으로써 한 서민의 삶을 조명하고 있다.

군자교 지나 길은 인질로 잡혔다
끝은 보이지 않고 되돌아갈 수도 없는
문명에 지친 하루가 빽미러 속에 갇혀 있다.
지급기한 다 넘긴 주머니 속 어음장처럼
자꾸 눈에 밟히는 새우잠 자는 들꽃들
미풍이 지날 때마다 강도 비늘 벗는다.

벌써 몇 시간째 차선을 앞다투지만
가 닿을 꿈의 자리는 가드레일처럼 구겨져
중랑천 검은 가슴 위로 맥없이 떠내려간다.
가장 늦은 귀가에도 가장 먼저 아침을 여는
온몸에 바퀴자국 어지러운 젊은 가장이여
별은 왜 눈을 감아야만 보이는 것일까.
우회를 꿈꾸기에는 너무 멀리 와 버린
핸드폰 밧데리마저 깜박대는 월릉교 부근
그리운 불빛 하나 둘 문을 걸어 잠근다.

—「우회를 꿈꾸며─동부간선도로에서」전문

   부제(副題)가 "동부간선도로에서"인 이 시가 암시하듯, 오늘날 우리의 삶이란 "인질로 잡"혀 있는 "길"과 같은 것인지도 모른다. 도시에 살고 있는 사람들 가운데 "끝은 보이지 않고 되돌아갈 수도 없는" 교통지옥을 체험하지 않는 사람이 과연 몇이나 될까. 이 같은 상황을 묘사하되, 시인은 차를 운전하고 있는 "젊은 가장"이 아닌 "길"이 "인질로 잡"혀 있는 것으로 묘사한다. 또한 "젊은 가장"이 아니라 "문명에 지친 하루"가 "끝은 보이지 않고 되돌아갈 수도 없는" 상태에 처한 것으로, 나아가 "빽미러 속에 갇혀 있"는 것으로 묘사한다. 말하자면, "길"과 "문명에 지친 하루"가 "젊은 가장"을 대신하고 있는 것이다. 이는 물론 "젊은 가장"을 "길"이나 "문명에 지친 하루"로 탈(脫)인격화함으로써 그의 존재론적 의미가 어떤 것인지를 암시하는 것으로 읽을 수도 있다. 그와 같은 탈인격화는 "가장 늦은 귀가에도 가장 먼저 아침을 여는/온몸에 바퀴자국 어지러운 젊은 가장"에서도 확인되는데, "바퀴자국"을 "온몸"으로 견디어야 하는 "길"과도 같은 것이 "젊은 가장"의 모습이자 삶이다.

하지만 어찌할 것인가. "인질로 잡"혀 있는 상태에서 그가 할 수 있
는 일이라고는 주변의 풍경에 눈길을 주는 것뿐이다. "들꽃"이, "미풍
이 지날 때마다" "비늘"을 벗는 "강"이 그의 눈에 들어온다. 무엇보다
"미풍이 지날 때마다" 햇빛에 반짝이던 강물이 흩어지는 것을 확인할
만큼 정체는 심각하다. 그런데, "지급기한 다 넘긴 주머니 속 어음장
처럼/자꾸 눈에 밟히는 새우잠 자는 들꽃들"이라니? 추측건대, 들꽃
은 "젊은 가장"이 부양해 나가야 할 가솔을 암시하는 것일 수 있으리
라. 말하자면, 마음을 무겁게 하는 "지급기한 다 넘긴 주머니 속 어음
장"만큼이나 자꾸만 떠오르는 것이 "새우잠 자는 들꽃들"과 같은 가솔
인지도 모른다. 이처럼 삶의 쉽지 않음을 연상케 하는 두 개의 구체적
인 이미지를 동원하여 시인은 "젊은 가장"이 느끼는 삶의 중압감을 구
체화한다. 삶의 무게 아래서 "젊은 가장"이 이제 확인하는 것은 "가드
레일처럼 구겨져/중랑천 검은 가슴 위로 맥없이 떠내려"가는 "꿈의 자
리"다. "벌써 몇 시간째 차선을 앞다투지만" 좀처럼 앞으로 나갈 수 없
듯, 아등바등 삶을 살아도 그가 "가 닿을 꿈의 자리"는 속절없어 보이
기만 한다.

이처럼 삶이 쉽지 않기에 "가장 늦은 귀가"와 "가장 먼저 아침을 여
는" 출근에도 불구하고 "별"은 "젊은 가장"의 눈에 들어오지 않는다.
기껏해야 "눈을 감아야만 보"일 정도로 그의 삶에는 여유가 없다. 여
기서 "젊은 가장"은 "우회를 꿈꾸"어 보기도 한다. 하지만 그러기에는
"너무 멀리 와 버린" 것이 그의 삶이다. "핸드폰 밧데리마저 깜박대"고
"그리운 불빛 하나 둘 문을 걸어 잠"글 때가 되어도 "바퀴자국"을 견디
어내는 "길"과 같은 "젊은 가장"은 "길"에서 빠져나갈 수 없는 것이다.
즉, 자기 자신으로부터 벗어날 수 없다.

권갑하의 시 가운데에는 이처럼 삶의 어려움이나 고단함이 주제를 이루는 경우가 적지 않은데, "사십대 명예퇴직"이 등장하는 「지하철에 지는 해」라든가 "지하도 계단 위"에서 "울고 있"는 "한 여자"가 등장하는 「저문 거리의 시」와 같은 시도 주목을 요하는 작품이다. 시조가 시조인 까닭은 시대의 아픔에 대한 우의 또는 알레고리라고 할 수 있다면, 권갑하만큼 철저하게 시대의 아픔에 눈길과 마음을 주는 시인이 많지 않다는 점에서도 그의 시조 세계는 주목을 받을 만하다.

4. 삶의 현장을 향한 미시적 관찰의 시를 찾아서

권갑하의 시조 세계와 관련하여 또 하나 주목할 만한 특징을 들자면, 대상에 대한 미시적 관찰이 두드러지는 경우가 적지 않다는 점이다. 물론 그가 던지는 미시적 관찰의 눈길은 다양하고 폭넓은 대상을 아우르는 것이긴 하지만, 그 가운데서도 특히 주목할 만한 것이 오늘날 우리가 몸담고 있는 삶의 현장에 대한 세밀한 눈길과 관계되는 것들이다. 예컨대, 다음과 같은 시가 논의 대상이 될 수 있다.

1
잿빛 노을 아래 쑥대밭이 부르르 떤다
어둠 뒤로 흘러드는 검은 손의 허연 폐수
물떼새 날아간 강변
녹물 붉게 번져 간다.

2
낮달 사라진 자리 빙빙 도는 물고기떼

강심을 가로지르는 목숨보다 질긴 정치망에

제풀에 겨운 강물이

여지없이 걸려든다.

3

강을 버린 새들은 끝내 돌아오지 않고

취기 속 등 굽은 고기 상추쌈을 싸고 있는

역부들 붉은 잇몸엔

녹슨 피가 웃고 있다.

　　　　　　　　　　　　　　―「하구에서―공장 지대」 전문

　부제가 "공장 지대"인 위의 시는 어느 강의 "하구"에 있는 어느 "공장 지대"에 대한 관찰을 담고 있다. 이 같은 관찰과 관련하여 무엇보다 문제 삼을 수 있는 것은 위의 시가 세 개의 단편(斷片)으로 이루어져 있다는 사실일 것이다. 다시 말해, 1, 2, 3이라는 아라비아 숫자 아래 단시조 형식의 시편(詩片)을 각각 하나씩 배치함으로써 세 수의 단시조가 모여 한 편의 작품을 이룬 형식을 취하고 있는데, 여기서 우리는 다음과 같은 물음을 던질 수 있다. 즉, 이 같은 구성은 이 작품이 오늘날 일반적으로 통용되는 연시조 형식의 시조가 아닌 전통적 의미에서의 연시조―즉, 여러 편의 독립적인 단시조로 이루어진 연시조―임을 명시하기 위한 것일까. 사실 「꽃을 위한 탄주」 등과 같이 전통적 의미에서의 연시조가 없는 것은 아니지만, 일반의 경향과 마찬가지로 단시조 형태의 시편들이 독립성을 잃은 채 한 편의 작품을 이루는 연시조가 주류인 권갑하의 시조 세계에서 이는 일종의 예외로 분류될 만하다. 하기야 「꽃을 위한 탄주」의 경우 몇 개의 변주를 담고 있다는 점에서 아라비아숫자에 의한 나눠 놓기는 당연한 것일 수 있다. 하지만 「하구에서—공장 지대」를 군이 이처럼 아라비아숫자로 나눠 놓은 이유는 무엇일까. 지극히 상식적인 관점에서 보자면, 「하구에서—공장 지대」는 하구에 있는 어느 공장 지대에 대한 세 편의 독립된 인상을 모아 담기 위한 것일 수 있다. 즉, "녹물 붉게 번져" 가는 "강변," "정치망"이 가로막고 있는 "강," 그리고 "등 굽은 고기 상추쌈을 싸고 있는/역부들"에 대한 인상을 차례로 제시하기 위한 것일 수 있다. 그렇다면, 이 모든 인상을 조합하여 한 폭의 보다 큰 그림을 그리지 않고 세 편의 조각난 그림으로 제시하고 있는 이유는 무엇일까.

어떤 관점에서 보면, "공장 지대"에 대한 시인의 관찰은 '전체'를 조망하는 쪽이 아니라 '특정 부분'에 대한 세밀한 관찰을 열거하는 쪽으로 이루어지고 있다. 이를 설명하는 방법의 하나로 러시아 출신의 언어학자인 로만 야콥손(Roman Jakobson)의 환유(換喩, metonymy)와 은유(隱喩, metaphor)에 대한 논의를 끌어들일 수 있거니와, 야콥손의 논의는 특정한 부분을 동원하여 대상이나 전경 전체를 드러내려는 이른바 '환유적 경향'과 엉뚱한 지시 대상을 이용하여 문제의 대상을 드러내려는 '은유적 경향'이라는 두 가지 서로 다른 인간의 심리적 경향을 주목하는 것으로 시작된다. 이어서 그는 이 같은 서로 다른 두 심리적 경향이 글에 어떻게 반영되는가를 천착한다. 그에 의하면, '환유적 경향'은 생생한 사실 기록이 주가 되는 글에서, '은유적 경향'은 서정적 상상력에 바탕을 둔 글에서 자주 발견된다는 것이다. 우리는 이 두 경향을 각각 서사 양식 및 서정 양식과 연결할 수도 있고, 나아가 산업 사회의 도시적 삶에 대한 사실주의적 글쓰기 행위 및 전원 사회의 초월적 삶에 대한 서정적 글쓰기 행위와 연결할 수도 있다. 만일 그와 같은 논리가 타당한 것이라면, "공장 지대"에 대한 시인의 관찰이 어떤 이유에서 단편화의 경향을 보이고 있는가에 대한 설명이 될수 있을 것이다. 아무리 시 형식에 호소한다고 하더라도, "공장 지대"라고 하는 척박하고 암담한 삶의 현장을 고발하는 데 서정적 상상력은격에 맞는 것일 수 없기 때문이다. 권갑하는 의식적으로든 무의식적으로든 이 점을 감지했던 것 아닐까.

사실 앞의 시에서 세 개의 시 단편이 담고 있는 시적 이미지조차 '환유적 경향'을 강렬하게 드러내는 것들이다. 예컨대, "강변"에 대한 관찰은 "잿빛 노을 아래" "부르르" 떠는 "쑥대밭"과 "어둠 뒤로 흘러드는검은 손의 허연 폐수" 또는 "녹물"이 전체적인 "강변"의 풍경을 대신한다. 또한 "낮달 사라진 자리 빙빙 도는 물고기떼"와 "강심을 가로지르는 목숨보다 질긴 정치망"이 "강"의 풍경을 대신한다. 물론 강에 대한시인의 묘사는 여기에 그치지 않고, "정치망"에 "강물"이 "여지없이걸려"드는 것으로 묘사함으로써 시인 또는 시적 화자가 느끼는 답답함을 더할 수 없이 생생하게 드러내고 있다. 이어서 "취기 속 등 굽은고기 상추쌈을 싸고 있는/역부들"이 등장하는 시의 마지막 부분에서'환유적 경향'은 그 어느 경우보다 더 생생하게 짚이거니와, 이 부분에서 시의 분위기를 압도하는 것은 다름 아닌 "역부들 붉은 잇몸"과 "붉은 잇몸"이 암시하는 그들의 웃음, 그리고 "붉은 잇몸"의 붉은빛을 더욱더 강렬하게 만드는 "녹슨 피"라는 점에 유의할 수 있을 것이다.

삶의 스산한 현장에 대한 권갑하의 미시적 관찰이 감각적 언어의 힘을 입어 또 다른 분위기를 연출하는 작품도 있거니와, 「오존주의보 내리는 날」은 시인 특유의 언어적 섬세함이 돋보이는 작품이기도 하다.

마셔도 갈증은 풍선처럼 부풀어올랐어
구토의 밤을 지샌 가로수는 뒤틀렸어

상현달 썩은 살점이 강 위로 녹아 내렸어.

폐수는 당당하게 수원지로 빨려 들었어

절망의 은비늘들이 하늘로 튀어 올랐어

빛 잃은 반짝임만 오래 머리 위로 뿌려졌어.

울부짖었어 나뒹굴었어 알몸으로 타올랐어

아비규환 비명횡사 허공은 배가 터졌어

흐릿한 수족관 속은 터엉 비어 있었어.

　　　　　　　　　　　—「오존주의보 내리는 날」전문

　위의 시를 읽다 보면, "풍선처럼 부풀어올랐"던 "갈증"에서 시작하여 "터엉 비어 있었"던 "흐릿한 수족관 속"에 이르기까지 '기의'와 괴리된 '기표'만이 존재하는 듯한 느낌을 준다. 물론 이러한 기표들은 나름대로 의미의 허상을 만들어 내는 것도 사실이다. 하지만 "상현달 썩은 살점"이나 "절망의 은비늘" 또는 "빛 잃은 반짝임"이나 "배가 터"진 "허공" 등의 표현은 감각적으로 강렬한 무언가를 지시하는 것처럼 보이지만 동시에 무의미한 말장난 같아 보이는 것도 사실이다. 기껏해야 "흐릿한 수족관"은 높은 농도의 "오존"에 오염된 대기를 지시하는 것이 아닐까라는 어렴풋한 추측만을 가능케 할 뿐이다. 그렇다면, 이 시는 감각적 언어를 동원한 말장난일 뿐일까.

　바로 이 지점에서 우리는 "오존주의보" 자체가 우리에게 무슨 의미를 갖는 것일까에 대해 생각해 보지 않을 수 없다. 우리나라에 오존 경보 제도가 도입된 것은 1995년의 일이지만, 아직까지 오존주의보가 의미하는 바가 무엇인지를 이해하지 못하는 사람들이 대부분이다. 이해를 한다고 하더라도, 오존주의보란 오존의 농도가 높아졌다는 것, 오존 농도가 높아졌다는 것은 대기오염이 심각한 상태라는 것 정도의 이해에 머물게 마련이다. 또한 오존주의보가 발령되었을 때 구체적으로 어떤 환경 변화가 있는지를 확실하게 알고 있는 사람도 드물다. 요컨대, 오존주의보란 대기오염의 심각함을 알리는 그 무엇이라는 식의 막연한 이해가 대부분 사람들의 의식을 지배하고 있다. 그 이유는 무엇일까. 여러 가지 이유가 있겠지만, 오존주의보는 안개주의보나 호우주의보와 달리 구체적으로 눈에 띄는 변화를 보이지 않기 때문일 수 있다. 따라서 자극성을 갖지만 무색, 무미의 기체인 오존은 어떤 의미에서 보면 추상적인 공포의 대상일 뿐인지도 모른다. '기의'와 괴리된 '기표'의 모임처럼 보이는 권갑하의「오존주의보 내리는 날」은 바로 이 공포, 구체적인 내용을 결여한 막연한 공포를 함축하는 것 아닐까. 문제는 공포가 막연한 것일수록 공포의 강도는 더욱더 증가되어 인간을 공황(恐慌)의 상태로 몰아갈 수도 있다는 데 있다. 권갑하의 시는 바로 이 공황의 분위기까지도 읽도록 우리를 유도하고 있다. '-어'로 끝나는 구어체의 긴박하고도 반복적인 말투는 이 같은 분위기를 전달하기 위한 것일 수도 있다.

5. 논의를 마무리하며

강렬한 자의식을 지닌 사람들이 그러하듯, 대체로 시인에게는 시인으로서의 자기 자신, 또는 자신의 시 세계, 또는 자신의 창작 행위 자체에 대해 되돌아보고자 하는 마음이 존재하게 마련이다. 또한 이 같은 마음이 시 창작의 동인(動因)이 되어 작품으로 귀결되기도 하는데, 이렇게 해서 창작된 작품들은 시인의 시 세계로 들어가는 데 중요한 열쇠를 제공하기도 한다. 권갑하의 시 가운데 그런 종류의 작품이 있다면 어느 것일까. 아마도「나의 시」가 이에 속하는 작품 가운데 하나이리라.

나는 너를 별이라 부르지 않는다
너는 내 눈물
내 안의 숨겨진 상처
슬픔의
정원에 갇혀
꼬박 밤을 지샌 꽃

너의 가슴팍에서 나는 죽으리라
그리움으로 생을 소진하고 싶지 않다
해질 녘
야윈 내 그림자
땅에 묻고 싶지 않다.

사랑이란,
알몸으로 그대 앞에 서는 것
꽃향처럼 가만히
몸 속으로 이끌리는 것
움켜쥔 물고기처럼
끝내 달아나고 마는 것

—「나의 시」제1-3연

위의 시에서 "너"가 가리키는 것은 무엇일까. 제목의 압력 아래 그
것은 "나의 시"를 가리키는 것일 수 있다. 또는 문맥의 압력 아래 '내

가 사랑하는 사람'으로서의 "그대"를 가리키는 것일 수도 있다. 말하자면, 「나의 시」는 또 하나의 사랑 노래일 수 있다. 이런 의미에서 보면, "나의 시"라는 제목은 '나의 시에 대한 시'를 암시하는 것이 아니라 '내가 남긴 시 가운데 하나'라는 뜻을 갖는 것으로 읽힐 수도 있다. 하지만 또 다른 방식의 읽기도 가능한데, '나의 시'란 곧 '내 사랑의 대상'일 수도 있기 때문이다. 다시 말해, 「나의 시」는 여전히 '나의 시에 대한 시'로 읽힐 수 있거니와, 특히 이 같은 방식의 읽기를 유도하는 것은 연시조의 첫째 수에 해당하는 이 시의 제1연이다. 즉, 이 시의 제1연에서 "너"는 "내 눈물"이자 "내 안의 숨겨진 상처," 나아가 "슬픔의/정원에 갇혀/꼬박 밤을 지샌 꽃"으로 묘사되고 있는데, 이러한 묘사의 대상으로는 '시'가 더 적절한 것처럼 보이기 때문이다. 하기야 '시적 파격'(poetic license)이 허용되는 곳이 다름 아닌 시의 세계라는 관점에서 보면, 사랑하는 사람을 "눈물"이나 "상처" 또는 "꽃"으로 묘사한다고 해서 문제 될 것은 없다. 요컨대, "너"는 '나의 시'를 지칭하는 것으로 읽을 수 있지만, 그럼에도 불구하고 여전히 '내가 사랑하는 사람'을 지칭하는 것으로 읽을 여지를 완전히 배제할 수는 없다.

이처럼 이중적 읽기가 가능하다는 사실은 무엇을 의미하는가. 무엇보다, 이 시가 '나의 시에 대한 시'라는 전제를 승인하는 경우, 우리는 여기서 자신의 시에 대한 시인의 '시적 심의 경향'(the poetic turn of mind)을 일별할 수 있다. 그에게 시란 '내가 사랑하는 사람' 또는 '살아 숨 쉬는 인격체'와 다를 바 없는 그 무엇이 아닐까. 사실 제2연과 제3연을 떼어 놓고 보면 사랑하는 사람을 향해 외치는 더할 수 없이 격렬한 사랑의 노래로 읽힌다. 온 감각과 정신이 하나가 되어 갈망하는 구애의 노래로 읽히는 것이다. 시에 대해 갖는 이 같은 심의 경향 때문인지 몰라도, 권갑하의 시에서는 어느 시인의 시에서보다도 감각적·

육감적 이미지가 빈번하게 확인된다. 물론 그러한 이미지가 빈번하게 등장한다고 해서 문제 될 것은 없다. 하지만 어쩌다 권갑하의 시에서 감상(感傷)의 분위기가 짙이기도 하고, 모호한 표현 또는 상투적인 언어유희의 혐의에서 벗어나지 못하는 구절이 짙이기도 하거니와, 이는 부분적으로나마 과도하게 감각적·육감적 이미지에 의지하기 때문은 아닐까. 사실 감각만큼 우리의 인식 세계에서 확실한 것도 없는 듯 보이지만, 동시에 이처럼 사적이고 막연한 것도 없다. 바로 이 때문에 그와 같은 이미지를 시에서 사용하고자 할 때 각별히 조심해야 하는 것인지도 모른다. 아무튼, 권갑하는 시를 향한 마음뿐만 아니라 세상을 향한 마음까지도 젊은 열정적인 시인이다. 그의 젊음과 열정을 확인케 하는 것이 바로 감각적·육감적 이미지들이 아닌가. 이런 점에서 이를 일방적으로 폄하할 수는 없다. 우리의 고언은 다만 그의 시조 세계가 보다 더 완숙의 경지에 이르기를 바라는 마음에서 덧붙이는 췌사(贅辭)일 뿐이다.

소탈하고 여유로운 시 세계, 그 안으로

—이종문의 『묵 값은 내가 낼게』와 시적 재치와 해학

기(起), 시인 고유의 시적 정취를 되짚어 보며

지난 2010년 여름 시인 이종문이 『인각사, 삼국유사의 탄생』(글항아리, 2010)이라는 자신의 책 한 권을 나에게 보냈다. 그런데, 예상과 달리 이는 시집이 아니었다. 시집이 아닌 일종의 학문적 탐구서—이종문 자신의 표현에 따르면, "인각사 답사기"—인 그의 책을 받아 읽기 시작하면서 나는 입가에 웃음을 머금지 않을 수 없었다. 무엇보다 한문학자 이종문의 책에서 시인 이종문의 자취를 감지했기 때문이었다. 다양한 한문 문헌에 근거하여 집필된 이 책의 "인각사 관련 자료 집성"과 같은 곳에서 확인되는 학자적 엄밀성이야 그가 한문학자라는 점에서 볼 때 당연한 것이었다. 하지만 이 책을 읽기 시작하자마자 감지되는 시적 정취란! 이는 시심을 앞세우지 않아도 될 법한 자리에서까지 시인의 시심이 발동하고 있음을 보여 주는 증거 아닐까.

한티재를 넘어 인각사가 있는 군위 땅으로 접어들자 수천수만의 흰나비 떼가 바람을 따라 천지간을 빙빙 떠돌아다녔다. 그리하여 마침내 죄를 지은 적이 없는 놈들은 저 무한 극락으로 다시 날아올랐고, 죄지은 놈들은 어이없게도 러브호텔 신축 공사장의 활활 타오르는 모닥불 위로 뛰어내렸다. 그 가운데는 그것이 불인 줄을 꿈에도 모른 채 무심코 내리다가 변을 당하고 만 참 멍청한 눈송이도 있을 것이고, 불인 줄 번연히 알면서도 어, 어, 하는 사이에 피치 못해 내리는 것도 있으리라.

눈송이가 휘날리는 정경에서 "수천수만의 흰나비 떼"를 볼 뿐만 아니라 이를 절묘하게 의인화하고 있는 이종문의 필치에서 나는 잠재울 수 없는 시인의 시적 감성을 읽었던 것이고, 이를 확인하는 즐거움이 내 입가에 웃음을 얹어 주었던 것이다.

　어디 산문뿐이랴. 이종문의 시를 읽으면서도 나는 입가에 떠오르는 웃음을 억제할 수 없는데, 예컨대 다음과 같은 시조를 어찌 담담한 마음으로 읽을 수 있겠는가.

　　나이 쉰다섯에 과수가 된 하동댁이 남편을 산에 묻고 땅을 치며 돌아오니 여든둘 시어머니가 문에 섰다 하시는 말

　　　　　　　　　　　　　　　　　　　　　　　　—「밥도」 전문

시인이 위의 작품을 초·중·종장의 분리 없이 한숨에 읽도록 독자를 유도하는 이유는 무엇일까. 추측건대, 위의 작품을 시조의 기본 형태에 맞춰 3행으로 나눠 놓거나 또는 요즘 유행하듯 그 이상의 행으로 나눠 놓았다면, 필경 시를 읽는 속도가 느려지고 이에 따라 이 시 특유

의 익살스러운 분위기가 사라질 수 있음을 감지했기 때문 아닐까. 예컨대, "나이 쉰다섯에 과수가 된 하동댁이/남편을 산에 묻고 땅을 치며 돌아오니/여든둘 시어머니가 문에 섰다 하시는 말"로 나눠 행을 재배치하고, 이에 맞춰 행이 바뀔 때마다 호흡을 조절하여 이 작품을 읽거나 낭송한다 하자. 이 경우 앞의 작품에서 감지되는 특유의 익살스러운 분위기는 제대로 살아나기 어렵지 않을까. 그 점이 시인에게 이 시조의 행 나누기를 거부케 한 것은 아닐지? 어찌 보면, 익살과 재치가 지배하는 사설시조의 분위기를 단시조 안에서 살리기 위한 시인의 실험 정신이 작동한 것일 수도 있으리라.

이 시의 경우, 시인 특유의 실험 정신은 작품의 제목을 설정하는 데서도 확인된다. 널리 알려져 있는 바와 같이, 시의 제목은 작품의 내용이나 주제를 대신하거나 함축하기 위한 간명한 언어 표현으로, 작품에 대한 이해를 돕는 열쇠 말 역할을 한다. 하지만 이 작품에서 제목은 작품 자체의 일부가 되고 있다. "나이 쉰다섯에 과수가 된 하동댁이 남편을 산에 묻고 땅을 치며 돌아"온다. 그러자 "여든둘 시어머니가 문에 섰다 하시는 말"이 있으니, 그것은 놀랍게도 "밥도"다. 요컨대, 이 시의 제목은 본문에 이어지는 시적 진술—그것도 예상치 못한 돌올(突兀)한 시적 진술—의 역할을 한다.

남편을 잃은 며느리가 제 남편을 땅속에 묻고 슬픔을 주체하지 못한 채 집으로 돌아오자 그녀에게 시어머니가 하시는 말씀이 기껏 '밥 달라'라니! 아들을 잃은 어머니의 입에서 나올 법한 말인가. 아무리 모든 것에 앞서는 것이 식욕이라지만, 황당하고 어이없지 않은가. "과수가 된 하동댁"뿐만 아니라 누구라도 어이없어할 법하다. 혹시 "여든둘 시어머니"가 치매 상태인 것은 아닐까. 설사 그렇다 하더라도, 남편을 땅속에 묻고 돌아온 며느리에게 시어머니가 대뜸 '밥 달라' 했다면,

이 어찌 복장 터질 일이 아니겠는가. 하지만 우리네 삶의 현장이란 그런 것일 수도 있으리라. 말하자면, 제3자의 입장에서 보면 입가에 웃음을 머금을 법한 엉뚱하고 재미있는 일이 꼬리를 물고 일어나는 인간 희극의 마당이 곧 우리가 살아가는 삶의 현장일 수 있다.

우리네 삶의 현장이 엉뚱하고 재미있는 일로 가득한 인간 희극의 마당이든 또는 유쾌하고 즐거운 일로 가득한 놀이의 마당이든, 이 마당에 터를 잡고 펼쳐 보이는 이종문의 시 세계는 소탈하고 여유로운 시인의 시심을 통해 항상 우리의 마음을 편하게 한다. 어디 그뿐이랴. 재치와 익살의 언어로 가득한 그의 시 세계는 늘 우리를 즐겁게 한다. 이종문의 제4시집 『묵 값은 내가 낼게』(서정시학, 2014)에서도 그와 같은 시인 특유의 시 세계는 여일하다. 이어지는 지면에서 우리는 이처럼 그의 시 세계가 여일함을 거듭 확인하고자 한다.

승(承), "묵"과 "느티나무 잎새"의 의미를 찾아

시집 『묵 값은 내가 낼게』에 표제를 제공한 작품이자 첫 수록 작품이기도 한 「묵 값은 내가 낼게」에서 우리는 시인이 살아가는 삶의 한 단면을 있는 그대로 확인할 수 있다.

그 해 가을 그 묵 집에서 그 귀여운 여학생이 묵 그릇에 툭 떨어진
느티나무 잎새 둘을 냠냠냠 씹어보는 양 시늉 짓다 말을 했네

저 만약 출세를 해 제 손으로 돈을 벌면 선생님 팔짱 끼고 경포대를
한 바퀴 돈 뒤 겸상해 마주보면서 묵을 먹을 거예요

내 겨우 입을 벌려 아내에게 허락 받고 팔짱 낄 만반 준비 다 갖춘
지 오래인데 그녀는 졸업을 한 뒤 소식을 뚝, 끊고 있네

도대체 그 출세란 게 무언지는 모르지만 아무튼 그 출세를 아직도
못했나 보네 공연히 가슴이 아프네 부디 빨리 출세하게

그런데 여보게나 경포대를 도는 일에 왜 하필 그 어려운 출세를 꼭
해야 하나 출세를 못해도 돌자 묵 값은 내가 낼게
　　　　　　　　　　　　　　　　—「묵 값은 내가 낼게」 전문

　　다섯 수의 단시조로 이루어진 이 작품에는 먼저 "묵 집"에서 여학생
과 묵을 먹고 있는 학교 선생이 등장한다. 시인 이종문이 계명대학교
한문교육과 교수임은 누구나 다 아는 사실일 것이다. 아무튼, 묵을 먹
는 동안 학생은 선생에게 자신의 희망을 밝힌다. "출세를 해 제 손으
로 돈을 벌면 선생님 팔짱 끼고 경포대를 한 바퀴 돈 뒤 겸상해 마주보
면서 묵을 먹을 거"라고. "선생님 팔짱"을 끼다니? 가깝게 따르는 선
생을 향해 학생이 할 법한 애교와 장난기 어린 말이지만, 선생은 "겨
우 입을 벌려 아내에게 허락 받고 팔짱 낄 만반 준비 다 갖춘"다. 실
제로 아내의 허락을 받으려 했을까. 이종문의 작품에서 감지되는 시
인의 소탈한 성품을 감안한다면 충분히 그랬을 듯도 하다. 그리고 그
의 아내 역시 '좋을 대로 하시라' 했을 법하다. 도대체 소탈하기만 해
서 의뭉스러운 구석이라고는 느껴지지 않는 것이 시인의 성품이리라
는 판단은 비단 나만의 것이 아니리라. 하지만 허락을 받고 기다림에
도 불구하고 예전의 학생은 아직 "출세"를 못했는지 소식이 없다. 이
에 선생은 탄식한다. "출세란 게" 무언가. 그리고 학생의 출세를 기원

하다가 언뜻 출세를 못했다 해서 "경포대를 도는 일"마저 못 할 쓴가라는 데 생각이 미친다. 떠난 제자가 다시 찾기를 기다리는 선생의 따뜻한 마음이 감지되지 않는가. 그 마음은 "묵 값은 내가 낼게"로 요약된다. 이 말은 단순히 "그 해 가을" 묵을 함께 먹던 "귀여운 여학생"만을 향해 던지는 것은 아니리라.

앞의 시에서 우리는 인간과 인간 사이의 따뜻하고 밝은 만남이 이루어지는 삶의 공간을 확인할 수 있다. 뿐만 아니라 '출세 지향적인 사회'에 대한 엷은 비판의 마음까지 읽을 수 있다. 하지만 앞의 시에서 특히 우리의 눈길을 끄는 것은 "묵 그릇에 툭 떨어진 느티나무 잎새"가 의미하는 바가 무엇인가다. 그리고 학생이 "느티나무 잎새 둘"을 "냠냠냠 씹어보는 양 시늉 짓다"니? 물론 "묵 집" 근처에 느티나무가 있고 그 집의 마당 평상에서 묵을 먹다 보니 "느티나무 잎새"가 그릇 안으로 떨어졌을 수도 있다. 우리나라 마을 어귀 어디서나 볼 수 있는 느티나무는 멋지고 우람한 자태뿐만 아니라 넓게 드리워 주는 그늘 때문에 많은 사람의 사랑을 받는 나무다. 그리고 우람한 자태의 나무임에도 불구하고 갸름하고 끝이 뾰족한 계란 모양의 느티나무 잎사귀는 크기가 작아, 웬만한 크기의 그릇 안에 떨어져 들어갈 수 있을 정도다. 그런 "느티나무 잎새"가 그릇 안에 떨어져 들어가자, 학생이 이를 먹는 시늉을 했을 수도 있다. 하지만 시인이 그 모습을 각별히 주목한 이유는 무엇일까. 이 같은 의문 때문에 우리는 시집『묵 값은 내가 낼게』의 마지막 수록된 작품인「묵 한 그릇 하러 오소」에 눈길을 주지 않을 수 없다.

우리나라 묵 집 중에 제일 경치 좋은 집은
수밭마을 대밭골의 흰 구름집 식당이죠

두둥실 흰 구름으로 울타리를 둘러놓은,

흰 구름집 마당에서 묵을 먹다 바라보면
온 동네 된장 고추장 뒤범벅 해 처바른 듯
청룡산 천길 단풍이 타닥타닥, 타오르죠

담 너머엔 천년 묵은 느티나무 네 그루가
그 무슨 성자처럼, 아니 바보처럼 서서
가을날 환한 햇살 속 잎을 뚝, 뚝, 떨구지요

난데없는 돌개바람에 마구 휘날리던 잎이
시퍼렇게 멍든 하늘 눈부시게 뒤덮다가
더러는 묵 그릇 속에 날아들기도 하죠

솔직히 묵 맛이야 그 맛이 그 맛이나
느티나무 잎새 맛은 그런대로 그만이니
이 편지 받으시거든 묵 한 그릇 하러 오소
　　　　　　　　　　　　　　—「묵 한 그릇 하러 오소」 전문

　　시집이 "묵 값은 내가 낼게"라는 제목으로 시작하여 "묵 한 그릇 하
러 오소"라는 제목으로 끝나고 있다는 점에서, 시인 이종문이 "묵"에
각별한 의미를 부여하고 있다는 추측을 가능케 한다. 묵은 도토리나
메밀 등을 맷돌에 갈아 가라앉힌 다음 그 앙금에 불을 지펴서 걸쭉하
게 만들고 이를 굳혀 마련한 우리나라 고유의 음식이다. 물론 묵을 소
재로 하여 만든 탕평채와 같은 궁중 요리가 있긴 하지만, 묵은 일반적

으로 서민의 음식이라 해도 크게 틀린 말이 아닐 것이다. 게다가, 위의 작품에서 시인이 말하고 있듯 "솔직히 묵 맛이야 그 맛이 그 맛"일 만큼 묵은 담백한 맛의 음식으로, 또렷한 개성이 잘 짚이지 않는다는 점에서도 서민의 풍미를 지닌 음식이라 해야 할 것이다. 어떤 의미에서 보면, 묵은 꾸밈없이 소탈한 성품의 '인간 이종문'의 분위기를 가장 잘 대변하는 음식이라 해도 무리는 아닐 것이다.

문제는 '편지 형식'으로 창작된 위의 작품에서도 "느티나무 잎새"가 등장한다는 데 있다. "솔직히 묵 맛이야 그 맛이 그 맛이나/느티나무 잎새 맛은 그런대로 그만"이라니? "묵 맛"을 보완하는 것이 "느티나무 잎새 맛"이라는 암시가 담긴 이 시 구절에서 우리가 읽을 수 있는 메시지는 무엇일까. 이 물음에 대한 답뿐만 아니라 「묵 값은 내가 낼게」와 관련하여 앞서 제시한 물음에 대한 답을 위해 우리가 주목해야 할 것은 바로 이 작품의 첫째 수에서 넷째 수까지의 시적 진술이다.

우선 첫째 수에서 시인은 자신이 말하는 "묵 집"이 "수밭마을 대밭 골"에 있는데, "흰 구름"을 울타리로 하고 있을 정도로 풍광이 대단한 곳임을 자랑한다. 이 같은 시적 메시지는 둘째 수에 이르러 강화되는데, 묵 집에서 바라보면 "청룡산 천길 단풍이 타닥타닥, 타오르"는 풍경이 눈에 들어온다. 요컨대, 아름다운 자연의 한가운데에 있다. 그런데 그런 풍경을 묘사할 때 시인은 "온 동네 된장 고추장 뒤범벅 해 처바른 듯"이라는 표현을 동원한다. 자연의 멋진 풍광을 묘사할 때 이처럼 지극히 세속적인 인간사의 체취가 강하게 느껴지는 된장과 고추장 같은 음식을 비유적 표현으로 동원하는 예는 흔치 않다. 도대체 이를 통해 시인이 말하고자 하는 바는 무엇일까. 혹시 자연조차 그곳에 사는 사람들의 소박한 삶을 닮아 있음을 말하기 위한 것 아닐까. 아니, "온 동네 된장 고추장 뒤범벅 해 처바른 듯"이라는 표현은 온갖 양

넘에 버무려 놓은 묵을 연상케 하기도 하거니와, 단풍이 물들기 이전의 자연을 양념에 버무려 놓기 이전의 묵과 동일한 시선으로 바라보는 시인의 무의식이 여기에 작용하고 있는 것은 아닐까. 어찌 보면, 양념에 버무리기 전 담백한 맛의 묵과 같은 것이 꾸밈없이 소박한 그곳 사람들이자 단풍이 물들기 이전 그곳 자연의 풍광이고, 또한 때로 양념을 버무려 놓은 것이 그곳의 자연과 인간임을 암시하고자 하는 것이 이 같은 표현일 수 있으리라. 그리고 인간이 살아가는 이쪽 공간—말하자면, "묵 집"과 같은 곳—과 자연이라는 저쪽 공간—말하자면, "청룡산"을 포함한 산천경개—의 중간 지점에 존재하면서 이쪽과 저쪽에 때로 "잎새"를 떨어뜨리는 것이 "네 그루"의 느티나무 아닐까. 셋째 수의 "담 너머엔 천년 묵은 느티나무 네 그루가/그 무슨 성자처럼, 아니 바보처럼 서" 있는 것은 바로 그런 자리—즉, 자연과 인간 사이의 경계—에 위치해 있는 무언가 특별한 존재를 암시하는 것이리라.

이때 "성자처럼, 아니 바보처럼"에서 읽히는 것은 무엇인가. 혹시 이는 시인 자신의 모습을 느티나무에 투사한 것 아닐까. 그런 의미에서 보면, '인간 이종문'이 묵과 같은 사람이라면 '시인 이종문'은 느티나무와 같은 존재라는 암시를 이 시에서 읽을 수도 있지 않을까. 이 같은 맥락에서 보면, "가을날 환한 햇살 속 잎을 뚝, 뚝, 떨[군다]"는 말은 묵 집 안과 밖—말하자면, 인간과 자연이 만나는 동시에 양자를 아우르는 지점—에 위치하여 자신의 자취를 남기는 시인의 모습을 암시하는 것일 수 있거니와, 그런 의미에서 "느티나무 잎새"는 시인이 인간과 자연이라는 양쪽 세계를 향해 던지는 시적 메시지 또는 편편(片片)의 시일 수 있지 않을까. 미국의 시인 월트 휘트먼(Walt Whitman)이 일생의 역작으로 남긴 시집 『풀잎』(*Leaves of Grass*)에서 "풀잎"이 지시하는 여러 가지 의미 가운데 하나가 '시편(詩片)'이듯, "느티나무 잎새"가 지시하는 바는 곧 '시인 이종문'의 시편일 수도 있으리라.

바로 이런 맥락에서 볼 때, 넷째 수의 "난데없는 돌개바람"은 갑작스럽게 발동한 시인의 시심을, "마구 휘날리던 잎이/시퍼렇게 멍든 하늘 눈부시게 뒤덮다가/더러는 묵 그릇 속에 날아"든다는 말은 시심의 발동으로 인해 창작된 시편들이 식사 자리에 그 모습을 언뜻 드러내는 순간을 암시하는 것일 수 있지 않을까. 그런 의미에서 볼 때, "그 맛이 그 맛"인 "묵"이 담긴 그릇 안으로 떨어지는 "느티나무 잎새 맛" 만큼은 "그런대로 그만"이라는 시인의 말은 두 방향으로 읽힌다. 먼저, 축어적인 의미 읽기가 가능한데, 실제로 "묵 집"의 마당에 있는 평상에서 묵을 먹을 때 "담 너머"의 느티나무에서 그릇 안으로 잎이 떨어지는 것으로 읽을 수 있다. 아니, 이렇게 읽을 수도 있다. 묵을 먹는 일이야 "수밭마을 대밭골의 흰 구름집 식당"에서든 다른 어느 곳에서든 크게 다를 것이 없을지 모르지만, 적어도 시인이 청하는 곳으로 오면 "느티나무 잎새"가 떨어져 그릇에 들어갈 만큼 지극히 시적인 열린 공간에서 묵을 즐길 수 있다는 점을 강조하는 것으로 읽을 수도 있다. 즉, 자연을 향해 열려 있는 공간에서 음식을 즐길 수 있기에 즐거움은 그만큼 더 크고 시적인 것이 될 수 있다는 암시를 담기 위한 것으로 볼 수 있다. 이어서, 비유적으로 볼 때, 평범하면서도 꾸밈없이 소박한 공간이긴 하지만 가끔 시도 곁들일 만큼 운치와 맛이 살아 있는 곳이 다름 아닌 시인이 삶을 살아가는 세계임을 암시하는 것으로 읽을 수도 있다. 이런 의미에서 본다면, "묵 한 그릇 하러 오소"라는 시인의 말은 단순히 음식뿐만 아니라 시 또는 시적 정취도 함께 즐기러 올 것을 청하는 것으로 해석될 수도 있다.

이렇게 읽는 경우, 「묵 값은 내가 낼게」에서 학생이 "느티나무 잎새 둘"을 "냠냠냠 씹어보는 양 시늉"을 한다는 말이 의미하는 바에 대한 읽기에도 열쇠가 제공된다. 즉, "느티나무 잎새 둘"은 실제로 묵 그릇 안에 떨어진 나뭇잎일 수도 있지만, 어쩌다 시인이 몇몇의 시편을 입가에 떠올렸을 때 학생이 이를 듣고 '음미하고 있음'을 암시하는 표현일 수도 있고, 언제가 읽고서 기억 속에 간직하고 있던 선생의 시편들을 학생이 묵을 먹다가 돌연 입가에 떠올리고 있음을 암시하는 것일 수도 있으리라. 선생이 들려주는 시편들을 학생이 음미하고 있거나 학생 자신이 기억하고 있던 선생의 시편들을 입가에 떠올리고 있음을, 그로 인해 분위기는 새삼 시적 정취로 감싸이게 되었음을 암시하는 것일 수도 있다. 필경 학생이 "출세를 해 제 손으로 돈을 벌면 선생님 팔짱 끼고 경포대를 한 바퀴 돈 뒤 겸상해 마주보면서 묵을 먹을 거"라 말할 정도로 이종문을 존경하고 따른다면 이는 단순히 그가 학생에게 '선생님 이종문'이기 때문만이 아니라 '시인 이종문'—그것도, 특유의 소탈하고 여유로운 시 세계를 펼쳐 보이는 시인—으로 존재하기 때문이리라.

전(轉), 익살과 재치와 여유의 시 세계를 돌아보며

앞서 말했듯, 이종문의 소탈하고 여유로운 시 세계는 『묵 값은 내가 낼게』라는 그의 시집 어디서나 확인된다. 그 가운데 우리가 특히 주목하고자 하는 작품은 「꼭 껴안아 주지 그래」다. 무엇보다 이 시는 인간의 삶과 세상을 바라보는 시인 고유의 시선을 특히 선명하게 보여 주는 예로 판단되기 때문이다.

살얼음
끼어 있는

어물전 좌판 구석

새신랑

고등어가

새색시 고등어를

뒤로 꼭, 껴안고 누웠다

춥제 그자

춥제 그자

제 신랑

품에서도

옛 애인을 생각하는

색시야

이제 그만

뒤로 벌떡 돌아누워

뜨겁게 느그 신랑을

꼭 껴안아

주지

그래

　　　　　　　　　　　—「꼭 껴안아 주지 그래」 전문

　"살얼음"이 "끼어 있는" 것으로 보아, 아마도 추운 겨울날이었으리라. 추측건대, 시인은 몸을 움츠린 채 시장 거리를 가로질러 가고 있었으리라. 그리고 그런 시인의 눈에 띈 것이 "어물전 좌판 구석"을 차지하고 있던 고등어 몇 마리, 그것도 좌우 어느 한쪽 방향으로 나란히 진열해 놓은 고등어였으리라. 그런 고등어를 보았다면, 사람들은 어떤 생각을 할까. 아니, 나라면 어떤 생각을 할까. 아마도 추위를 새삼 실감하거나 김이 모락모락 나는 고등어 요리를 떠올릴 법하다. 이처럼 지극히 산문적이고 현실적인 나와는 달리 시적 감성을 지닌 사람이라면, 추위 속에서 고등어를 팔고 사는 서민들의 모습과 그들의 삶을 떠올릴 수도 있다. 또는 바다에 나가 고등어를 잡는 어부들이나 어판장의 풍경을 떠올릴 수도 있다. 심지어 바다 한가운데서 어물전 좌판에 이르기까지 고등어의 삶을 떠올리는 사람도 있을 법하다. 하지만 "어물전 좌판 구석"에 놓여 있는 고등어에서 "새신랑"과 "새색시"의 모습을 보는 사람은 흔치 않을 것이다. 아니, '시인 이종문' 이외에는 없을 것이다.

시인의 상상력에 이끌려 우리는 추운 겨울날 제대로 이불 한 자락 덮지 않은 채 한데를 '잠자리'로 삼아 누워 있는 "새신랑"과 "새색시"의 모습을 떠올릴 수 있다. 등을 돌리고 누워 있는 색시의 등 뒤에 누워 말을 건네는 신랑의 모습을 상상해 보라. 토라져 돌아누운 색시의 등 뒤에서 "춥제 그자"를 되뇌는 신랑의 딱한 모습이란! 혹시 추운 잠자리 때문에 색시가 토라진 것으로 신랑은 넘겨짚고 있는 것은 아닐까. 기껏 마련해 놓은 것이 이처럼 추운 잠자리라니, 어찌 색시가 토라지지 않을 수 있겠는가. 그런 생각이라면, 신랑이 어찌 "춥제 그자"를 되뇌며 쩔쩔매지 않을 수 있겠는가. 시인은 바로 이 같은 정경을 떠올리도록 우리의 상상을 유도한다. 말할 것도 없이, 여기서 느껴지는 것은 결코 슬픔이나 비애가 아니다. 오히려 조선조의 사설시조에서 감지될 법한 재치와 익살이다. 시인은 삶의 신산함을 재치와 익살이 넘치는 사설시조로 승화할 수 있었던 옛사람들의 여유를 오늘에 되살리고 있는 것이다.

시인의 재치와 익살은 여기서 끝나지 않는다. "제 신랑/품에서도/

옛 애인을 생각하는/색시"라니! 놀랍게도 색시가 등을 돌리고 누워 있는 것은 추위 때문이 아니다. 시인의 상상에 따르면, 옛 애인 생각 때문이다. 그것도 모른 채 등 뒤에서 "춥제 그자"를 되뇌는 어리숙한 신랑의 모습을 떠올리며 입가에 웃음을 떠올리지 않을 사람이 과연 얼마나 될까. 하지만 시인이 의도하는 바는 단순히 익살만이 아니다. 익살을 넘어서서 훈훈한 온기를 담고 있는 것이 이 작품으로, 이를 확인케하는 것이 시인의 다음과 같은 조언이다. "색시야/이제 그만/뒤로 벌떡 돌아누워/뜨겁게 느그 신랑을/꼭 껴안아/주지/그래." 우리가 여기서 감지할 수 있는 것은 시인의 다감하고 여유 있는 마음이다. 옛 애인 생각에 돌아누워 있는 색시에게 책망의 말 대신에 은근한 타이름의 말을 건네는 사람이라면, 그는 진실로 여유로운 마음의 다감한 사람이리라. 이 같은 다감하고 여유로운 마음과 은근한 타이름의 시선 때문인지 몰라도, "살얼음/끼어 있는/어물전 좌판 구석" 자체가 어느덧 훈훈한 온기로 감싸이고 있다는 느낌이 들기도 한다. 그리하여 이 작품을 읽는 사람들은 곧이어 "뒤로 벌떡 돌아누워" 등 뒤쪽의 '신랑 고등어'를 "뜨겁게" "꼭 껴안아 주"는 '색시 고등어'를 상상 속에 떠올릴 법도 하다.

이종문 고유의 시적 특성이라 할 수 있는 재치와 익살 그리고 여유는 과연 어디에서 비롯된 것일까. 이 같은 시적 특성은 타고난 것일까, 아니면 후천적으로 습득한 것일까. 우리가 이처럼 엉뚱한 질문을 던지는 이유는 그의 시에서 확인되는 특성이 지극히 자연스럽기 때문에 후천적인 노력만으로는 도저히 가능해 보이지 않기 때문이다. 바로 이런 의문에 작은 단서를 제공하는 작품이 있는데, 이는 바로 「내 인끼가 최골낀데」다.

아침에 식탁에서 뒤로 꽈당 하시고서 오후에도 먼 산 보다 난데없
이 까무러쳐, 하루에 두 번씩이나 혼절하신 우리 엄마

119 구급차에 애옹애옹 실려 가서 응급실에 계신다는 천둥 같은 소
식 듣고 며느리 아들딸들이 벼락같이 달려가니, 부스스 일어나신 우
리 엄마 하시는 말, 웬쑤구나 웬쑤구나 안 죽어서 웬쑤구나

그마 마 확 죽어뿌머 내 인끼가 최골낀데
　　　　　　　　　　　　　　　―「내 인끼가 최골낀데」 전문

　행 나누기를 자유롭게 함으로써 3수의 연시조로 읽히기도 하고 그
자체로서 감칠맛 나는 사설시조로 읽히기도 하는 이 작품의 등장인물
은 시인의 어머니다. (시인에게 확인한 바에 따르면, 5-6년 전에 실제로
일어난 일을 소재로 한 것이 이 작품이라 한다.) 아무튼, "우리 엄마"가 "하
루에 두 번씩이나 혼절하"다니? 어찌 가족이 놀라지 않겠는가. "응급
실에 계신다는 천둥 같은 소식 듣고 며느리 아들딸들이 벼락같이 달
려"갈 수밖에. 그런데 놀랍게도 "우리 엄마"가 "부스스 일어"나 이렇
게 말한다. "웬쑤구나 웬쑤구나 안 죽어서 웬쑤구나/그마 마 확 죽어
뿌머 내 인끼가 최골낀데." 연시조라 하면 셋째 수의 종장에 해당하고
사설시조라 하면 그 자체로서 종장에 해당하는 "그마 마 확 죽어뿌머
내 인끼가 최골낀데"가 의미하는 바는 무엇인가. '그만 확 죽어 버리면
내 인기가 최고일 텐데'라니! 죽음의 고비를 넘긴 어머니가 어찌 그처
럼 여유로울 수 있겠는가. 구수한 경상도 사투리에서도 그렇지만, 자
신의 죽음을 그처럼 우스개 이야기로 만들어 긴장된 분위기를 완화하
는 "우리 엄마"의 말에서 우리는 재치와 여유를 느끼지 않을 수 없다.

그런 어머니 품에서 자라 어른이 되었으니, 어찌 시인의 시 세계에서 감지되는 시적 특성을 새삼스럽다 할 수 있겠는가.

아무튼, 시인은 어머니가 응급실로 실려 갔던 사건을 시화(詩化)하면서도 결코 무겁거나 어두운 분위기로 이끌어 가려 하지 않으려는 듯, "콰당" 같은 의태어와 "에옹에옹" 같은 의성어를 동원하고 있다. 특히 "에옹에옹"은 유아어(幼兒語)로, 철모르는 어린아이의 모습을 연상케 한다. 하기야 어머니 앞에서, 또는 어머니를 생각할 때 어린아이가 되지 않는 자식이 어디 있겠는가. 그래서 그런지는 몰라도 어머니에 관한 시를 쓰면서 시인은 마치 어머니 앞에서 어리광을 부리듯 유아어를 사용하고 있다. 어찌 보면, "우리 엄마"라는 말 자체도 일종의 유아어가 아닌가. 하기야 이종문은 그의 작품 어디에서도 '어머니'라는 표현을 사용하지 않는다.

언어 사용과 관련하여 또 하나 주목해야 할 점은 "난데없이"나 "천둥 같은"이나 "벼락같이"라는 부사나 형용사의 역할이다. 이는 물론 상황의 급박함을 전하는 말이기도 하지만, 과장법을 통해 긴장된 분위기의 긴장감 자체를 해소하는 역할을 하는 말이기도 하다. 이와 관련하여, 우리는 조선 시대 사설시조에서 과장된 표현들이 시의 분위기에 어떤 영향을 미치는가에 유의해야 할 것이다. 과장된 표현에 유의하다니? 과장법은 때로 말하는 사람이 호들갑을 떨고 있음을 익살스럽게 드러내기 위한 수사적 장치일 수 있거니와, 호들갑을 떠는 사람을 보면 때로 웃음을 참기 어려울 수도 있고, 이에 따라 아무리 절체절명의 순간이라 해도 긴장된 분위기 자체가 완화될 수도 있다. 추측건대, 이종문은 시조 형식에 대한 진지한 실험과 탐구를 통해 이 같은 과장된 어법의 역할이 무엇인지를 터득하고 있는 것은 아닐지? 그는 시집 서문에서 "시조라는 형식의 바늘구멍은 정말 뜻밖에도 놀라울

정도로 커서" 뭐든 밀어 넣어 보지만 그때마다 "그토록 거대한 바늘구
멍에 번번이 걸려 진퇴양난으로 뒤뚱대고 있으니, 우와, 이거 정말 큰
일이다"라 말하고 있거니와, 이는 시인이 시조의 특성에 대해 누구보
다 깊이 인식하는 동시에 이에 대한 실험과 탐구에 치열하게 매진하고
있음을 특유의 익살스럽고 과장된 언어로 드러낸 말이라 할 수 있으리
라.

어머니에 관한 또 한 편의 작품 「호시도 참 좋겠다야—우리 엄마의
말」에서도 우리는 이종문의 시 세계에서 감지되는 시적 특성의 근원
이 어디인가를 다시 한 번 확인할 수 있다. "이왕사 조금 일찍 그것도
문득 가서//며느리 아들딸들 울고불고 땅을 칠 때//유유히 꽃상여 타
고 먼 소풍을 떠나는 것"을 그 무엇보다 "좋은 복"이라 말할 만큼 여유
로운 마음을 지닌 이가 시인의 어머니 아닌가. 그런 어머니를 둔 시인
이니, 그가 어찌 느긋하고 여유로운 눈길로 세상사를 바라보지 않을
수 있겠는가.

그래서 그런지 몰라도, 시인은 가까운 사람의 죽음이라는 사건과
마주하여 이를 시화(詩化)할 때조차도 마음의 평정을 잃지 않을 뿐만
아니라 재치와 익살의 언어를 잃지 않는다. 이렇게 말한다고 해서, 그
의 시에서 슬픔의 마음이 깊이지 않는다는 뜻은 아니다. 다만 죽음을
시적 소재로 다룰 때조차도 시인은 일상사를 다룰 때와 다름없는 재치
와 익살의 언어를 동원함으로써, 자칫 어두워질 수 있는 시의 분위기
를 환하게 밝히고 있음을 지적하고 싶을 따름이다.

이게 연극이라면 그 연극은 그만두고 이 사람, 내가 왔네, 이리 냉
큼 나오시게
아 글쎄 내가 자네께 절을 해야 되겠나

그래도 액자 속에 고요히 들어앉아 무엇이 우습기에 자네 그리 웃
고 있나
부인이 혼절을 했는데 그래 이게 웃을 일가

혹시 늦게 얻은 저 귀엽고 어린 딸이 다들 왜 이러나? 어리둥절하다
가도 철없이 깔깔 웃는 것, 하 기막혀 웃고 있나

알겠네, 이 사람아, 이 지경이 됐는데도 부의 봉투에 넣을 돈이나
따져쌓는
삼십 년 지기의 꼴이 우스워서 웃제 그자

부디 이해하게, 넣었다가…… 뺐다가 큰마음 먹고서야 큰 것 한
장 더 넣었네
이 돈을 노자 삼아서 오호(嗚呼) 잘 가게나 친구
　　　　　　　　　　　　　　　　　—「오호 잘 가게나 친구」 전문

　추측건대, 시인은 친구의 빈소를 찾은 것이리라. 그곳에서 시인은
친구에게 "연극은 그만두고" "이리 냉큼 나"올 것을 청하는데, 그 이유
가 재미있다. "아 글쎄 내가 자네께 절을 해야 되겠나." 마치 살아 있
는 친구에게 농담조의 시비를 걸듯 이렇게 말할 뿐만 아니라, 시인은
웃고 있는 영정 속 친구의 모습을 보며 "부인이 혼절을 했는데 그래 이
게 웃을 일[인]가"라 묻기도 하고 "어린 딸"이 "철없이 깔깔 웃는 것,
하 기막혀 웃고 있나"라 묻기도 한다. 말하자면, 여전히 살아 있는 친
구에게 말을 걸듯 시인은 지극히 일상적이고 편안한 어투로 고인에게

농담조의 말을 건넨다. 특히 부인이 혼절한 것을 보고 웃는 것 아닌가라는 물음에서는 유쾌한 익살이 짙이기도 한다. 이 같은 물음은 무엇보다 '부인이 혼절한 것은 결코 웃을 상황이 아닌데 왜 웃고 있느냐'는 뜻을 담기 위한 것일 수 있다. 하지만 '부인이 쓰러지면 새 장가갈 생각에 뒤에 가서 몰래 웃는다'는 세속의 우스개 이야기까지 떠올리게 한다는 점에서 여전히 익살이 짙이는 농담으로 읽히기도 한다. 아무튼, 고인이 된 친구의 영정 앞에서 어찌 이럴 수가 있는가. 하지만 시인의 이 같은 태도는 친구의 죽음을 인정하고 싶지도 않아하고, 믿고 싶지도 않아하는 시인의 마음을 감추듯 드러내는 것일 수도 있다.

아무튼, 연시조의 넷째 수에 해당하는 부분에 이르러 시인은 친구의 웃음이 무엇 때문인지 알겠다는 듯 이렇게 말한다. "알겠네, 이 사람아, 이 지경이 됐는데도 부의 봉투에 넣을 돈이나 따져쌓는/삼십 년 지기의 꼴이 우스워서 웃제 그자." 도대체 "삼십 년 지기"가 세상을 떴는데 쪼잔하게 "부의 봉투에 넣을 돈"을 "따져쌓는" "꼴"이라니! 그런 자신의 "꼴"이 우습다 느껴졌는지, 시인은 빼냈던 "큰 것 한 장"을 "더 넣"는다. 그것도 "큰마음 먹고서야" 겨우! 하기야 부의 봉투에 넣을 돈을 "따져쌓"기도 하고 그러는 자신의 꼴이 우스꽝스럽다거나 한심하다 생각해 본 이가 어디 시인뿐이랴. 이처럼 한심하고 우스꽝스러운 자신의 모습과 웃고 있는 영정 속 친구의 모습을 병치해 놓음으로써, 시인은 자칫 슬픔의 마음과 애도의 분위기가 지배할 수도 있었을 시의 분위기를 밝게 만들고 있다.

사실 빈소의 분위기를 떠들썩하고 밝게 하려는 것은 우리나라뿐만 아니라 세계 몇몇 곳에서 확인되는 풍습이기도 하다. 여기에는 고인이 저승으로 갈 때 외롭지 않게 하려는 뜻도 숨어 있겠지만, 고인의 가족이나 가까운 친구에게 잠시라도 슬픔을 잊게 하려는 배려의 마음도 담겨 있는 것이리라. 연극은 그만두라거나 웃고 있는 이유가 무엇이냐는 등 시인이 고인에게 농담조의 시비를 거는 것은 자칫 슬픔으로 인해 가라앉기 쉬운 자신의 마음을 다잡기 위한 것일 수도 있으리라. 또는 이 시의 시상(詩想)을 떠올리고 있는 곳으로 추정되는 빈소의 분위기를 조금이라도 밝게 하려는 시인의 곡진(曲盡)한 마음에서 비롯된 것일 수도 있다. 아울러, '웃다'라는 표현을 되풀이하고 있는 것 역시 밝은 언어 뒤에 슬픔을 감추려 애쓰는 시인의 마음을 암시하는 것일 수 있으리라. 그럼에도 불구하고, 시인은 도저히 숨길 수 없는 슬픔의 마음 한 자락을 다음과 같이 드러냄으로써 시를 끝맺는다. "이 돈을 노자 삼아서 오호 잘 가게나 친구."

결(結), 삶의 현실을 바라보는 시인의 시선을 따라

이종문의 작품에서 감지되는 익살과 재치의 언어 및 여유의 마음이 그의 시 세계를 밝게 채색하고 있는 것은 사실이다. 그렇다면, 그의 시세계는 단지 환하고 밝기만 한 것일까. 아니, 좀 더 직설적으로 묻자면, 이종문의 시 세계에서는 인간사의 어려움이나 괴로움에서 비껴서 있는 시인의 모습만 확인될 뿐일까. 사실 시적 분위기가 환하고 밝다해서 이것이 곧 시인의 현실 감각이 부재함을 의미하지는 않는다. 시인이 현실의 삶을 살아가는 존재인 이상, 어찌 그의 시선이 현실로부터 자유로울 수 있겠는가. 물론 현실 또는 현실의 삶에 대한 시인의 비판적 시선이 명시적으로 드러나지 않을 수도 있지만, 그렇다고 해서 그 사실이 암시적으로 담겨 있는 시인의 예리한 비판적 시선이 존재함을 부정하는 것은 아니다. 아마도 이종문의 시 세계에서 이를 보여 주는 대표적인 예가 「아무리 우겨 봐도」일 것이다.

공중목욕탕에서 목욕하는 사람들은

발목에 하나씩의 족쇄를 차고 있고

바로 그 족쇄 고리에 열쇠 하나 달렸다

그 열쇠 구멍 속을 가만히 들다보면

눈에 잘 뵈지 않는 끈이 하나 묶여 있고

그 끈을 따라가 보면 자물통이 나온다

그 자물통 열고 보면 구두가 놓여 있고

걸려 있는 옷가지에 지갑이 들어 있고

카드와 신분증들이 줄줄이 다 나온다

나 완전 해방이라고 아무리 우겨 봐도

구두와 옷가지와 그 귀여운 妻子까지

발목에 묶어 놓은 채 등을 미는 것이다
—「아무리 우겨 봐도」 전문

모두 네 수의 단시조가 모여 하나의 연시조를 이룬 이 작품의 배경이 되고 있는 것은 공중목욕탕이다. 사람들이 목욕을 위해 목욕탕에 가면 옷을 벗어 옷장에 넣고 열쇠로 잠그게 마련이다. 그런 다음 그들은 대개 열쇠에 매여 있거나 꿰어 놓은, 탄성(彈性)이 있는 고리를 발목에 찬다. 그렇게 발목에 옷장 열쇠를 차고 다니는 사람들의 모습이 이 시의 소재가 되고 있다. 이 작품의 첫째 수에서 시인은 사람들의 이 같은 모습을 객관적으로 묘사하고 있다. 다만 옷장 열쇠의 고리를 "족쇄" 또는 "족쇄 고리"로 묘사함으로써, 시인은 삶에 대한 자기 나름의 이해가 끼어들게 될 것임을 예고한다. 아니, 시인의 상상력이 발동할 것임을 예고한다. 둘째 수에 이르러 시인은 이제 상상 속의 "끈"을 본다. 즉, "눈에 잘 뵈지 않는 끈"을 본다. 그 "끈"은 다시 객관적 사실의 세계로 우리를 유도하는데, 우리는 셋째 수를 통해 시인이 눈길을 주고 있는 곳이 옷장 안임을 확인한다.

　셋째 수의 "구두"와 "옷가지" 그리고 "지갑" 및 "카드와 신분증"은 우리네 삶의 일부를 구성하는 품목들이자 삶 자체에 대한 환유일 수 있다. 먼저 "구두"와 "옷가지"는 맨발과 맨몸으로 또는 최소한의 차림새만을 갖추고 생활하던 원시인의 삶에 대비되는 이른바 문명인의 삶에 대한 환유일 수 있다. 나아가, 지갑이란 원래 돈을 넣어 가지고 다니는 쌈지나 주머니 등이 발전하여 각종 신분증까지 넣어 가지고 다니도록 만들어진 생활의 소도구로서, 우선 돈을 넣어 가지고 다니는 도구라는 점에 국한시키는 경우 "지갑"은 교환 경제에 의존하던 원시인의 삶과 달리 화폐 경제에 의존하는 문명인의 삶에 대한 환유일 수 있다. 아울러, 신분증을 넣어 가지고 다니는 도구라는 점에서 본다면, "지갑"은 시인이 시에서 언급한 "신분증"과 더불어 인간과 인간 사이의 사회적 관계가 너무도 복잡해져 자신의 정체성을 사진이나 번호 등

등으로 환원해 놓은 증명서가 없이는 살아가기 어려운 현대인의 삶에 대한 환유일 수 있다. 이어서 "카드"가 등장하는데, 이는 화폐 경제에서 신용 경제로 변모한 사회에서의 삶에 대한 환유일 수 있거니와, 21세기 현대인의 삶과 관련하여 더할 수 없이 적절한 환유일 수 있다. 이 모든 환유에서 자유로울 수 있는 현대인이 과연 있을까. 그런 의미에서 보면, 이 모든 것 역시 오늘날의 사회를 살아가는 모든 사람들이 떨칠 수 없는 "족쇄"일 수 있다.

"족쇄"에 묶여 살 수밖에 없는 것이 오늘날 우리네 삶이라는 현실에 대한 시인의 비판적 시선은 여기서 멈추지 않는다. 마지막 넷째 수에 이르러 시인은 이 점을 힘주어 말하고 있는데, "나 완전 해방이라고 아무리 우겨 봐도" 이 같은 족쇄에서 자유로울 수 없다는 것이다. 넷째 수에서 시인은 "발목에 묶어 놓은" 족쇄를 무겁게 하는 것을 하나 더 추가하고 있는데, 그것은 바로 "妻子"—그것도 "그 귀여운 妻子"—다. 여기서 우리는 시인이 처자 이외의 가족 구성원을 이에 포함시키지 않는 이유가 무엇인지 궁금해할 법도 하다. 어쩌면 부가적인 언어적 표현을 첨가하기에는 부담이 되는 시조의 운율 때문이 아니겠냐고 반문하는 사람도 있을 것이다. 하지만 이 같은 반문은 시조 형식의 유연성뿐만 아니라 시인이 시어를 구사하는 능력 자체에 대한 무지(無知)를 드러내는 것일 뿐이다. 넷째 수의 중장에 담긴 "구두와 옷가지와"라는 표현 대신 얼마든지 다른 시어를 동원하여 시조 형식을 완성할 수 있지 않았겠는가. 그런데 하필이면 시인이 굳이 "구두와 옷가지"를 되풀이해 언급하는 동시에 다른 가족 구성원을 제외한 "그 귀여운 妻子"만을 문제 삼고 있는 이유는 무엇일까. 먼저 "구두와 옷가지"를 되풀이해 언급함은 외양(外樣)에 지나치게 신경을 쓰고 여기서 묶여 헤어나지 못하는 우리 사회의 구성원들 모두에 대한 암시적인 비판에 방점을 찍기 위한 것 아닐까. 또한 "그 귀여운 妻子"만을 부각하는 것은 이른바 핵가족화한 오늘날의 가정에 대한 또 하나의 암시적인 비판을 담기 위한 것 아닐까. 물론 이 같은 식의 작품 읽기가 시인의 의도와 동떨어진 지나친 것이라 평하는 사람도 있을 수 있다. 하지만 하나의 언어 텍스트로서의 시는 나름의 독립된 실체로 존재한다. 따라서 시인이 "[자신의 의도는 이러저러한 것이라고] 아무리 우겨 봐도" 작품의 텍스트는 스스로 의미를 만들어 낼 수 있으며, 이를 읽어 내는 일은 바로 독자의 몫일 수 있다.

「아무리 우겨 봐도」는 구성 면에서도 주목할 만한 작품인데, 무엇보다 시를 구성하는 네 수 가운데 첫째 수에서 셋째 수에 이르기까지 하나같이 사슬의 고리처럼 차례로 연결되어 있다는 점이다. 우선 첫째 수 종장 결구(結句)의 핵심어인 "열쇠"가 둘째 수 초장 발구(發句)의 핵심어가 되고 있다. 이어서 둘째 수 종장 결구의 핵심어인 "자물통"이 셋째 수 초장 발구의 핵심어가 되고 있다. 이렇게 해서 "눈에 잘 뵈지 않는 끈"이 세 수를 연결하고 있는 것이다. 만일 이 시의 네 수를 기승전결(起承轉結)의 구도에서 본다면, "눈에 잘 뵈지 않는 [현대인이 벗어날 수 없는 족쇄와도 같은] 끈"을 "눈에 잘 뵈지 않는 [비판적 시선]"으로 바라보는 시인의 시선을 확인케 하는 것이 결에 해당하는 이 작품의 넷째 수라 할 수 있다. 굳이 설명을 부가하자면, 현실 세계에서 상상으로 옮겨 갔다가 다시 현실 세계로 시선을 향하는 셋째 수야말로 말 그대로 기승전결의 구성에서 전에 해당하는 것이라 할 수 있다. 이렇듯 시인의 시적 기획에는 조금도 흐트러짐이 없다.

"발목에 하나씩의 족쇄를 차고" 있으면서도 "나 완전 해방"임을 우기는 사람들의 모습은 동화 속의 '벌거벗은 임금님'을 연상케도 한다. 사람들이 "족쇄"를 차고 있고 그 족쇄에는 "눈에 잘 뵈지 않는 끈"이

묶여 있으나 이를 모르거나 애써 모른 체하지만, 벌거벗은 채 행차하는 임금님의 우스꽝스러운 모습을 보고 벌거벗었다 말하는 순진무구한 어린아이처럼 시인은 "족쇄"와 그 족쇄에 연결된 "눈에 잘 뵈지 않는 끈"을 보고 이를 '보았다'고 말하고 있지 않은가. "아무리 우겨 봐도" 벌거벗은 임금이 벌거벗은 임금이듯, "나 완전 해방이라고 아무리 우겨 봐도" 우리 시대의 사람들은 시대가 강요하는 온갖 구속에서 결코 자유로울 수 없다. 옷이든 구두든 뭐든 온갖 구속을 벗어던지고 알몸이 됨으로써 해방을 느낄 법한 이들이 목욕탕 안의 사람들 아닐까. 하지만, 발목의 열쇠고리가 증명하듯, 우스꽝스럽게도 그들은 여전히 자신들이 "족쇄"에 묶여 있음을 의식하지 않거나 모르는 사람들이다.

언뜻 보면, 「아무리 우겨 봐도」는 시인의 눈에 우스꽝스러워 보이는 정경을 단순히 재치 있는 언어로 이야기하고 있을 뿐인 작품으로 비칠 수 있다. 하지만 그 뒤에는 우리 시대의 삶에 대한 시인 특유의 비판적 시선이 숨어 있거니와, 시집 『묵 값은 내가 낼게』에는 그와 같은 작품이 적지 않다. 아마도 그런 작품 가운데 또 한 편의 예가 있다면, 이는 짐짓 심각한 척하기 때문에 오히려 익살이 더욱 돋보이는 「나이 차도 있으니까」일 것이다. 이 시에서 시인은 "여학생을 한 사람씩 연구실로 불러와서" 인기 배우와 자신을 비교할 때 "누가 더 멋있느냐고 다그치며 묻는 방식"으로 자신이 얼마나 "멋"이 있는 사람인가를 "조사"한 적이 있음을 고백한다. "다그치며 묻"지만 학생들은 시인에게 판정패를 안긴다. 하지만 시인은 이에 "승복"할 수 없다 말하는데, 그 이유는 "나이 차도 있으니까"다. 여기서 우리는 자신에 대한 희화화(戲畵化)까지 감수하는 시인과 만날 수 있지만, 이 같은 희화화는 단순히 웃자고 하는 가벼운 농담만을 의도한 것은 아니리라. 오히려 이른바 "멋"의 기준을 지나치게 외면적인 것에만 두는 세태—그러니까 내면의 멋이 아닌 외면의 멋에 지나치게 집착하는 세태—에 대한 비판을 익살스러운 언어로 드러내기 위한 것으로 읽을 수 있지 않을까. 이 같은 우리의 판단을 뒷받침하는 시가 바로「시인의 얼굴」이다.

> 삼십 년 만에 만난 옛 동창생 하는 말이,
>
> "종문아 누가 니가 시인이라 그 카던데, 니 정말 시인이 맞나, 니가 정말 시인이가"
>
> "그래 맞다, 시인이다, 와 뭐가 잘못됐나"
>
> "니 거울 한번 봐라, 시인같이 생겼는가, 아 니가 시인이라 카이 자꾸 우스워서 하하"
>
> "시인 천상병을 이 무식아 니도 알제
>
> 시를 하늘로 삼은 천상 시인이지마는 그 얼굴 대체 어디가 시인같이 생겼노"
>
> —「시인의 얼굴」 전문

오랜 세월이 흐른 끝에 만난 친구가 시인에게 묻는다. "니 정말 시인이 맞나." 이 물음에 시인의 답변은 다음과 같다. "그래 맞다, 시인이다, 와 뭐가 잘못됐나." 이 같은 시인의 답변에 친구가 응수한다. "니 거울 한번 봐라, 시인같이 생겼는가, 아 니가 시인이라 카이 자꾸 우스워서 하하." 이 같은 비아냥거림에 어찌 대꾸해야 좋을까. 상대를 당황케 할 법도 한 친구의 비아냥거림에 대한 시인의 대꾸는 제3자의 입가에 웃음이 떠오르게 할 만큼 재치 있다. "시인 천상병을 이 무식아 니도 알제//시를 하늘로 삼은 천상 시인이지마는 그 얼굴 대체 어디가 시인같이 생겼노."

이 작품에서 우리가 읽어야 할 것은 단순히 언어적 익살과 재치만이 아니다. 그렇다면 무엇이 문제인가. 이 물음과 관련하여, 우리는 우선 "시인같이 생"긴 것과 "시인" 사이의 차이에 대해 생각해 봐야 할 것이다. 과연 "시인같이 생"긴 사람은 어떤 사람일까. '시인같이 생기다'라는 말은, 시인이란 외면적 판단 기준에 의해 분별 가능한 존재임을 지시하는 표현이다. 도대체 외모가 '시인답다'거나 '예술가답다'고 할 때 그 말이 진정으로 의미하는 바는 무엇일까. 넓게 보아, 시인 또는 예술가는 지적(知的)인 차원의 창조 활동을 하는 사람으로, 지적인 차원의 창조 활동이란 인간의 육체적 또는 생물학적 특성을 넘어서는 그 무엇이다. 따라서 이는 외면의 '멋'이나 '매력'에 의해 판단될 성질의 것이 아니다. 따지고 보면, 어찌 시인이나 예술가만 그러하랴. 이 세상 그 어떤 사람의 '멋'과 '매력'도 단순히 육체적 또는 생물학적 특성에 근거하여 판단될 수는 없다. 그럼에도 불구하고, 다른 시대의 사람들은 어떠했는지 몰라도 적어도 우리 시대의 사람들은 "니 거울 한번 봐라, 시인같이 생겼는가, 아 니가 시인이라 카이 자꾸 우스워서 하하"와 같은 투의 말을 쉽게 입에 올린다. '외모 지상주의'가 우리 시대를 지배하고 있기 때문이리라.

그런데 만일 위에서 우리가 펼친 지극히 산문적인 논리로 무장하고 시인이 친구의 말에 대꾸했다 하자. 아니, 간단하게 말해, '시인의 자질은 외모에 의해 결정되지 않는다'라 대꾸했다 하자. 이 얼마나 우스꽝스러운 대꾸겠는가. 농담 같은 친구의 비아냥거림에 맞서는 대꾸로는 어울리지 않는, 이른바 '먹물에 젖어 있는' 시인의 말에 친구는 필경 다시 한 번 웃음을 터뜨렸을 것이다. 다시 말해, 그렇게 했다면 시인은 분위기 파악을 못하는 어리숙한 '쪼다' 취급을 받기에 십상이었을 것이다. 물론 그런 식의 대꾸는 재치와 여유로 무장한 시인 이종문의 입에서는 나올 법한 것이 아니다. 그 대신 시인은 누구나 수긍할 법한 예를 들어 "무식"한 친구를 깨우친다. 즉, 누구에게나 친숙한 시인인 "천상병"을 예로 끌어들인다. "천상병"을 시인으로 인정하지 않을 이가 과연 우리나라 어디에 있겠는가. 심지어 아무리 시에 대해 무식한 친구라 해도 이를 인정하지 않을 수 없을 것이다. 이에 시인은 이렇게 묻는다. "그 얼굴 대체 어디가 시인같이 생겼노." 말하자면, "천상병"은 시인 같아 보이지 않지만 "시를 하늘로 삼은 천상 시인"이다. 시인의 이 같은 재치 있는 대꾸에서 우리는 앞서 잠깐 검토한 작품인「나이 차도 있으니까」에서 확인한 바 있는 이른바 '외모 지상주의'에 대한 비판을 읽을 수 있다.

*   *   *

물론 이종문의 시집『묵 값은 내가 낼게』에는 이제까지 우리가 검토한 바 있는 유형의 작품들만 수록되어 있는 것이 아니다. 그리고 덧붙이지 않을 수 없는 말이 있으니, 우리가 이제까지 검토한 바 있는 지극히 제한된 몇몇 예에 못지않게 주목을 요하는 작품들이 시집 곳곳에서 널리 확인된다. 하기야 시집에 따라붙는 짧막하고 소박한 작품론 안에 어찌 한 시인의 시집에 담긴 시 세계 전체를 아우를 수 있겠는가. 그리고 현재의 작품론이 최종의 결정판이 아닌 이상 어찌 전체를 아우르겠다는 식의 만용을 부릴 수 있겠는가. 앞으로도 계속『묵 값은 내가 낼게』에 담긴 이종문의 시 세계는 많은 사람의 주목을 받을 것임을, 그리하여 다양한 작품론이 뒤따를 것임을 기대할 뿐만 아니라 희망한다. 아니, 우리에게 무엇보다 커다란 위안이 되는 것은 따로 작품론의 도움을 받지 않더라도 즐겁고 편안한 마음으로 다가갈 수 있는 것이 이종문의 시 세계라는 사실이다. 바라건대, 시를 사랑하는 모든 이들이 밝고 편안한 마음으로 재치와 익살과 여유로 충만한 이종문의 시 세계를 즐기기를!

자아를 찾아 이어 가는 여정, 그 행적을 짚어 보며

— 이달균의 『늙은 사자』와 자아 성찰의 시 세계

1. 여정 한가운데의 시인, 이달균

시조 시단의 시인들과 친분을 나누기 시작한 것은 1990년대 초의 일로, 햇수로 따져 보면 사반세기가 넘었다. 그동안 수많은 시조 시인과 교류할 기회를 가졌고, 그러는 가운데 오랜 세월 여일하게 만남을 이어 오는 소중한 친구가 생기기도 했다. 시인 이달균은 그 가운데 한 분이다. 그와 처음 인사를 나눈 것은 1996년 여름 전라남도 해남에서 있었던 '오늘의 시조 학회' 모임의 자리에서다. 그때의 모임에 대한 기억 가운데 아직도 또렷이 남아 있는 것은 바로 이달균에 관한 것으로, 세미나를 마치고 회원들과 함께 숲길을 따라 장소를 옮기던 도중이었다. 앞서 가던 그가 걷는 속도를 늦추더니 종이쪽지에 뭔가를 적었다. 가까이 다가가 관심을 표하자 그가 겸연쩍은 듯 말했다. "시상이 하나 떠올랐어요." 시를 향한 그의 이 같은 진지한 자세가 나에게 깊은 인상을 남겼고, 그 이후 우리는 여러 차례 사적인 만남의 자리를 가졌다.

그 과정에서 나는 그가 인간적으로 진술하고 꾸밈없을 뿐만 아니라 시적으로도 개성적이며 단단한 나름의 세계를 구축하고 있음을 알게 되었다. 그런 만큼 그에게 더욱 끌리지 않을 수 없었다.

그에게 끌리지 않았다면, 어찌 부산이나 울산과 같은 곳에서 열린 문인 모임에 참석한 다음 그곳 문인들의 만류를 뿌리치고 밤늦은 시간에 굳이 그가 머물고 있던 마산으로 향했겠는가. 수차례 그런 일을 되풀이했던 것은 마산에 있던 그의 집필실에서 함께 밤을 보내기 위해서였다. 집필실 한구석의 바닥에 앉아 문학과 삶에 관한 이야기로 밤늦게 이야기를 나누는 가운데 우리의 우정은 돈독해져만 갔다. 그리고 아침이 오면 저잣거리에서 복국으로 속을 푼 다음 그의 승용차로 근처의 유적지나 명승지를 찾곤 했다. 사전 연락 없이 불쑥 찾아가도 그는 어떻게 해서든 시간을 내어 다음날 반나절이나 한나절을 나와 함께 보내곤 했다. 그렇게 우리의 만남이 이어지던 어느 날, 시인이 나에게 꼭 안내하고 싶은 곳이 있다고 하여 함께 찾았던 곳이 인조 11년(1633)에 벼슬자리를 내놓고 초야에 묻힌 조임도(趙任道)라는 선비가 세운 정자인 합강정(合江亭)이었다.

때는 2008년 초여름. 이달균과 만나면 항상 그러했듯, 밤늦게 이야기꽃을 피운 다음날 나는 그의 승용차에 올라 그가 인도하는 대로 몸과 마음을 맡겼다. 우리가 도착한 곳은 경남 함안군 대산면 장암리. 시인은 논과 밭과 마을을 지나 산속으로 차를 몰았다. 그리고 산속의 임도(林道)를 타고 달리더니, 산 중턱 숲 한가운데서 차를 멈췄다. 정자가 있는 곳을 안내하겠다고 했는데 산 중턱 숲 한가운데서 차를 멈추다니? 어디를 둘러보아도 정자가 있을 만한 곳은 눈에 띄지 않았다. 어리둥절해 있는 나를 그가 산 아래쪽으로 난 좁은 산길로 이끌었다. 얼마를 내려가자, 정자라기보다는 인적이 끊긴 외딴 고가(古家)처럼 보이는 집이 나왔다. 옹벽 위에 세운 담장 안에 두 채의 건물이 있었는데, 돌계단을 따라 올라가 보니 오른쪽 건물이 '합강정'이었다.

합강정 마루에 앉아 땀을 식힌 다음 옆 건물로 가서 보니, '상봉정(翔鳳亭)'이라는 현판이 걸려 있었다. 그 정자의 기둥에는 네 개의 편액(扁額)이 걸려 있는데, 첫째 편액에는 다음과 같은 시구가 담겨 있었다. "일학고비만인천(一鶴高飛萬仞天)." 부족한 한문 실력으로나마 이를 새겨 읽고 나는 담장 밖으로 눈길을 돌렸다. 저 멀리 진주 남강과 낙동강이 만나고 있었고, 두 강이 만나는 지점은 넓은 모래사장이었다. 그리고 그 위로 넓이와 높이를 가늠할 길이 없는 하늘이 아스라하게 펼쳐져 있었다. 그렇다, 어찌 '하늘이 아스라하다'라는 표현만으로 저 하늘의 넓이와 높이를 다 드러낼 수 있겠는가. 필요한 것이 있다면, 그것은 하늘의 넓이와 높이를 가늠케 하는 그 무엇이리라. 따지고 보면, 텅 빈 하늘은 비교의 대상이 없는 절대적인 것이어서 넓이와 높이를 가늠하기란 어렵다. "만 척"이나 될 만큼 높이 날아오른 한 마리의 "학"이라도 있어야 하늘의 아스라함을 실감할 것 아니겠는가!

기둥에 걸린 나머지 세 개의 편액에 담긴 시 구절인 "강호승지호반선/유래포식종매화/막축추홍근도전(江湖勝地好盤旋/由來飽食終媒禍/莫逐秋鴻近稻田)"을 보면, 시를 지은 것으로 알려진 선비 조임도의 마음은 단순히 자연의 경이로움만을 향한 것이 아니었다. 하늘 높이 날아오른 학을, 강호 승지의 굽이쳐 도는 강의 아름다움을 노래한 첫 행과 둘째 행에 이어, '탐욕은 화를 부르나니, 가을 기러기여, 벼논 가까이 가지 말라'는 조언이 담긴 셋째 행과 넷째 행이 암시하듯, 선비 조임도가 희망했던 것은 속세를 떠나 아름다운 강호 승지를 떠도는 한 마리의 학과 같은 삶이었으리라. 유유히 흐르는 강과 드넓은 강변의 모래밭 그리고 아스라한 하늘로 눈길을 향한 채, 나는 시인에게 말했다. "이 형, 여긴 아예 인적이 없나 봐요. 우리 언제든 이 호젓한 곳에 와서 하룻밤 새워 봅시다." 기대했던 대로 그가 화답했다. "좋지요."

이달균의 시 세계를 논의하기 위한 자리에서 이처럼 그와 함께 찾았던 합강정 이야기를 길게 늘어놓는 이유는 무엇인가. 합강정을 다녀온 후 나는 만 척 높이의 하늘로 날아오른 학의 모습을 상상 속에 떠올릴 때마다 다음과 같은 생각에 잠기곤 했다. 비록 속세의 진토에 묻혀 허우적거리는 것이 나나 이달균을 포함하여 우리 모두에게 주어진 엄연한 삶의 현실이라 해도, 적어도 마음만은 만 척 높이의 하늘을 나는 학과 같은 것이 되어야 하지 않을까.

그날 찾았던 합강정과 만 척 높이의 하늘을 날아다니는 한 마리의 학을 마음속에 떠올릴 때마다, 내 마음속에 함께 그려지는 것은 여정(旅程)에 오른 시인 이달균의 모습이었다. 그야말로 창공을 자유롭게 날아다니는 새처럼 여행을 즐기는 이가 아닌가. 내가 그를 찾을 때마다 나를 이끌고 어딘가로 길을 나섰던 것도 그렇지만, 그가 '문학 여행'이라는 부제 아래 남긴 수많은 글이 이를 증명한다. 그의 글이 증명하듯, 추측건대 적어도 경상남북도 어디라도 그의 발길이 닿지 않은 곳은 없으리라. 그는 틈날 때마다 속세를 뒤로하고 한 마리의 학처럼 자유롭게 강호를 떠도는 시인인 것이다. 아하, 이제야 알겠다, 어찌하여 그가 숲길을 지나던 도중 떠오르는 시상을 종이쪽지에 옮겨 적는 것이 그에게 그처럼 스스럼없는 일이었던가를! 이는 아마도 길을 따라 세상을 헤매는 가운데 그의 몸에 밴 습관이리라. 이 같은 새삼스러운 깨달음이 내 마음 한구석을 차지하고 있으니, 내 어찌 합강정의 추억을 장황하게 늘어놓지 않을 수 있겠는가.

정녕코, 오랜 세월 그의 작품에 관심을 갖고 읽어 온 나의 판단에 의하면, 그가 펼쳐 온 시 세계에서 특히 도드라지게 감지되는 것은 '자아를 찾아 떠도는 여정 속 시인의 모습'이다. 곳곳을 찾아 길 위를 떠돌 듯, 그는 또한 '자아'와 대면하기 위해 마음속으로의 여행을 계속 이어 온 시인인 것이다. 이 같은 경향은 시인의 제6시집인『늙은 사자』(책만 드는집, 2016)에서도 확인되는데, 적지 않은 작품에서 나는 자아와 마 주하기 위해 여정을 이어 가는 시인과 만날 수 있었다. 그리고 언제나 그러하듯 그가『늙은 사자』에서 보여 주는 시적 여정은 자잘하고 미세 한 자기 돌아보기가 아니다. 즉, 내면의 미세한 감정 변화에 대한 미시 적(微視的)인 관찰로서의 자기 돌아보기의 여정이 아닌 것이다. 비록 자기 돌아보기로 시인을 이끄는 대상이 미세한 것이라 해도 이를 향한 시인의 마음은 언제나 선이 굵고 또한 힘차게 움직인다. 심지어 그의 언어조차 선이 굵고 강한 마음의 움직임을 감지케 한다.

그래서였는지 몰라도, 나는 이달균의『늙은 사자』에 수록된 작품을 읽는 도중 중국 선불교의 태조(太祖)인 달마대사의 선 굵은 모습과 함 께 고은의 소설『선(禪)』(창작과비평사, 1995)에 담긴 달마 이야기를 구 절구절 떠올리지 않을 수 없었다. 달마 이야기라니? 길이로 보아 고은 의 이 소설 전체의 1/3가량에 해당하는 첫 200여 페이지가 달마의 행 적에 관한 이야기에 할애되어 있는데, 여기서 고은은 인도를 떠나 중 국으로 건너와서 곳곳을 떠돌며 선 수행과 선불교 전파에 힘쓰다 열반 에 이른 달마의 여정을 특유의 시적 문체로 전하고 있다. 고은의 소설 을 구절구절 떠올리다가 나는 문득 그의 달마 이야기에 이달균의 시를 겹쳐 읽고 싶다는 유혹에 빠져들었다. 다음의 시론은 그런 유혹의 결 과물이다. 이제 고은의 달마 이야기를 읽는 가운데 내 마음을 사로잡 았던 몇몇 구절을 되살리면서, 이와 함께 이달균의『늙은 사자』에 수 록된 작품 일부를 찾아 읽기로 하자.

2. "진작 노 젓는 일은 단념했다. 아니 노 하나라도 놓쳐 버릴까 해서 선창 안으로 잡아당겨 놓고 있어야 하는 형편이었다. 이제 배의 운명은 파도의 운명에 속했다."

달마는 자신을 따르는 사람 몇몇과 함께 배를 타고 벵골 바다를 건너 중국으로 향한다. 도중에 "태풍"—정확하게 말하자면, 사이클론—을 만난 배는 침몰의 위기에 놓이고, 모두가 공포에 떤다. 하지만 달마는 "마치 고요한 호수라도 바라보는 듯이 태연"하다. 인간의 삶이란 난바다 한가운데에 떠 있는 배와 같아서, 때로 거센 바람이 휘몰아쳐 풍랑에 운명을 맡길 수밖에 없는 위기의 순간과 맞닥뜨리게 마련이다. 그럴 경우, 어찌할 것인가. 공포에 떨고 있을 수밖에 없을까. 혹시 생사의 기로에서도 달마와 같이 초연하게 평정심을 유지할 수는 없을까. 유감스럽게도 우리네 중생이란 그러기에는 너무도 어리석고 무지하며 미혹된 존재다. 그런 우리가 달마의 평정심을 얻고자 한다면 어찌해야 할까. 불교적 표현을 빌리자면, 무명(無明)에서 벗어나야 한다. 하지만 어떻게? 무명에서 벗어나는 일은 내가 무명에 갇혀 있음을 깨닫는 데서 시작될 수 있지 않을까. 소크라테스 식으로 말하자면, '내가 나 자신을 모르고 있음'을 아는 데서 출발해야 하리라. 우리에게 자신과 자신의 삶에 대한 반성적 성찰이 요구됨은 이 때문이다. 마치 시인이 "그믐달"을 보고 자신과 자신의 삶에 대해 무언가의 깨달음에 이르듯.

사선의 평균대에 걸터앉은 그믐달

갈수록 창백해지는 아슬아슬한 균형의 추

삶이란 안간힘으로 평균율을 지키는 일

—「달」전문

그믐달은 새벽녘 동쪽 하늘에 잠깐 보였다가 해가 뜨면 여명과 함께 사라진다. 떴다가 곧 사라지기에, 그것도 아슬아슬하게 기울어진 모습으로 떴다가 사라지기에, 그믐달은 바다 위에서 위태롭게 떠돌다 곧 사라지는 우리네 인간의 덧없는 삶에 대한 적절한 비유가 될 수 있다. 이달균은 그런 우리네 삶을 "사선의 평균대에 걸터앉은 그믐달"로 묘사한다. 아슬아슬하게 기울어져 있기에 언제 난파할지 모르는 배와도 같은 달은 그렇기에 "갈수록 창백해"지지 않을 수 없으며, "아슬아슬한 균형의 추"는 그만큼 더 위태로워 보이지 않을 수 없다. 하지만 균형이 무너져 난파할 수야 없지 않은가. 그렇기에 "안간힘으로 평균율을 지"켜야 한다. 새벽녘의 그믐달을 향한 시인의 눈길에서 우리는 자신을 포함한 세상의 모든 인간이 걸어야 할 "삶"의 여정을 되살피고 있는 시인의 마음을 읽을 수 있다.

하지만 어찌 이것이 삶의 여정에 대한 깨달음의 전부일 수 있겠는가. 때로 인간의 삶이란 '거센 풍랑과 마주하기도 하는 난바다 위의 배'라기보다는 아예 '그 자체가 간단없이 풍랑이 휘몰아치는 바다 위의 배'가 아닐지? 그렇게 본다면, "아슬아슬한 균형의 추"를 잡는 일은 항시적인 요구 사항이 아닐 수 없다. 어찌 보면, 한순간이라도 균형을 잃을까 염려하면서 살아가야 하는 것이 우리네 삶이 아닐까. 문제는 그러다 보면 "아슬아슬한 균형의 추"를 잡는 일조차 일상의 일부가 되지 않을 수 없다는 데 있다. 이는 위기에 대한 반응이 '기계적'이고 '자동적'인 것이 됨을 뜻할 수 있거니와, 이로 인해 인간은 위기를 위기로 인식하지 못한 채 나른하고 무감각한 상태에 빠져들 수도 있다. 다시 말해, 시인이 다음 작품에서 암시하듯, "이미 광기를 잃은 허랑한 어릿광대"가 될 수도 있다.

> 벼랑에 익숙해질까 두려울 때가 있다
>
> 외줄이 식탁이며 침대처럼 느껴지면
>
> 난 이미 광기를 잃은 허랑한 어릿광대.
>
> ―「자화상 · 2」전문

　일반적으로 사람들 사이에는 무언가의 일에 통달하여 거침이 없을 때 이를 '달관의 경지'라 하여 높이 평가하는 경향이 있다. 그리고 이 달관의 경지에 이르기 위해 각고의 노력을 기울이는 사람도 적지 않다. 예컨대, 궁수(弓手)라면 자신의 눈에 과녁의 중심점이 대문짝만 하게 보일 때까지, 줄을 타는 어릿광대라면 "벼랑에 익숙해"지고 "외줄이 식탁이며 침대처럼 느껴"질 때까지 각고의 노력을 기울일 것이다. 그리하여, 실제로 그런 경지에 이르렀든 이르지 못했든, 마침내 그런 경지에 이르렀다 자만하는 궁수나 어릿광대도 있을 수 있다. 그럴 경우, 활쏘기나 줄타기는 더 이상 그들을 긴장케 하지 않을 것이다. 시인의 표현을 빌리자면, 그들은 "광기"를 잃게 될 것이다. 하지만, "광기"를 잃었을 때 또는 긴장의 끈을 놓았을 때, 궁수는 오히려 사냥감의 공격을 받을 수 있으며 어릿광대는 외줄에서 떨어질 수 있다. 그것이 세상의 이치다. 따라서 자만은 금물이다. "허랑한" 궁수나 어릿광대가 되지 않으려면 결코 "광기"를 잃거나 자만에 빠져들어서는 안 된다.

　그럼에도 불구하고, 각자의 분야에서 "벼랑에 익숙해"지고 "외줄이 식탁이며 침대처럼 느껴"지는 경지에 이른 "어릿광대"가 되도록 우리를 독려하는 것이 우리네 세태다. 그런 세태에 대한 따끔한 일침으로도 읽히는 이 시에서 우리가 일차적으로 읽어야 할 것은 물론 시인의 자아 성찰이다. 여기서 읽히는 시인의 자아 성찰은 물론 삶 자체를 향한 것으로, 시인에게 이는 무엇보다 시 창작과 관련된 것일 수 있다. 어찌 보면, 시인이란 '언어'라는 외줄을 타는 어릿광대일 수 있다. 언어에 익숙해지고 언어를 자유자재로 다루게 됐다고 생각하는 순간 언어는 시인을 배반할 수 있다는 점에서 그러하다. 언어는 "벼랑에 익숙해"진 시인을 어느 순간 "벼랑" 아래로 내몰 수 있는 것이다. 이 같은 위험에 대한 경고는 무엇보다 시조 시인을 향한 것일 수 있거니와, 시조의 형식적 제약이란 어릿광대의 외줄과 같은 것이기 때문이다. 즉, 처음에는 어렵게만 느껴지던 것이 시조의 형식적 제약이나, 일단 이에 익숙해지면, 시인은 어느 사이엔가 시 정신이 결여된 작품—즉, 형식적 요건만을 갖춘 껍데기뿐인 작품—을 기계적으로 '찍어 내는' 위험에 빠져들 수도 있다. 결코 쉽지 않은 것이 시조 창작이나, 그럼에도 여전히 지극히 쉬운 것이 시조 창작일 수 있음은 이 때문이다. 하지만 붕어빵 틀에서 붕어빵을 '찍어 내듯' 시조를 만들어 내는 시조 시인이 될 수야 없지 않겠는가. 시인의 이 같은 경계는 물론 자신을 향한 것이지만, 이는 시조 시인 모두를 향한 것일 수도 있다.

3. "달마가 탄 배 돛 위에 걱정스러운 듯이 앉아서 한동안 날기를 멈추고 있는 늙은 갈매기의 눈과 달마의 형형한 두 눈이 위아래에서 마주쳤을 때 그들은 어떤 것에도 집착이 없는 동지가 될 수 있었다."

오랜 여행 끝에 달마 일행은 남지나해 해남도의 하이코우(海口)에 이른다. 그곳에 이르렀을 때 그의 제자이자 중국인인 츠안은 귀향의 기쁨에 들떠 있지만, 달마는 무덤덤하기만 하다. 그는 "그가 가는 곳마다 그곳을 새로운 고향으로 삼는 사람"이고, "그에게는 어떤 땅이나 그가 있을 땅"이고 "그가 떠나야 할 땅"이기 때문이다. 즉, 그는 늙은 갈매기와 마찬가지로 "어떤 것에도 집착이 없[기]" 때문이다. 갈매기를 바라보며 달마는 "한때는 나뭇가지에 걸터앉았다가 잠든 사이 떨어진 일이 있었던" "갈매기의 전생 중 어느 생을 떠올려 보"기도 한다. 신통력을 지닌 달마가 그러하듯, 시인이란 대저 상상력의 도움을 받아 대상의 전생과 현생과 후생을 꿰뚫어 읽는 존재가 아닌가. 그리고 대상과 "동지"—즉, '하나'—가 되기도 하는 존재가 아닌가. 마치 이달균의 눈에 베짱이야말로 자신의 동지이자 자신과 '하나'임이 꿰뚫어보이듯.

> 우리 어린 시절, 게으름의 지존으로
>
> 왜곡 비유한 동화가 있었다
>
> 하지만 나는 베짱이, 마지막 천형의 가객
>
> —「베짱이」제1-3행

시인은 "게으름의 지존으로/왜곡 비유한" 동화 속의 "베짱이"가 곧 '나'임을, 그런 '나'는 "천형의 가객"임을 인정한다. '왜곡 비유'라는 표현이 말해 주듯, 베짱이에 대한 동화 속의 이해는 왜곡된 것이다. 따지고 보면, 이는 이솝 우화가 우리에게 심어 준 선입견이다. 여기서 우리는 우리말의 '베짱이'는 쉬지 않고 베를 짜는 부지런한 곤충이라는 의미에서 그런 이름이 붙여졌음을 되씹어볼 만하다. 아무튼, 베짱이를 '게으름의 지존'으로 보든 또는 '부지런함의 지존'으로 보든, 인간은 '인간 중심적'으로 사고하고, 이에 따라 자연의 사물과 생명에 자의적(恣意的)으로 의미를 부여하는 일에 익숙해 있다. 하지만 인간 중심적인 사고에서 벗어나는 경우, 달마가 그러했듯 시인과 베짱이 사이의 경계란 따로 있을 수 없다. 아니, 전생의 베짱이가 시인일 수 있고, 전생의 시인이 베짱이일 수 있다. 아울러, 달마와 갈매기가 "집착"이 없다는 점에서 "동지"이듯, 시인과 베짱이가 "동지"라면 어떤 점에서 그러한가. 물론 노래를 멈추지 않는다는 점에서 그러할 것이다. 즉, 둘 다 "가객"이다. 하지만 '가객으로 삶을 사는 것'을 시인이 '천형(天刑)'으로 묘사하는 이유는 무엇인가. 혹시 노래를 멈추지 않는 것을 '하늘이 내리는 막중한 벌'이라는 뜻의 '천형'으로 묘사한 데서 반어(反語)가 읽히지 않는지? 그것은 '천혜(天惠)'일 수 있음에도 불구하고, 실용과 효율을 앞세우는 오늘날의 현실은 이를 인정하려 하지 않으리라. 여기서 우리는 '노래가 밥 먹여 주나'라는 빈정거림이 일반화되어 있는 현실에 대한 시인의 비판과 항의를 읽을 수도 있다.

'개미와 베짱이'라는 이솝 우화를 다시 한 번 독자에게 일깨우기라도 하듯, 『늙은 사자』에는 '베짱이'에 관한 작품뿐만 아니라 '개미'에 관한 작품도 있다. 시인의 눈에 비친 개미는 과연 어떤 존재일까.

광활한 대지에
줄지어 선 개미들

분주한 노동의 시간
한 방울 땀도 없이

오로지

쳇바퀴 돌며

수 천 만년을 살아왔다

　　　　　　　　　　　—「개미」전문

　사실 이솝 우화가 아니더라도 개미는 근면하고 성실한 곤충으로 널리 알려져 있다. 시조의 초장에 해당하는 이 시의 첫 연에서 보듯, 개미는 인간이 그러하듯 무리 지어 사회생활을 하는 곤충으로, 지구 어디서나 개미들이 "줄지어" 먹이를 채집하는 모습을 관찰하기란 어렵지 않다. 시인은 그런 일이 일어나고 있는 배경을 "광활한 대지"로 설정함으로써 개미의 왜소함을 암시한다. 시조의 중장에 해당하는 둘째 연에서 이른바 근면한 곤충으로서의 개미의 이미지를 환기하고 있는데, 시인은 개미들이 "한 방울 땀도" 흘리지 않은 채 일에 몰입하고 있는 것으로 묘사한다. 사실 땀을 흘리는 것은 체온 조절이 필요한 인간과 같은 정온동물(定溫動物)이지, 변온동물(變溫動物)인 개미와 같은 곤충은 땀을 흘리지 않는다. 그럼에도 불구하고, 시인이 "한 방울 땀도 없이"라는 불필요해 보이는 구절을 여기에 넣은 이유는 무엇일까. 아마도 시인은 여기서 땀을 흘리며 일하는 인간의 모습을 떠올리고 있는 것이리라. 땀을 흘리거나 흘리지 않는다는 차이가 있을지언정, 시인이 개미를 바라보듯 높은 곳에서 인간을 바라보면 줄지어 분주한 노동의 시간을 보낸다는 점에서 개미와 다름없는 존재다. 이 같은 연상 작용에 따라 시조의 종장에 해당하는 셋째 연을 읽을 때에도 우리는 인간의 모습을 떠올리지 않을 수 없는데, 비록 "수 천 만년을 살아"온 것은 아니지만, 인간도 "오로지 쳇바퀴"를 돌듯 삶을 살아가는 존재 아닌가. 요컨대, 시인은 개미의 모습에서 "광활한 대지"에서 미미한 존재로 노역의 삶을 살아가는 자신의 모습을, 나아가 인간 모두의 모습을 감지하고 있는 것 아닐까. 혹시 그런 면에서 시인은 개미에게서 '동지 의식'을 느끼고 있는 것은 아닐지?

4. "달마는 달마대로 그가 떠나온 인도의 멸망이 하나의 그림처럼 분명하게 그려지는 비극의 장면을 밤새 마음의 눈으로 바라보았던 것이다. …… 그 멸망은 아름다웠다. 창조보다도 어떤 비련(悲戀)의 젊은이보다도."

천축에서 중국으로 온 달마는 양나라 무제(武帝)의 환영을 받는다. 양나라의 도읍인 건강(建康)—후에 바뀐 지명으로는 금릉(金陵)—에 도착한 달마는 "성 안의 궁전 북쪽"에 있는 동태사(同泰寺)에 머문다. 어느 날 동태사의 대법당에서 무제가 오기를 기다리던 달마의 심안(心眼)에 문득 "인도의 멸망"이 그려진다. 이때 "인도의 멸망"이란 "인도의 어떤 소멸, 특히 인도 불교의 단계적인 수행의 해체"를 뜻하는 것으로, 달마가 심안으로 보기에 "그 멸망"은 "창조보다도 어떤 비련의 젊은이보다도" "아름다웠다." 멸망에서 아름다움을 보는 것은 역설적이지 않은가. 역설적이지만 이는 또한 진실의 한 단면일 수도 있거니와, 멸망 또는 죽음이 없다면 어찌 새로운 창조, 새로운 탄생이 가능하겠는가. 그런 의미에서 볼 때, 역설적이긴 하지만 멸망과 죽음은 아름다운 것일 수 있다. 이달균이 "절정에서 암놈에게/대가리를 씹어 먹히는" 사마귀 수놈의 모습에서 "처절한 합일의 몸짓"을, "장엄한 '완성'"을 보았다면, 이 또한 멸망 또는 죽음에서 아름다움을 보는 것 아니겠는가.

'희생'이라 썼다가
'만용'으로 고쳐 본다
성나면 앞발로
수레를 막아서는
당랑권,
그 허깨비 시늉의
버마재비가 아니더냐

하지만 단 한 번
사랑에 목숨 거는,
절정에서 암놈에게
대가리를 씹혀 먹히는
처절한
합일(合一)의 몸짓
그 장엄한 '완성'이라니

—「어느 날 사마귀의 상징어를 찾다」 전문

두 수로 이루어진 연시조 형식의 이 시에서 시인은 "버마재비"로 불리기도 하는 사마귀의 "상징어"가 무언인가를 놓고 생각을 이어 간다. 첫째 수에서 시인은 우선 "희생"을 상징어로 떠올리지만, 그것이 적절한 것인가를 놓고 생각에 잠긴다. 만일 상대가 되지 않을 만큼 강력한 포식자가 공격해 와도 물러서지 않고 덤빌 자세를 취하는 사마귀의 모습만을 놓고 보면, 이는 명백히 "희생"과 거리가 멀다. "성나면 앞발로/수레를 막아서는/당랑권,/그 허깨비 시늉"에서 우리가 읽을 수 있는 것은 "만용"일 뿐이다. 그래서 시인은 "'희생'이라 썼다가/'만용'으

로 고쳐 본다." 문제는 '고친다'가 아니고 '고쳐 본다'는 데 있다. "고쳐
본다"는 말은 시인이 어느 한쪽으로 생각을 굳히기보다 "희생"과 "만
용"이라는 두 상징어를 놓고 저울질을 하고 있음을 암시한다.

"하지만"으로 시작되는 둘째 수는 이러한 저울질이 끝나고 다시 "만
용"에서 "희생"으로 시인이 생각을 정리했음을 보여 주는데, 이와 관
련하여 시인이 떠올리는 것은 짝짓기 중의 사마귀 수놈이 자신에 비
해 대체로 몸집이 엄청나게 큰 암놈의 먹이가 된다는 점이다. 이처럼
잡아먹힐 위험을 무릅쓰고 암놈에게 다가가는 것은 "당랑권,/그 허깨
비 시늉"과 마찬가지로 "만용"일 수도 있다. 그럼에도 불구하고, 수놈
이 "절정에서 암놈에게/대가리를 씹혀 먹"힐 위험을 무릅쓴 채 "단 한
번/사랑에 목숨 거는" 것은 종족 보존을 위한 자기희생의 행위가 아닌
가. 그런 의미에서 볼 때, 시인이 말하듯, "처절한/합일의 몸짓"은 "장
엄한 '완성'"이 아닐 수 없다. 그렇다, 이는 "창조보다도 어떤 비련의
젊은이보다도" 더 아름다운 "멸망"이 아니겠는가. 만일 시인이 "희생"
과 "완성"에서 "사마귀의 상징어"를 찾았다면, 바로 이런 맥락에서일
것이다.

아마도 인간은 그와 같은 곤충의 아름다운 희생에서 "완성"의 장엄
함을 읽고 또한 이에 비춰 자신의 삶을 되돌아볼 수 있어야 할 것이다.
어쩌면, 「어느 날 사마귀의 상징어를 찾다」는 시인이 이 같은 자기 돌
아보기의 과정을 시작했음을 암시하는 동시에 모든 이를 자기 돌아보
기로 초대하는 시일 수 있다. 아무튼, 자연의 생명체에 대한 시인의 관
찰은 "사마귀"에 머물지 않는다. 그는 「여름」에서 그러하듯 "매미"와
"거미"와 "덩굴"을 향해 관찰의 눈길을 주기도 하는데, 여기서 우리는
자연의 온갖 생명체에 대한 시인의 깊은 이해와 애정의 마음을 감지할
수 있다.

매미는 노랠 위해 목숨을 걸었고
거미는 허공에다 함정을 팠으며
덩굴은 안간힘으로 묵중한 담을 넘었다

허물 벗겨지도록 애쓰고 욕봤다
모두들 사즉생(死卽生) 생즉사(生卽死)를 실현했으니
장하다 여한 없겠다 지상엔 풍년 들것다.

—「여름」 전문

　무엇보다 두 수로 이루어진 이 연시조의 첫째 수를 주목하기 바란다. 매미와 거미와 덩굴의 삶을 묘사할 때 시인이 동원하고 있는 시어는 모두가 정중동(靜中動)의 이미지를 일깨운다. 즉, '목숨을 걸다'와 '함정을 파다'와 '담을 넘다'와 같은 표현은 자연의 생명체들이 비록 겉으로 보기에 움직이는 것 같지 않으나 생명의 약동을 한순간도 멈추지 않고 있음을 암시하기 위한 것이리라. 이처럼 자연의 생명체가 지닌 정중동의 이미지를 한 수의 단시조라는 틀 안에 함축적으로 담아 놓음으로써, 시인은 '언어로 이루어진 한 폭의 살아 있는 풍경화'를 완성하고 있다. 이어서, 둘째 수에서 시인은 자연의 온갖 생명체가 이처럼 삶을 위해 끊임없이 약동하는 것을 "허물 벗겨지도록 애쓰고 욕봤다"로 집약한다. 이는 물론 "안간힘으로 묵중한 담을 넘"는 "덩굴"에 가장 잘 들어맞는 표현이기는 하나, "허물이 벗겨"질 만큼 온갖 천적의 위협에 시달리면서도 굽힘 없이 삶을 살아가는 매미와 거미에게 던지는 위로의 말로 보아도 무방하리라. 아무튼, "애쓰고 욕봤다"라는 말에서 우리는 자연의 생명체들에 대한 시인의 애정을 읽을 수 있다.

문제는 이어지는 "모두들 사즉생 생즉사를 실현했으니"라는 시구가 의미하는 바가 무엇인가에 있다. 이때의 "사즉생 생즉사(死卽生 生卽死)"는 '죽고자 하면 살고, 살고자 하면 죽는다'로 풀이될 수 있는 이순신 장군의 '사즉생 생즉사(死則生 生則死)'와 구별되는 말로, '죽는 것이 곧 사는 것이고, 사는 것이 곧 죽는 것이다'로 이해해야 한다. 어찌 보면, 이는 삶과 죽음을 나누는 것은 망념(妄念)이라는 불교적 진리가 담긴 말로 이해할 수도 있지만, 자연의 모든 생명체가 삶과 죽음의 경계를 뛰어넘어 삶 속에서 죽음을 실현하고 죽음 속에서 삶을 실현한다는 대자연의 섭리가 함축되어 있는 말일 수 있다. 앞서 「어느 날 사마귀의 상징어를 찾다」에서 일별한 바 있듯, 여기서 시인은 죽음이 탄생을 이끌고 탄생이 다시 죽음을 이끄는 자연의 이치를 모든 생명체가 실현하고 있음을 말하고자 했는지도 모른다. 이처럼 "여한 없[이]" 자연의 생명체들이 각자에게 주어진 역할을 다할 때 어찌 "지상엔 풍년 들[지]" 않겠는가. 둘째 수 종장의 시작 부분에 나오는 "장하다"라는 말이 달마 이야기에서 고은이 사용한 '아름답다'라는 말에 겹쳐 읽히기도 하지 않는가.

5. "달마는 소림사의 절벽 아래서 이제까지 체험 안에 들어 있는 기쁨과 공허감 그리고 회의를 떨쳐 버리고 그 자신의 진면목을 드러내기 시작했다."

양나라 무제의 도성에서 탈출하듯 벗어난 달마는 홀로 여행길에 나선다. 도중에 만난 신광(神光)—후에 달마로부터 혜가(慧可)라는 법명을 받고, 달마에 이어 중국 선불교의 제2대 조사(祖師)가 된 달마의 제자—의 안내로 낙양(洛陽)의 여러 사원을 순례한 다음, 그는 숭산(嵩山)의 소림사(少林寺)에 이른다. 소림사에 이른 달마는 "소림사의 절벽 아래서 이제까지 체험 안에 들어 있는 기쁨과 공허감 그리고 회의를 떨쳐 버리고” 곧이어 9년 동안의 면벽 수행에 들어간다. 고은의 묘사에 따르면, 달마가 면벽 수행에 들어가자 “그의 형상은 한층 더 괴괴(魁魁)했으며 어떤 사나운 산짐승인들 그의 불칼 같은 눈빛 앞에서 먼저 꼬리를 사리는 본능과 다음에 고개를 숙여 물러가는 이치를 터득할 수밖에 없을 터였다.” 우리가 흔히 접하는 달마의 초상에서 무엇보다 두드러진 특징은 바로 이 “불칼 같은 눈빛” 아닌가. “불칼 같은 눈빛”으로 면벽 수행에 들어간 달마의 행적은 일반적으로 돈오점수(頓悟漸修)로 묘사된다. 이는 ‘순간의 깨달음에 이어 점진적 수행을 통해 완성에 이르는 경지’를 암시한다. 아마도 이와 대비되는 것이 ‘순간의 깨달음에 이르면 더 이상 수행이 필요 없는 경지’를 암시하는 돈오돈수(頓悟頓修)와 ‘점진적으로 깨닫고 깨달은 후에도 점진적으로 수행을 이어가는 경지’를 암시하는 점오점수(漸悟漸修)일 것이다. 각각 두 극단(極端)의 경지를 지시하는 돈오돈수와 점오점수 가운데 후자가 우리네 평범한 사람들이 세상 이치를 깨닫는 방법과 관계된 것이라면, 전자는 예언자와 같은 비범한 사람들이 세상 이치를 깨닫는 방법과 관계된 것이라 할 수 있다.

이달균의 『늙은 사자』에는 위에서 말한 깨달음의 세 경지 가운데 하나를 언급한 작품이 있는데, 「소나기」가 이에 해당한다. 사실 이는 불교적인 깨달음 자체에 관한 작품이 아니다. 오히려 자연의 한 현상을 깨달음의 경지에 빗대어 노래한 작품이라고 할 수 있다. 우선 그의 작품을 함께 읽기로 하자.

단순 무식하게
직방으로 쏟아진다

다짜고짜 내달려와

거꾸로 곤두박는

여름날

벽창호의 용맹정진

깨쳐라, 돈오돈수(頓悟頓修)!

—「소나기」 전문

　이 작품의 제목이 말해 주듯, 첫째 연과 둘째 연이 묘사하고 있는 것은 소나비가 갑작스럽게 쏟아지는 모습이다. 누구에게나 여름날 갑작스럽게 쏟아지는 소나비에 놀라 허둥대던 기억이 있으리라. 이때의 놀라움은 어쩌면 참선을 하던 도중 자기도 모르게 졸음에 빠져들었다가 죽비로 등을 맞고는 놀라 정신을 차린 수도승의 그것과 일치하는 것은 아닐지? 아니, 평범하고 세속적인 예를 들자면, 수업 시간에 꾸벅꾸벅 졸다가 선생님의 불호령에 깜짝 놀라 깨어난 경험이 있는 사람에게 선생님의 불호령과도 같은 것이 여름날의 갑작스러운 소나기가 아닐지? 그리고 "다짜고짜 내달려" 왔다는 점에서 이는 "용맹정진"에 임하는 "벽창호"에게 "돈오돈수"의 깨우침을 종용하는 화두와도 같은 것이리라. 요컨대, 돈오돈수의 깨우침을 종용하는 화두와도 같이 "단순 무식하게/직방으로 쏟아"지는 동시에 "다짜고짜 내달려와/거꾸로 곤두박는" 여름날 소나비의 모습을 '직방으로' 또는 더할 수 없이 역동적으로 묘사하고 있는 것이 이 작품이다.

　이 작품과 관련하여 우리가 여전히 주목해야 할 것이 있다면 시조의 종장에 해당하는 셋째 연의 "벽창호"라는 단어다. 널리 알려져 있듯,

이 말의 어원은 '벽창우(碧昌牛)'로, '벽창우'란 평안북도의 '벽동(碧潼)' 과 '창성(昌城)'이라는 지방의 소를 가리키는 말이다. 이 '벽창우'가 '벽 창(碧昌)호'로 바뀐 것은 이 말이 "벽에 창문 모양을 내고 벽을 쳐서 막 은 부분"(국립국어원 인터넷 표준국어대사전)을 말하는 '벽창호(壁窓戶)' 를 연상케 하기 때문이라 한다. 결국 '벽창호'는 꽉 막힌 벽과 같이 고 집이 세고 우둔한 사람을 가리키는 말이 되었다. 바로 이처럼 꽉 막힌 벽과 같은 사람을 깜짝 깨어나게 하는 것이 여름날의 소낙비라는 점에 서, 이 시에 대한 새로운 의미 부여가 가능하지 않을까. 즉, 아무리 용 맹정진을 하더라도 깨우침의 경지가 어려운 벽창호와도 같은 우리네 인간들에게 "돈오돈수"를 가능케 하는 그 무언가—즉, 여름날의 갑작 스러운 소낙비처럼 정신을 바짝 들게 하는 그 무언가—에 대한 시인 의 소망을 「소나기」에서 읽을 수도 있지 않을까. 그것이 순간의 깨달음 으로 이끄는 종교적 지혜의 말씀이든, 또는 시적 또는 문학적 통찰의 언명(言明)이든.

아마도 자신과 세계에 대한 깨달음과 관련하여 이달균의 『늙은 사 자』에서 압권에 해당하는 작품이 있다면, 이는 바로 「좀벌레의 말—일 두 정여창」일 것이다. 여기서 우리는 '돈오'의 경지를 읽을 수도 있지 않을까.

일두(一蠹), 그래 난
한 마리 좀일세
남강 모래톱에
섞이면 모래알 같고
벗어 둔 남루에 앉으면
얼치기 바늘땀 같은

여보게 뒤주에

쌀말이나 남았거든

한 됫박 인심으로

함께 노놔 자시게

해 넘긴 쌀 무덤 속엔

좀벌레가 꼬이는 법

어허, 이런 이런!

내 말은 바람 풍월

들어도, 안 들어도 그만

심심한

한 마리 버러지의

넋두리인 게야

　　　　　　　　　　　　　—「좀벌레의 말—일두 정여창」 전문

　정여창(鄭汝昌)은 조선 전기의 문신이자 성리학자로, 그의 호는 일
두(一蠹)다. '일두(一蠹)'는 한 마리의 좀벌레라는 뜻으로, 이는 자신을
지극히 낮추고자 하는 옛 선비의 마음가짐을 가늠케 하는 호다. 아마
도 여행의 시인 이달균은 경남 함양의 개평마을에 있는 정여창의 고
택을 찾았으리라. 정여창의 고택 근처로는 남강의 지류인 평촌천(坪
村川)이 흐르고 있는데, 세 수의 단시조로 이루어진 이 시의 첫째 수에
담긴 "남강 모래톱"이라는 표현은 이 평촌천의 모래톱을 가리키는 것
이리라. 아무튼, 시인은 상상 속에서 정여창을 일깨워 한마디 말을 시
인에게 건네도록 한다. 자신은 "남강 모래톱에/섞이면 모래알 같고/

벗어 둔 남루에 앉으면/얼치기 바늘땀 같은" 보잘것없는 "한 마리 좀"
임을. 여기서 인간의 존재 의미에 대한 정여창의 깊은 깨달음이 감지
되지 않는가. 아니, 그러한 깨달음을 깨닫는 시인의 마음이 깊이지 않
는가. 비록 자신의 존재 가치가 아무리 미미하다 생각하더라도 스스
럼없이 이를 드러낼 만큼 배포가 큰 사람을 찾아보기 어려운 것이 우
리네 인간 세상이다. 정녕코, 자신이 '일두'로 불리는 것에 개의치 않
았던 정여창과 같은 인물을 우리 주변에서 찾아보기란 쉽지 않다.

　자신이 "한 마리 좀"이라는 깨달음에 이른 사람에게라면 그에게 어
찌 그보다 더 큰 자기 비하가 어려울 수 있겠는가. 시인은 상상 속에서
만난 정여창의 말을 빌려 다음과 같이 시적 발언을 이어 간다. "여보
게 뒤주에/쌀말이나 남았거든/한 됫박 인심으로/함께 노놔 자시게/
해 넘긴 쌀 무덤 속엔/좀벌레가 꼬이는 법"이라고. 자신과 같은 "좀벌
레가 꼬이지" 않도록 "쌀말이나 남았거든/한 됫박 인심으로/함께 노
놔 자시게"라는 말에서 극도의 자기 부정이 읽히지 않는가! 바로 이 자
기 부정의 정신이 달마의 선불교가 추구했던 깨달음의 경지는 아닐
지? 그리고 시인 이달균이 추구하는 시적 깨달음의 경지가 아닐지?

　작품의 셋째 수 또는 셋째 연에서 시인은 상상 속 정여창의 말에 계
속 귀 기울인다. 마치 지금 우리가 이어 가고 있는 논의조차 다 쓸데없
는 사족(蛇足)임을 말하기라도 하는 양, "어허, 이런 이런!/내 말은 바
람 풍월/들어도, 안 들어도 그만/심심한/한 마리 버러지의/넋두리인
게야." 우리는 감히 말할 수 있다. 지금 이 자리에서 우리가 이어 가는
논의 자체는 "바람 풍월/들어도, 안 들어도 그만/심심한/한 마리 버
러지의/넋두리"임을 알지만, 시인이 상상 속에서 만난 정여창의 말은
"바람 풍월/들어도, 안 들어도 그만/심심한/한 마리 버러지의/넋두
리"가 아님을. 아울러, 이를 전하는 시인의 시가 "바람 풍월/들어도,

안 들어도 그만/심심한/한 마리 버러지의/넋두리"가 아님을.

6. "하나가 자유로우면 다른 하나가 갇히니 어찌 둘 다 자유로울 수 없을까."

달마는 9년 동안의 면벽 수행을 끝낸 어느 날 "산을 내려오는 길에 길을 잘못 들어 왕실의 별궁을 지나게 되었다." 그곳에서 달마가 보니, "한 낭자(娘子)가 나무에 묶여 있었고 그 옆에 칼을 가진 병정들이 지키고 있었다." 그런 낭자를 바라보는 달마의 눈에 "하나의 그림이 그려졌다." 그녀가 무고(誣告)에 의해 억울하게 포박당하는 신세가 되었음을. 이윽고 달마의 심안에 "다음 그림"이 그려진다. "천자가 그녀의 억울함을 알아서 몸이 풀려나고 [무고를 한] 빈이 깊은 산중의 도관(道觀)에 유폐되는 반전(反轉)"이 있을 것임을. 이에 달마는 탄식한다. "하나가 자유로우면 다른 하나가 갇히니 어찌 둘 다 자유로울 수 없을까."

인간사란 그런 것이 아니겠는가. "하나가 자유로우면 다른 하나가 갇히"는 것, "둘 다 자유로울 수 없"는 것이 우리네 속되고 속된 갈등 속의 인간사다. 아니, 서로가 서로를 구속하기에, "둘 다 [모두] 자유로울 수 없"는 것이 인간사이기도 하다. 이 같은 인간사에 대한 관찰이 이달균의 경우에는 다음과 같은 작품으로 구체화한다.

칡넝쿨은 우로 돌고
등나무는 좌로 돈다.
니 죽고 내 살자
둘 사이에 타협은 없다.

지주(支柱)가 무슨 죄인가

고래 싸움에 새우 죽네!

—「갈등(葛藤)」전문

널리 알려져 있듯, 칡덩굴과 등나무는 서로 얽혀 자라기도 한다. 문제는 칡덩굴은 왼쪽에서 오른쪽으로 감아 올라가고 등나무는 오른쪽에서 왼쪽으로 감아 올라간다는 데 있다. 그리하여 칡덩굴은 등나무를 감아 올라가고 등나무는 칡덩굴을 감아 올라간다. 사정이 이러하니, 어찌 양자 사이의 화합이 있을 수 있겠는가. 여기서 '갈등(葛藤)'이라는 말이 나왔으며, 이는 서로 대립하고 화합하지 못하는 인간관계를 지시하는 말이 되었다. 시인은 서로의 자유를 위협하기에 둘 다 자유로울 수 없는 칡덩굴과 등나무의 관계를 시조의 초장과 중장에 해당하는 이 작품의 첫째 연에서 요약한다. 시인이 표현하듯, 타협이 불가능한 둘 사이의 관계는 말 그대로 "니 죽고 내 살자"다. 한편, 칡덩굴과 등나무는 지주 역할을 하는 나무의 둥치를 감고 올라가면서 그 나무의 생존을 위협한다. 수액을 빨아들일 뿐만 아니라 둥치 자체를 옥죄어 나무를 고사하게 만들기 때문이다. 시인은 이런 정황을 "고래 싸움에 새우 죽네"라는 속담으로 묘사하고 있는데, 칡덩굴과 등나무를 "고래"에, 지주 역할을 하는 나무를 "새우"에 비유하고 있는 것이 흥미롭다.

얼핏 보아, 자연 속 생명체들의 갈등을 사실적으로 노래한 것으로 보이는 이 작품에 대한 새로운 의미 읽기를 유도하는 것은 여기서 암시되는 시인의 독특한 시선—지주 역할을 하는 나무를 새우에 비유하는 시인의 시선—이다. 우리가 숲속의 칡덩굴이나 등나무를 관찰해 보면, 대체로 든든하게 지주 역할을 하는 나무를 감아 올라가고 있음을 확인할 수 있다. 따라서 지주 역할을 하는 나무가 "고래"에 비유되는 것이 더 적절해 보일 수 있다. 그렇다면, '새우 싸움에 고래 죽네'가 되어야 할 것이다. 하지만 인간사에서 약자가 싸워 강자가 피해를 보는 일은 흔치 않다. 따라서 '새우 싸움에 고래 죽네'는 '고래 싸움에 새우 죽네'만큼 설득력을 지닌 속담이 될 수 없다. 오히려 '새우 싸움에 고래 죽으랴'가 더 자연스러워 보인다. 바로 이 때문에 칡덩굴과 등나무와 지주 역할을 하는 나무의 관계에서 인간사에 대한 설득력 있는 우의를 읽고자 하는 경우, 칡덩굴과 등나무가 "고래"가 될 수밖에 없다. 인간 사회야말로 곳곳에서 벌어지는 강자들의 싸움으로 인해 피해를 보는 약자들의 비명으로 넘쳐나는 곳 아닌가. 요즈음 세간에서 널리 회자되는 '갑질 논쟁'도 넓게 보아 시인이 지주 나무를 빌려 내뱉는 비명과 무관한 것이 아니리라.

이처럼 갈등 관계를 직접 노래한 작품은 아니지만, '연못'을 시적 소재로 한 다음 작품이 갈등 속의 인간사와 관련하여 갖는 의미는 예사로워 보이지 않는다. 어찌 보면, 온갖 갈등과 갈등의 요소를 자기 안에 품어 감추고 있지만 겉으로는 더할 수 없이 평온해 보이는 것이 우리네 인간사의 현장은 아닐지?

물속엔 살아서 미쳐 있는 고기들과
죽어서 산 것들의 집이 된 냉장고며
원적(原籍)에 가위표로 남은 명민했다는 삼촌도 산다

부러진 어처구니와 온갖 잡동사니
앞앞이 못한 말들 수면 아래 잠재우고
천연한 형상기억합금처럼 빙그레 웃는 늙은 못

경남 함안군 산인면 소재의 입곡못은 일제 때 농업용수 확보를 위해 협곡을 막아 조성된 저수지로, 상당한 크기와 규모를 자랑한다. 세상의 어느 저수지나 그렇겠지만, 고기가 서식하고 있고, 유감스럽게도 "죽어서 산 것들의 집이 된 냉장고"뿐만 아니라 "부러진 어처구니와 온갖 잡동사니"까지 품고 있을 가능성이 낮지 않다. 그리고 죽음에 이른 누군가의 영혼까지 품고 있을 수도 있다. 하지만 수면을 보라. 평온해 보일 따름이다. 시인은 그런 모습을 "늙은 못"이 "천연한 형상기억합금처럼 빙그레 웃는" 것으로 묘사한다. 이처럼 시인은 갈등을 품어 안은 채 원래의 모습으로 돌아가 있는 것을 "천연한 형상기억합금"과 같다고 묘사하는데, "형상기억합금"의 이미지 때문인지는 몰라도 차가움과 스산함의 분위기가 이 작품에 감돌고 있음을 배제할 수 없다. 시인이 이처럼 차갑고 스산한 분위기를 일깨우는 것은 "부러진 어처구니와 온갖 잡동사니"를 품어 안고 있으리라는 데서 느끼는 무언가 불편한 감정 때문이기도 하겠지만, 첫째 연의 셋째 행이 암시하는 시인의 개인사적 기억 때문이기도 할 것이다. "늙은 못"이 "빙그레 웃는 [다]"에서 감지되는 분위기도 어딘가 차갑고 스산할 뿐만 아니라 을씨년스럽기까지 하다.

이 작품에서 특히 우리의 눈길을 끄는 수사적 표현이 있다면, 이는 "살아서 미쳐 있는 고기들"일 것이다. '살아 헤엄치는 고기들'이 아니라 '살아서 미쳐 있는 고기들'이라니? 이는 단순히 자연 속 저수지의 고기를 지시하는 것은 아니리라. 어찌 보면, "살아서 미쳐 있는 고기들"이란 "니 죽고 내 살자"의 투쟁 정신으로 무장한 채 미친 듯 삶을 살아가는 인간들에 대한 야유를 담기 위한 것은 아닐지? 이어지는 "죽어서 산 것들의 집이 된 냉장고"도 돋보이는 표현으로, 시작 부분의 "죽어서"가 앞 행의 "살아서"와 대비를 이루는 가운데 이를 통해 삶과 죽음을 동시에 끌어안고 있는 것이 "입곡못"이라는 시적 메시지가 함축적으로 암시된다. 또한, "앞앞이 못한 말들"이라는 구절이 모든 "미쳐 있는 고기"마다, "원적에 가위표로 남은 명민했다는 삼촌"을 포함한 수면 아래의 영혼마다, 심지어 모든 어처구니와 잡동사니마다, 못한 말들이 있음을 암시한다는 점에서, 이 작품의 "늙은 못"은 단순한 자연의 못으로 읽히지 않는다. 정녕코, 온갖 것을 끌어안은 채 "빙그레 웃는 늙은 못"은 인간사의 현장에 대한 도저(到底)한 우의로 읽을 수도 있으리라. 아니, 모든 것의 자유를 구속한 채 끌어안고 있는 못이지만, 이 못이 주변의 산과 방조제라는 구속을 받고 있다는 점에서 보면 세상에 자유로운 것이란 있을 수 없다. "하나가 자유로우면 다른 하나가 갇히니 어찌 둘 다 자유로울 수 없을까"라는 메시지보다는 '모든 것이 자유롭다 믿지만 이 세상에 자유로운 것이 어디 있겠는가'라는 메시지를 우리는 여기서 읽을 수도 있지 않을지?

7. **"복사꽃이 필 무렵이면 그토록 어지러운 세상임에도 불구하고 사람은 곡식을 심고 길쌈을 하여 살아갈 도리밖에 무슨 도리가 있느냐는 듯이 살아 있는 사람의 근면을 새 농사에 다하고 있었다."**

낙양성 안의 영녕사(永寧寺)는 서역에서 온 호승(胡僧)인 보리류지(菩提流支)를 위해 지은 절로, 그곳에 머물고 있는 보리류지는 "자신의 위신이 언제 허물어질지 모른다는 불안"에 "달마를 제거할 일을 도모"한다. 이로 인해 몇 차례의 위기를 넘긴 달마는 개의치 않은 채 여전히 소림사에 머물면서 제자들과 함께 수행에 정진한다. 그리고 면벽 수

행이 끝나기 전에 "소림의 늙은이 달마"는 제자들에게 마지막으로 기록될 "법을 전"한다. 이듬해 봄 달마는 마침내 "9년 벽관(壁觀)을 마치고," 돌아올 기약 없이 "소림사를 떠"난다. 그때 달마 일행이 지나가는 "소림사 50리 밖의 농촌"에서 사람들이 살아가는 모습을 고은은 이렇게 전한다. "복사꽃이 필 무렵이면 그토록 어지러운 세상임에도 불구하고 사람은 곡식을 심고 길쌈을 하여 살아갈 도리밖에 무슨 도리가 있느냐는 듯이 살아 있는 사람의 근면을 새 농사에 다하고 있었다." 정녕코, 갈등과 음모의 인간사에도 불구하고, 더할 수 없이 어지러운 세상임에도 불구하고, 봄은 찾아온다. 누가 "복사꽃"과 함께 찾아오는 봄을 막을 수 있으랴. 이달균이 다음의 작품에서 노래하듯, 다시 찾아오는 봄을 누구도 막을 수 없다.

> 자객이 찾아왔다 선홍빛 동백의 최후
> 한 며칠 첩보인 양 황사가 내리고
> 자욱한 해무 속에서 침략이 시작되었다
>
> 화급하다 시시각각 낭자한 선혈의 전장
> 매물도 비진도 지나 한산도 연대도 지나
> 넋 놓고 망연자실이다 저 북진의 개화(開化)
>
> ─「난중일기 10─봄」 전문

겨울이 시작되는 11월에 피기 시작하여 2-3월에 만개하는 동백꽃이 "최후"를 맞이하는 것은 봄이 오고 있음을 알리는 신호이기도 하다. 이를 시인은 "자객이 찾아"오자 이에 "선홍빛 동백"이 "최후"를 맞이하는 것으로 묘사하고 있다. 또한 "자객"이라는 표현에 담긴 긴장감을 늦추지 않으려는 듯 시인은 "첩보인 양" 황사가 내렸음을 말하기도 한다. "자객"이 찾아오고 "첩보"가 접수된 다음 드디어 봄의 "침략이 시작"된다. 봄의 침략에 "화급"해진 시인은 눈길을 "시시각각 낭자한 선혈의 전장"으로 향하지만, "매물도 비진도 지나 한산도 연대도 지나" "북진"을 거듭하는 "개화"에 "넋 놓고 망연자실"할 뿐이다. 봄이 오자 남쪽에서 시작하여 북상하는 개화의 정경을 이처럼 긴장과 힘이 넘치는 언어로 생생하게 묘사하기란 쉬운 일이 아니리라.

시인이 개화와 함께 찾아오는 봄을 이처럼 긴장 속에 맞이하는 '전쟁'으로 묘사하는 데 뒷받침을 하는 것은 물론 이 작품의 제목인 "난중일기"다. 마치 왜군의 침략을 맞아 이를 무찌르고자 했던 이순신 장군의 긴장된 마음을 되살리기라도 하는 듯하다. 물론 봄이 오는 것을 왜군의 침략으로 빗대어 노래하는 것은 일종의 패러디일 수 있다. '패러디'라니? 그렇다면, 이는 기존의 작품에 대한 일종의 희화화(戱畫化)인가. 물론 그렇지 않다. 여기서 우리가 유념해야 할 것은 패러디란 단순히 희화화의 차원에 머무는 것만이 아니라는 점이다. 패러디는 기존의 작품 또는 문학적 유산을 바탕으로 하여 새롭게 작품을 다시 쓰는 행위일 수 있거니와, 아마도 기존의 문학 작품 및 문학적 유산에 바탕을 두되 고차원의 패러디를 시도한 시 창작의 대표적인 예로 우리는 T. S. 엘리엇의 『황무지』를 들 수 있으리라. 이순신 장군의 난중일기에 담겨 있을 법한 긴장감을 그대로 간직한 채 전혀 새로운 차원의 작품 쓰기를 시도한 이달균의 「난중일기」 시편들이 갖는 값지고 소중한 의미는 여기서 찾아야 하리라.

고은의 말대로, 봄이 찾아오면 농촌의 사람들은 "곡식을 심고 길쌈을 하여 살아갈 도리밖에 무슨 도리가 있느냐는 듯" 새롭게 농사에 근면을 다한다. 농사를 지어 먹을 것을 마련하는 일은 달마 시대의 농촌 사람들에게나 우리 시대의 농촌 사람에게나 모두 소중한 과업이기 때문이다. 이에 대해 냉소적인 사람들은 '밥만으로 살 수 없다'고 말할 수도 있겠지만, 허기를 면할 최소한의 식량조차 확보되기 어려운 상황이라면 말이 전혀 달라질 수 있다. 사실 우리나라의 역사만 보더라도 춘궁기(春窮期)라는 것이 연례 행사였을 만큼 밥의 문제를 해결하는 일은 쉽지 않았다. 고은은 "소림사 아래의 채약꾼 총각 진뢰(陳雷)"가 "자라는 동안 중국 백성이 거의 그렇듯이 굶는 날이 먹는 날보다 많"았음을 이야기하고 있거니와, 그런 사정이 어찌 중국에게나 우리에게나 다를 수 있었으랴. 이달균의 『늙은 사자』에는 밥이 소중했던 옛 시절을 되돌아보게 하는 작품이 있는데, 이는 바로 「남해 다랭이마을─밥무덤」이다.

사람들은 몰려와서 암수바우만 보고가데

허긴 두 연놈 생긴 꼬라지가 볼만은 하제. 수놈은 하늘로 터억 쳐든 놈이 가히 숭실시럽고, 암바우는 아뺀 여자 맹크로 뱃대지 내밀고 삐따뚜룸하니 기대어 있응께 볼만은 하지. 삐알 돌아가는 다랭논도 그래. 소도 아차! 한눈 팔모 바다에 꺼꾸러진다는 이 까꾸막에 무신 맴으로 마실을 맹글었을꼬. 여는 설흘산 신령님보다, 앞바다 용왕님보다 저 밥무덤이 더 중해. 꽃숭어리 겉은 이 동네 딸내들 나고 죽을 때 꺼정 하얀 고봉밥 몇 됫박이나 묵었을꼬? 그라이 우린 제일로 밥무덤을 받들지. 농사도 괴기잡이도 우선 배가 부르고 봐야 되니께

아따 참, 볼꺼 다 봤으모 어서 가소, 잘 가시다.
─「남해 다랭이마을─밥무덤」 전문

사설시조 형식의 이 작품에 배경으로 등장하는 곳은 "남해 다랭이 마을"이다. 다랭이마을의 한 주민이 시인에게 말을 건네는 형식으로 된 이 작품에서 주민은 불평 아닌 불평을 한다. "사람들은 몰려와서 암수바우만 보고가데." 그가 보기에는 "암수바우"보다, 아니, "설흘산 신령님보다, 앞바다 용왕님보다" 더 소중한 것이 "밥무덤"이다. 다랭이마을에는 마을의 중앙 및 동서쪽 세 곳에 밥무덤이 있는데, 주민들은 음력 10월 15일 마을 중앙의 밥무덤에 모여 동제(洞祭)를 지낸다. 이는 풍작과 풍어를 기원하는 의식으로, 벼를 경작할 논의 면적이 적어 쌀이 귀한 지역이기에 이를 귀하게 여기는 마음이 신앙의 차원에 이르게 되었다는 것이 일반적인 해석이다. 사실 가파른 45도의 경사면에 조성해 놓은 680여 개의 크고 작은 계단식 논은 한 톨의 쌀이라도 더 생산함으로써 밥을 확보하려는 주민들의 눈물겨운 노력을 감지케 한다.

아마도 다랭이마을을 다녀온 사람의 기억 속에 남아 있는 것은 거의 예외 없이 "생긴 꼬라지가 볼만"한 "암수바우"일 것이다. 하지만 그보다 그곳 주인들에게 더 소중한 것이 "밥무덤"임을 이 사설시조는 생생한 묘사와 어조로 우리에게 전한다. "소도 아차! 한눈 팔모 바다에 꺼꾸러진다는 이 까꾸막에 무신 맴으로 마실을 맹글었"는지 모르지만, "뼈알 돌아가는 다랭논"도 "볼만"하다는 주민의 말에서 우리는 그곳 사람들의 속마음을 환하게 읽을 수도 있으리라. 고은은 소림사 주변의 "농사꾼들에게는 비록 자작 농토는 아닐지라도 제 논에 물 들어가는 것은 멀리 떠난 객지의 아들이 돌아온 것 같은 기쁨에 지지 않는다"라 말하고 있거니와, 다랭이마을의 주민들에게도 비탈진 곳의 천수답에 물이 들어가는 것을 보면 마찬가지의 기쁨을 느꼈으리라.

8. "'내가 좌선에 너무 집착했나 보다. 이제 와선(臥禪)을 해 볼까'라는 말과 함께 혜가에게 기대어 버린 늙은 스승은 바로 눈이 감겨졌다."

소림사를 떠난 달마 일행은 우문(禹門) 땅의 천성사(千聖寺)에 이른다. 천성사에서 사흘을 머물고 떠나기 전에 달마는 제자들에게 "이로부터 그대 하나하나가 달마의 아버지"이고 "각자가 가는 곳에 달마의 집이 새로 지어지니 나는 빈 들의 서리 맞은 허수아비일 뿐"이라는 말로 "최후가 임박해 오는 비장한 암시"를 한다. 천성사를 뒤로하고 길을 떠난 달마 일행은 하루의 여행을 끝마칠 무렵 "한족의 오랜 귀족들이 입는 정장(正裝)을 했지만 그 인상은 몹시 사나운" 어느 한 "집 주인"의 잔칫상을 받는다. 그곳에서 달마는 독이 있는 "버섯 한 조각을 집어 삼"킨 후 혜가에게 몸을 기댄 채 열반에 든다. "이제 와선을 해 볼까"라는 달마의 말에서 번뇌로부터 벗어나 있는 한 인간의 초연함과 여유가 감지되지 않는가! 마치 달마를 자신의 눈앞에 마주하고 있는 듯, 고은은 더할 수 없이 생생한 필체로 우리에게 달마의 마지막 순간을 전한다. 실로 고은이 상상 속에서 자유롭게 달마와 만나듯 시인이란 시간의 벽을 넘어 세계의 진상(眞相)을 환하게 응시할 수 있는 혜안(慧眼)을 지닌 존재여야 하리라. 그리고 그렇게 해서 인지한 바를 우리네 '어린' 인간들에게 생생한 언어로 전해서 깨우치는 이가 다름 아닌 시인일 것이다.

이달균의 「늙은 사자」는 그런 의미에서 특히 주목할 만한 작품이다. 고은이 상상 속에서 달마가 열반에 드는 순간을 환하게 보듯, 이달균은 상상 속에서 한 마리의 사자가 죽음에 이르는 순간을 환하게 본다. 물론 달마와 같이 신비하고 전설적인 인물의 죽음과 한 마리의 야생 동물인 사자의 죽음을 비교의 지평 위에 올려놓는 것 자체가 어불성설(語不成說)일지도 모른다. 하지만, 달마가 갈매기와 "동지가 될 수 있었다"면, 어찌 사자와 동지가 될 수 있지 않겠는가. 어찌 둘은 곧 '하나'일 수 없겠는가. 정녕코, "백수(百獸)의 왕"으로 불리기도 하는 사자의 기품을 생각한다면, "불칼 같은 눈빛"의 달마가 열반에 드는 모습을 상상 속에 응시하는 고은의 심안을 떠올리는 자리에서, 죽음에 이르는 사자의 모습을 상상 속에 응시하는 이달균의 심안을 언급하는 것을 문제 삼을 이는 없으리라. 죽음에 이르는 사자에 대해 이달균은 다음과 같이 말한다.

죽음 곁에 몸을 누이고 주위를 돌아본다

평원은 한 마리 야수를 키웠지만

먼 하늘 마른번개처럼 눈빛은 덧없다

어깨를 짓누르던 제왕을 버리고 나니

노여운 생애가 한낮의 꿈만 같다

갈기에 나비가 노는 이 평화의 낯설음

태양의 주위를 도는 독수리 한 마리

이제 나를 드릴 고귀한 시간이 왔다

짓무른 발톱 사이로 벌써 개미가 찾아왔다

　세 수의 단시조를 하나로 모아 놓은 형태의 이 작품에서 우리가 먼저 눈길을 주어야 할 곳은 첫째 수에 해당하는 첫째 행에서 셋째 행까지다. "평원"이 키운 "한 마리 야수"인 사자는 이제 "죽음 곁에 몸을 누이고 주위를 돌아본다." 그런 사자의 "눈빛"은 "먼 하늘 마른번개처럼" "덧없다." 여기서 "먼 하늘 마른번개"는 단지 사자의 눈빛만을 말하는 것이 아니리라. '야수'의 위력이란 '번개'와도 같은 것이라면, '마른번개'는 위력을 상실한 사자의 모습을 암시하는 것일 수도 있다. 아무튼, 첫 세 행에서 시인이 우리에게 보여 주는 것은 겉으로 드러나 보이는 죽음에 이른 "늙은 사자"의 모습이다.

　이어서, 넷째 행에서 여섯째 행에서 볼 수 있듯, 시인은 사자의 마음속으로 들어간다. 이제 사자는 "어깨를 짓누르던 제왕"의 자리에서 노엽게 포효하며 살던 "생애"가 "한낮의 꿈만 같"고, 한창 시절에는 감히 가까이 다가오지도 못하던 "나비"가 평화롭게 "갈기"에서 놀고 있는 것이 "낯설"기만 하다. 이때의 "나비"는 분위기의 평온함과 한적함을 일깨우기도 하지만, 장자(莊子)의 호접몽(胡蝶夢)을 떠올리게도 한다. 꿈속에서 나비가 된 '나'와 꿈속에서 '내'가 된 나비 사이의 차이는 무엇인가. 그 차이를 가늠할 수 없다면, '나'는 곧 나비이고 나비는 '내'가 아닐까. 아니, 사자는 나비의 꿈속의 나비이고 나비는 사자의 꿈속의 사자가 아닐지? 또한 불교적 관점에서 보면 전생의 나비가 이생의 사자일 수 있고 이생의 나비가 전생의 사자일 수 있다. 이처럼 꿈속의 꿈과 같은 것이 세상사 아니겠는가. 어찌 삶이 "한낮의 꿈만 같"지 않을 수 있겠는가.

　일곱째 행에서 마지막 행에 이르기까지, 또는 시조의 셋째 수에 해당하는 부분에서 시인은 사자의 생각을 우리에게 전한다. 이제는 "태양의 주위를 도는 독수리"에게, 또한 "짓무른 발톱 사이로 벌써" 찾아온 "개미"에게 "나를 드릴 고귀한 시간"이 되었다. "고귀한 시간"이라니? 다른 생명체들의 먹이가 됨으로써 사자는 다시 자연의 일부가 되고 이에 따라 자연은 자체의 영속성을 유지할 것이기에. 아니, 시인이 「어느 날 사마귀의 상징어를 찾다」에서 노래한 것처럼 수놈 버마재비가 암놈 버마재비에게 먹히는 것이 "장엄한 완성"이자 영원한 삶의 약속이듯, 죽음이 곧 삶의 순간이기에. 애초 바다를 건너는 항해 도중 엄청난 풍랑으로 인해 죽음에 이른 이들에 관해 달마는, '해설자'로서의 고은은 이렇게 말한 바 있다. "사람으로서도 이미 송장이 된 신세라면 고기의 밥이 되는 쪽이 세상을 위한 헌신의 봉사에 이바지함으로써, 그런 이타행(利他行)의 실종(失踪)이 훨씬 거룩한 노릇이었다." 이처럼 사자의 죽음은 사자의 무화(無化)를 의미하는 것이 아니라 다시 자연의 일부가 됨을 의미하는 것 아닌가. 하기야 "노여운 생애"를 살아가는 동안 사자는 수많은 생명체를 먹이로 삼지 않았던가. 어찌 보면, 이제 받은 것을 되돌려 주는 것일 뿐이다.

　'겉으로 드러나 보이는 사자의 모습 → 사자의 마음속 느낌 → 사자의 마음속 생각'으로 시상(詩想)의 전개를 시도하고 있는 「늙은 사자」는 실로 여러 측면에서 예사롭지 않은 작품이다. 첫째, 시조 형식이 갖는 최고의 장점이라고 할 수 있는 절제미(節制美)를 극대화하고 있다는 점을 주목해야 할 것이다. 이와 관련하여, 삶과 죽음이라는 거창한 주제를 다루고 있음에도 불구하고, 언어와 감성과 사유의 절제를 통해 이 작품의 의미는 더할 수 없이 생생하게 살아나고 있음에 유의할 수 있다. 둘째, 작품의 짜임새 면에서 흠을 잡을 데가 없거니와, 연시조의 가능성을 뛰어넘어 필연성을 증명하는 것이 바로 이 작품이라는 점을 거론할 수 있다. 여기에는 약간의 설명이 필요한데, 오늘날 발표되는 적지 않은 연시조 작품을 보면 단순히 단시조 형식의 시편들을 연시조라는 이름 아래 '부산하게' 모아 놓았다거나 또는 단시조로 충분할 소재를 여러 편의 단시조로 구성된 연시조로 늘려 놓았다는 비판에서 자유로울 수 없는 경우가 적지 않다. 시조 형식의 이완화(弛緩化)는 무엇보다 이 같은 시조 시인들의 도에 넘친 '연시조 사랑'에 기인하는 것 아닐까. 셋째, 무엇보다 중요한 것은, 오늘날의 시조가 적지 않은 경우 사소한 일상사를 향한 개인의 미세하고 미묘한 감정의 변화를 다룸으로써 이른바 '선(線)'이 가는 쪽으로 나아가는 경향을 보이고 있다면, 이 작품은 그와 같은 미시화(微視化)의 경향을 뛰어넘음으로써 '선이 굵은 시조의 가능성'을 보여 주는 소중한 예라 하지 않을 수 없다는 점이다. 물론, 글을 시작하며 언급했듯, 이달균의 작품 세계를 보면 전체적으로 선이 굵고 힘이 있다. 세속적 표현을 동원하자면 '쪼잔하지 않다.' 아무튼, 그런 작품 가운데 특히 돋보이는 「늙은 사자」는 시조의 왜소화 경향에 대한 하나의 방향 전환으로서 또는 새로운 모색으로서 의미를 갖는다 하지 않을 수 없다.

어떤 논의가 가능하든 우리가 여기서 짚고 넘어가야 할 점이 있다면, 이 시조는 단순히 자연에 존재하는 생명체로서의 사자를 그린 것이 아니라는 점이다. 물론 실제로 죽어 가는 자연의 사자가 어떤 느낌을 갖고 어떤 생각을 할지 누구도 알 수 없기에 속단할 수는 없지만, 그럼에도 불구하고 시인이 상상 속에 만난 사자는 의인화된 사자이리라. 따라서 우리는 이 사자에서 인간의 모습을 읽지 않을 수 없다. 말하자면, "사자"는 어느 한 인간에 대한 비유일 수 있다. 혹시 시인은 상상 속의 "늙은 사자"에서 시인으로서의 또는 인간으로서의 자신의 먼 미래의 모습을 '예기적(豫期的, proleptic)으로' 읽고 있는 것은 아닐지? 그런 맥락에서 볼 때, 이 작품은 시인이 자신을 관조하고 자신을 성찰하는 또 한 편의 시로 규정될 수도 있으리라. 사실 구체적으로 밝히고 있지는 않지만 이제까지 우리가 검토한 시 안의 수많은 대상은 시인 앞의 대상일 뿐만 아니라 시인 자신일 수 있으리라. 이달균의 이번 시 세계 역시 '자기 성찰의 여정'으로 요약될 수 있음은 이 때문이다.

9. 아쉬움을 달래며

이달균의 시에 대한 논의를 어떤 방향으로 이끌어갈 것인가의 고민을 이어 가던 도중 내가 찾은 해결책은, 글을 시작하며 밝혔듯, 고은의 달마 이야기에 이달균의 시를 겹쳐 읽는 것이었다. 이렇게 방향이 잡히자, 나는 고은의 달마 이야기를 다시 꺼내 읽으면서 시 읽기에 길잡이가 될 만한 구절들을 찾기 시작했다. 마침내 이 작업을 끝내고 보니, 모두 서른두 군데를 선정하게 되었다. 그런데 이달균의 시집 『늙은 사자』의 원고를 읽으면서 주목을 요하는 작품으로 미리 선정해 놓은 작품의 수도 우연히 32편이었다. 뜻하지 않은 우연의 일치에 어찌 놀라지 않을 수 있었겠는가. 우연을 필연으로 만드는 방법은 32개의 화제(話題)에 맞춰 32편의 작품을 모두 다루는 것이리라. 하지만 이 같은 일대일 대응은 억지를 부리지 않고서는 현실적으로 불가능한 일이다. 그렇기에, 화제의 수를 줄이고 이에 맞춰 32편의 작품을 모두 논의 대상으로 다루는 방안을 생각해 보기도 했다. 하지만, 그렇게 할 경우, 감당하기 어려울 만큼 논의가 엄청나게 길어질 수 있다. 뿐만 아니라, 화제와 관계없지만 그럼에도 여전히 논의 대상이 되어야 할 작품이 어찌 있을 수 없겠는가. 다시 말해, 어찌 '열외'의 작품이 있을 수 없겠는

가. 이 같은 우려 때문에 많이 망설였지만, 결국에는 '겹쳐 일기'를 고수하되 화제의 수를 줄이고 논의 대상이 될 작품의 수도 줄이는 쪽으로 방향을 잡았다. 이처럼 취사선택의 과정을 거친 끝에 앞서 제시한 바의 논의를 이어 나갈 수 있었다.

어떤 시인의 작품이든 이에 대해 논의하고자 할 때 나는 시인이 나에게 전한 작품을 모두 모아 작은 글씨로 촘촘하게 인쇄한 다음 논의를 마감할 때까지 이를 항상 가지고 다닌다. 그리고 버스 안에서, 전철 안에서, 그 외에 시간의 여유가 있을 때면 언제나 이를 꺼내 읽고는 느낀 바를 여백에 적어 놓는다. 그런 다음 이를 바탕으로 하여 작품론을 쓴다. 이달균의『늙은 사자』에 대한 해설을 위해서도 나는 그와 같은 인쇄본을 만들었는데, 놀랍게도 그리고 시인에게 미안하게도 거의 1년이 넘는 세월 동안 가지고 다녔다. 그렇게 해서 시론을 완성했지만, 어느 때 어느 시인에 대한 논의보다 긴 논의를 마감하면서도 나는 여전히 아쉬움을 떨칠 수 없다. 그 이유는 무엇인가. 귀퉁이가 너덜너덜해진 나만의 인쇄본을 다시 펼쳐 보면서 아쉬움의 이유를 새삼 가늠해 본다. 아주 소박하게 말하자면, 이달균의『늙은 사자』에 대한 현재의 논의가 나에게 만족스럽지 않은 이유는, 아직도 하고 싶은 이야기가 많기 때문이다. 「퇴화론」, 「가을밤」, 「딱따구리」, 「코뿔소」, 「동천」, 「여름」, 「호수」, 「나비효과」, 「노예」, 「산정 소나무」, 「시인과 명인」, 「멸종 보고서」, 「지구」, 「혁필」, 「어느 공사 감독의 일지」에 대해 아무런 언급도 없이, 그리고 "난중일기"라는 제목 아래의 작품들 가운데 1편만을 제외하고 별도의 논의도 없이, 어찌 현재의 논의를 끝내야 하는가. 덧붙여 말하자면, 내가 특히 주목하고자 했던 「복분자」와 「장미」에 대한 논의조차 이 자리에서 펼칠 수 없어 아쉽다.

하지만 이렇게 생각해 보기도 한다. 어찌 이달균의 시 세계에 대한 논의가 나만의 몫이겠는가. 나의 지루한 논의를 뛰어넘는 시 읽기가, 그리고 나의 한계를 뛰어넘는 시 읽기가 누군가에 의해 이루어져야 하리라. 무엇보다 시와 시조를 사랑하는 이들이 내가 채우지 못한 빈자리를 채워야 하리라. 그렇다, 그래야 한다.

In Search of the Essence of *Sijo*

Suppose a Korean writer is participating in an international literary conference. And suppose there is a foreign writer who happens to ask him or her about the traditional literary genre of Korea. Most likely, *sijo* will come into his or her mind, for it is the extant poetic form that is still enjoyed in Korea ever since it emerged about 700 years ago. On mentioning *sijo*, the Korean writer will probably be asked what kind of literary genre *sijo* is. More often than not, he or she may not find a satisfactory answer, other than that it is a short three-line poetic form. Or he or she may quote one or two *sijo* works and add this or that interpretation.

If you are the Korean writer mentioned above, which work of *sijo* would you quote? Probably, most Koreans would be intimate with Jeong Mongju's work beginning, "Were I to die and die again," or Hwang Jini's work beginning, "Blue stream running amid the green hills"; and not a few Koreans would be familiar with Yi Saek's work beginning, "In the valley of melted snows," or Yi Jeongbo's "A pear blossom fallen by the raging wind." All of these works are poignant and meaningful in their own way; however, what are the common characteristics applicable to all these and, hopefully, other *sijo* works? An attempt to infer the common characteristics of *sijo* on the basis of a few works might be comparable to an attempt to see the forest in just a few trees. And yet, if you don't figure out the overall view, how can you find your way through the forest?

One of the obvious facts is that *sijo* is a short three-line poetic form, as mentioned above. To be more specific, *sijo* is composed of approximately forty-five syllables (*morae*) arranged into three lines. If there is any comparable short poetic form in the world, it would be the Japanese *haiku* consisting of seventeen syllables in three lines. And yet, *sijo* is quite a different poetic form from *haiku*.

What makes *sijo* unique is its sense structure. Unlike *haiku*, whose sense structure is characterized by its attempts at the superimposition of one image or idea upon another, *sijo* mobilizes a different mode of presenting poetic ideas or images: a fourfold sense structure of introduction, development, turn, and conclusion. A theme is introduced in the first line; it is developed in the second; a twist or anti-theme is proposed in the first half of the third; and a certain conclusion is provided in the second half of the third. In this way, *sijo* evokes a sense of dramatic unfolding of a poetic theme.

One might argue that such a description would be too sweeping to be of any practical value to the readers of the actual works of *sijo*. Sure enough, the above-mentioned works vary in theme and mood. First of all, Jeong's *sijo* dramatizes the resolution of a man confronted with a political dilemma: Should one remain loyal to one's lord, or side with the newly emerged political power about to overthrow him? According to a popular legend, shortly after Jeong recited this *sijo* in front of a key political opponent, he was killed by assassins on his way home.

> Though I were to die and die again, still die a hundred times,
> And so my bones all turn to dust, my soul remains or not,
> My single-minded heart toward my love shall never perish.[1]

Hwang Jini's work is a sort of love poem, and its major theme would

---

[1] Jeong Mongju (1338–1392): One of the most venerated sages of Korea, who tried in vain to protect the waning Goryeo dynasty against the newly emerged political power.

be summarized as *carpe diem*. "Blue stream" is a pun on the name of a Confucian worthy, Byeokgyesu, who took pride in his being impervious to any female charm, and "Full Moon" was a pseudonym of Hwang, who was a *gisaeng* (a professional entertainer) at the time. The legend says that, while Byeokgyesu passed by, Hwang recited this *sijo* full of provocative suggestion. Attracted to her beauty and poetic ingenuity, Byeokgyesu was said to fall in love with her. One might also read in this *sijo* a satirical tone of a commoner mocking at the ostentatiousness of the nobility.

> Blue Stream amid the green hills,
> better not boast of your speed.
> Once you have reached the ocean
> there's slim chance you will return.
> When Bright Moon shines over the hills,
> why not stay awhile and enjoy it?[2]

On the other hand, Yi Saek's *sijo* reveals one's nostalgia for the peace and harmony of bygone days. Yi Saek was a surviving retainer of the Goryeo dynasty who refused to take office after its fall. Here in this work, he implicitly discloses his yearning to meet someone with political fidelity who could share his sense of loss. In the Korean literary tradition, the plum flower is a symbol of loyalty or fidelity.

> In the valley of melted snow,
> the clouds are gathering deep;
> The heart-gladdening plum flower—
> where is it blooming now?
> I stand alone at sunset,
> not knowing where to go.[3]

---

2) Hwang Jini (1506? – 1567?): The most illustrious and accomplished of all women poets of the Joseon dynasty, whose love poems, in particular, are highly esteemed for their poetic ingenuity.

3) Yi Saek (1328 – 1396): One of the most distinguished scholar-officials of the Goryeo dynasty, who, though he was on good terms with Yi Seonggye (founder of the Joseon dynasty), refused to work for him and retired to the country.

At a cursory glance, Yi Jeongbo's work might be read as a song of nature. A closer look at this work, however, will reveal that it is not so. Note, above all, that the pear blossom and the spider are not natural objects in the literal sense of meaning: how can the pear blossom *have the will* to fly back to the branch, and the spider to *think*? By personifying them, the poet leads us to read them as the metaphor of human beings who are at once the ones displaced and the ones eager to feed on the displaced. In this sense, Yi's *sijo* can be interpreted as a biting and satirical criticism of human reality.

> A pear blossom fallen by the raging wind tosses about here and there;
> Soon, failing to fly back to its branch, it gets stuck in a spider's web.
> Look: that spider will pounce on it, thinking it has caught a butterfly.[4]

If there were anything the above-discussed *sijo* had in common, what would it be? Obviously, all these works are about human affairs. But is there a literary work that hasn't anything to do with human affairs? In a sense, we should say yes. And yet, if compared with *haiku*, what we are arguing about *sijo* will become self-apparent: while *haiku* pursues the momentary or the intuitive knowledge of the phenomenal world, *sijo* aims at an understanding of human reality. In other words, whereas *haiku* is a poetic form oriented to *symbolically* reveal the state of mind that transcends time and reality, *sijo* can be understood as a poetic form oriented to *allegorically* talk about human reality. Indeed, the essence of *sijo* lies in the sense of reality that the poet perceives *within human time* and *along with human time*.

It goes without saying that there are *sijo* in praise of the beauty or mysteries of nature. Even in such cases, however, the aim of *sijo* poets is the ironical and/or critical comment on human reality, as evidenced by Yi's *sijo* about the pear blossom and the spider. Or, whether explicit or implicit, the poet's conscious sense of reality plays an important role in *sijo* writing. In a nutshell, there is no *sijo* work that can be categorized as a song purely intended to say something about nature.

---

4) Yi Jeongbo (1693–1766): A renowned scholar-official, who is regarded as one of the most prolific *sijo* poets of the Joseon dynasty.

One more thing to point out is that the utilization of vivid images is a *must* for *sijo*. To use the words of the American poet Ezra Pound, "certain qualities of vivid presentation" of things to the mind's eye could be considered as the common characteristic observable in the traditional poetry of all East Asian countries—Korea, China, and Japan. And yet, if we are allowed to add a few more words as to the essence of *sijo*, we may say that it lies in the *dramatic* presentation of *vivid* poetic images or ideas in the sequence of introduction, development, turn, and conclusion.

변하는 것과 변하지 않아야 하는 것

초판 1쇄 인쇄 2017년 12월 18일
초판 1쇄 발행 2017년 12월 27일

지은이 | 장경렬
발행인 | 강봉자·김은경

펴낸곳 | (주)문학수첩
주소 | 경기도 파주시 회동길 192(문발동 513-10) 출판문화단지
전화 | 031-955-4445(대표번호), 4500(편집부)
팩스 | 031-955-4455
등록 | 1991년 11월 27일 제16-482호

홈페이지 | www.moonhak.co.kr
블로그 | blog.naver.com/moonhak91
이메일 | moonhak@moonhak.co.kr

ISBN 978-89-8392-688-3   03800

「이 도서의 국립중앙도서관 출판예정도서목록(CIP)은 서지정보유통지원시스템 홈페이지
(http://seoji.nl.go.kr)와 국가자료공동목록시스템(http://www.nl.go.kr/kolisnet)에서
이용하실 수 있습니다.(CIP제어번호: CIP2017032862)」

이 책은 한국출판문화산업진흥원의 출판콘텐츠 창작자금을 지원받아 제작되었습니다.

* 파본은 구매처에서 바꾸어 드립니다.